D0612637

LOS ANGELES
RIVER

Michael Connelly

LOS ANGELES RIVER

roman

TRADUIT DE L'ANGLAIS (ÉTATS-UNIS)
PAR ROBERT PÉPIN

ÉDITIONS DU SEUIL
27, rue Jacob, Paris VIᵉ

COLLECTION DIRIGÉE
PAR ROBERT PÉPIN

Titre original : *The Narrows*
Éditeur original : Little, Brown and Company
© original 2004, by Hieronymus, Inc.
ISBN original : 0-316-15530-6

ISBN : 2-02-058827-7

© Éditions du Seuil, juin 2004, pour la traduction française

Le Code de la propriété intellectuelle interdit les copies ou reproductions destinées à une utilisation
collective. Toute représentation ou reproduction intégrale ou partielle faite par quelque procédé
que ce soit, sans le consentement de l'auteur ou de ses ayants cause, est illicite et constitue une
contrefaçon sanctionnée par les articles L.335-2 et suivants du Code de la propriété intellectuelle.

www.seuil.com

En souvenir de Mary McEvoy Connelly Lavelle,
qui tint six d'entre nous loin des étranglements.

«Ils n'ont fait qu'échanger un monstre contre un autre. Au lieu d'un dragon ils ont maintenant un serpent. Un serpent géant qui dort dans les étranglements et tue le temps jusqu'à ce que ce soit le bon moment, celui où il pourra ouvrir grand les mâchoires et avaler quelqu'un d'autre.»

John Kinsey, père d'un jeune garçon
perdu dans les étranglements.
Los Angeles Times, 21 juillet 1956.

Je crois savoir une chose en ce monde. Une seule, mais certaine – et c'est que jamais la vérité ne libère. Et ce n'est pas que je l'aurais entendu dire ou dit moi-même alors qu'encore et encore je prenais place dans de petites salles d'interrogatoires et des cellules de prison et, là, poussais des hommes en haillons à m'avouer leurs péchés. Ces êtres, je leur ai menti et je les ai trompés. Pas plus qu'elle ne guérit la vérité ne sauve. Elle ne permet à personne de s'élever au-dessus des mensonges, des secrets et des blessures du cœur. Telles des chaînes, les vérités que j'ai apprises m'écrasent et m'emprisonnent dans une chambre enténébrée, dans un univers de fantômes et de victimes qui ondulent autour de moi comme des serpents. Dans cet endroit, la vérité n'est pas quelque chose à voir ou contempler. Dans cet endroit, le mal est tapi et attend. Dans cet endroit, miasme après miasme, il vous souffle à la bouche et au nez jusqu'à ce qu'on ne puisse plus lui échapper. Voilà ce que je sais. Ça, et seulement ça.

Je le savais le jour où je pris l'affaire qui devait me conduire aux étranglements. Je savais que la mission de ma vie toujours me conduirait dans des endroits où le mal se tapit et attend, dans des endroits où la vérité que je risquais de découvrir serait laide et horrible. C'est pourtant sans hésiter que je partis. Que je partis, oui, sans m'être préparé à l'instant où le mal sortirait de la tanière où il attendait. A l'instant où il se jetterait sur moi telle une bête et m'entraînerait au fond des eaux noires.

I

Noire était la mer sur laquelle elle flottait, et sans étoiles le ciel au-dessus d'elle. Elle ne voyait ni n'entendait rien. L'instant était parfaitement noir, puis elle ouvrit les yeux et quitta son rêve.

Et contempla le plafond. Écouta le vent dehors et entendit les branches des azalées gratter contre la fenêtre. Se demanda si c'étaient ces grattements contre le verre ou quelque autre bruit dans la maison qui l'avaient réveillée. Son portable sonna. Elle n'en fut pas étonnée. Calmement elle tendit la main vers la table de nuit. Approcha l'appareil de son oreille et répondit d'une voix parfaitement alerte, où ne subsistait plus la moindre trace de sommeil.

– Agent Walling, dit-elle.

– Rachel ? Cherie Dei à l'appareil.

Rachel comprit tout de suite que ce ne serait pas un appel venant de la Réserve indienne. Cherie Dei, cela voulait dire Quantico. Quatre ans s'étaient écoulés depuis la dernière fois. Et depuis elle attendait.

– Où êtes-vous ?

– Chez moi. Où croyez-vous que j'aurais pu être ?

– Je sais que vous couvrez beaucoup de territoire maintenant. Je me disais que vous seriez peut-être…

– Je suis à Rapid City, Cherie. Qu'est-ce qu'il y a ?

Cherie ne répondit qu'après un long silence.

– Il a refait surface. Il est revenu.

Rachel eut l'impression de recevoir un coup de poing dans la poitrine, un coup de poing qui s'y enfonçait. Dans son esprit surgirent des souvenirs et des images. De sales images. Elle ferma les yeux. Inutile que Cherie lui dise un nom. Elle savait bien qu'il s'agissait de Backus. Le Poète venait de reparaître. Comme tous savaient qu'il le ferait. Comme l'infection virulente qui se déplace par tout le corps, s'y cachant du dehors pendant des années, puis en rompt soudain la peau pour rappeler à tous combien elle est laide.

– Dites-moi.

– Il y a trois jours on a reçu un truc. Un paquet. Où il y avait…

– Il y a trois jours? Et vous êtes restés sans rien fai…

– Non, nous ne sommes pas restés sans rien faire. Nous avons pris le temps qu'il fallait. L'envoi vous était adressé. Au service des Sciences du comportement. Les gens du courrier nous l'ont descendu et nous l'avons passé aux rayons X avant de l'ouvrir. Très prudemment.

– Qu'est-ce qu'il contenait?

– Un lecteur GPS. Vous savez ce que c'est?

Un lecteur GPS. Rachel était tombée sur un de ces engins au cours d'une affaire l'année précédente. Une histoire d'enlèvement dans les Badlands. La campeuse avait réussi à y inscrire son parcours. On avait retrouvé l'appareil dans son sac à dos et remonté la piste jusqu'au campement où elle avait rencontré un homme qui s'était mis à la suivre. Certes, la police était arrivée trop tard, mais elle n'aurait même pas retrouvé son corps sans cet instrument.

– Oui, je sais ce que c'est. Coordonnées en latitudes et longitudes. Et ça donnait quoi?

Elle se mit sur son séant, passa les jambes par-dessus le bord du lit et posa les pieds par terre. Puis elle porta sa main libre à son ventre, l'y ferma comme une fleur morte et attendit. Cherie Dei ne tarda pas à reprendre. Rachel se souvint de la bleue qu'elle avait été, de la jeune femme qui observait et apprenait avec la volante, celle que le Bureau avait mise sous son contrôle dans le cadre du programme de formation. Dix ans s'étaient écoulés depuis lors et les affaires, toutes les affaires qu'elle avait traitées avaient laissé des traces profondes dans sa voix. Cherie Dei n'avait plus rien d'une bleue et plus besoin d'un mentor.

– Un seul point de localisation inscrit. Le désert de Mojave. En Californie, mais juste à la frontière du Nevada. On y est allés en avion hier. On a bossé à l'imagerie thermique et à la sonde à gaz et, hier soir tard, on a trouvé le premier corps.

– De qui s'agit-il?

– On ne sait pas encore. Le cadavre est vieux. Il était là depuis longtemps. On vient juste de s'y attaquer. Le processus d'exhumation est lent.

– Vous avez dit le premier corps. Combien y en a-t-il d'autres?

– Quand j'ai quitté les lieux on en était à quatre. On pense qu'il y en a d'autres.

– Cause de la mort?

– Il est trop tôt pour le dire.

Rachel se tut pour réfléchir. Les premières questions lui vinrent à l'esprit: pourquoi à cet endroit? pourquoi maintenant?

– Rachel, ce n'est pas seulement pour vous mettre au courant que je vous appelle. L'essentiel, c'est que le Poète a remis ça et que nous avons besoin de vous ici.

Rachel acquiesça d'un signe de tête. Qu'elle les rejoigne allait de soi.

– Cherie?

– Quoi?

– Pourquoi croyez-vous que le paquet vient de lui?

– On ne le croit pas. On le sait. On vient d'avoir une correspondance avec une empreinte relevée sur le GPS. Il a voulu remplacer les piles et on a retrouvé une empreinte de pouce sur l'une d'elles. Robert Backus. C'est bien lui. Il est revenu.

Rachel rouvrit lentement le poing et regarda sa main. Aussi immobile que celle d'une statue. L'anxiété qu'elle avait ressentie quelques instants auparavant était en train de changer. Elle pouvait se l'avouer à elle-même, mais à personne d'autre. L'énergie commençait à courir dans son sang, déjà elle le rendait plus foncé. Presque noir. Cet appel, elle l'attendait. Tous les soirs, elle s'endormait avec son portable près de l'oreille. Ça faisait partie du boulot. Les appels qui font mal. Sauf que celui-là, c'était le seul qu'elle attendait vraiment.

– Et ces points de localisation, on peut leur donner des noms, reprit Dei dans le silence. Sur le GPS, je veux dire. On a jusqu'à douze signes. Il l'a appelé «Hello Rachel». Pile douze signes. Faut croire qu'il ne vous a pas oubliée. C'est comme s'il vous demandait de repartir, comme s'il avait un plan.

Dans la mémoire de Rachel monta l'image d'un homme qui tombait à la renverse à travers une vitre et s'enfonçait dans les ténèbres. Qui disparaissait dans le vide en dessous.

— J'arrive, dit-elle.

— On traite l'affaire à partir de l'antenne de Las Vegas. Ça sera plus facile d'y mettre un couvercle. Faites attention, Rachel. On ne sait pas ce qu'il a en tête sur ce coup-là, vous voyez? Gardez l'œil ouvert.

— C'est entendu. J'ai toujours l'œil ouvert.

— Vous me rappelez avec les détails et je passe vous prendre.

— C'est entendu, répéta-t-elle.

Puis elle appuya sur le bouton de fin d'appel. Tendit à nouveau la main vers la table de nuit et alluma. L'espace d'un instant le rêve lui revint – immobilité de l'eau noire et du ciel au-dessus, comme deux miroirs qui se seraient renvoyé les ténèbres. Avec elle qui flottait entre les deux.

2

Graciela McCaleb attendait à côté de sa voiture devant ma maison de Woodrow Wilson Drive lorsque j'arrivai. Elle était à l'heure pour le rendez-vous, mais pas moi. Je me garai vite sous l'auvent et bondis de mon 4 × 4 pour la saluer. Elle n'avait pas l'air de m'en vouloir. Elle semblait prendre les choses sans se démonter.

– Graciela, lui dis-je, je suis désolé du retard. Je suis resté bloqué sur la 10.

– Pas de problème. En fait, j'appréciais. Qu'est-ce que ça peut être calme par ici !

Je pris ma clé et poussai ma porte, mais elle se coinça contre des lettres tombées par terre de l'autre côté. Je fus obligé de me pencher en avant et de passer la main à l'intérieur pour les enlever et dégager la porte.

Je me relevai, me retournai et lui fis signe d'entrer de la main. Elle passa devant moi. Vu les circonstances, je ne souris pas. C'était à l'enterrement que je l'avais vue pour la dernière fois. Elle semblait aller mieux, mais pas beaucoup – la douleur n'avait pas lâché ses yeux ni la commissure de ses lèvres.

Alors qu'elle passait devant moi pour entrer dans le petit vestibule je sentis un parfum d'orange. Ça me rappela l'enterrement, l'instant où j'avais pris ses mains dans les miennes pour lui dire combien j'étais désolé et lui offrir mon aide si elle en avait besoin. Elle était en noir. Là, elle portait une robe d'été à fleurs qui s'accordait mieux à son parfum. Je lui indiquai la salle de séjour et lui dis de s'asseoir sur le canapé. Puis je lui demandai si elle voulait boire quelque chose – et pourtant, je le savais, je n'avais rien à lui offrir en dehors de l'eau du robinet et de deux ou trois cannettes de bière au frigo.

– Non, merci, ça ira, monsieur Bosch.

– Je vous en prie, appelez-moi Harry. Personne ne m'appelle monsieur Bosch.

Je tentai un sourire, mais ça ne prit pas. Je ne savais même pas pourquoi j'aurais pu espérer le contraire. Elle en avait vu de toutes les couleurs. Je me rappelai le film. Et maintenant, cette tragédie. Je m'assis dans le fauteuil en face d'elle et attendis. Elle s'éclaircit la gorge avant de parler.

– Vous devez vous demander pourquoi j'ai besoin de vous parler. Je n'ai pas été très explicite au téléphone.

– Ça ne fait rien, lui répondis-je. Mais ça m'a rendu curieux. Quelque chose qui ne va pas? Que puis-je faire pour vous?

Elle hocha la tête et baissa les yeux sur ses mains, dans lesquelles elle serrait un petit sac en perles noires. Elle l'avait peut-être acheté pour l'enterrement.

– Ça ne va pas du tout et je ne sais pas vers qui me tourner. Terry m'a appris suffisamment de choses, je veux dire… comment ça fonctionne, pour savoir que je ne peux pas m'adresser à la police. Pas encore. Sans compter qu'elle va passer me voir, bientôt, enfin… je crois. Mais jusque-là j'ai besoin de quelqu'un en qui je puisse avoir confiance et qui m'aidera. J'ai de quoi vous payer.

Je me penchai en avant, posai mes coudes sur mes genoux et joignis les mains. Je ne l'avais vue qu'une fois – à l'enterrement. Son mari et moi avions jadis été proches, mais ces dernières années nous nous étions éloignés et maintenant il était trop tard. Je ne savais pas d'où lui venait cette confiance en moi dont elle me parlait.

– Que vous a dit Terry qui pourrait vous donner envie d'avoir confiance en moi? de me choisir? Vous et moi ne nous connaissons pas vraiment, Graciela.

Elle hocha la tête comme pour me dire que la question était juste et que je ne me trompais pas.

– A un moment donné, Terry m'a dit tout sur tout. Il m'a parlé de la dernière affaire dont vous vous êtes occupés ensemble. Il m'a raconté ce qui s'était passé et comment vous vous étiez mutuellement sauvé la vie. C'est pour ça que je crois pouvoir vous faire confiance.

J'acquiesçai d'un signe de tête.

— Un jour, il m'a dit quelque chose sur vous que je n'ai jamais oublié, reprit-elle. Il m'a dit qu'il y avait chez vous des trucs qu'il n'aimait pas et avec lesquels il n'était pas d'accord, mais il a ajouté que s'il devait jamais choisir quelqu'un avec qui travailler sur un homicide, de tous les flics et agents spéciaux qu'il avait connus et avec lesquels il avait travaillé, au bout du compte, ce serait vous qu'il prendrait. Haut la main. Parce que vous, vous ne lâcheriez jamais.

Je sentis ma peau se tendre autour de mes yeux. C'était presque comme si j'entendais Terry me dire tout ça du fond de sa tombe. Je posai ma question en sachant déjà la réponse qu'elle me ferait.

— Qu'attendez-vous de moi ?

— Que vous enquêtiez sur sa mort.

3

Même si j'avais deviné ce qu'elle allait me demander, sa requête me donna à réfléchir. Terry McCaleb était mort sur son bateau un mois plus tôt. J'avais appris la nouvelle dans le *Las Vegas Sun*. L'affaire avait fait la une à cause du film [1]. Un agent du FBI se fait greffer un cœur et traque l'assassin de celle qui le lui a donné. Du Hollywood tout craché. C'était Clint Eastwood qui avait joué le rôle de Terry bien qu'il eût quelques dizaines d'années de plus que lui. Le film n'avait connu qu'un succès relatif, mais avait donné à Terry le genre de notoriété qui garantit la parution d'une notice nécrologique dans tous les journaux du pays quand on meurt. Je revenais à mon appartement près du Strip lorsque j'avais acheté le *Sun*. La mort de Terry avait donné lieu à un petit article en dernière page du cahier A.

Une manière de grand tremblement s'était emparée de moi lorsque je l'avais lu. J'avais été surpris, mais pas plus que ça. Terry m'avait toujours fait l'effet d'un homme qui vivait en temps dépassé. Cela dit, rien ne m'avait paru suspect dans ce que j'avais lu ou entendu dire par la suite, lorsque j'étais allé à Catalina pour l'enterrement. C'était son cœur – son nouveau cœur – qui avait lâché. Sa greffe lui avait fait cadeau de six bonnes années de vie en plus, soit plus qu'à la moyenne nationale des transplantés, mais son nouveau cœur avait fini par succomber et pour les mêmes raisons que celui qu'il avait remplacé.

---

1. Cf. *Créance de sang*, publié dans cette même collection *(NdT)*.

— Je ne comprends pas, dis-je à Graciela. Il était sur le bateau pour une sortie en mer et il s'est effondré. On a dit que c'était... son cœur.

— Oui, répondit-elle, c'était bien son cœur. Mais il y a du nouveau et j'aimerais que vous vous en occupiez. Je sais que vous avez pris votre retraite, mais Terry et moi avons suivi ce qui est arrivé l'année dernière.

Elle regarda autour d'elle et fit un geste de la main. C'était de ce qui s'était passé chez moi qu'elle parlait, de la façon lamentable dont ma première enquête post-retraite s'était terminée dans un bain de sang.

— Je sais très bien que vous cherchez encore des choses, reprit-elle. Vous êtes comme Terry. Incapable de laisser filer. Des gens comme vous, il y en a. C'est même quand on a vu aux informations ce qui se passait ici que Terry m'a dit que ce serait vous qu'il prendrait s'il devait choisir quelqu'un. Pour moi, ça voulait dire que si jamais il lui arrivait quelque chose, ce serait à vous que je devrais m'adresser.

Je hochai la tête et regardai par terre.

— Dites-moi ce qui s'est passé et je vous dirai ce que je peux faire.

— Entre vous les liens sont forts, vous savez?

Encore une fois j'acquiesçai. Elle ne se trompait pas, mais pas pour les raisons qu'elle croyait.

— Dites-moi, répétai-je.

Elle s'éclaircit à nouveau la gorge. Puis elle se rapprocha du bord du canapé et commença.

— Je suis infirmière, dit-elle. Je ne sais pas si vous l'avez vu, mais dans le film ils m'ont transformée en serveuse. Ce n'est pas bien. Je suis infirmière. Je sais des choses en médecine. Et les hôpitaux, je connais, à fond.

J'acquiesçai et ne dis rien pour l'arrêter.

— Le coroner a fait une autopsie. Rien n'indiquait qu'il y aurait eu un coup fourré, mais ils ont quand même procédé à une autopsie sur la demande du Dr Hansen, l'ancien cardiologue de Terry. Il voulait voir s'ils pouvaient trouver ce qui n'avait pas marché.

– Bon, dis-je, et qu'est-ce qu'ils ont trouvé?

– Rien, enfin… rien de criminel. Le cœur a tout simplement cessé de battre… et Terry est mort. Ça arrive. L'autopsie a montré que les parois de son cœur avaient commencé à mincir et à se resserrer. Cardiomyopathie. Rejet du greffon. Ils ont fait les prises de sang de rigueur et tout a été dit. Ils me l'ont rendu. Son corps, je veux dire. Terry ne voulait pas être enterré… il me l'avait toujours dit. Il a donc été incinéré à Griffin and Reeves et après le service funèbre Buddy nous a emmenés, les enfants et moi, sur le bateau, où nous avons fait ce que voulait Terry. Nous l'avons laissé partir. Dans l'eau. Cérémonie intime. C'était bien.

– Qui est Buddy?

– Oh, c'est le type avec qui Terry avait son affaire d'expéditions en mer. Son associé.

– Ah oui, je me souviens.

J'acquiesçai d'un signe de tête et tentai de reprendre l'histoire depuis le début pour y voir une ouverture et comprendre la raison qui l'avait poussée à venir me voir.

– Les analyses de sang de l'autopsie, repris-je enfin. Qu'est-ce qu'ils ont trouvé?

Elle hocha la tête.

– Non, dit-elle, c'est plutôt ce qu'ils n'ont pas trouvé.

– Comment ça?

– Il faut se rappeler que Terry avalait des tonnes de médicaments. Tous les jours, gélule sur gélule, une fiole après l'autre. Ça l'a maintenu en vie, enfin… jusqu'à la fin. Bref, l'analyse de sang faisait une page et demie de long.

– Ils vous l'ont envoyée?

– Non, c'est le Dr Hansen qui l'a reçue et qui m'en a parlé. Il m'a appelée parce qu'il manquait des choses qui auraient dû y être. Des traces de Cellcept et de Prograff. Il n'y en avait pas dans son sang quand il est mort.

– Et c'étaient des médicaments importants.

Elle acquiesça.

– Voilà. Il prenait sept gélules de Prograff par jour. Et du Cellcept deux fois par jour. C'étaient ses médicaments clés. C'étaient eux qui protégeaient son cœur.

— Et sans eux c'était la mort assurée?

— Au bout de trois ou quatre jours maximum. L'insuffisance cardiaque œdémateuse serait survenue tout de suite. Et c'est très exactement ce qui s'est produit.

— Pourquoi a-t-il cessé de les prendre?

— Il n'a jamais cessé de les prendre et c'est pour ça que j'ai besoin de vous. Quelqu'un a trafiqué ses médicaments et l'a tué.

Je remis tout ça au broyeur à pensées.

— Et d'un, comment savez-vous qu'il prenait ses médicaments?

— Parce que je le voyais. Et Buddy aussi. Jusqu'au type avec lequel ils ont fait leur dernière sortie en mer qui m'a dit l'avoir vu les prendre. Je leur ai posé la question. Écoutez… je vous l'ai déjà dit, je suis infirmière. S'il n'avait pas pris ses médicaments, je l'aurais remarqué.

— Bon, vous êtes donc en train de me dire qu'il les prenait, mais que ce n'étaient pas vraiment ses médicaments. Que quelqu'un les avait trafiqués. Qu'est-ce qui vous le fait croire?

Son langage corporel trahissait la frustration. Je ne tirais pas les conclusions logiques auxquelles elle s'attendait de ma part.

— Permettez que je remonte un peu en arrière, dit-elle. Une semaine après l'enterrement, avant que j'aie la moindre idée de tout ça, j'ai essayé de reprendre ma vie habituelle et j'ai vidé l'armoire où il gardait ses médicaments. C'est que c'est très très cher, ces trucs. Je ne voulais pas les jeter. Il y a des gens qui ont un mal de chien à se les payer. Nous-mêmes… L'assurance de Terry était finie et on avait besoin de MediCal et de Medicaid[1] rien que pour pouvoir les payer.

— Vous en avez fait don?

— Oui, c'est de tradition chez les greffés. Quand quelqu'un…

Elle baissa de nouveau les yeux sur ses mains.

— Je comprends, dis-je. On rend tout.

— Voilà. Pour aider les autres. C'est tellement cher que… Terry avait de quoi tenir au moins neuf semaines. Il y en avait pour plusieurs milliers de dollars.

---

1. MediCal, assurance de l'État de Californie, et Medicaid, assurance fédérale *(NdT)*.

– D'accord.

– J'ai donc tout emporté sur le ferry et je suis passée à l'hôpital. Tout le monde m'a remerciée et j'ai cru que c'était fini. J'ai deux enfants, monsieur Bosch. Aussi dur que ça puisse être, il fallait que je passe à autre chose. Pour eux.

Je songeai à sa fille. Je ne l'avais jamais vue, mais Terry m'en avait beaucoup parlé. Il m'avait dit son prénom et pourquoi il l'avait appelée comme ça. Je me demandai si Graciela connaissait l'histoire.

– Vous l'avez dit au Dr Hansen? lui demandai-je. Parce que si quelqu'un a trafiqué les médicaments, il faut que vous les avertis…

Elle hocha la tête.

– Il y a toujours une vérification. Tous les emballages sont vérifiés. Vous savez bien… l'étanchéité des bouchons sur les flacons, les dates d'expiration, les numéros de lots pour les rappels éventuels, etc. Rien d'anormal. Personne n'avait trafiqué quoi que ce soit. Dans ce que j'avais rendu en tout cas.

– Et donc…?

Elle se rapprocha encore du bord du canapé. Elle allait venir à l'essentiel.

– Sur le bateau… Les boîtes et les flacons que je n'avais pas rendus parce que l'hôpital ne les reprend pas quand ils sont ouverts. C'est le règlement.

– Et c'est là que vous avez constaté…

– Il restait pour un jour de Prograff et pour deux de Cellcept dans les flacons. Je les ai mis dans un sac en plastique et je les ai apportés à la clinique d'Avalon. C'est là que je travaillais. J'ai inventé une histoire. J'ai raconté qu'une de mes amies avait trouvé ces trucs-là dans la poche de son fils avant de faire la lessive et qu'elle voulait savoir ce qu'il prenait. Ils ont fait des analyses et les gélules… toutes les gélules étaient bidon. Elles étaient remplies de poudre blanche. Du cartilage de requin. Ça se vend dans des magasins spécialisés et sur le Web. C'est censé guérir le cancer par voie homéopathique. Ça se digère sans problème et c'est inoffensif. Terry ne pouvait pas s'en rendre compte.

De son petit sac elle sortit une enveloppe pliée qu'elle me tendit. A l'intérieur se trouvaient deux gélules. Blanches toutes les deux, avec quelque chose d'imprimé en petit sur le côté.

— Ça vient de ce qui restait?

— Oui. J'en ai gardé deux et j'en ai donné quatre à mes amis de la clinique.

En faisant un entonnoir avec l'enveloppe, j'attrapai une des gélules. Elle s'ouvrit sans problème, les deux parties de l'emballage n'en étant pas abîmées. La poudre blanche qu'elle contenait se répandit dans l'enveloppe. Je compris alors que vider la gélule et en remplacer le contenu par de la poudre ne posait aucun problème.

— Vous êtes donc en train de me dire que pendant cette dernière croisière Terry prenait des médicaments qui, à son idée, devaient le maintenir en vie, mais qui ne le soignaient absolument pas. Qui, de fait même, le tuaient.

— Exactement.

— D'où venaient ces gélules?

— De la pharmacie de l'hôpital. Mais on aurait pu les trafiquer n'importe où.

Elle cessa de parler pour me laisser le temps de digérer la nouvelle.

— Que va faire le Dr Hansen? lui demandai-je enfin.

— Il m'a dit ne pas avoir le choix. Si les médicaments ont été trafiqués à l'hôpital, il doit le savoir. D'autres malades pourraient être en danger.

— Ça me semble peu probable. D'après vous, ce sont deux médicaments qui ont été trafiqués. Ça signifie qu'il y a toutes les chances pour que ça se soit passé en dehors de l'hôpital. Ça s'est produit après que Terry les a eus en sa possession.

— Je sais. C'est ce qu'il pense aussi. Il m'a dit qu'il allait en référer aux autorités. Il est obligé. Mais je ne sais pas qui c'est et ce qu'elles feront. L'hôpital est à Los Angeles et Terry est mort sur son bateau à vingt-cinq miles de la côte de San Diego. Je ne vois pas qui…

— Ça devrait commencer par remonter aux gardes-côtes avant d'atterrir au FBI, en bout de course. Mais ça prendra plusieurs jours. Vous pourriez accélérer les choses en appelant le Bureau tout de suite. Je ne comprends pas pourquoi vous vous adressez à moi plutôt qu'à eux.

— Parce que je ne peux pas leur parler. Pas tout de suite en tout cas.

– Pourquoi? Bien sûr que vous pouvez! Vous n'auriez même pas dû venir me voir. Adressez-vous au Bureau, Graciela. Dites-leur avec qui il travaillait. Ils s'y mettront tout de suite. Je le sais.

Elle se leva, gagna la porte coulissante et regarda de l'autre côté du col. C'était une de ces journées où le brouillard est si épais qu'on se demande s'il ne va pas prendre feu tout seul.

– Vous avez été inspecteur de police. Réfléchissez. Quelqu'un a tué Terry. On n'a pas trafiqué ces médicaments au hasard… surtout qu'il y en avait deux et qu'ils étaient emballés dans des flacons différents. C'était voulu. La question est donc celle-ci: qui a eu accès à ses médicaments? Et le mobile, qui l'avait? C'est moi qu'on va soupçonner en premier et il se pourrait bien qu'on n'aille pas plus loin. J'ai deux enfants. Je ne peux pas courir ce risque.

Elle me regarda par-dessus son épaule.

– Et ce n'est pas moi qui l'ai tué, ajouta-t-elle.

– Le mobile? De quoi parlez-vous?

– D'argent, pour commencer. Il avait une assurance, ça remonte à l'époque où il travaillait au Bureau.

– «Pour commencer»? Ça veut dire qu'il y a autre chose?

Elle se retourna vers moi.

– J'aimais mon mari, dit-elle. Mais on avait des problèmes. Ça faisait plusieurs semaines qu'il couchait sur le bateau. C'est sans doute pour ça qu'il avait accepté cette grande sortie en mer. La plupart du temps il ne prenait que des sorties d'une journée.

– C'était quoi, ces problèmes? Si j'accepte de me lancer dans cette enquête, il faut que je le sache.

Elle haussa les épaules comme si elle ne savait pas que répondre, mais finit par me dire:

– On vivait dans une île et ç'avait cessé de me plaire. Ce n'était un secret pour personne que j'avais envie de revenir sur le continent. Le problème était que le travail qu'il avait effectué pour le Bureau lui faisait craindre pour nos enfants. Il avait peur de tout. Il voulait protéger les enfants du monde entier. Pas moi. Moi, je voulais qu'ils l'explorent et soient prêts à y vivre.

– Et… c'est tout?

– Il y avait d'autres choses. Il travaillait encore sur certaines affaires et ça non plus, ça ne me plaisait pas beaucoup.

Je me levai et la rejoignis près de la porte coulissante. Puis j'ouvris cette dernière pour aérer la pièce. J'aurais dû le faire dès que nous étions entrés. Ça sentait le rance.

– Quelles affaires? lui demandai-je.

– Il était comme vous. Hanté par les types qui s'en tiraient sans encombre. Il avait des dossiers, de pleines caisses de dossiers là-bas en bas, au bateau.

Le bateau. J'y étais allé il y avait bien longtemps. A l'avant se trouvait une cabine de luxe qu'il avait transformée en bureau. Je me rappelai y avoir vu des dossiers sur la couchette supérieure.

– Il a longtemps essayé de me le cacher, mais c'est devenu évident et nous avons laissé tomber les faux-semblants. Il allait souvent sur le continent depuis quelque temps. Quand il n'avait pas de sorties en mer. On s'est disputés, mais d'après lui c'était quelque chose qu'il ne pouvait pas se permettre de lâcher.

– C'était pour une affaire ou pour plusieurs?

– Je ne sais pas. Il ne m'a jamais dit exactement sur quoi il travaillait et d'ailleurs, je ne le lui ai jamais vraiment demandé non plus. Tout ce que je voulais, c'est qu'il arrête. Qu'il passe du temps avec ses enfants. Pas avec ces gens-là.

– «Ces gens-là»? répétai-je.

– Oui, les gens qui le fascinaient, les assassins et leurs victimes. Leurs familles. Ils l'obsédaient. Il y a des moments où je me dis qu'il les trouvait plus importants que nous.

Elle avait dit ça en regardant de l'autre côté du col. La porte entrouverte laissait pénétrer le vacarme de la circulation. Le bruit des voitures sur l'autoroute ressemblait à une ovation lointaine montant d'une arène où les jeux n'auraient jamais cessé. J'ouvris la porte en grand et passai sur la terrasse. Je regardai les buissons en dessous et repensai aux combats à mort qui s'y étaient déroulés l'année précédente. J'en avais réchappé pour découvrir que, comme Terry, j'étais père. Dans les mois qui avaient suivi j'avais appris à chercher dans les yeux de ma fille ce qu'il m'avait dit avoir trouvé dans ceux de la sienne. Je savais faire parce qu'il m'avait dit comment m'y prendre. Rien que pour ça, je lui devais quelque chose.

Graciela passa derrière moi.

– Ferez-vous ça pour moi? me demanda-t-elle. J'ai confiance en ce que mon mari disait de vous. Je crois que vous pouvez nous aider, moi et lui.

Et m'aider moi-même avec, pensai-je sans le dire.

Au lieu de ça, je contemplai l'autoroute tout en bas et vis le soleil se refléter dans les pare-brise des voitures qui filaient dans le col. On aurait dit mille paires d'yeux clairs, mille et mille paires d'yeux d'argent qui m'observaient.

– Oui, répondis-je, je le ferai.

4

C'est dans les docks de San Pedro, à la marina de Cabrillo, que je commençai mon enquête. J'aimais bien y descendre, mais ne le faisais que rarement. Je ne sais pas pourquoi. Ça faisait partie des choses qu'on oublie jusqu'au moment où, y revenant, on se rappelle qu'on aimait ça. La première fois que j'y étais venu, j'avais seize ans et je fuguais. J'y avais passé des jours entiers à me faire tatouer et à regarder les thoniers rentrer au port. Je dormais dans un chalut que personne ne fermait à clé, le *Rosebud*. Jusqu'au jour où, un capitaine de port ayant fini par m'attraper, j'avais été renvoyé dans mon foyer d'accueil, les mots HOLD FAST [1] tatoués en travers de mes phalanges.

La marina de Cabrillo était plus jeune que tous ces souvenirs. Elle n'avait plus rien à voir avec les docks industriels où j'avais échoué tant d'années auparavant. On n'y amarrait plus que des bateaux de plaisance. Derrière les portails fermés à clé, des centaines de mâts de voiliers montaient vers le ciel telle une forêt après l'incendie. Plus loin, d'énormes yachts s'alignaient une rangée après l'autre, nombre d'entre eux valant plusieurs millions de dollars.

Pas tous. Le bateau de Buddy Lockridge, lui, n'avait rien d'un palace flottant. Lockridge, dont Graciela McCaleb m'avait dit qu'il était l'associé et, sur la fin, l'ami le plus proche de son mari, vivait sur un bateau de dix-huit mètres avec, semblait-il, tout ce que peut contenir un bateau de trente-six entassé sur son pont. Un vrai dépotoir, qui ne résultait pas du bateau lui-même mais de la façon

---

1. Soit «tenir bon» *(NdT)*.

dont l'entretenait son propriétaire. S'il avait vécu dans une maison, Lockridge aurait eu des épaves de voitures dans son jardin et de véritables murailles de journaux à l'intérieur.

Il m'avait ouvert le portail et sortait maintenant de sa cabine en short, sandales et vieux T-shirt si souvent lavé qu'on n'arrivait même plus à lire l'inscription qui l'avait barré jadis. Graciela l'avait prévenu par téléphone. Il savait que je voulais lui parler, mais ignorait pourquoi.

— Alors, me lança-t-il en passant sur le ponton. Graciela m'a dit que vous enquêtiez sur la mort de Terry. C'est pour l'assurance?

— On pourrait dire ça, oui.

— Vous êtes détective privé, c'est ça?

— En gros, oui.

Il demanda à voir mes papiers, je lui montrai la licence plastifiée qu'on m'avait envoyée de Sacramento. Il haussa le sourcil en découvrant mon prénom officiel.

— Hieronymus Bosch? dit-il. Comme le peintre fou?

Il était rare que mon nom évoque quoi que ce soit aux gens. Cela me dit quelque chose sur lui.

— D'après certains, oui, il l'était. Pour d'autres, il aurait prédit l'avenir.

Ma licence paraissant le calmer, Buddy Lockridge m'annonça que nous pouvions parler à bord de son bateau ou aller boire un café au magasin d'accastillage. J'avais envie de jeter un coup d'œil chez lui – question de stratégie minimale –, mais ne voulais pas que ç'ait l'air trop évident et lui répondis qu'un peu de caféine ne me ferait pas de mal.

Le magasin se trouvait à cinq minutes à pied dans les docks. Nous parlâmes de choses et d'autres en nous y rendant, Buddy passant l'essentiel du trajet à se plaindre de la façon dont on l'avait représenté dans le film inspiré par la greffe de McCaleb et la traque dans laquelle celui-ci s'était lancé pour retrouver l'assassin de la femme qui lui avait donné son cœur.

— Vous avez été payé, non? lui demandai-je quand il eut fini.

— Oui, mais c'est pas ça.

— Bien sûr que si. Mettez votre fric à la banque et oubliez le reste. Ça n'est jamais qu'un film.

Il y avait quelques tables et des bancs devant le magasin, nous y emportâmes nos cafés, Lockridge commençant à m'interroger avant même que j'aie pu lui poser mes questions. Je lui donnai un peu de mou. A mes yeux, Lockridge était un maillon important de la chaîne dans la mesure où il avait bien connu Terry McCaleb et avait été un des deux témoins de sa mort. Je voulais qu'il se sente à l'aise avec moi, je le laissai poser ses questions.

— Et donc, c'est quoi votre pedigree? Vous avez été flic?

— Presque trente ans. Au LAPD. Et la moitié du temps aux Homicides.

— Les assassinats, hein? Vous connaissiez la Terreur?

— Quoi?

— Terry, je veux dire. Je l'appelais «la Terreur».

— Comment ça se fait?

— Je ne sais pas. C'est comme ça que je l'appelais, c'est tout. Je donne des surnoms à tout le monde. Terry avait vu toute la terreur du monde, et de près, si vous voyez ce que je veux dire. Alors, je l'appelais «la Terreur».

— Et moi? Qu'est-ce que vous allez me trouver comme surnom?

— Vous…?

Il me jaugea comme le sculpteur son bloc de granit.

— Euh… Harry la Valoche.

— Et pourquoi?

— Parce que vous avez les habits un peu fripés… comme si vous viviez dans vos valises.

J'acquiesçai d'un signe de tête.

— Pas mal trouvé, dis-je.

— Bon, et donc vous connaissiez Terry, reprit-il.

— Oui, je le connaissais. Nous avons travaillé sur plusieurs affaires ensemble quand il était au Bureau. Et une dernière fois après sa greffe.

Il claqua les doigts et me regarda.

— Mais oui, ça me revient maintenant! C'était vous, le flic. C'est vous qui étiez dans son bateau la nuit où les deux voyous se sont pointés pour lui régler son compte. C'est vous qui lui avez sauvé la vie, juste avant qu'il sauve la vôtre.

J'acquiesçai à nouveau.

– C'est ça même. Et maintenant, je peux vous poser quelques questions, Buddy?

Il écarta grand les mains pour me montrer qu'il était prêt et n'avait rien à cacher.

– Bien sûr, mec, c'est pas que je voulais monopoliser le micro, vous savez?

Je sortis mon carnet et le posai sur la table.

– Merci. Commençons par la dernière sortie en mer. Vous me racontez?

– Ben… qu'est-ce que vous voulez savoir?

– Tout.

Il souffla fort.

– Ça fait du monde, dit-il.

Mais il commença à me raconter. Ce qu'il me dit au début s'accordait assez bien avec les comptes rendus succincts que j'avais lus dans les journaux de Las Vegas et avec ce que j'avais appris plus tard en me rendant à la cérémonie funèbre. McCaleb et Lockridge avaient accepté d'emmener un client pêcher le marlin dans les eaux de Baja California, la sortie devant durer quatre jours et trois nuits. C'était en revenant à Catalina, au port d'Avalon, au quatrième jour du voyage, que McCaleb s'était soudain effondré sur la barre, dans le poste de pilotage supérieur. Ils n'étaient plus qu'à vingt-deux miles des côtes, à mi-chemin entre San Diego et Los Angeles. Ils avaient lancé un appel radio aux gardes-côtes, un hélicoptère de secours leur étant immédiatement dépêché. McCaleb avait été héliporté jusqu'à un hôpital de Long Beach, où il avait été déclaré mort dès son arrivée.

Quand Lockridge se tut, je hochai la tête comme si tout collait parfaitement avec ce que je savais déjà.

– L'avez-vous vu s'effondrer? lui demandai-je enfin.

– Non, pas vraiment. Mais je l'ai senti.

– Comment ça?

– Ben, il était tout en haut, à la barre. Moi, j'étais en bas avec le client. On avait mis cap au nord pour rentrer. Comme le client en avait marre de pêcher, on se donnait même plus la peine de traînasser. Terry avait mis toute la gomme et on devait faire du vingt-cinq nœuds. Et donc, le client et moi, Otto qu'il s'appelait, on est dans le cockpit et v'là que tout d'un coup le bateau vire à quatre-vingt-dix degrés à l'ouest. Vers le large, mec! Comme je savais que c'était pas prévu au programme, j'ai grimpé l'échelle pour aller voir ce qui se passait et c'est là que j'ai vu Terry affalé sur la barre. Il s'était effondré. Quand je suis arrivé à côté de lui, il vivait encore, mais putain, il était complètement dans les vapes.

— Qu'avez-vous fait?

— J'ai été sauveteur dans le temps. A Venice Beach. Je sais encore ce qu'il faut faire. J'ai appelé Otto pour qu'il monte et je me suis occupé de Terry pendant qu'Otto faisait ce qu'il fallait pour contrôler le bateau et appeler les gardes-côtes par radio. Je n'ai jamais réussi à ramener Terry à la conscience, mais j'ai pas arrêté de lui insuffler de l'air jusqu'au moment où l'hélico s'est pointé. Et qu'est-ce qu'il a mis du temps à venir, ce truc!

J'en pris bonne note dans mon carnet. Pas du tout parce que ç'aurait été essentiel, mais parce que je voulais que Lockridge sache que je le prenais au sérieux et qu'il pense que tout ce qui avait de l'importance à ses yeux en avait aussi pour moi.

— Combien de temps ont-ils mis?

— L'hélico? Entre vingt et vingt-cinq minutes. J'en sais trop rien, mais ça paraît une éternité quand on essaie de ressusciter un mec.

— Je veux bien le croire. Tous les gens à qui j'en ai parlé m'ont dit que vous aviez fait de votre mieux. Et donc, pour vous il n'a rien dit de plus. Il s'est écroulé sur la barre et ç'a été fini.

— Exactement.

— Bon alors... que vous a-t-il dit en dernier?

Il commença à se mâchonner l'ongle d'un pouce en essayant de se rappeler.

— Bonne question, répondit-il enfin. Ç'a dû être quand il est revenu au bastingage du cockpit et qu'il s'est penché pour nous dire qu'on serait rentrés avant le coucher du soleil.

— Combien de temps s'est-il écoulé entre ce moment-là et celui où il s'est effondré?

— Disons une demi-heure, peut-être un peu plus.

— Et il avait l'air bien?

— Oui, comme la Terreur que je connaissais, vous voyez? Personne n'aurait pu deviner ce qui allait arriver.

– Et donc, ça faisait trois jours entiers que vous étiez à bord, c'est ça?

– C'est ça. Et un peu serrés parce que c'était le client qui avait droit à la cabine de luxe. Terry et moi, on dormait dans la cabine avant.

– Et pendant cette sortie, vous l'avez vu prendre ses médicaments tous les jours? Vous savez… ses gélules.

Il acquiesça d'un geste exagéré de la tête.

– Oh que oui! dit-il. Il se les enfilait sans arrêt! Tous les matins et tous les soirs. On avait fait beaucoup de sorties ensemble. C'était un vrai rituel… on pouvait régler sa montre dessus. Il n'y manquait jamais. Pas plus pendant ce voyage-là qu'avant.

Je pris quelques notes de plus pour garder le silence et l'amener à poursuivre. En vain.

– Vous a-t-il jamais dit que ces médicaments avaient un drôle de goût ou qu'il ne se sentait pas dans son assiette après les avoir pris?

– Parce que c'est de ça qu'il est question? Vous essayez de me faire croire qu'il n'aurait pas pris les bonnes pilules et que l'assurance n'a rien à payer? Si j'avais su que c'était ça, j'aurais jamais accepté de vous parler!

Il se mit en devoir de se lever de son banc. Je tendis la main et lui attrapai le bras.

– Asseyez-vous, Buddy, lui dis-je, ce n'est pas du tout ça. Je ne travaille pas pour son assurance.

Il se laissa retomber lourdement sur le banc et regarda son bras.

– Bon, mais alors… de quoi s'agit-il?

– Vous le savez déjà. Je veux juste m'assurer que sa mort est bien ce qui devait arriver.

– Ce qui «devait» arriver? répéta-t-il.

Je compris que je n'avais pas été très heureux dans le choix de mes mots.

– Ce que j'essaie de vous dire, c'est que je veux savoir si quelqu'un n'a pas tenté de l'aider à mourir.

Il m'examina un bon moment avant de hocher lentement la tête.

– Vous voulez dire qu'on lui aurait trafiqué ses médicaments?

– Ce n'est pas impossible.

Il serra les mâchoires d'un air décidé. Pour moi, il ne jouait pas la comédie.

– Vous avez besoin d'aide? me demanda-t-il.

– Ça se pourrait, oui. Je dois aller à Catalina demain matin. Je vais jeter un coup d'œil au bateau. Vous pouvez m'y retrouver?

– Et comment!

Ç'avait l'air de tellement l'exciter que j'allais sûrement être obligé de le calmer, mais pour l'instant j'avais besoin de sa coopération pleine et entière.

– Bon, repris-je. Que je vous pose quelques questions. Parlez-moi un peu de cet Otto. Vous le connaissiez d'avant?

– Oh oui. Il fait des sorties deux ou trois fois par an. Il habite à Catalina et c'est la seule raison pour laquelle on a eu le contrat pour plusieurs jours. Vous voyez, c'était ça, le problème avec ce boulot. Mais Terry s'en foutait. Lui, rester bien tranquille au port en attendant le client qui va partir en excursion pour la demi-journée, ça lui suffisait.

– Pas si vite, Buddy. De quoi parlez-vous?

– Je parle du fait que Terry gardait le bateau de l'autre côté, à Catalina. Et que là-bas il n'y a que des gens qui visitent et ont envie d'aller pêcher deux ou trois heures. Les gros clients, on ne les avait pas… ceux avec lesquels on se fait beaucoup d'argent parce que la sortie dure trois, quatre ou cinq jours. Otto, c'était l'exception parce qu'il habite là-bas et qu'il voulait aller pêcher au large du Mexique deux ou trois fois par an et en profiter pour se défouler un peu.

– Vous voulez dire que Terry se contentait de jouer petit?

– Voilà. J'arrêtais pas de le lui dire: «Installe-toi sur le continent, fais passer des petites annonces et on aura du vrai boulot.» Mais rien à faire, il ne voulait pas.

– Lui avez-vous jamais demandé pourquoi?

– Bien sûr. Il voulait juste rester dans l'île. Il n'avait pas envie d'être loin de sa famille. Et il voulait avoir le temps de travailler sur ses dossiers.

– Vous voulez dire… ses anciennes affaires?

– Voilà, les anciennes et quelques-unes de nouvelles.

— Du genre?

— Je sais pas. Il arrêtait pas de découper des articles de journaux et de les coller dans des chemises, de passer des coups de fil, des trucs comme ça.

— Sur le bateau?

— Oui, au bateau. Graciela ne voulait pas entendre parler de ça chez elle. Et ça, il me l'a dit: elle aimait pas. Des fois, ç'en venait même au point où il allait dormir à bord du bateau. Sur la fin. Pour moi, c'était à cause de ça: ses dossiers. Il commençait à se prendre la tête sur un truc et Graciela finissait par lui dire de rester au bateau jusqu'à ce que ça lui passe.

— Il vous l'a dit?

— Y avait même pas besoin.

— Une affaire qui l'aurait intéressé ces derniers temps?

— Non. Il ne me mettait plus dans la confidence. J'avais essayé de l'aider pour son histoire de cœur, mais après il m'a… comment dire… fermé la porte pour le reste.

— Et ça vous a ennuyé?

— Pas vraiment, non. Enfin, je veux dire… j'étais prêt à l'aider. Chasser la crapule, c'est plus intéressant qu'aller à la pêche, mais je savais bien que c'était son univers à lui et pas le mien.

Sa réponse me fit l'effet d'être un peu trop convenue — comme s'il me recrachait l'explication que Terry lui avait peut-être donnée un jour. Je décidai d'en rester là, mais en sachant que c'était un sujet sur lequel il faudrait revenir.

— Bon, d'accord, dis-je. Revenons-en à Otto. Combien de fois êtes-vous allés pêcher avec lui?

— C'était notre quatrième, non… notre troisième sortie.

— Et toujours au Mexique?

— En gros, oui.

— Que fait-il dans la vie pour pouvoir se payer ce genre de croisières?

— Il est à la retraite. Il se prend pour Zane Grey[1] et veut faire de la pêche sportive. Il a envie d'attraper un marlin noir pour pouvoir l'accrocher au-dessus de sa cheminée. Il a les moyens. Il m'a dit

---

1. Zane Grey, romancier américain, 1875-1939 *(NdT)*.

avoir été représentant de commerce, mais je lui ai jamais demandé en quoi.

— Il est à la retraite? Quel âge a-t-il?

— Je ne sais pas. Une bonne soixantaine d'années.

— Et il vient d'où?

— Du continent. De Long Beach, je crois.

— Quand, tout à l'heure, vous avez dit qu'il aimait aller pêcher et en profiter pour se défouler un peu, qu'est-ce que ça signifiait?

— Ben ça, quoi. On l'emmenait pêcher et quand on mouillait au large de Cabo, il avait toujours quelque chose à y faire en plus.

— Ce qui fait que pour ce dernier voyage, vous avez mouillé tous les soirs dans le port de Cabo.

— Les deux premiers soirs, oui, mais le troisième à San Diego.

— Qui a décidé?

— Ben, Otto voulait aller à Cabo et comme San Diego était à mi-chemin pour rentrer... On revenait toujours tout doucement.

— Des trucs qui se seraient passés à Cabo?

— Je vous l'ai dit. Il avait toujours quelque chose à y faire. Et ce coup-là il s'est fait tout beau les deux soirs pour aller en ville. Pour moi, il allait y retrouver *una señorita*. Il avait passé plusieurs appels sur son portable.

— Il est marié?

— Pour autant que je sache... C'est sans doute pour ça qu'il aimait bien les sorties de trois jours. Sa femme croyait qu'il allait pêcher au large. Elle ne devait pas trop se douter qu'il s'arrêtait à Cabo pour se taper une Margarita... et c'est pas de la boisson que je parle.

— Et Terry là-dedans? Lui aussi allait en ville?

Il répondit sans hésiter.

— Non, Terry n'avait rien de ce côté-là. En plus qu'il n'aurait jamais quitté le bateau. Il était même pas question qu'il pose le pied sur le ponton.

— Pourquoi ça?

— Vous savez bien... le coup du capitaine qui ne quitte jamais son navire...

— Et vous?

— Les trois quarts du temps, je restais avec lui. Des fois, je descendais en ville pour aller boire un coup ou autre...

— Et là? Pendant ce dernier voyage?

— Je suis resté à bord. J'étais un peu à court de fric.

— Bref, cette fois, Terry n'a jamais quitté le bord.

— C'est ça.

— Et en dehors de vous, d'Otto et de lui, personne n'y est monté non plus.

— C'est ça mê… enfin, non, pas exactement.

— Que voulez-vous dire? Qui est monté à bord?

— Le deuxième soir, en allant à Cabo, on s'est fait arrêter par les *federales*, les gardes-côtes mexicains. Y en a deux qui sont montés pour regarder à droite et à gauche.

— Pourquoi?

— C'est la routine. De temps en temps, ils vous arrêtent et vous font payer un peu des taxes, et après ils vous laissent aller.

— Quoi? Un pot-de-vin?

— Un pot-de-vin, un pourboire, un dessous-de-table, vous appelez ça comme vous voulez.

— Et c'est ce qui est arrivé cette fois-ci?

— Oui. Terry leur a filé cinquante dollars quand ils étaient dans la cabine de luxe et ils se sont barrés. Ça n'a pas vraiment traîné.

— Ont-ils fouillé le bateau? Ont-ils touché aux médicaments?

— Non, ils ne sont jamais allés jusque-là. C'est à ça que ça sert, les dessous-de-table. A éviter ce genre d'ennuis.

Je m'aperçus que je ne prenais plus de notes. Beaucoup de ces renseignements étaient nouveaux pour moi et valaient que j'explore les pistes qu'ils ouvraient, mais j'avais l'impression d'en avoir assez pour l'instant. J'allais devoir commencer par tout digérer avant d'y revenir. Buddy Lockridge paraissait désireux de m'accorder tout le temps dont j'aurais besoin, à condition que je lui donne l'impression qu'il avait un rôle à jouer dans l'histoire. Je lui demandai les noms et les lieux précis des marinas où ils avaient mouillé pour la nuit et notai toutes ces informations dans mon carnet. Puis je lui confirmai notre rendez-vous au bateau pour le lendemain matin. Je lui précisai que je prendrais le premier ferry, il me répondit que lui aussi. Puis je le laissai lorsqu'il me dit vouloir prendre des fournitures au magasin.

Pendant que nous jetions nos gobelets dans la poubelle, il me souhaita bonne chance pour mon enquête.

– Je ne sais pas ce que vous allez trouver, me dit-il. Je ne sais même pas s'il y a quoi que ce soit à trouver, mais si quelqu'un a aidé Terry à mourir, je veux que vous me l'attrapiez. Vous voyez ce que je veux dire?

– Oui, Buddy, je devine. On se retrouve demain dans l'île.

– J'y serai.

5

Au téléphone ce soir-là, ma fille Maddie me demanda de lui raconter une histoire. Cinq ans déjà et elle voulait encore que je lui chante quelque chose ou que je lui raconte des histoires! J'avais plus d'histoires que de chansons dans mon répertoire. Maddie avait un chat noir tout pouilleux qu'elle appelait «Anonyme» et elle aimait que je lui invente des histoires où ledit Anonyme affrontait de grands périls et finissait par remporter la victoire à force de bravoure – en général en résolvant l'énigme, en retrouvant le chaton ou le petit garçon perdu ou en donnant une bonne leçon au vilain.

Je lui racontai vite une petite histoire où Anonyme retrouvait un chat perdu appelé Cielo Azul. Elle apprécia et m'en demanda une autre, mais je lui répondis qu'il était tard et que je devais y aller. C'est à ce moment-là que, sans prévenir, elle me demanda si le Burger King était marié à la Dairy Queen[1]. Je souris et me demandai comment fonctionnait son esprit. Quand je lui répondis que oui, bien sûr, elle voulut savoir s'ils étaient heureux.

On peut perdre les pédales et couper les ponts avec le monde. On peut même se prendre pour un outsider permanent. Mais l'innocence d'un enfant toujours vous ramènera sur terre et vous donnera le bouclier de bonheur et de joie avec lequel vous protéger. Je l'ai appris sur le tard, mais pas trop. En fait, il n'est jamais trop tard. J'eus mal en pensant à tout ce que ma fille allait devoir

---

1. Célèbre marque américaine de produits laitiers (NdT).

apprendre sur le monde. Tout ce que je savais, c'est que je n'avais pas envie de lui en dire quoi que ce soit. Je me sentais souillé par les sentiers que j'avais empruntés et par tout ce que je savais. Je n'avais aucune envie de lui faire partager ce que ça m'avait apporté. Ce que je voulais, c'était que ce soit elle qui m'apprenne des choses.

Et donc, oui, je lui répondis que le Burger King était marié avec la Dairy Queen, qu'ils étaient heureux et vivaient une vie merveilleuse. Je voulais qu'elle ait ses contes de fées et ses histoires à elle aussi longtemps qu'elle pourrait y croire. Ce serait bien assez tôt, je le savais, que tout cela lui serait enlevé.

Dire bonne nuit à ma fille à Las Vegas me fit sentir combien j'étais seul et hors du coup. Je revenais à peine d'un petit voyage de quinze jours là-bas et Maddie s'était habituée à ma présence et moi à la voir. J'allais la chercher à l'école, je la regardais nager, je lui avais même plusieurs fois préparé à dîner dans le petit appartement que je louais près de l'aéroport. Le soir, quand sa mère jouait au poker au casino, je la ramenais chez elle, la mettais au lit et la laissais sous la surveillance de la gouvernante à demeure.

J'étais nouveau dans sa vie. Pendant les quatre premières années de son existence elle n'avait jamais entendu parler de moi, ni moi d'elle. C'était là toute la beauté, mais aussi toute la difficulté de nos relations. Je me retrouvais brusquement père et me vautrais dans ce bonheur en faisant de mon mieux. Soudain, Maddie avait un nouveau protecteur qui entrait dans sa vie et en sortait comme en flottant. Elle avait droit à une étreinte et à un bisou de plus dans ses cheveux. Mais elle savait aussi qu'à cause de cet homme qui venait de faire tout d'un coup irruption dans son univers, sa mère souffrait et pleurait beaucoup. Eleanor et moi tentions bien de mettre une sourdine à nos discussions et à nos échanges parfois un peu vifs, mais il arrive souvent que les murs soient trop minces et que les enfants, comme j'étais en train de l'apprendre, soient les meilleurs des détectives. Il n'y a pas plus forts qu'eux pour interpréter les vibrations du cœur humain.

C'était le plus grand des secrets qu'Eleanor Wish m'avait cachés. Une fille. Le jour où enfin elle me l'avait présentée, j'avais cru que tout allait bien en ce monde. Dans le mien en tout cas. J'avais vu le salut dans les yeux noirs de ma fille, dans ces yeux qui étaient les miens. Mais je n'y avais pas vu les fissures. Les lézardes sous la surface. Et ces lézardes étaient profondes. Le plus beau jour de ma vie avait fini par me conduire aux pires. A des jours où je n'arrivais pas à passer outre au secret et à tout ce qu'on m'avait caché pendant tant d'années. Là où en un seul instant j'avais cru avoir tout le bonheur qu'on pouvait désirer dans une vie, j'avais vite appris que j'étais trop faible pour le garder, pour accepter la trahison qui s'y cachait en échange de toutes ces joies qu'on me donnait.

D'autres hommes, mais ils étaient meilleurs, auraient pu y arriver. Pas moi. J'avais quitté la maison d'Eleanor et de Maddie. J'habite maintenant un petit appartement à Las Vegas, en face d'un parking où des milliardaires garent leurs jets privés avant de prendre de murmurantes limousines pour gagner les casinos où ils joueront des fortunes. J'ai un pied à Las Vegas et l'autre ici, dans ce Los Angeles que je ne pourrai jamais quitter de façon permanente, sauf à mourir.

Après m'avoir souhaité bonne nuit, ma fille rendit le téléphone à sa mère qui, fait rare, se trouvait chez elle. Nos relations étaient plus tendues que jamais. Nous nous disputions sur notre fille. Je ne voulais pas qu'elle grandisse avec une mère qui passait ses nuits à jouer au casino. Je ne voulais pas qu'elle dîne dans des Burger King. Et je ne voulais pas davantage qu'elle apprenne à vivre dans une ville qui porte le péché en bandoulière.

Mais je n'étais pas en position d'y changer quoi que ce soit. Je sais que ça peut paraître ridicule dans la mesure où j'habite dans un endroit où le crime frappe au hasard, où le chaos est toujours proche et où le poison traîne littéralement dans le ciel, mais je n'aime pas me dire que ma fille grandit là où elle est. C'est comme la différence subtile qui existe entre l'espoir et le désir. Los Angeles fonctionne sur l'espoir et il y a encore quelque chose de pur là-dedans. Ça aide à voir plus loin que la pollution de l'air. Las Vegas, c'est tout autre chose. A mes yeux, cette ville fonctionne sur le désir et, au bout de ce chemin-là, c'est le cœur qui finit par se briser. Et ça, je n'en veux pas pour ma fille. Je n'en veux même pas pour sa mère. Je suis prêt à attendre, mais pas trop. Plus je passe de temps avec Maddie et commence à la connaître et à l'aimer mieux, plus ma patience s'effrite tel le pont de corde jeté au-dessus de l'abîme.

Maddie lui ayant rendu le téléphone, ni sa mère ni moi n'eûmes grand-chose à nous dire. Je l'informai seulement que je passerais voir notre fille dès que possible et nous raccrochâmes. Je reposai l'appareil en éprouvant une douleur à laquelle je n'étais pas habitué. Ce n'était pas celle qui accompagne la solitude ou le vide de l'existence. Ces douleurs-là, je les connaissais et avais appris à faire avec. Non, celle-là, c'est celle qui vient avec la peur de ce que l'avenir réserve à ceux qu'on aime, à ceux pour qui on donnerait sa vie sans la moindre hésitation.

6

Le premier ferry m'amena à Catalina à 9 h 30 le lendemain matin. J'avais appelé Graciela McCaleb sur mon portable pendant la traversée, elle m'attendait à la jetée. Il faisait beau et sec et je sentis tout de suite la différence avec l'air plein de smog de Los Angeles. Graciela me sourit tandis que j'approchais de la porte où l'on attendait les voyageurs.

— Bonjour, me dit-elle. Merci d'être venu.

— Pas de problème. Merci à vous d'être venue à ma rencontre.

Je m'étais plus ou moins attendu à ce que Buddy Lockridge soit avec elle. Je ne l'avais pas vu sur le ferry et me disais qu'il avait peut-être effectué la traversée la veille au soir.

— Toujours pas de Buddy?

— Non. Il devait venir?

— Je voulais voir des choses sur le bateau avec lui. Il m'avait dit qu'il prendrait le premier ferry, mais je ne l'ai pas vu.

— Bah, il y en a deux. Le prochain arrivera dans trois quarts d'heure. Il sera sans doute sur celui-là. Par quoi aimeriez-vous commencer?

— J'ai envie de passer au bateau.

Nous nous rendîmes aux docks de ravitaillement et prîmes un petit Zodiac avec un moteur d'un cheval pour gagner le bassin où les yachts s'alignaient en rangs, tous attachés à des amarres flottantes qui sautillaient en même temps avec le courant. Le bateau de Terry, le *Following Sea,* était l'avant-dernier de l'avant-dernière rangée. Un mauvais pressentiment me vint tandis que nous nous en approchions et finissions par en toucher la coque à l'arrière. C'était sur ce bateau que Terry était mort. Terry, le mari de Graciela et mon ami à moi. Vieille ficelle du métier, j'essayais toujours de trouver ou de façonner un lien émotionnel avec l'affaire que je traitais. Ça aidait à faire monter la pression et me donnait le petit plus qui me poussait à aller où il fallait et à faire le nécessaire, tout le nécessaire. Je compris que cette fois je n'aurais pas besoin de chercher. Ni de façonner quoi que ce soit. Ce lien était déjà compris dans le marché que j'avais conclu. Il en constituait même l'essentiel.

Je regardai le nom du bateau peint en lettres noires à l'arrière et me rappelai le jour où Terry m'en avait expliqué le sens. Il m'avait dit que la *following sea* était la mer d'arrière à laquelle il faut toujours faire attention parce qu'elle vous déboule dessus alors qu'on ne la voit pas et vous frappe dans le dos. Bonne philosophie, mais je me demandai pourquoi Terry n'avait pas vu l'individu qui l'avait attaqué par-derrière.

Je quittai l'embarcation gonflable d'un pas hésitant et passai à l'arrière du bateau. Puis j'attrapai la corde pour l'attacher. Graciela m'arrêta d'un geste.

— Je ne monte pas, dit-elle.

Elle hocha la tête comme pour éviter tout effort que j'aurais pu faire pour la convaincre et me tendit un jeu de clés. Je les pris et hochai la tête à mon tour.

— Je ne veux pas monter, répéta-t-elle. J'y suis déjà montée pour reprendre ses médicaments et ça m'a suffi.

— Je comprends.

— Et comme ça le Zodiac sera à quai si jamais Buddy se pointe.

— « Si jamais »?

— Oh, on ne peut pas toujours compter sur lui. Enfin, c'est ce que disait Terry.

— Qu'est-ce que je fais s'il ne vient pas?

— Vous n'aurez qu'à héler un taxi maritime. Ils passent environ tous les quarts d'heure. Ça ne posera aucun problème. Vous n'aurez qu'à mettre ça sur mon compte. Ce qui me rappelle… nous n'avons pas encore parlé de ce que je vais vous devoir.

Elle se devait d'aborder le sujet, mais aussi bien elle que moi savions que ce ne serait pas un travail rémunéré.

– Ça ne sera pas nécessaire, lui répondis-je. Si j'accepte de me lancer là-dedans, je ne vous demanderai qu'une chose en retour.

– Oui, quoi ?

– Un jour, Terry m'a parlé de votre fille. Il m'a dit que vous l'aviez appelée Cielo Azul.

– C'est vrai. C'est lui qui a choisi ce nom.

– Vous a-t-il jamais dit pourquoi ?

– Non, il m'a juste dit que ça lui plaisait. Il avait connu une fille qui s'appelait comme ça.

J'acquiesçai d'un signe de tête.

– Ce que j'aimerais en guise de paiement, c'est de pouvoir la voir un jour… quand tout ça sera terminé, je veux dire.

Ça la fit réfléchir un instant, puis elle finit par me signifier son accord d'un hochement de tête.

– C'est un ange. Vous allez l'adorer.

– J'en suis bien sûr.

– Harry, vous la connaissiez ? Je veux dire… la fille dont Terry a donné le prénom à la nôtre ?

Je la regardai et acquiesçai d'un signe de tête.

– Oui, on pourrait dire ça. Un jour si vous voulez, je vous parlerai d'elle.

Elle acquiesça à son tour et commença à écarter le Zodiac du bateau. Je l'aidai avec mon pied.

– La petite clé ouvre la porte de la cabine de luxe, reprit-elle. Vous ne devriez pas avoir besoin de plus. J'espère que vous trouverez quelque chose qui nous aidera.

Je hochai la tête et lui montrai les clés comme si elles pouvaient m'ouvrir toutes les portes que je rencontrerais jamais dans ma vie. Puis je la regardai regagner les docks, montai à bord et passai dans le cockpit.

Dieu sait pourquoi, le sens du devoir sans doute, je grimpai l'échelle qui conduisait au poste de pilotage. J'ôtai la bâche qui recouvrait le tableau des commandes, restai un instant debout à côté de la barre et du fauteuil et me représentai Terry en train de s'y effondrer ainsi que Buddy Lockridge me l'avait raconté. Il me parut juste que ce soit là qu'il se soit effondré, mais, avec ce que je savais maintenant, quelque chose me semblait ne pas coller. Je posai la main sur le haut du fauteuil comme si c'était l'épaule de mon ami. Et décidai que j'aurais les réponses à toutes les questions que je me posais avant d'en finir avec cet endroit.

La petite clé chromée que Graciela m'avait confiée ouvrait la porte coulissante donnant sur l'intérieur du bateau. Je décidai d'aérer un peu. Une odeur forte et salée régnait dans l'embarcation. J'en reconnus la source dans les cannes à pêche, les moulinets et les fils avec leurs appâts artificiels encore en place rangés dans les filets sous les plafonds. Je me dis qu'on n'avait pas dû les laver ou s'en occuper comme il fallait après la dernière croisière. Il n'y avait pas eu le temps. Ni aucune raison de le faire.

J'eus envie de descendre vers la cabine de luxe à l'avant où, je le savais, Terry gardait tous ses dossiers d'enquêtes. Mais je résolus de le faire en dernier. Autant commencer par le carré et descendre ensuite.

La pièce était fonctionnelle, avec canapé, chaise et table basse à droite, le tout conduisant à une table des cartes installée derrière la barre intérieure. De l'autre côté se trouvait un coin-repas aux banquettes style restaurant capitonnées de cuir rouge. Une télévision était enfermée derrière une paroi qui séparait la cabine de la cambuse, après quoi l'on trouvait un petit escalier qui, je le savais, conduisait aux cabines avant et à la salle de bains.

Tout cela était impeccablement propre. Je restai debout au milieu de la pièce et la contemplai pendant trente secondes avant de gagner la table des cartes et d'en ouvrir les tiroirs. C'était là que McCaleb rangeait ses archives. Je trouvai des listes de clients et un carnet de commandes de croisières. Je découvris encore des facturettes de cartes Visa et Mastercard qu'il acceptait manifestement en paiement. Sa société ayant un compte en banque, je tombai aussi sur un carnet de chèques. J'en examinai les talons et m'aperçus que tout ce qu'il touchait repartait en frais de fuel, de mouillage et d'équipements pour la pêche et les excursions en mer. Ne voyant aucune trace de dépôts en espèces, j'en déduisis que si l'affaire faisait du profit, ce n'était que grâce aux paiements non répertoriés des clients – à condition qu'il y en ait assez pour ça.

Dans le tiroir du bas, je découvris une chemise réservée aux chèques en bois. Heureusement, il y en avait peu et, très largement répartis dans le temps, ils ne représentaient pas des sommes susceptibles de mettre l'affaire en danger.

Je remarquai que sur le carnet de chèques et sur la plupart des documents officiels c'était le nom de Graciela ou de Buddy qui était donné comme celui du responsable des croisières. Je le savais déjà, Graciela m'ayant dit que Terry était soumis à des contraintes sévères sur ce qu'il pouvait gagner de manière officielle. S'il avait dépassé un certain revenu – revenu dont le chiffre était scandaleusement bas –, il n'aurait plus eu droit aux aides de l'État et du gouvernement fédéral. S'il les perdait, il se serait vu obligé de régler ses dépenses médicales tout seul et, pour un greffé du cœur, il n'y avait pas chemin plus direct vers la banqueroute financière.

Dans la chemise des chèques en bois, je trouvai aussi la copie d'un procès-verbal du shérif qui n'avait rien à voir avec tout cela. Le PV semblait remonter à deux mois et faire suite à un cambriolage du bateau. Le plaignant était Buddy Lockridge et le procès-verbal ne signalait qu'un objet volé – un lecteur de GPS. Dans un ajout au document, il était précisé que le plaignant n'avait pu donner le numéro de série de l'appareil: Buddy l'avait en effet gagné au cours d'une partie de poker et ne s'était jamais donné la peine de noter le nom du perdant et le numéro de l'instrument.

Dès que j'eus fini d'inspecter les tiroirs de la salle des cartes, je revins aux dossiers des clients et commençai à les examiner avec plus de soin en faisant remonter mes recherches aux six derniers mois. Aucun des noms que je découvris ne me parut curieux ou digne d'éveiller mes soupçons et je ne trouvai rien d'inquiétant non plus dans les notes prises par Terry ou Buddy. Je n'en sortis pas moins un carnet de ma poche arrière de blue-jean et y inscrivis les noms de tous ces clients, avec les dates des croisières et les noms de tous les parents et amis qui les avaient accompagnés. Ce travail terminé, je m'aperçus que le rythme de ces croisières n'avait absolument rien de régulier. Une bonne semaine se résumait à trois ou quatre sorties d'une demi-journée. Je tombai même sur une semaine où le bateau n'avait effectué aucune sortie et une autre où il n'en avait fait qu'une seule. Je commençai à comprendre pourquoi Buddy avait envie de déménager l'affaire sur le continent: c'était la seule façon d'augmenter la fréquence et la durée des sorties en mer. McCaleb gérait son affaire comme un hobby et ce n'était pas comme ça qu'il pouvait la faire prospérer.

Mais, bien sûr, je savais aussi pourquoi il s'y prenait de la sorte. Un hobby, il en avait un autre – si tant est qu'on puisse parler de hobby dans ce cas –, et ce hobby exigeait beaucoup de temps. J'étais en train de remettre les dossiers dans leur tiroir et avais l'intention de descendre à la cabine avant pour inspecter ce qui avait trait à ce deuxième hobby lorsque j'entendis la porte du carré coulisser dans mon dos.

C'était Buddy. Il était monté à bord sans que j'entende le moteur du Zodiac, ni même le petit bruit que celui-ci avait dû faire en tapant contre la coque. Je n'avais pas davantage senti le grand balancement imprimé à l'embarcation par un Buddy qui était passé sur le pont et pesait son poids.

– Bonjour, me lança-t-il. Désolé d'être en retard.

– Oui, bon, ça ira. J'ai beaucoup de choses à examiner ici.

– Vous avez trouvé des trucs intéressants?

– Pas vraiment, non. J'allais descendre jeter un coup d'œil aux dossiers.

– Génial. Je vous file un coup de main.

– En fait non, Buddy. Si vous voulez vraiment m'aider, passez donc un coup de fil à votre dernier client. (Je regardai le nom que j'avais inscrit dans mon carnet). Otto Woodhall... Est-ce que vous pourriez l'appeler pour lui dire que vous vous portez garant pour moi et lui demander si je peux passer le voir cet après-midi?

– C'est tout? Vous m'avez fait faire tout ce chemin pour me demander de donner un coup de fil?

– Non, j'ai aussi des questions à vous poser. J'ai besoin de vous ici. C'est juste qu'à mon avis ce n'est pas une bonne idée de vous laisser mettre le nez dans les dossiers d'en bas. Pas pour l'instant en tout cas.

J'avais le sentiment qu'il les avait déjà tous feuilletés, mais je jouai le coup de cette manière dans un but précis: je le voulais avec moi, mais sans qu'il m'envahisse. A tout le moins jusqu'à ce que j'aie pu évaluer les risques qu'il représentait. Certes, il avait été l'associé de McCaleb et dûment félicité pour tous les efforts qu'il avait déployés afin de le sauver, mais j'avais déjà vu plus bizarre. Je n'avais aucun suspect à ce moment-là et devais soupçonner tout le monde.

— Donnez donc ce coup de fil et passez me voir après.

Je le laissai planté là et descendis le petit escalier. J'étais déjà venu et connaissais la disposition des lieux. Les deux portes à gauche du couloir donnaient sur la salle de bains et une pièce de rangement. Devant moi une porte ouvrait sur la petite cabine avant, la porte de droite donnant sur la cabine principale, où j'aurais été tué quatre ans plus tôt si Terry n'avait pas levé son arme et tiré sur le type qui s'apprêtait à me descendre. Quelques instants plus tôt, j'avais moi-même sauvé Terry d'un traquenard similaire [1].

Je passai la main sur les parois du couloir à l'endroit où, je m'en souviens, deux balles tirées par McCaleb en avaient fendu un panneau. Celui-ci avait été recouvert d'une épaisse couche de vernis, mais je n'eus aucun mal à voir que le bois était neuf.

Les étagères de la pièce de rangement étaient vides, la salle de bains propre et le vasistas d'aération ouvert sur le pont avant au-dessus. J'ouvris la porte de la grande cabine, y jetai un coup d'œil et décidai d'y revenir plus tard. Je gagnai la cabine avant et dus me servir d'une des clés que Graciela m'avait confiées pour ouvrir la porte.

Rien n'avait changé. Deux jeux de couchettes en V de chaque côté, épousant la ligne de la proue. Avec leurs minces matelas maintenus enroulés par des sandows, les couchettes de gauche étaient toujours destinées au même usage. Mais, à droite, la couchette inférieure était nue et avait été transformée en bureau, celle du dessus supportant quatre grands cartons rangés côte à côte et remplis de dossiers.

Les affaires non résolues de McCaleb. Je les regardai longuement et solennellement. Si quelqu'un l'avait assassiné, c'était là que je trouverais le suspect.

— N'importe quand aujourd'hui.

Je sursautai presque. Lockridge se tenait juste derrière moi. Une fois encore je ne l'avais ni entendu ni senti approcher. Il souriait — il devait trouver amusant de me surprendre.

---

1. Cf. *L'Oiseau des ténèbres*, publié dans cette même collection *(NdT)*.

— Bien, dis-je. On pourrait peut-être aller y faire un tour après le déjeuner. J'aurai sûrement besoin de me changer les idées à ce moment-là.

Je jetai un coup d'œil au bureau et y découvris l'ordinateur portable blanc orné du symbole éminemment reconnaissable d'une pomme dans laquelle on a mordu. Je tendis la main et l'ouvris sans trop savoir par où commencer.

— La dernière fois qu'il était ici, il en avait un autre, fis-je remarquer.

— Oui, dit Lockridge. Il a acheté celui-là pour les images. Il commençait à s'intéresser à la photographie numérique.

Sans y être invité ni autorisé, il tendit la main à son tour et appuya sur un bouton blanc. L'ordinateur se mit à ronronner, l'écran noir se remplissant bientôt de lumière.

— Quel genre de photographies?

— Oh, vous savez bien, essentiellement des trucs d'amateur. Ses gamins, des couchers de soleil et autres conneries. C'est avec les clients que ça a démarré. On s'est mis à les photographier avec leurs prises, vous voyez? Après, il n'avait qu'à descendre ici pour leur tirer tout de suite des 20 × 25 sur papier glacé. Il doit y avoir une boîte de ces clichés à la noix quelque part. Le client attrape son poisson, on lui file une photo encadrée. Ça faisait partie du marché. Et ça fonctionnait bien. Ça nous a permis de monter les prix méchant.

L'ordinateur finit de s'initialiser. L'écran se remplit d'un ciel bleu clair qui me fit penser à la fille de McCaleb. Plusieurs symboles s'y affichèrent. Je remarquai tout de suite l'un d'entre eux en forme de dossier miniature. Au-dessous se trouvait l'intitulé «Profils». Je sus immédiatement que c'était celui-là que je voulais ouvrir. En regardant le bas de l'écran, je découvris un autre symbole qui, cette fois, ressemblait à un appareil photo avec un palmier à côté. Comme nous venions de parler photo, je le montrai à Buddy Lockridge.

— C'est les photos?

— Ouais, dit-il.

Sur quoi il exécuta de nouveau un geste sans que je le lui demande. Il fit glisser son doigt sur un carré à l'avant du clavier, ce qui eut pour effet de déplacer la flèche sur l'écran et de l'amener sur le symbole. Puis il appuya avec son pouce sur un grand bouton sous le carré, l'écran se remplissant aussitôt d'une autre image. Lockridge semblait tellement à son aise avec cet ordinateur que je me demandai pourquoi. Terry lui en laissait-il l'usage? Après tout, ils faisaient quand même marcher cette affaire à deux. Ou alors... Lockridge avait-il acquis cette habileté à l'insu de son associé?

Sur l'écran, un cadre s'ouvrit sous l'intitulé iPhoto. Plusieurs dossiers y étaient répertoriés. La plupart avaient été classés par dates en général séparées de quelques semaines, voire un mois entier. Un de ces dossiers s'appelait seulement «BOÎTE DE RÉCEPTION».

– Là, dit Lockridge. Vous voulez voir? Le client et son poisson?

– Oui, montrez-moi donc les plus récentes.

Il cliqua sur un dossier dont la date indiquait qu'il remontait à une semaine avant la mort de McCaleb. Le fichier s'ouvrit et plusieurs dizaines de photos individuelles s'affichèrent en ordre chronologique. On y voyait un homme et une femme couverts de coups de soleil sourire en montrant un poisson marron d'une laideur repoussante.

– Flétan de la baie de Santa Monica, dit Buddy. C'en était un beau.

– Qui sont ces gens?

– Euh, ils venaient de... du Minnesota, je crois. Oui, de Saint Paul. Et je ne crois pas qu'ils étaient mariés. Enfin... ils étaient mariés, mais pas l'un avec l'autre. Ils avaient trouvé à se loger dans l'île. Ils baisaient beaucoup. C'est la dernière croisière avant celle de Baja. Les photos de celle-ci doivent être encore dans l'appareil.

– Qui est où?

– Ici, sans doute. S'il n'y est pas, ce doit être Graciela qui l'a.

Il cliqua sur une flèche pointant à gauche au-dessus de la photo. Un autre cliché apparut – même couple, même poisson. Il continua de cliquer et finit par trouver un autre client avec son trophée, une créature rosâtre d'environ trente-cinq centimètres de long.

– Bar blanc, dit Lockridge. Jolie prise.

Il continua de cliquer et me montra toute une série de pêcheurs avec leurs prises. Tout le monde avait l'air heureux, certains ayant même l'œil vitreux de celui qui a bu un bon coup. Lockridge me donnait le nom des poissons, mais pas toujours celui des clients. Il ne se les rappelait pas tous par leur nom. Quelques-uns n'avaient droit qu'au titre de bon ou mauvais donneur de pourboire et rien de plus.

Enfin nous tombâmes sur la photo d'un type au sourire ravi. Lui aussi tenait un petit bar blanc à la main. Lockridge jura.

– Qu'est-ce qu'il y a? lui demandai-je.

– C'est l'enfoiré qui m'a piqué ma boîte à poissons.

– Quelle boîte à poissons?

– Mon GPS. C'est lui qui me l'a fauché.

7

Backus resta au moins trente mètres derrière elle. Même dans l'aéroport bondé de Chicago, il savait qu'elle devait être en ce qu'ils appelaient «Alerte 6» du temps où il travaillait au Bureau. Elle devait faire attention à ce qu'elle avait dans le dos – le «6» – et vérifier sans arrêt qu'on ne la suivait pas. L'accompagner dans son voyage n'avait pas été simple. L'avion qui avait décollé du Dakota du Sud était petit et moins de quarante personnes y étaient montées. Attribution arbitraire des sièges oblige, il s'était retrouvé à peine deux rangs devant elle. Si près d'elle en fait qu'il avait cru sentir son odeur – celle que masquent le parfum et le maquillage. Celle que relèvent les chiens.

Tout cela avait de quoi faire tourner la tête: être à la fois si près et si loin! Il n'avait pas cessé d'avoir envie de se retourner pour la regarder, qui sait même apercevoir son visage entre les sièges, voir ce qu'elle faisait. Mais il n'avait pas osé. Il fallait attendre le bon moment. Il savait bien que les bonnes choses n'échoient qu'à ceux qui planifient tout avec soin et savent attendre. C'était ça le secret. Les ténèbres, elles, savent attendre. Et tout vient à elles.

Il la suivit sur la moitié du terminal d'American Airlines, jusqu'au moment où elle alla s'asseoir près de la porte d'embarquement K9. L'endroit était vide. Aucun voyageur n'y attendait. Aucun employé de la compagnie ne s'était posté derrière le comptoir pour travailler à l'ordinateur et vérifier les billets. Mais Backus savait que c'était seulement parce qu'il était en avance. Ils l'étaient tous les deux. Le vol de Las Vegas ne quitterait pas la porte K9 avant deux heures. Il le savait d'autant mieux qu'il le prendrait aussi. D'une certaine façon, c'était l'ange gardien de Rachel Walling qu'il jouait, son escorte muette, celui qui l'accompagnerait jusqu'à sa destination finale.

Il passa devant la porte d'embarquement en faisant attention à ne pas la regarder d'un air trop évident, mais sans pouvoir résister à l'envie de savoir comment elle allait s'occuper en attendant le départ. Il mit son grand sac en peau de vache en bandoulière de façon que, si elle levait les yeux, ce soit sur lui et pas sur son visage. Il n'avait pas autrement peur qu'elle le reconnaisse. Tout le mal qu'il s'était donné et toutes les opérations qu'il avait subies l'en préservaient. Cela dit, elle aurait pu reconnaître en lui un des passagers du vol de Rapid City. Et ça, il ne le voulait pas. Il ne voulait pas qu'elle se doute de quoi que ce soit.

Il lui jeta un petit coup d'œil furtif en passant, son cœur s'emballant aussitôt comme le bébé qui bat des pieds sous sa couverture. Elle avait baissé la tête et lisait un livre. Le volume était vieux et tout écorné à force d'avoir été lu et relu. Des dizaines de post-it jaunes dépassaient des pages, mais il en reconnut la couverture et le titre. *Le Poète*[1]. C'était sur lui qu'elle se renseignait !

Il se dépêcha de passer avant qu'elle ne relève la tête en se sentant observée. Il dépassa deux autres portes et gagna les toilettes. Entra dans une cabine et en verrouilla soigneusement la porte. Suspendit son sac au crochet intérieur et se mit au boulot sans tarder. Le chapeau de cow-boy et le gilet disparurent. Puis il s'assit sur le siège et ôta aussi ses bottes.

En cinq minutes il laissa tomber le cow-boy du Dakota du Sud au profit du flambeur de Las Vegas. Il sortit le beau costume et les ors – boucles d'oreilles et lunettes noires. Il s'accrocha un portable bien chromé à la ceinture alors que personne ne l'appellerait et que lui-même ne passerait aucun coup de fil. Dans son sac il prit un autre sac, bien plus petit et orné du lion de la MGM.

Y ayant fourré les éléments de sa première peau, il sortit de la cabine avec le sac MGM en bandoulière.

Puis il gagna le lavabo pour se laver les mains. Et s'admira d'avoir tout préparé. C'était la planification et le soin porté aux

---

1. Publié dans cette même collection *(NdT)*.

moindres détails qui avaient fait de lui ce qu'il était, à savoir quelqu'un qui connaissait de belles réussites dans son art.

L'espace d'un instant, il réfléchit à ce qui l'attendait. Il allait emmener Rachel Walling en balade. Et à la fin de la balade elle saurait combien les ténèbres sont profondes. Ses ténèbres à lui. Il lui ferait payer ce qu'elle lui avait infligé.

Il sentit monter l'érection. Il quitta le lavabo, réintégra l'une des cabines et tenta de changer d'idée. Il écouta les autres voyageurs entrer dans les toilettes et en sortir, se soulager, se laver. Un homme parla au téléphone en déféquant dans la cabine voisine. La puanteur était immonde. Mais cela n'avait pas d'importance. On aurait dit le tunnel dans lequel tant et tant d'années auparavant il était revenu à la vie dans le sang et dans les ténèbres. Si seulement ils savaient qui se trouvait en leur présence !

Un bref instant, il revit un ciel noir et sans étoiles. Il tombait à la renverse, il agitait les bras comme l'oisillon projeté hors du nid bat inutilement de ses petites ailes sans plumes.

Sauf qu'il en avait réchappé et avait appris à voler.

Il se mit à rire et actionna la chasse d'eau avec le pied pour couvrir le bruit qu'il faisait.

– Allez tous vous faire foutre, murmura-t-il.

Il attendit que son érection retombe, se demanda quelle en était la cause et sourit. Ce qu'il pouvait bien se connaître ! Pour finir, tout tournait toujours autour de la même chose. Il n'y avait qu'un nanomètre de différence entre la puissance, le sexe et l'accomplissement du désir quand on en venait aux infimes espaces qui séparent les synapses dans les replis grisâtres du cerveau. Dans ces étranglements, tout revenait à la même chose.

Il était prêt, il actionna de nouveau la chasse en faisant attention à se servir de sa chaussure et sortit de la cabine. Puis il se lava encore une fois les mains et s'examina dans la glace. Et sourit. Il avait changé du tout au tout. Jamais Rachel ne pourrait le reconnaître. Ni elle ni personne. Il se sentait enfin en confiance. Il ouvrit la fermeture Éclair de son sac MGM et vérifia que son appareil photo numérique était bien là. Il y était, prêt à fonctionner. Il décida de prendre le risque de photographier Rachel. Juste quelques clichés souvenirs, deux ou trois photos qu'il pourrait admirer et savourer quand tout serait fini.

8

La boîte à poissons. Quand Buddy en parla, cela me rappela le PV du shérif rangé dans le tiroir de la table des cartes.

– Justement je voulais y revenir, lui lançai-je. Vous dites que c'est ce type qui a pris le GPS.

– Une espèce d'enfoiré, oui. Je suis sûr que c'est lui. Il sort avec nous et on n'a pas le temps de dire ouf que le GPS a disparu et que Monsieur ouvre une société de voyages en mer dans l'isthme. Moi, je fais le compte et au bout c'est un vrai fumier que je trouve. Même que j'ai dans l'idée d'aller lui rendre une petite visite.

J'avais du mal à suivre sa logique. Je lui demandai de me redire tout ça en langage simple, comme si je ne connaissais pas la différence entre une croisière en mer et une soupe de poisson.

– Que je vous explique, dit-il. Dans cette petite boîte on avait marqué tous les bons coins de pêche. Et y avait pas que ça : y avait aussi ceux qu'y avait mis le type qui l'avait perdue au poker. Parce que c'est à un guide de pêche en mer que je l'ai gagné, cet engin. C'était pas le truc en soi qui comptait, c'était ce qu'il y avait dedans. Le type y avait inscrit ses douze meilleurs endroits et moi, j'y avais tout raflé avec un putain de full !

– Bon, d'accord, dis-je enfin. Maintenant je comprends. Ce qu'il y avait d'important, c'étaient les coordonnées des points de pêche et pas l'engin en lui-même.

– Voilà. Ces machins-là coûtent à peine deux ou trois cents dollars. Mais les bons coins de pêche, ça ne se trouve qu'après des années de travail, d'expérience et de savoir-faire.

Je lui montrai la photo sur l'écran.

— Et donc il arrive, il pique ce truc et il fonde une société avec deux ou trois longueurs d'avance sur vous. En se servant de votre expérience et de ce que savait le guide qui a perdu au jeu.

— Deux ou trois longueurs, c'est peu dire. Non, non, un de ces jours, je vais y rendre une petite visite, à ce mec.

— Où est l'isthme?

— De l'autre côté, à l'endroit où l'île se resserre comme au milieu d'un huit.

— Avez-vous dit au shérif que, pour vous, c'était ce type qui vous avait volé le GPS?

— Pas au début parce qu'au début on savait pas, vous comprenez? On s'est aperçus que le boîtier avait disparu, mais on s'est dit que c'étaient des gamins qui étaient montés à bord pendant la nuit et qui avaient fauché tout ce qu'ils avaient vu. A ce que j'entends, grandir dans l'île n'est pas ce qu'il y a de plus drôle. Vous avez qu'à demander à Graciela pour Raymond... il devient fou, ce môme. Bon, bref... on a porté plainte et ça s'est arrêté là. Sauf que deux ou trois semaines plus tard je tombe sur une pub dans *Fish Tales* et cette pub, c'est pour une nouvelle boîte d'expéditions en mer dans l'isthme. Même qu'il y a une photo du type et que moi, je me dis: «Mais je le connais, ce mec!» et que je comprends tout. C'est lui qui m'a piqué le GPS.

— Avez-vous appelé le bureau du shérif?

— Oui, j'ai appelé et je leur ai dit que c'était lui. Mais ç'a pas eu l'air de trop les exciter. J'ai rappelé la semaine d'après et ils m'ont dit qu'ils lui avaient parlé... par téléphone. Ils s'étaient même pas donné la peine d'aller y causer en face à face. Résultat, il a nié, évidemment, et eux, ça leur a suffi.

— Comment s'appelle ce type?

— Robert Finder. Sa boîte, c'est l'Isthmus Charters. Sur la pub, il dit même qu'il s'appelle Robert «Fish» Finder: autrement dit «celui qui trouve les poissons»! Mon cul, oui. Ça serait plutôt Robert le Voleur, oui!

Je baissai les yeux sur la photo affichée à l'écran et me demandai si cette histoire avait un rapport avec mon enquête. Se pouvait-il que la disparition de ce GPS ait une importance capitale dans la mort de Terry McCaleb? Ça semblait peu vraisemblable. Qu'on ait l'idée de voler les meilleurs coins de pêche d'un concurrent me paraissait compréhensible. Mais qu'on parte de là pour monter un complot visant à tuer ledit concurrent me semblait dépasser les bornes du raisonnable. Sans même parler des difficultés d'exécution, l'affaire aurait exigé l'élaboration d'un sacré plan de la part de Finder. De Finder ou de quiconque.

A croire que Lockridge avait lu dans mes pensées:

– Hé, me lança-t-il, vous croyez que ce fumier pourrait avoir joué un rôle dans la mort de la Terreur?

Je le regardai un instant. Que Lockridge, lui, ait eu quelque chose à voir avec sa mort, disons pour prendre le contrôle de la société, en déménager le siège et s'emparer du bateau me semblait bien moins difficile à croire.

– Je ne sais pas, lui répondis-je. Mais il y a des chances pour que j'aille y voir de plus près.

– Vous me dites si vous voulez que je vous accompagne.

– Bien sûr. Mais écoutez… sur le PV du shérif, j'ai vu que c'était le seul objet qu'on avait volé. C'est vrai? Vous n'avez rien vu d'autre?

– Non, c'est tout. C'est même pour ça que Terry et moi, au début, on a trouvé ça vraiment bizarre. Jusqu'au moment où on a compris que c'était Finder.

– Parce que Terry le pensait, lui aussi?

– Il y venait. Parce que quoi? Qui d'autre ç'aurait pu être?

La question valait qu'on s'y arrête, mais n'était pas de celles que j'avais envie de mettre au cœur de mes préoccupations du moment. Je lui montrai encore une fois l'écran de l'ordinateur et lui demandai de reprendre le défilé des photos. Il m'obéit – un pêcheur heureux après l'autre, la procession redémarra.

Nous tombâmes sur une autre curiosité dans cette série de photos. Lockridge était remonté jusqu'à une suite de six clichés où l'on ne distinguait pas clairement le visage du bienheureux. Sur les trois premiers l'homme montrait un poisson très coloré au photographe, mais trop haut, ce qui lui cachait l'essentiel de la figure. Et, chaque fois, c'étaient ses lunettes noires qui dépassaient de la nageoire dorsale de sa prise. Le poisson donnant l'impression d'être le même sur les trois photos, j'en vins à me dire que le photographe avait tout fait pour tirer le portrait du pêcheur, mais sans succès.

— Qui a pris ces photos ? demandai-je à Lockridge.

— La Terreur. J'étais pas là pour cette sortie.

Le bonhomme ou la façon dont il évitait l'objectif avaient éveillé les soupçons de McCaleb, c'était évident. De fait, il avait pris les trois autres photos à son insu, les deux premières du carré, l'objectif étant braqué sur le cockpit où le type s'adossait au plat-bord droit. La vitre de la porte du carré étant recouverte d'une pellicule réfléchissante, l'homme ne pouvait pas savoir que McCaleb le prenait en photo.

Le premier cliché le montrait de profil, le deuxième en gros plan de face. Décor mis à part, McCaleb était revenu spontanément aux poses photo d'identité judiciaire, ce qui me confirmait encore plus l'existence de ses soupçons. Mais, même sur ces clichés, l'inconnu n'apparaissait pas clairement. Il portait une grande barbe d'un brun grisonnant, des lunettes de soleil à verres larges et une casquette bleue des L.A. Dodgers. Le peu de cheveux qu'on lui voyait semblait coupé court et correspondre aux teintes de sa barbe. Il avait un anneau d'or à l'oreille droite.

Sur la photo de profil on voyait ses paupières tombantes et des pattes-d'oie qui disparaissaient le plus naturellement du monde derrière ses lunettes de soleil. Blue-jean et T-shirt blanc uni sous la veste Levi's.

La sixième photo, la dernière du lot, avait été prise une fois la croisière terminée. On y voyait l'inconnu marcher sur la jetée d'Avalon, selon toute vraisemblance après avoir quitté le *Following Sea*. Il avait la tête tournée très légèrement vers l'appareil photo, le résultat n'étant guère meilleur qu'un vague profil. Il n'empêche : je me demandai s'il n'avait pas continué à tourner la tête après la photo et vu McCaleb avec son appareil.

— Bon alors, c'est quoi, ce type ? Vous me dites ?

— Je peux pas, me répondit Lockridge. Je vous l'ai dit, j'étais pas là. C'est une sortie que Terry a décrochée comme ça. Il y avait pas eu de réservation. Le gars s'est pointé dans un taxi maritime pendant que Terry était à bord et lui a demandé s'il pouvait aller faire un tour. Il s'est payé la sortie minimum, celle d'une demi-journée.

Il voulait partir tout de suite et j'étais sur le continent. Terry ne pouvait pas m'attendre et l'a emmené sans moi. Oui, tout seul, ce qui fait chier. Mais ils ont attrapé un beau maquereau d'Espagne. C'est pas si mal.

— Terry vous a-t-il reparlé de ce type?

— Non, pas vraiment. Il m'a seulement dit qu'il n'avait même pas pris toute la demi-journée. Il a voulu rentrer au bout de deux ou trois heures et c'est ce qu'ils ont fait.

— Terry avait des soupçons. Il a pris six photos, dont trois pendant que le type ne le regardait pas. Vous êtes sûr qu'il ne vous en a jamais reparlé?

— C'est comme je vous dis : à moi non. Mais c'est vrai que Terry me disait pas tout.

— Savez-vous comment s'appelle ce type?

— Non, mais je suis sûr que Terry a écrit quelque chose dans le registre des sorties. Vous voulez que j'aille vous le chercher?

— Oui. Et j'aimerais aussi savoir à quelle date exacte ça s'est passé et comment le type a payé. Mais d'abord… vous pourriez m'imprimer ces photos?

— Les six? Ça va prendre du temps.

— En fait oui, les six et vous m'en tirez une de Finder pendant que vous y êtes. J'ai tout mon temps.

— Vous voulez aussi que je vous les encadre?

— Non, Buddy, ça ne sera pas nécessaire. Je veux juste les tirages.

Je reculai tandis qu'il s'asseyait sur le tabouret rembourré installé devant l'ordinateur. Il alluma une imprimante qui se trouvait à côté, y mit du papier qualité photo et très expertement appuya sur les boutons de commande qui envoyèrent les fichiers à l'imprimante. Encore une fois je remarquai combien il était habile à manier cet équipement. J'eus le sentiment que rien ne lui était étranger dans ce portable. Et rien non plus dans les caisses rangées sur la couchette au-dessus de nous.

— Bien, dit-il en se relevant. Ça prendra environ une minute par photo. Qui seront un peu collantes en sortant de l'imprimante. Vous feriez peut-être bien de les étaler un moment pour qu'elles sèchent. Je vais monter voir ce que le registre des sorties nous dit du passager mystère.

Dès qu'il fut parti, je me rassis sur le tabouret. J'avais regardé comment il s'y était pris pour ouvrir les dossiers photos et j'apprenais vite. Je revins au répertoire général et cliquai sur BOÎTE DE RÉCEPTION. Trente-six petites photos apparurent dans une grille. Je cliquai sur la première, elle s'agrandit aussitôt. J'y vis Graciela en train de pousser une poussette où dormait une petite fille. Cielo Azul. La fille de Terry. Le cliché semblait avoir été pris dans un centre commercial. Comme sur ceux que Terry avait pris de l'inconnu, Graciela ne paraissait pas savoir qu'on la photographiait.

Je me retournai et regardai les marches qui conduisaient au carré. Lockridge avait disparu. Je me levai et passai rapidement dans le couloir. Puis je me glissai dans la salle de bains, me collai contre le mur et attendis. Lockridge ne tarda pas à franchir la porte du couloir, son grand registre à la main. Il se déplaçait en veillant à ne pas faire de bruit. Je le laissai passer, puis je lui emboîtai le pas. Je le regardai entrer dans la cabine avant – il s'apprêtait à me faire sursauter en se montrant brusquement à moi.

Ce fut lui qui n'en revint pas en découvrant que je ne me trouvais pas dans la pièce. Il se retourna, j'étais juste derrière lui.

– Vous aimez bien vous glisser dans le dos des gens, n'est-ce pas, Buddy?

– Euh, non, pas vraiment. Je...

– Ne jouez plus à ça avec moi, compris? Qu'est-ce qu'il y a dans le registre?

Sous le hâle permanent du pêcheur son visage prit une teinte rosâtre. Mais je lui avais laissé une porte de sortie, il ne traîna pas.

– Terry a inscrit son nom dans le registre, mais rien d'autre. Jordan Shandy, une demi-journée. Point final.

Il ouvrit le volume et le tourna vers moi pour me montrer l'entrée.

– Et son mode de paiement? Ça coûte combien, une demi-journée?

– Trois cents pour la demi-journée, cinq cents pour la journée entière. J'ai vérifié la colonne des cartes de crédit et y a rien dedans. Même chose pour celle des chèques. Rien non plus. Ça veut dire qu'il a payé en liquide.

– Ça remonte à quand? J'imagine que les entrées sont référencées par dates.

— Oui. La sortie a eu lieu le 13 février… euh, mais oui : le 13 février [1] ! Vous croyez que c'était voulu ?

— Qui sait ? Ça s'est passé avant ou après la sortie avec Finder ?

Lockridge reposa le registre sur le bureau afin que nous puissions le consulter tous les deux. Puis il fit courir son doigt sur la liste des clients et s'arrêta à Finder.

— Il est venu une semaine après. Il est sorti le 19.

— Et la date du PV du shérif sur le cambriolage du bateau ?

— Merde, va falloir que je remonte.

Il partit, je l'entendis monter les escaliers en bondissant. Je sortis la première photo de l'imprimante et la posai sur le bureau. Jordan Shandy le visage masqué par ses lunettes de soleil et le maquereau d'Espagne. Je la fixai des yeux jusqu'au moment où Lockridge revint dans la pièce. Sans essayer de me surprendre cette fois.

— La plainte pour cambriolage a été déposée le 22 février, dit-il.

Je hochai la tête : cinq semaines avant la mort de Terry. J'inscrivis toutes les dates dont nous venions de parler dans mon carnet. Je ne savais pas trop si elles avaient un sens quelconque.

— Bien, dis-je. Vous voulez m'aider encore un peu, Buddy ?

— Bien sûr. Qu'est-ce que je peux faire ?

— Remontez chercher les cannes à pêche et décrochez-les du plafond pour les laver. Je n'ai pas l'impression qu'elles aient été nettoyées après la croisière. Elles empuantissent l'atmosphère et j'ai dans l'idée que je vais rester ici quelques jours. Ça m'aiderait vraiment beaucoup.

— Vous voulez que je monte laver les cannes à pêche.

Ce n'était pas une question, juste l'indication qu'il se sentait déçu et insulté. Je lâchai la photo pour le regarder en face.

— C'est ça, dis-je. Ça m'aiderait beaucoup. Je finis avec ces photos et après on va voir Otto Woodhall.

— Oui, bon, d'accord.

Il quitta la pièce d'un air abattu et je l'entendis se traîner dans l'escalier, aussi bruyamment qu'il avait été silencieux auparavant. Je sortis la deuxième photo de l'imprimante et la posai à côté de la

1. Considéré comme un très mauvais jour aux USA : celui des revenants (NdT).

première. Je pris un marqueur noir dans une tasse à café sur le bureau et inscrivis le nom Jordan Shandy dans la bordure blanche en bas du cliché.

Revenu sur mon tabouret, je me concentrai à nouveau sur l'ordinateur et la photo de Graciela et de sa fille. Je cliquai sur la flèche, la photo suivante apparut. Encore une fois, elle avait été prise dans un centre commercial. Mais de plus loin, ce qui la rendait plus granuleuse. Et, sur celle-là, je remarquai un gamin derrière Graciela. Sans doute son fils. Son fils adoptif.

Toute la famille était représentée sur la photo, sauf Terry. Était-ce lui qui avait pris les clichés ? Si c'était le cas, pourquoi l'avait-il fait d'aussi loin ? Je cliquai de nouveau sur la flèche et continuai de passer les photos en revue. Toutes avaient été prises dans le centre commercial et toutes de loin. Personne n'y regardait le photographe ou ne montrait qu'il avait vu l'appareil. Trente clichés plus loin, le décor changea et je découvris la famille sur le ferry de Catalina. On rentrait à la maison et le photographe accompagnait tout le monde.

L'espace confiné du ferry rendant plus délicat de prendre des photos sans se faire remarquer, il n'y avait que quatre clichés. Sur chacun d'eux Graciela était assise au milieu de la cabine principale, entre son fils et sa fille. Le photographe s'était posté à l'avant de la cabine et avait fait le point par-dessus plusieurs rangées de passagers. Si Graciela l'avait remarqué, elle ne se serait probablement pas dit qu'elle était l'objet de la photo et n'aurait vu dans cet homme qu'un énième touriste se rendant à Catalina.

Les deux derniers clichés ne semblaient avoir aucun rapport avec les autres — à croire qu'ils faisaient partie d'un tout autre projet. Le premier représentait un panneau de signalisation routière vert. Je l'agrandis et m'aperçus que la photo avait été prise de l'intérieur d'une voiture. J'y découvris les bords du pare-brise, un morceau du tableau de bord et une espèce d'autocollant au coin de la vitre. Un bout de la main du conducteur posée à onze heures sur le volant se trouvait aussi dans la photo.

Le panneau se dressait sur un fond de paysage désertique et on y lisait l'inscription suivante :

ROUTE ZZYZX
1 km 5

Cette route, je la connaissais. Plus précisément, je connaissais ce panneau. Quiconque allant de Los Angeles à Las Vegas en voiture aussi souvent que moi l'année précédente l'aurait reconnu. La sortie Zzyzx se trouve juste à mi-chemin entre ces deux villes, sur l'I-15 [1] – et se reconnaît facilement, ne serait-ce qu'à son nom singulier. La route est en plein désert et ne semble mener nulle part. Pas de stations d'essence, aucune aire de repos. Tout au bout de l'alphabet, tout au bout du monde.

La dernière photo posait au moins autant d'interrogations. Je l'agrandis et y découvris une étrange nature morte. Au centre du cliché on voyait un vieux bateau dont les rivets avaient sauté et la peinture jaunie s'écaillait sous un ciel brûlant. L'embarcation était posée à même le sol rocailleux du désert, à des kilomètres et des kilomètres de tout plan d'eau sur lequel elle aurait pu flotter. Un bateau en perdition sur un océan de sable. Il y avait peut-être un sens particulier à cette image, mais il m'échappait entièrement.

En suivant la méthode de Lockridge, j'imprimai les deux photos du désert, puis je revins aux autres clichés pour en choisir quelques autres. Je commandai l'impression de deux photos du ferry et deux autres du centre commercial. J'attendis en agrandissant à l'écran plusieurs clichés du centre commercial dans l'espoir d'y déceler quelque chose qui me permettrait d'identifier l'endroit où évoluaient Graciela et ses enfants. Je savais que je pouvais le lui demander, tout simplement. Mais je ne savais pas trop si j'en avais envie.

Nordstrom, Sak's Fifth Avenue et autres Barnes & Noble, j'arrivai à reconnaître les sacs que portaient divers clients. Sur l'une des photos, toute la famille traversait une sorte de terrasse de café couverte derrière laquelle on voyait les logos des marques Cinnabon et Hot Dog on a Stick [2]. J'inscrivis tous ces renseignements dans mon carnet et compris qu'avec ces cinq noms de lieu je par-

---

1. Ou Interstate 15, autoroute inter-États *(NdT)*.
2. Soit «Hot Dog en brochette», le Cinnabon étant une manière de doughnut à la cannelle *(NdT)*.

viendrais sans doute à savoir dans quel centre commercial les photos avaient été prises – si jamais il me semblait nécessaire de le savoir. Le demander à Graciela ou pas restait une question ouverte. Je n'avais pas envie de l'inquiéter pour rien. Lui annoncer que quelqu'un l'avait peut-être suivie alors qu'elle se promenait avec ses enfants – quelqu'un qui avait des liens bizarres avec son mari, qui sait? –, n'était sans doute pas la meilleure façon de procéder. Au début, en tous les cas.

Ces liens s'avérèrent encore plus bizarres et inquiétants lorsque l'imprimante finit par cracher une des photos que j'avais choisies dans la séquence centre commercial. On y voyait Graciela et ses enfants passer devant la librairie Barnes & Noble. Le cliché avait été pris de l'autre côté du centre, mais perpendiculairement ou presque à la façade du magasin. C'est ainsi que, dans la vitrine, on découvrait le reflet obscur du photographe. Je ne l'avais pas remarqué à l'écran, mais là, sur le papier, on ne pouvait pas le rater.

L'image du photographe était trop petite et trop floue par rapport à la netteté de l'étalage dans la vitrine – qui montrait le portrait en pied d'un type en kilt entouré de piles de livres, le tout sous un panneau qui proclamait: «Ian Rankin sera ici ce soir!» Je compris alors qu'avec ce dernier détail je n'aurais pas de mal à savoir quel jour le cliché avait été pris. Je n'aurais qu'à appeler le magasin et demander quand Ian Rankin était venu. Malheureusement, c'était ce même étalage qui me masquait mon photographe.

Je revins à l'ordinateur, retrouvai la photo dans les miniatures et l'agrandis. Puis je la fixai du regard et me rendis compte que je ne savais pas quoi faire.

Buddy avait gagné le cockpit et attaché un tuyau au robinet du plat-bord pour arroser les huit cannes à pêche et moulinets qu'il y avait adossés. Je lui demandai d'arrêter l'eau et de redescendre au bureau. Il s'exécuta sans un mot. Dès qu'il fut revenu, je lui fis signe de s'asseoir sur le tabouret, puis je me penchai au-dessus de lui et lui montrai le reflet du photographe sur l'écran.

– Est-ce qu'on peut agrandir ça? lui demandai-je. J'aimerais voir ce coin-là.

– On peut, mais on va perdre beaucoup de définition. C'est de la photo numérique, vous savez? On a ce qu'on a et pas plus.

Je ne savais pas à quoi il faisait allusion, je lui dis seulement d'y aller. Il joua avec quelques-uns des boutons carrés qui s'alignaient en haut du cadre et commença à agrandir le cliché, puis à le repositionner de façon que le reflet soit toujours visible. Enfin il me dit qu'il ne pouvait pas pousser plus loin. Je me penchai plus près. L'image était encore plus floue – même les lignes imprimées sur le kilt de l'auteur manquaient de netteté.

– On ne peut pas resserrer ça un peu?

– Vous voulez dire… rapetisser. Bien sûr, je…

– Non, je voulais dire… faire le point plus nettement.

– Non, mec, là, on est au maximum. On n'aura pas mieux que ce qu'il y a à l'écran.

– Bon. Vous me l'imprimez? Tout à l'heure, c'est sorti plus net à l'impression. Peut-être que ça fera pareil.

Il entra les commandes, je passai une minute bien désagréable à attendre.

– Et c'est quoi, d'abord? me demanda-t-il.

– Le reflet du type qui a pris les photos.

– Oh… Quoi? C'est pas Terry?

– Non, je ne crois pas. Je crois que quelqu'un a pris des photos de sa famille et les lui a envoyées. Comme un message. Vous en a-t-il jamais parlé?

– Non.

Je me risquai à le regarder pour voir s'il se trahissait.

– Quand avez-vous remarqué pour la première fois ce dossier dans l'ordinateur?

– Je ne sais pas. Ça devait être… non, en fait, la première fois, c'est avec vous.

– Buddy, arrêtez vos conneries, voulez-vous? Ça pourrait être important. Je vous ai vu faire marcher cet ordinateur comme si vous aviez appris ça au lycée. Je sais très bien que vous êtes allé voir ce qu'il y avait dedans quand Terry n'était pas là. Il y a même des chances qu'il l'ait su, lui aussi. Il s'en foutait et moi, c'est pareil. Alors, vous me dites, rien de plus: quand avez-vous remarqué ce dossier pour la première fois?

Il laissa passer quelques instants pour réfléchir.

– A peu près un mois avant sa mort. Mais si la vraie question est celle de savoir à quelle date Terry a regardé ces photos, il n'y a qu'à ouvrir le fichier et voir quand il a été créé.

– Alors, faites-le, Buddy.

Il reprit le contrôle du clavier et ouvrit l'historique du fichier. Il ne lui fallut que quelques secondes pour avoir la réponse.

– Le 27 février, dit-il. C'est ce jour-là que le fichier a été créé.

– Bien, dis-je. Et maintenant à supposer que ce ne soit pas Terry qui ait pris ces photos, comment ont-elles fait pour atterrir dans cet ordinateur?

– Là, comme ça, je vois deux ou trois façons. La première est qu'il les ait reçues par e-mail et les ait téléchargées. La deuxième est que quelqu'un lui ait emprunté son appareil et les ait prises. Et la troisième est que quelqu'un lui a peut-être envoyé une puce ou un CD avec les photos dessus. Dans ce dernier cas, ce serait très difficile de remonter la piste.

– Terry pouvait-il envoyer des e-mails d'ici?

– Non, de chez lui. Il n'y a pas de ligne fixe sur le bateau. Je lui avais dit de prendre un modem cellulaire, de passer au sans-fil comme dans la pub où le mec est assis à son bureau au milieu d'un champ, mais il s'en est jamais occupé.

L'imprimante éjecta la photo, dont je m'emparai avant que Buddy ait eu le temps de tendre la main pour l'attraper. Puis je la posai sur le bureau pour que nous puissions l'étudier tous les deux. Le reflet était flou et sombre, mais nettement plus reconnaissable sur le tirage papier qu'à l'écran. Je vis que le photographe tenait son appareil devant sa figure, qu'il masquait entièrement. Sauf que là, je réussis à voir le L et le A du logo des Los Angeles Dodgers. L'inconnu portait une casquette de base-ball.

Tous les jours que Dieu fait, il doit bien y avoir cinquante mille personnes qui portent une casquette des Dodgers dans cette ville. Mais je sais aussi que les coïncidences, je n'y crois pas. J'examinai le reflet trouble du photographe et devinai soudain que c'était notre bonhomme mystère. Jordan Shandy.

Et Lockridge le vit, lui aussi.

– Putain! s'écria-t-il. C'est lui, non? C'est le mec qu'est parti en croisière avec la Terreur. C'est Shandy!

– Oui. C'est ce que je pense, moi aussi.

Je posai à côté de l'agrandissement la photo où on le voyait avec son maquereau d'Espagne. Il n'y avait pas moyen de conclure à une correspondance exacte, mais rien ne permettait de penser qu'il n'y en avait pas non plus. Donc, aucun moyen d'être sûr et pourtant je l'étais. Je savais que l'homme qui s'était pointé sans avertir pour faire une petite croisière en mer avec Terry McCaleb était aussi celui qui avait suivi et photographié sa famille.

Ce que je ne savais pas, c'était comment Terry avait hérité de ces clichés et s'il en avait tiré les mêmes conclusions audacieuses que moi.

Je commençai à ranger en tas les photos que j'avais imprimées. Sans cesser de vouloir comprendre, de chercher un lien logique. Mais il n'y en avait pas. Je n'avais pas assez d'éléments. Je ne possédais que quelques morceaux du tableau. Mais, d'instinct, je savais que Terry s'était fait piéger. Ces photos lui étaient arrivées sous forme de puce ou par e-mail. Et c'étaient les deux dernières qui donnaient la clé du mystère. Les trente-quatre premières n'étaient que l'appât. Les deux dernières l'hameçon caché dans cet appât.

Et pour moi le message était évident. Le photographe avait voulu attirer McCaleb dans le désert. Sur la route Zzyzx.

9

Rachel Walling s'engagea dans l'escalier mécanique pour descendre à la salle des bagages de l'aéroport international McCarran. Elle avait pris les siens en cabine pour venir du Dakota du Sud, mais l'aéroport était ainsi conçu qu'il n'y avait pas moyen de sortir autrement. Il y avait foule au pied de l'escalier. Des chauffeurs de limousine tenaient bien haut des écriteaux avec le nom de leurs clients, d'autres se contentant de pancartes signalant des hôtels, des casinos ou des voyagistes. La cacophonie ambiante la submergea. Cela n'avait rien à voir avec l'aéroport d'où elle était partie ce matin-là.

Cherie Dei avait promis de la retrouver. Rachel n'avait pas revu sa collègue du FBI depuis quatre ans et leur dernière rencontre – à Amsterdam – n'avait donné lieu qu'à un bref échange. De fait, cela faisait huit ans qu'elle n'avait plus vraiment passé de temps avec elle et elle n'était même plus très sûre de la reconnaître ou d'être reconnue par elle.

Cela n'avait aucune importance: alors qu'elle la cherchait dans l'océan de visages et de panneaux, un écriteau venait d'attirer son attention.

BOB BACKUS

La femme qui le tenait lui souriait. Sa façon à elle de plaisanter. Rachel s'approcha d'elle, sans lui renvoyer son sourire.

Cherie Dei avait ramené ses cheveux brun-roux en queue-decheval. Attirante et soignée, elle avait un bon sourire et des yeux où beaucoup de lumière brillait encore. Rachel songea qu'elle ressemblait plus à la mère de deux petits catholiques qu'à une chasseuse de tueurs en série.

Dei lui tendit la main. Elles se saluèrent, Dei lui montra son écriteau.

– Mauvaise plaisanterie, je sais, dit-elle, mais j'étais sûre que ça attirerait votre attention.

– C'est fait.

– L'escale de Chicago a été longue?

– Quelques heures. Il n'y a pas vraiment le choix quand on part de Rapid City. C'est Denver ou Chicago. Je préfère la bouffe d'O'Hare Airport.

– Vous avez des valises?

– Non, rien que ça. On peut y aller.

Rachel n'avait pris qu'un bagage – un sac de marin de taille moyenne. Elle n'y avait mis que quelques vêtements de rechange. Dei lui montra une des portes en verre, elles gagnèrent la sortie.

– On vous a mise aux Embassy Suites. C'est là qu'on est. On a failli ne pas y arriver, mais il y a eu une annulation au dernier moment. Il n'y a plus de place à cause du combat.

– Quel combat?

– Je ne sais pas. Un super lourd ou un espoir poids moyen dans un des casinos. Je n'ai pas fait attention. Je sais juste que c'est pour ça qu'il y a foule.

Rachel savait que Cherie parlait pour masquer sa nervosité – dont elle ignorait la raison. Était-il arrivé quelque chose ou était-ce simplement que, dans la présente situation, Rachel Walling était quelqu'un qu'il fallait traiter avec précaution?

– Si vous voulez, on peut aller tout de suite à l'hôtel… pour que vous vous installiez. Vous pourriez même prendre le temps de vous reposer un peu. Il y a une réunion plus tard à l'antenne locale. Vous pourriez commencer par…

– Non. J'aimerais voir la scène de crime.

Elles franchirent les portes coulissantes automatiques et Rachel sentit l'air sec du Nevada. Il ne faisait pas du tout aussi chaud que ce à quoi elle s'attendait et pour quoi elle s'était équipée. L'air était vif et frais, même en plein soleil. Elle ôta ses lunettes de soleil et décida qu'elle n'aurait pas besoin de la veste qu'elle avait enfilée pour aller à l'aéroport du Dakota du Sud. Elle l'avait enfournée dans son sac.

– Rachel, dit Cherie, c'est à deux heures d'ici. Vous êtes sûre de…

– Oui. Emmenez-moi. J'aimerais commencer par là.

– Commencer quoi?

– Je ne sais pas. Tout ce qu'il veut me voir commencer.

Cette réponse parut faire réfléchir Dei, qui garda le silence. Les deux femmes entrèrent dans le parking, Dei retrouva sa voiture – une Crown Vic de l'administration tellement sale qu'on l'aurait dite en camouflage désert.

Dès qu'elles eurent pris la route, Dei sortit son portable et passa un coup de fil. Rachel l'entendit dire à quelqu'un – son patron sans doute, ou le responsable de la scène de crime – qu'elle avait pris livraison du paquet et l'apportait sur les lieux. S'ensuivit un grand silence pendant que son correspondant lui répondait longuement. Dei finit par lui dire au revoir et raccrocha.

– Vous avez le feu vert pour voir la scène de crime, mais il va falloir rester en retrait. Vous n'êtes ici qu'en qualité d'observatrice, d'accord?

– Qu'est-ce que vous racontez? Je suis tout autant agent du FBI que vous, non?

– Si, mais vous ne faites plus partie du service du Comportement. Cette affaire n'est pas à vous.

– Bref, vous êtes en train de me dire que je ne suis ici que parce que c'est Backus qui le veut et pas vous autres?

– Rachel… et si on démarrait mieux qu'à Amsterd…

– Il y a du nouveau aujourd'hui?

– Pour l'instant, on en est à neuf cadavres. Ça devrait s'arrêter là. Enfin… pour cette scène de crime.

– Des identités?

– Ça vient. On n'a que du provisoire, mais on est en train de tout rassembler.

– Brass Doran est sur les lieux?

– Non, elle est à Quantico. Elle travaille à…

– Elle devrait y être. Vous ne savez donc pas à quoi vous avez affaire? Elle...

– Hé là! Minute, Rachel! D'accord? Entendons-nous bien. Ici, c'est moi qui commande, d'accord? Ce n'est pas vous qui dirigez l'enquête. Ça risque de ne pas aller droit si vous l'oubliez.

– Sauf que c'est à moi que parle Backus. C'est moi qu'il a appelée.

– Et c'est bien pour ça que vous êtes ici. Mais ce n'est pas vous qui décidez, Rachel. Vous, vous restez sur le côté et vous observez. Et que je vous dise: je n'aime pas beaucoup la façon dont ça s'embringue. On n'est pas en train de jouer «Miss Rachel et son chauffeur». Vous avez été mon mentor, d'accord, mais ça remonte à dix ans. Je suis au Comportement depuis bien plus longtemps que vous l'avez jamais été et j'ai réglé bien plus d'affaires que vous. Alors, cessez de le prendre de haut et arrêtez de vous conduire comme un prof ou comme ma mère.

Rachel commença par ne pas réagir, puis elle lui demanda de se garer un instant pour sortir sa veste de son sac, qui se trouvait dans le coffre. Dei entra dans le parking du relais routier Travel America de Blue Diamond Road et ouvrit le coffre.

Lorsqu'elle remonta dans la voiture, Rachel portait une ample veste noire toutes saisons – coupée pour un homme, on aurait pu le croire. Dei ne fit aucun commentaire.

– Merci, dit Rachel, et vous avez raison. Je m'excuse. Il faut croire qu'on devient comme moi quand il s'avère que le patron... le mentor... est le mal même qu'on a passé toute sa vie à traquer. C'est pour ça qu'on est puni.

– Ça, je peux le comprendre, Rachel, mais il ne s'agissait pas seulement de Backus. Il y avait des tas d'autres choses. Le journaliste... vos choix... D'après certains, vous avez eu de la chance d'avoir encore un boulot à la fin de l'affaire.

Rachel sentit son visage s'empourprer. On lui rappelait qu'elle était la honte du Bureau. Y compris pour la piétaille. Y compris pour l'agent qu'elle avait formé. Elle avait couché avec un journaliste qui enquêtait sur l'affaire. Ça, c'était le raccourci. Peu importait que ledit journaliste ait été un des éléments de l'affaire, quelqu'un qui travaillait avec elle vingt-quatre heures sur vingt-quatre.

Le raccourci était et serait toujours ce que les agents entendraient et diraient dans leurs barbes. Un journaliste. Y avait-il pire manquement aux convenances? Coucher avec un gangster du crime organisé ou avec un espion, peut-être. Et encore…

– Cinq ans dans le Dakota du Nord avec promotion dans celui du Sud au bout, dit-elle faiblement. Ça, pour avoir eu de la chance…

– Écoutez. Je sais que vous avez payé le prix fort et je veux seulement vous faire comprendre que vous devrez savoir rester à votre place. Allez-y en finesse. Il y a beaucoup de gens qui suivent l'affaire. Jouez comme il faut et ça pourrait vous permettre de réintégrer la boîte.

– Compris.

– Bien.

Rachel se pencha de côté pour régler l'inclinaison de son siège plus en arrière.

– C'est loin? demanda-t-elle.

– Environ deux heures de route. On utilise pas mal d'hélicos de la base de Nellis. Ça économise du temps.

– Ça n'attire pas l'attention?

C'était des médias qu'elle parlait. Et d'une éventuelle fuite à propos de cette enquête en plein désert.

– Il a fallu éteindre quelques petits incendies à droite et à gauche, mais pour l'instant ça tient. La scène de crime est en Californie et nous travaillons l'affaire à partir du Nevada. Pour moi, c'est ça qui a permis de garder le couvercle bien fermé. A parler franchement, y a des gens qui s'inquiètent à cause de vous.

Rachel pensa un instant à Jack McEvoy, le journaliste.

– Pas besoin de s'inquiéter, dit-elle. Je ne sais même pas où il est.

– Sauf que si jamais ça finit par se savoir, on peut s'attendre à le voir débarquer. Il a quand même écrit un best-seller sur la première partie de l'affaire. Je vous garantis qu'il reviendra pour la suite.

Rachel songea au livre qu'elle avait lu dans l'avion et qui se trouvait maintenant dans son sac. Elle ne savait pas trop si c'en était le sujet ou l'auteur qui l'avait poussée à le lire et relire aussi souvent.

– C'est probable, dit-elle.

Elle ne poussa pas plus loin, ramena sa veste sur ses épaules et croisa les bras. Elle était fatiguée. Elle n'avait pas dormi depuis le coup de fil de Dei.

Elle appuya la tête contre la vitre et s'endormit en un instant. Les ténèbres lui revinrent avec son rêve. Mais cette fois elle n'était pas seule. Elle ne voyait personne parce qu'elle ne voyait que le noir. Mais elle sentait une présence. Tout près, mais pas nécessairement avec elle. Elle bougea, tourna dans le noir pour essayer de voir qui c'était. Elle tendit les mains en avant, mais ses mains ne rencontrèrent que le vide.

Elle entendit un gémissement, puis comprit: ce n'était que sa voix qui montait du plus profond de sa gorge. On l'attrapait. Quelque chose la tenait et la secouait très fort.

Elle ouvrit les yeux. Elle vit le freeway qui se ruait vers elle de l'autre côté du pare-brise. Cherie Dei lâcha sa veste.

– Ça va? On est à la bretelle de sortie.

Rachel leva les yeux et vit un panneau d'autoroute.

ROUTE ZZYZX
1 km 5

Elle se redressa sur son siège, consulta sa montre et s'aperçut qu'elle avait dormi plus d'une heure et demie. Elle avait le cou raide et mal à la joue droite à force de s'être appuyée contre la vitre. Elle commença à la masser avec ses doigts, fort, au cœur du muscle.

– Ça va? répéta Dei. J'ai eu l'impression que vous faisiez un cauchemar.

– Ça va. J'ai dit quelque chose?

– Non, rien. Vous avez seulement poussé une espèce de gémissement. Je me suis dit que vous deviez fuir quelque chose ou alors que vous étiez coincée.

Elle mit le clignotant et prit la voie de droite. La route Zzyzx avait l'air d'aller nulle part. Il n'y avait rien autour, même pas une station d'essence ou une bâtisse abandonnée. Cette sortie et la route elle-même semblaient n'avoir aucune raison d'être.

– C'est là-bas, reprit Dei.

Elle tourna à gauche et prit l'autopont au-dessus de la chaussée. Dès qu'elle l'eut quitté, la route se désintégra et ne fut bientôt plus qu'une piste de terre qui descendait en zigzag vers le sud et le bassin du Mojave. Le paysage était austère. Au loin, les cristaux de soude qui recouvraient la plaine ressemblaient à de la neige. Des yuccas levaient leurs doigts osseux vers le ciel, des plantes plus petites se serrant entre les rochers. Nature morte. Rachel se demanda quel genre d'animaux pouvaient bien survivre dans un endroit aussi nu.

Elles dépassèrent un panneau indiquant qu'elles se dirigeaient vers Soda Springs, puis, la route faisant un virage, Rachel découvrit soudain les tentes blanches, les 4 × 4, les camping-cars et d'autres véhicules encore. Elle vit aussi un hélicoptère vert de l'armée garé, pales arrêtées, à gauche du campement. Plus loin, un groupe de bâtiments bas au pied des collines. On aurait dit un motel au bord d'une route, sauf qu'il n'y avait ni panneaux ni route.

– Qu'est-ce que c'est que cet endroit? demanda Rachel.

– C'est la route Zzyzx, répondit Dei. La Zi-zex. Pour moi, c'est le trou du cul du monde. C'est un radio-évangéliste qui lui a donné ce nom et l'a construite il y a cinquante ans de ça. Il a eu la terre en promettant aux autorités de prospecter. Après quoi il a payé des alcoolos de L.A. pour le faire pendant qu'il concoctait des émissions pour appeler les croyants à venir se baigner dans les sources et déguster l'eau minérale qu'il mettait en bouteilles. Le Bureau de la gestion des terres a mis vingt-cinq ans à se débarrasser de lui. Après, l'endroit a été donné aux universités de l'État pour l'étude des régions désertiques.

– Pourquoi ici? Pourquoi Backus les a-t-il enterrés ici?

– Pour autant qu'on le sache, parce que c'est en terre fédérale. Il voulait être sûr que l'affaire nous, enfin… vous, sans doute, reviendrait. Si c'est le cas, il a réussi son coup. C'est même un sacré chantier. Électricité, baraquements, nourriture, eau, on est obligés de tout apporter.

Rachel garda le silence. Elle examinait tout, de la scène de crime aux crêtes des montagnes grises qui fermaient le bassin à l'horizon. Elle ne voyait pas les choses comme son ancienne élève. On lui avait dit que les côtes d'Irlande étaient d'une terrible beauté. A ses yeux, avec ses paysages nus et lunaires, le désert avait lui aussi ses beautés. Dures. Dangereuses. Elle n'avait jamais passé longtemps dans le désert, mais ses années dans les Dakota lui avaient appris à aimer les lieux sévères, les paysages vides où l'homme est un intrus. C'était même son secret. Elle avait eu droit à ce que le Bureau appelait un «poste éprouvant», le but de l'opération étant de tellement la dégoûter qu'à la fin elle laisserait tomber. Mais elle les avait pris au jeu, et battus. Elle pourrait y rester jusqu'à la fin des temps. Sans jamais lâcher.

Dei ralentit en arrivant à un poste de contrôle installé à une centaine de mètres des tentes. Un homme en combinaison bleue ornée des lettres FBI sur la poche de poitrine se tenait sous une tente de plage aux pans ouverts. Le vent du désert menaçait de l'arracher, tout comme il avait déjà bousillé la coiffure de l'agent.

Dei abaissa sa vitre et ne prit même pas la peine de lui dire son nom ou de lui montrer une pièce d'identité. On la connaissait. Par contre, elle lui donna le nom de Rachel et la qualifia d' «agent en visite» – comprenne qui pourra.

– Elle a le feu vert de l'agent Alpert? demanda l'homme d'une voix aussi plate et sèche que le désert qui l'entourait.

– Elle l'a, oui.

– Bon, bien. J'aurai juste besoin de son identité.

Rachel lui tendit son porte-cartes. L'agent nota son numéro d'immatriculation dans son registre et lui rendit l'objet.

– Quantico?

– Non, Dakota du Sud.

Il la regarda d'un drôle d'air – celui qui veut dire «t'es qu'une nulle».

– Amusez-vous bien, lança-t-il avant de pivoter pour regagner sa tente.

Dei avança la voiture, remonta sa vitre et laissa l'agent dans un nuage de poussière.

– Il est de l'antenne de Vegas, dit-elle. Ils ne sont pas très heureux de ce qui se passe. Jouer les seconds couteaux…

– Parlez d'une nouvelle!

– Exactement.

– Alpert est le directeur régional?

– C'est ça.

– Comment est-il?

– Eh bien… vous vous rappelez votre théorie sur les «morfos»
et les «empaths»?

– Oui.

– C'est un «morfo».

Rachel hocha la tête.

Elles arrivèrent devant un petit écriteau en carton fixé à une
branche de yucca. Le mot «VÉHICULES» y était écrit, à côté d'une
flèche indiquant la droite. Dei tourna à droite et alla ranger sa voiture tout au bout d'une rangée de quatre Crown Vic aussi sales que
la sienne.

– Et vous? demanda Rachel. Qu'est-ce que vous êtes devenue?

Dei garda le silence, puis préféra lui lancer:

– Vous êtes prête?

– Absolument. Ça fait quatre ans que j'attends l'occasion de me
frotter à lui à nouveau. C'est ici que tout commence.

Elle ouvrit sa portière et fit un pas dans la lumière éblouissante
du désert. Elle était chez elle.

I O

Backus les suivit sur la bretelle de sortie, à bonne distance. Puis il traversa l'autoroute et mit son clignotant pour repartir dans l'autre sens. A le regarder dans le rétro, elles n'auraient vu qu'un type qui faisait demi-tour pour rentrer à Las Vegas.

Avant de reprendre l'autoroute, il regarda la voiture du FBI quitter la route pavée et prendre à travers le désert pour gagner le site. Son site à lui. Un nuage de poussière blanche monta derrière le véhicule. Il vit les tentes dans le lointain et se sentit envahi par une impression de réussite. La scène de crime était une ville, et cette ville – cette ville d'ossements –, c'était lui qui l'avait construite. Les agents y travaillaient comme fourmis au milieu d'éclats de verre. Ils y vivaient et œuvraient dans un monde qu'il avait créé – et lui obéissaient sans même le savoir.

Il regretta de ne pas pouvoir s'approcher plus près, de ne pas pouvoir embrasser tout le paysage et voir l'horreur qu'il suscitait sur leurs visages, mais non : le risque était trop grand et il le savait.

Et il avait d'autres choses à faire. Il écrasa l'accélérateur et repartit vers la Cité du péché [1]. Il devait s'assurer que tout était prêt et installé comme il fallait.

Et là, tandis qu'il conduisait, une légère mélancolie le gagna. Sans doute la déception d'avoir dû laisser Rachel dans le désert. Il respira un grand coup et tenta d'exorciser cette impression. Il savait bien qu'il serait à nouveau près d'elle dans peu de temps.

---

1. Surnom couramment donné à la ville de Las Vegas *(NdT)*.

Au bout d'un moment, il sourit en repensant à son nom inscrit sur le panneau que brandissait la femme venue accueillir Rachel à l'aéroport. Plaisanterie à l'usage exclusif des agents du FBI. Il avait reconnu la femme : c'était l'agent spécial Cherie Dei. C'était Rachel qui lui avait tout appris comme lui avait tout appris à Rachel. Cela voulait dire que certaines de ses propres découvertes avaient été transmises à la jeune génération par l'intermédiaire de Rachel. Il apprécia. Et se demanda quelle réaction aurait pu avoir l'agent Dei s'il s'était présenté à elle au pied de l'escalator et lui avait dit : « C'est gentil d'être venue me chercher. »

Il regarda par la vitre les vastes étendues du désert. C'était vraiment beau, encore plus beau même de contenir ce qu'il y avait enterré dans le sable et les rochers.

Il y pensa et sentit vite la pression se relâcher dans sa poitrine. Un instant plus tard, la vie était à nouveau merveilleuse. Il jeta un coup d'œil dans le rétro pour voir si on le suivait et ne vit rien d'inquiétant. Alors, encore une fois il s'examina dans la glace et admira le travail du chirurgien. Et s'adressa un grand sourire.

I I

Elles approchaient des tentes lorsque Rachel Walling commença à sentir l'odeur. Celle, reconnaissable entre toutes, des chairs qui pourrissent. Elle était portée par le vent et imprégnait le campement et les tentes avant de filer plus loin. Rachel se mit à respirer par la bouche, hantée par un savoir dont elle aurait préféré se passer – une odeur n'est perceptible que lorsque les récepteurs sensoriels des voies nasales sont touchés par d'infimes particules. Ce qui signifie que l'on ne peut sentir la chair en putréfaction que lorsqu'on est en train d'en inhaler.

Trois petites tentes carrées gardaient l'entrée du site. Pas des tentes de camping – des tentes de commandement sur le terrain avec pans droits de 2,50 mètres de haut. Derrière se trouvait une tente rectangulaire plus grande. Rachel remarqua qu'elles avaient toutes des ouvertures sur le dessus. Elle comprit qu'elles entouraient des sites d'exhumations. Les ouvertures permettaient à la chaleur et à la puanteur de s'échapper un peu.

Mais, par-dessus tout, il y avait le bruit. L'électricité était fournie par au moins deux générateurs à essence. Il y avait aussi deux super camping-cars garés à gauche des tentes – des super camping-cars dont les climatiseurs montés sur le toit grondaient fort.

– Entrons ici, dit Cherie Dei en lui en montrant un. En général, Randall y est.

Le véhicule ressemblait à tous les super camping-cars que Rachel avait pu voir sur l'autoroute. Baptisé «Grand Routier», celui-là était immatriculé dans l'Arizona. Dei frappa à la porte, puis ouvrit sans attendre la réponse. Les deux femmes montèrent les marches et entrèrent. Le véhicule n'était pas aménagé pour le camping itinérant. Cloisons et équipements de confort, tout avait été enlevé. L'intérieur n'était plus qu'une seule grande pièce où on avait installé quatre tables pliantes et des tas de chaises. Appuyé au mur du fond, un comptoir supportait tout le matériel de bureau habituel – ordinateur, fax, photocopieur et machine à café. Deux des tables étaient couvertes de documents. Sur la troisième, quelqu'un avait posé une grande coupe de fruits plutôt incongrue dans ce cadre et ce contexte. La table où l'on déjeune, se dit Rachel. Parce que même au bord d'un charnier il faut bien déjeuner. A la quatrième table se tenait un homme. Un ordinateur portable devant lui, il parlait dans son téléphone cellulaire.

– Asseyez-vous, dit Dei à Rachel. Je vous présenterai dès qu'il aura fini.

Rachel s'assit à la table et huma l'air prudemment. Le climatiseur recyclait l'air. L'odeur qui montait du lieu de l'exhumation n'était pas décelable. Pas étonnant que ce type ne bouge pas du camping-car. Rachel jeta un coup d'œil à la coupe de fruits et envisagea d'y prendre quelques grains de raisin, histoire de garder son énergie, mais finit par renoncer.

– Allez-y, si vous voulez des fruits, dit Dei.

– Non merci, ça ira.

– Vous faites comme vous voulez.

Dei tendit la main et prit une grappe de raisin, Rachel se sentant idiote de s'être ainsi interdit d'en prendre. Le type au téléphone – l'agent Alpert, pensa-t-elle – parlait trop bas pour être entendu. Y compris, probablement, par son correspondant. Rachel remarqua que le mur de gauche était couvert de photos des excavations. Elle se détourna. Elle n'avait aucune envie de les examiner avant d'avoir fait le tour des tentes. Elle se retourna encore et regarda par la fenêtre proche de la table. Ligne de crêtes et bassin en contrebas, la vue sur le désert était superbe. L'espace d'un instant, elle se demanda si le paysage avait un sens caché. Si Backus avait choisi cet endroit à cause de la vue et, si oui, ce que cela pouvait signifier.

Puis, Dei lui ayant tourné le dos, elle attrapa quelques grains de raisin à son tour et s'en enfourna trois dans la bouche d'un seul coup. A ce moment précis, l'inconnu ferma son portable, se leva et s'approcha d'elle en lui tendant la main.

– Randall Alpert, directeur régional, dit-il. Content de vous avoir avec nous.

Rachel lui serra la main, mais dut attendre d'avoir avalé ses grains de raisin pour pouvoir lui répondre.

– Ravie de vous connaître, dit-elle enfin. Malgré les circonstances.

– Ça, c'est vrai, mais regardez-moi cette vue! C'est quand même mieux que le mur en brique que je me tape à Quantico. Sans compter qu'on est ici à la fin avril et pas en plein mois d'août! Ç'aurait été tuant.

C'était le nouveau Bob Backus. Il dirigeait la boutique à Quantico et ne sortait que pour les gros coups – et celui-là en était un, évidemment. Rachel décida que le bonhomme ne lui plaisait pas et que Cherie Dei avait raison: c'était bien un «morfo».

Depuis toujours, Rachel divisait les agents du Comportement en deux catégories, la première étant celle des «morfos». Ceux-ci ressemblaient beaucoup aux hommes et aux femmes qu'ils traquaient. Ils savaient s'y prendre pour ne pas être contaminés. Ils savaient passer d'un tueur en série à un autre sans se faire bouffer par l'horreur, la culpabilité et la connaissance de la nature véritable du mal. Rachel les traitait de «morfos» parce qu'ils étaient capables de s'emparer de ce fardeau et, Dieu sait comment, de le métamorphoser en autre chose. Pour eux, un site d'exhumations multiples devenait un paysage plus beau que tous ceux de Quantico.

Rachel qualifiait les autres d'«empaths» parce que, pleins d'empathie, ils prenaient et gardaient en eux toute l'horreur de leur travail. Celle-ci devenait le feu auquel ils se réchauffaient. Ils s'en servaient pour relier les choses entre elles et se motiver, pour finir le boulot. Rachel les trouvait meilleurs parce qu'ils poussaient tout à la limite, et au-delà, afin de coincer le méchant et de résoudre l'affaire.

Il était évidemment bien plus sain d'être un «morfo». De pouvoir continuer sans entraves morales. Les couloirs de l'unité du Comportement étaient hantés par les fantômes des «empaths», de tous les agents qui ne tenaient pas la distance, de tous ceux pour qui, à un moment donné, le fardeau devenait trop lourd. Des agents tels qu'une Janet Newcomb qui avait fini par manger son revolver, qu'un Jon Fenton qui avait jeté sa voiture sur le piédroit d'un pont, qu'un Terry McCaleb qui, lui, avait donné, et littéralement, son cœur au travail. Rachel n'en avait oublié aucun et surtout pas Bob Backus, le plus grand des «morfos», celui qui était tout à la fois le chasseur et la proie.

— C'était Brass Doran que j'avais au téléphone, reprit Alpert. Elle m'a demandé de vous dire bonjour.

— Elle est revenue à Quantico?

— Oui. Une vraie agoraphobe. Elle ne voudra jamais quitter cet endroit. C'est elle qui s'occupe de l'affaire à ce bout-là. Bon... Agent Walling, je n'ai pas besoin de vous faire un dessin. La situation est délicate. Nous sommes contents de vous avoir avec nous, mais vous n'êtes ici qu'en qualité d'observateur, peut-être aussi de témoin, mais rien de plus.

— De témoin? répéta-t-elle.

— Vous pourrez peut-être nous donner des idées. Vous le connaissiez, non? Les trois quarts d'entre nous couraient encore après les pilleurs de banques quand a éclaté cette affaire. Je suis entré à l'Agence juste après votre truc. Juste après le passage de l'OPR[1]. Cherie ici présente est une des rares survivantes de cette époque.

— Mon «truc»?

— Vous savez très bien ce que je veux dire. Vous et Backus qui...

— Je pourrais jeter un coup d'œil au site? J'aimerais voir ce que vous avez.

— Cherie va vous y conduire dans une seconde. Il n'y a pas grand-chose à voir, hormis la carcasse retrouvée aujourd'hui.

Voilà qui était parler en vrai «morfo», se dit-elle. Elle coula un regard à Dei, qui lui confirma son impression en lui renvoyant son regard.

— Mais il y a une chose dont j'aimerais vous parler d'abord, reprit Alpert.

Rachel savait ce qui l'attendait, mais le laissa dire. Il gagna

---

1. Ou Office of Professional Responsibility (Bureau des responsabilités professionnelles), organisme chargé de la direction des opérations du FBI *(NdT)*.

l'avant du camping-car et lui montra quelque chose dans le désert. Rachel suivit des yeux la direction qu'il lui indiquait, mais ne vit que la crête des montagnes.

— Bon, oui, on ne peut pas vraiment le voir d'ici, dit-il, mais là-bas on a un grand panneau posé par terre. Dessus, en lettres énormes, on a écrit: «Tournage, survol et bruit interdits». C'est pour ceux qui pourraient avoir envie d'en savoir plus long sur nos tentes et nos véhicules. Pas mal comme idée, non? Ils croient que c'est un décor de cinéma. Ça permet de tenir les hélicos des médias à bonne distance.

— L'idée étant...

— L'idée? L'idée étant que tout cela est bien camouflé. Personne n'est au courant de rien et on n'a pas envie que ça change.

— Bref, je serais une source de fuites?

— Non. Je ne dis rien de pareil. Je vous dis seulement ce que je dis à tous ceux qui viennent ici. Il n'est pas question que ça passe dans les médias. Cette fois, je veux tout contrôler d'un bout à l'autre. Est-ce bien clair?

Elle songea que c'était plutôt la hiérarchie ou l'OPR qui le voulait. Les révélations de Backus avaient presque décimé l'unité des Sciences du comportement et annihilé sa réputation – sans parler du gigantesque fiasco que ç'avait été pour le Bureau tout entier côté relations publiques. Vu les ratés du 11 septembre et la concurrence avec le Homeland Security[1] pour obtenir des fonds de l'administration fédérale et les faveurs de la presse, que les médias se focalisent sur un agent devenu tueur fou n'était pas vraiment du goût du haut commandement ou de l'OPR. Surtout après avoir laissé croire au grand public que ledit agent devenu tueur fou était mort depuis longtemps.

— Je comprends, dit Rachel d'un ton glacial. Inutile de vous inquiéter pour moi. Bon, je peux y aller?

— Encore une chose.

Il hésita un instant. C'était délicat.

— Les gens impliqués dans cette enquête ne sont pas tous cons-

---

1. Service créé au lendemain du 11 septembre et chargé de regrouper tous les renseignements ayant trait à la sécurité du territoire (NdT).

cients du lien avec Robert Backus. On ne répond qu'aux questions précises et je veux qu'on en reste là.

– Que voulez-vous dire? Que les gens qui travaillent là-bas ignorent que c'est à Backus qu'on doit tout ça? Ils devraient être...

– Agent Walling, ce n'est pas à vous qu'on a confié cette enquête. N'essayez pas de changer cet état de fait. On vous a amenée ici pour observer et donner un coup de main, il va falloir en rester là. Nous ne sommes pas sûrs qu'il s'agisse de Backus et tant que nous ne le sau...

– Ben voyons! C'est vrai qu'en dehors du fait qu'on a ses empreintes partout sur le GPS et que ça pue son *modus operandi*...

Alpert jeta un coup d'œil agacé à Dei.

– Cherie n'aurait pas dû vous parler des empreintes et pour ce qui est du mode opératoire... pour l'instant on n'a rien de certain.

– Ce n'est pas parce qu'elle n'aurait pas dû m'en parler que ce n'est pas vrai. Vous ne pourrez jamais étouffer cette affaire, agent Alpert.

Il rit de frustration.

– Qui parle d'étouffer quoi que ce soit? Écoutez, pour l'instant on ne fait que contrôler l'information. Pour en donner, il faut que ce soit l'heure de le faire. C'est tout ce que je vous dis. Votre présence ici en dit déjà bien assez long comme ça, compris? Je ne veux pas que ce soit vous qui décidiez ce qu'il faut dire et à qui. Ça, c'est mon boulot. On est clairs?

Rachel acquiesça d'un signe de tête sans conviction. Et jeta un coup d'œil à Dei en le faisant.

– Parfaitement clairs, dit-elle.

– Bien. Cherie, vous pouvez l'emmener... faire du tourisme.

Elles quittèrent le camping-car et Dei la conduisit droit à la première tente.

– Ça, pour être rentrée dans ses bonnes grâces! dit-elle.

– C'est drôle comme il y a des choses qui ne changent pas. Je ne crois pas qu'une bureaucratie puisse jamais évoluer ou tirer quelque leçon que ce soit de ses erreurs. Bah, peu importe. A quoi a-t-on droit?

– Pour l'instant, à huit sacs et à du gaz pour deux autres. On ne les a pas encore trouvés. Le coup classique de la pyramide inversée.

Rachel connaissait ces raccourcis de langage. Elle en avait elle-même inventé plusieurs. Dei lui disait qu'on avait retrouvé huit cadavres et que les analyses par sondes à gaz indiquaient la présence de deux autres corps à exhumer. Les tragédies de l'histoire suscitaient des données d'où l'on pouvait tirer des modèles de conduite. Ça s'était déjà vu : le tueur qui revient avec des victimes sur le lieu d'un enterrement précédent suit effectivement un schéma connu, les dernières inhumations rayonnant depuis la première à la manière d'un V ou d'une pyramide inversée. Et c'était bien le cas : consciemment ou pas, Backus obéissait à une loi qu'il avait lui-même contribué à énoncer.

— Permettez que je vous demande quelque chose ? dit Rachel. C'était bien à Brass Doran qu'il parlait au téléphone, non ? Elle doit quand même connaître le lien avec Backus, elle !

— Oui, elle le connaît. C'est elle qui a trouvé les empreintes sur le paquet.

Rachel hocha la tête. Au moins avait-elle une collègue dans le secret des dieux et à laquelle elle pouvait faire confiance.

Elles arrivèrent à la tente, Dei en écartant aussitôt un pan. Rachel fut la première à entrer. Le volet d'aération supérieur étant ouvert pour la ventilation, il ne faisait pas trop sombre. Rachel accommoda immédiatement et découvrit un grand trou rectangulaire au milieu de la tente. Mais pas de terre sortie de l'excavation. Elle se dit qu'on avait dû l'envoyer à Quantico ou au labo du chantier avec le sable et les cailloux retirés de la fosse.

— C'est sur ce site qu'on a les premières anomalies, reprit Dei. Les autres ne sont que des lieux d'enterrement. Rien de plus.

— A quelles anomalies a-t-on affaire ?

— Le point de localisation du GPS est très exactement celui-ci. Et ici, c'est un bateau qu'on a trouvé en arrivant. Il était…

— Un bateau ? En plein désert ?

— Vous vous rappelez le prêtre dont je vous ai parlé ? Celui qui a fondé cet endroit ? Il avait creusé un canal pour l'eau de source. On pense que c'est de là que vient ce bateau. Ça faisait plusieurs décennies qu'il était là. Bref… après l'avoir enlevé, on a enfoncé une sonde et commencé à creuser. L'anomalie numéro deux est que cette tombe contenait les deux premières victimes. Toutes les autres tombes n'en contiennent qu'une.

– Et ces deux premières victimes… ont été enterrées en même temps?

– Oui. L'une sur l'autre. Mais il y en avait une enroulée dans du plastique et ce bonhomme-là était mort depuis bien plus longtemps que l'autre. Sept mois, on le pense.

– Ce qui fait qu'il s'est mis ce premier cadavre de côté pendant un certain temps. Et qu'il l'a emballé dans du plastique pour le conserver. Et ce n'est que lorsqu'il a eu le second qu'il s'est dit qu'il fallait faire quelque chose et qu'il est venu les enterrer ici. Le bateau lui a servi de balise. De pierre tombale qu'il n'oublierait pas parce qu'il savait qu'il y reviendrait avec d'autres victimes.

– C'est possible. Mais… qu'est-ce qu'il avait besoin de ce bateau s'il avait le GPS?

Rachel hocha de nouveau la tête et sentit un rien d'adrénaline lui monter dans le sang. Agiter des idées en tous sens était toujours ce qu'il y avait de mieux dans le boulot.

– Le GPS est arrivé plus tard. Récemment, en fait. Et juste pour nous.

– «Nous»?

– Vous. Le Bureau. Moi.

Rachel s'approcha du bord et regarda le trou. Il n'était pas profond, surtout pour deux corps. Elle cessa de respirer par la bouche et s'emplit les narines de l'air fétide. Elle voulait ne pas oublier.

– On a des identités?

– Rien d'officiel pour l'instant. Pas de contacts avec les parents, mais on sait de qui il s'agit pour quelques-uns. Cinq, au moins. Le premier meurtre remonte à trois ans. Le deuxième s'est produit sept mois plus tard.

– On a un cycle?

– Oui. Avec réduction de huit pour cent. Les deux derniers devraient nous amener à novembre.

Ce qui voulait dire que les intervalles entre les meurtres se réduisaient de huit pour cent à partir des premiers sept mois entre les premier et deuxième assassinats. Là encore, rien que du connu. Les intervalles qui diminuent n'avaient rien d'extraordinaire dans ce cas et démontraient seulement que le tueur contrôlait de moins en moins ses pulsions de meurtre alors même qu'il se croyait de plus en plus invincible. On sort du premier assassinat sans histoires et le deuxième s'accomplit plus facilement – et plus vite. Et ainsi de suite.

– Ce qui fait qu'il serait en retard? demanda Rachel.

– Censément, oui.

– «Censément»?

– Allons, Rachel, c'est de Backus qu'il s'agit. Il sait très bien ce que nous savons. Il s'amuse avec nous. C'est comme à Amsterdam. Il disparaît avant même qu'on comprenne que c'était lui. Même chose ici. Il est passé à autre chose. Sinon, pourquoi nous envoyer le GPS? Il a déjà filé. Il n'est pas en retard et ne reviendra pas ici non plus. Il est quelque part à se foutre de nous en nous regardant suivre nos petits schémas et nos petites routines: il sait très bien que nous n'arriverons pas plus près de lui que la dernière fois.

Rachel hocha la tête. Elle savait que Dei avait raison, mais décida de se montrer optimiste.

– Il finira par commettre une erreur, ce n'est pas possible autrement. Ce GPS... on a quelque chose dessus?

– On y travaille, évidemment. C'est Brass qui s'y est collée.

– On a autre chose?

– On a vous, Rachel.

Rachel garda le silence. Dei avait raison, encore une fois. Backus leur préparait quelque chose. Pour obscur qu'il soit, le message qu'il lui avait adressé était direct et semblait rendre la chose évidente. Backus voulait qu'elle soit là et joue son rôle. Mais dans quelle partie? Que voulait le Poète?

De la même manière qu'elle avait tout appris à Dei, c'était Backus qui lui avait servi de tuteur. Et c'était un très bon prof. Bien meilleur, à y repenser, qu'elle ou n'importe qui d'autre aurait pu l'imaginer. Être l'élève tout à la fois de l'agent et du tueur, du chasseur et de la proie, le mélange était unique dans les annales du crime et du châtiment. Jamais elle n'avait oublié les petites phrases qu'il lui avait lancées un soir qu'ils remontaient des sous-sols de Quantico à la fin de la journée.

«Au final, pour moi, tout ça, c'est des conneries, lui avait-il lancé. En fait, on est incapables de prédire ce que vont faire ces types. On ne peut que réagir. Comme quoi, en définitive, on est plutôt inutiles. On suscite de belles manchettes dans la presse et on fournit de beaux sujets à Hollywood, mais c'est à peu près tout.»

A l'époque, Rachel n'était encore qu'une bleue dans l'unité. Elle était pleine de grands idéaux, de plans et de ferveur. Elle avait passé la demi-heure suivante à essayer de faire sortir cette idée du crâne de Backus. Là, elle était gênée de se rappeler tous les efforts qu'elle avait déployés et toutes les choses qu'elle avait dites à cet homme qui, elle ne l'avait compris que plus tard, était déjà un tueur.

– Je pourrais voir les autres tentes? demanda-t-elle.

– Bien sûr. Tout ce que vous voudrez.

12

Il était tard et les batteries du bateau commençaient à lâcher. Les lampes de la cabine avant baissaient de plus en plus. Enfin... c'est ce qui me semblait. Peut-être était-ce ma vue qui faiblissait. J'avais passé sept heures à lire des dossiers que je sortais des cartons empilés sur la couchette supérieure. J'avais rempli mon carnet de notes jusqu'à la dernière page, l'avais retourné et avais recommencé à l'envers.

L'interrogatoire que j'avais mené dans le courant de l'après-midi s'était bien passé, mais ne m'avait rien apporté. Le dernier client de McCaleb était un certain Otto Woodhall qui habitait dans une luxueuse copropriété derrière le célèbre bâtiment du casino d'Avalon. Je lui avais parlé une heure, mais n'avais, en gros, eu droit qu'à l'histoire que m'avait déjà servie Buddy Lockridge. Woodhall, qui avait soixante-six ans, avait confirmé tous les détails qui m'intéressaient dans cette croisière. A l'entendre, il avait quitté le bateau à l'escale du Mexique, où il avait passé son temps avec des femmes qu'il connaissait. Aucun embarras ou honte dans ses propos. Son épouse était partie sur le continent faire du shopping pour la journée, il ne voyait apparemment aucun inconvénient à tout me dire : il était retraité de son travail, pas de la vie. Il avait encore des besoins d'homme. Arrivé à ce point-là de la discussion, j'avais changé de sujet et m'étais concentré sur les derniers instants de McCaleb.

Pour les détails importants, les observations et les souvenirs de Woodhall correspondaient à ceux de Lockridge. Il confirmait ainsi qu'à deux reprises au moins pendant le voyage il avait vu McCaleb sortir ses médicaments et, pilules et liquides, tout faire descendre avec du jus d'orange.

J'avais pris des notes, mais savais que je n'en aurais pas besoin. Au bout d'une heure, j'avais fini par le remercier de m'avoir donné de son temps et l'avais laissé au spectacle de la baie de Santa Monica et du smog qui, au-delà, commençait à se lever sur le continent.

Buddy Lockridge m'attendait devant la maison, assis dans une voiturette de golf que j'avais louée. Il ruminait toujours ma décision de dernière minute d'interroger Woodhall sans lui. Il m'avait déjà accusé de m'être servi de lui pour arriver jusqu'à ce dernier. Il avait raison sur ce point, mais ses plaintes et ses petits soucis ne m'atteignaient guère.

Nous revînmes à la jetée sans rien dire, puis je rendis la voiturette. Et dis à Buddy qu'il pouvait rentrer chez lui parce que j'avais l'intention de passer le reste de ma journée, voire une partie de la nuit, à parcourir le reste des dossiers. Docile, il m'offrit son aide, mais je lui renvoyai qu'il m'avait déjà assez aidé comme ça et le regardai partir vers le quai d'embarquement du ferry en baissant la tête. Je n'étais toujours pas très sûr de ce que je pensais de lui. Je savais qu'il me faudrait y réfléchir encore un peu.

N'ayant aucune envie de faire des bêtises avec le Zodiac, je pris un taxi maritime pour regagner le *Following Sea*. J'y menai une fouille rapide de la cabine principale – sans trouver rien d'important – et passai dans celle de devant.

Je remarquai alors que Terry avait une platine laser dans son bureau de fortune, mais que sa petite collection de CD tournait essentiellement autour du blues et du rock and roll des années 70. Je mis un des derniers enregistrements de Lucinda Williams intitulé *World Without Tears*[1], et le trouvai tellement à mon goût que je ne cessai de me le passer et repasser pendant les six heures qui suivirent. Cette femme avait de longs voyages dans la voix et j'aimais bien. Lorsque, l'électricité commençant à faiblir, je finis par éteindre la platine, j'avais déjà appris inconsciemment au moins trois chansons que je pourrais chanter à ma fille la prochaine fois que je la mettrais au lit.

---

1. Soit «Un monde sans larmes» *(NdT)*.

La première chose que j'avais faite une fois dans le bureau avait été de me remettre à l'ordinateur et d'ouvrir le dossier intitulé PROFILS.

J'étais alors tombé sur une liste de six fichiers remontant à deux ans et classés par ordre chronologique. Je les avais ouverts un par un et m'étais chaque fois aperçu qu'il s'agissait du profil psychologique d'un individu soupçonné de meurtre. Écrits dans la langue brute et sans fioritures du professionnel, ils offraient tous des conclusions sur le tueur, conclusions fondées sur tel ou tel détail de la scène de crime. Rien qu'à étudier ces détails, il était clair que McCaleb avait fait plus que lire des articles de journaux. A l'évidence il avait eu plein accès à ces scènes de crime, que ce soit personnellement ou plus probablement via des photos, enregistrements ou notes d'inspecteurs. J'avais vite compris qu'il ne s'agissait pas là d'études menées par un profileur qui avait loupé l'enquête mais ne voulait pas être largué. C'était le travail d'un enquêteur qu'on avait invité à prendre part au travail. Toutes les affaires traitées étaient du ressort de petites équipes de police de l'Ouest. Je me dis que McCaleb avait dû apprendre l'existence de ces affaires par des articles de journaux ou par d'autres moyens et qu'il avait alors offert son aide aux policiers de l'endroit qui pataugeaient. Une fois son offre acceptée, il devait recevoir copie des éléments de la scène de crime et se mettre à les analyser afin de dresser un profil psychologique de l'assassin. Je me demandai si sa notoriété l'aidait ou l'entravait lorsqu'il offrait ses services. Combien de refus avait-il essuyés pour obtenir ces six affaires ?

Il avait dû travailler à l'endroit même où je me tenais, sans jamais quitter le bateau – ni croire que sa femme savait très exactement ce qu'il faisait.

Mais je voyais bien qu'établir ces profils avait dû lui prendre beaucoup de temps et d'attention et commençai à comprendre ce qui, de l'aveu même de Graciela, s'était mis à poser problème dans leur couple. Terry était incapable de dire stop. Incapable de laisser filer quoi que ce soit. Ces travaux disaient clairement son dévouement à la cause de l'enquêteur, mais non moins clairement son aveuglement en tant qu'époux et père.

Les six dossiers traitaient de deux affaires qui s'étaient déroulées l'une à Scottsdale (Arizona) et l'autre à Henderson (Nevada), et de quatre autres qui, elles, avaient eu pour cadre les villes de La Jolla, Laguna Beach, Salinas et San Mateo, en Californie. Deux d'entre elles tournaient autour de meurtres d'enfants, les quatre dernières étant les assassinats à caractère sexuel de trois femmes et d'un homme. McCaleb n'avait établi aucun lien entre ces dossiers. Il s'agissait très simplement d'affaires qui avaient attiré son attention ces deux dernières années, et rien ne laissait entendre que son travail aurait aidé à résoudre ces crimes. Je transcrivis les éléments de base de chacune de ces affaires dans mon carnet et me promis d'appeler les services de police concernés pour en connaître l'issue. Je visais peut-être un peu loin, mais il se pouvait quand même qu'un de ces profils ait causé la mort de Terry. Ce ne serait pas la première de mes priorités, mais j'allais devoir vérifier.

En ayant provisoirement fini avec l'ordinateur, je concentrai mon attention sur les cartons de dossiers rangés sur la couchette du haut. Je les en descendis un à un jusqu'à ce qu'il n'y ait plus de place par terre. Je m'aperçus alors qu'ils contenaient un mélange de dossiers d'affaires résolues et non résolues. Je passai une heure entière rien qu'à les classer et à en extraire les non résolues : il était assez probable que, si la mort de Terry avait effectivement un lien avec une de ces affaires, ce soit l'une de celles dont l'assassin courait toujours dans la nature. Je ne voyais aucune raison à ce que Terry ait retravaillé une affaire déjà résolue.

Cette lecture me fascina. Nombre de ces dossiers concernaient des affaires dont j'avais eu connaissance, voire auxquelles j'avais été mêlé. Et elles n'étaient pas vieilles. J'eus la très nette impression que pour lui les dossiers non clos tournaient en permanence. Il les ressortait de leurs cartons de temps en temps et, suspects, scènes de crime et possibilités, repensait toute l'enquête. Il passait alors des coups de fil aux inspecteurs, aux techniciens des labos, voire aux témoins. Tout cela m'était parfaitement clair dans la mesure où McCaleb avait pour habitude de noter ses moindres gestes sur les rabats de ses dossiers et d'en indiquer chaque fois la date exacte.

En regroupant ces dates, je m'aperçus qu'il travaillait souvent sur plusieurs affaires à la fois. Et il était évident qu'il avait encore l'oreille du FBI et de l'unité des Sciences du comportement de

Quantico. Je passai ainsi une heure à lire l'énorme dossier qu'il avait bâti sur le Poète, un des tueurs en série les plus célèbres, mais aussi des plus gênants dans les annales du FBI. Le Poète était en effet un tueur dont on avait plus tard découvert qu'il était l'agent du FBI chargé de diriger l'équipe affectée... à sa propre capture. Le scandale avait secoué le Bureau et sa très illustre unité des Sciences du comportement huit ans plus tôt. L'agent en question, Robert Backus, choisissait ses victimes parmi les inspecteurs des Homicides. Il faisait passer leur assassinat pour des suicides et prenait soin de laisser traîner des billets contenant des vers d'Edgar Allan Poe. C'est ainsi qu'en trois années il avait exécuté huit personnes à travers tout le pays, jusqu'au jour où, un journaliste s'apercevant qu'il s'agissait de faux suicides, la chasse à l'homme avait commencé. Backus avait été découvert et abattu à Los Angeles par un autre agent du FBI. A l'époque, il avait arrêté son choix sur un inspecteur des Homicides de la division Hollywood du LAPD, celle-là même où je travaillais. Sa cible, Ed Thomas, était un de mes collègues. Je me rappelai m'être beaucoup intéressé au Poète.

Et voilà que j'avais droit à l'histoire cachée. Officiellement, l'affaire avait été classée par le Bureau, mais sous le manteau il s'était vite murmuré que le Poète en avait réchappé. Après qu'on lui avait tiré dessus, il avait filé dans les tunnels d'écoulement des eaux qui courent sous la ville de Los Angeles. Six semaines plus tard, on avait retrouvé un cadavre avec une balle certes logée au bon endroit mais dans un corps tellement décomposé qu'il avait été impossible de procéder à son identification et à toute comparaison d'empreintes. A ce qu'on avait dit, des animaux avaient filé avec des bouts du monsieur, y compris avec sa mâchoire inférieure et les seules dents dont on aurait pu se servir pour retrouver son identité. Tout aussi opportunément, Backus avait disparu sans laisser la moindre trace d'ADN derrière lui. Bref, on avait hérité d'un cadavre avec le trou que la balle y avait foré, mais rien à quoi le comparer. A ce qui avait été dit, en tout cas. Car le Bureau avait promptement déclaré qu'à son avis Backus était mort. Après quoi il avait fermé le dossier, quand ce ne serait que pour mettre, et le plus rapidement possible, un terme à l'humiliation d'avoir été floué par un de ses propres agents.

Cela dit, les documents accumulés par McCaleb confirmaient la rumeur: Backus était toujours vivant et rôdait dans la nature. Quelque part. Quatre ans plus tôt, il avait refait surface à Amsterdam. Selon certains bulletins confidentiels que le FBI avait fournis à McCaleb, un tueur y avait occis cinq hommes en moins de deux ans. Toutes les victimes étaient des étrangers en visite dans le pays et toutes avaient disparu après s'être aventurées dans le quartier réservé de la ville. On les avait retrouvées dans le fleuve Amstel, étranglées. Ce qui reliait ces meurtres au FBI? Des messages envoyés aux autorités locales et dans lesquels l'assassin revendiquait la paternité de ces crimes et demandait qu'on fasse entrer le FBI dans la danse. Selon certains rapports confidentiels, l'auteur de ces billets exigeait très précisément qu'on mette sur l'affaire l'agent Rachel Walling, celle-là même qui avait abattu Robert Backus quatre ans plus tôt. La police hollandaise avait, de manière non officielle, invité le FBI à venir prendre connaissance du dossier. Au bas de chacun des billets, l'expéditeur avait simplement signé «Le Poète». Les analyses graphologiques du FBI avaient prouvé, mais pas à cent pour cent, que l'auteur des messages n'était pas quelqu'un qui essayait de s'accrocher aux basques ô combien illustres de Robert Backus, mais Robert Backus en personne.

Comme de bien entendu, lorsque le Bureau, les autorités locales et Rachel Walling elle-même s'étaient enfin mobilisés à Amsterdam, le tueur avait disparu depuis longtemps. Et l'on n'avait plus entendu parler de Robert Backus depuis lors – à tout le moins à s'en tenir aux sources de Terry McCaleb.

Je remis l'épais dossier dans un des cartons et passai à autre chose. Et découvris rapidement que McCaleb ne faisait pas que travailler sur de vieilles affaires. De fait, il exerçait ses talents sur tout ce qui retenait son attention. Il y avait là des dizaines de dossiers qui ne contenaient en tout et pour tout qu'un article de journal et quelques notes jetées sur le rabat de la chemise. Certains d'entre eux avaient trait à des affaires très en vue, d'autres à des crimes passablement obscurs. C'est ainsi qu'il en avait ouvert un contenant des coupures de journaux sur l'affaire Laci Peterson, une jeune femme qui, deux ans plus tôt, avait disparu du centre de la Californie à la veille de Noël. L'affaire avait retenu l'attention de tous et pendant longtemps, surtout après qu'on avait retrouvé son corps démembré dans la baie même où son mari avait déclaré aux enquêteurs avoir pêché alors que disparaissait son épouse. Une note portée sur le rabat du dossier avant même qu'on retrouve le cadavre de la victime était ainsi libellée: «Morte à tous les coups – dans l'eau.» Une autre qui, elle, avait été écrite avant l'arrestation du mari déclarait: «Il y a une autre femme dans l'histoire.»

Je tombai aussi sur des notes quasiment extralucides à propos d'Elizabeth Sharp, une fillette originaire de l'Utah qu'on avait retrouvée, puis rendue, presque un an après son enlèvement. Terry ne s'y était pas trompé et avait très justement écrit «Vivante» sous l'une des photos de la gamine reproduite dans un journal.

McCaleb s'était aussi livré à une étude officieuse de l'affaire Robert Blake. Énième gros scandale à défrayer la chronique, cette ancienne star du cinéma et de la télévision avait été accusée d'avoir assassiné sa femme. Les notes de McCaleb étaient tout aussi intuitives que précises – et justes, comme on l'avait découvert lors du procès.

A un moment donné, j'en vins à me demander si Terry n'avait pas antidaté ces notes en se servant de renseignements glanés dans les médias, ceci afin de faire croire qu'il était capable de prédire certains aspects de l'affaire alors que ce n'était pas le cas. Certes, tout était possible, mais cela me sembla parfaitement irréaliste. Je ne voyais pas pourquoi il aurait commis un délit aussi secret et autodestructeur. Non, pour moi, tout ce travail était bien réel – et lui appartenait.

Dans un de ces dossiers, j'avais découvert des articles sur la nouvelle unité que le LAPD venait d'affecter aux affaires non élucidées. Sur le rabat, je trouvai les noms et les numéros de portable de quatre de ses inspecteurs. Avoir pareils numéros signifiait que Terry avait manifestement réussi à franchir le fossé qui séparait le FBI et le LAPD. Ces messieurs ne donnaient pas leurs numéros de portable à n'importe qui.

Et, sur les quatre, j'en connaissais un. Tim Marcia avait travaillé un temps à la division Hollywood, brigade des Homicides. Je savais qu'il était tard, mais les coups de fil à pas d'heure ne surprennent personne chez les flics. Marcia ne m'en voudrait pas, je le savais. Je sortis mon portable et appelai le numéro que Terry avait noté à côté de son nom sur le rabat. Marcia décrocha dans la seconde. Je m'identifiai, passai le cap des plaisanteries «ça fait une paie» et lui expliquai que je voulais des renseignements sur Terry McCaleb. Je ne lui mentis pas, mais ne lui dis pas non plus que j'enquêtais sur un meurtre. Je l'informai seulement qu'en mettant de l'ordre dans ses dossiers, et ce sur la demande de sa femme, j'étais tombé sur son nom et son numéro. Je voulais donc savoir à quoi Terry pouvait bien s'occuper avec lui.

— Harry, me répondit-il, tu as déjà repris des affaires non élucidées, n'est-ce pas? Ce qui s'est passé chez toi l'année dernière était bien la conséquence d'une affaire non élucidée, non [1]?

— Si.

— Donc, tu sais comment c'est. Des fois, on se rattrape à des brindilles et on cherche toute l'aide qu'on peut avoir. Bref, un jour Terry m'a appelé pour m'offrir ses services. Pas sur un cas particulier. Je crois qu'il avait vu un article sur notre unité dans le *Times*. Toujours est-il qu'il m'a fait savoir que si jamais j'avais besoin d'un coup de main pour un profil, je pouvais compter sur lui. Terry, c'était un bon, Harry. J'ai été vraiment désolé d'apprendre ce qui lui est arrivé. Je voulais aller au service funèbre à Catalina, mais y a eu des tas de trucs entre-temps et...

— C'est toujours comme ça. Lui as-tu jamais demandé de te faire un profil?

— Oui, enfin... Oui, et je sais que deux ou trois collègues d'ici ont fait pareil. Tu sais comment c'est. Y a pratiquement pas de profiling dans le service et, des fois, il faut attendre des mois avant que le Bureau veuille bien se bouger. Et nous, on avait ce type qui s'y connaissait et ne voulait rien en retour... Il voulait juste bosser, alors oui... on s'est servis de lui. On lui a passé deux ou trois trucs.

— Comment s'en est-il tiré?

— Bien. On était justement en train de travailler une affaire plutôt intéressante. Quand le nouveau chef de police a monté l'unité, on a commencé à reprendre les affaires non résolues. On en a réuni six — des cadavres qu'on avait jetés dans la Vallée. Il y avait

---

1. Cf. *Lumière morte*, ouvrage publié dans cette même collection *(NdT)*.

des points communs, mais on ne les avait jamais reliés avant. On a envoyé les dossiers à Terry et il a confirmé. Il a tout relié grâce à ce qu'il a appelé les «composants psychologiques communs». On y travaille toujours, mais on sait au moins à quoi on a affaire. On est sur la bonne voie. Et je ne sais pas si on y serait si Terry ne nous avait pas aidés.

— Je suis content de l'apprendre. Je le dirai à sa femme et je suis sûr que ça l'aidera de le savoir.

— Bien. Bon alors, Harry... tu vas revenir?

Je m'attendais plutôt à ce qu'il me demande ce que je fabriquais vraiment avec les dossiers de Terry.

— De quoi tu parles?

— T'as pas entendu parler du délai de trois ans qu'a instauré le chef?

— Non, c'est quoi?

— Il sait qu'on a perdu pas mal de bons éléments ces dernières années. Avec tous les scandales et autres, beaucoup se disent «au diable tout ça, moi, je dégage». Ce qui fait qu'il a décidé de rouvrir les portes à ceux qui voudraient revenir. A condition de formuler sa demande moins de trois ans après avoir pris sa retraite et d'être accepté, on peut revenir sans avoir à se taper l'Académie. Pour des vieux mecs comme toi, c'est absolument parfait.

J'entendis le sourire dans sa voix.

— Trois ans, hein?

— Ouais. Ça fait combien pour toi? Deux ans et demi?

— A peu près, oui.

— Eh ben, voilà. Penses-y. Dans les affaires non résolues, tu serais vraiment pas de trop. On en a quand même sept mille. Y a le choix, bonhomme.

Je gardai le silence. Brusquement, je fus pris de l'envie de revenir. Sur le coup, j'en oubliai même tous les points noirs. Je ne pensai qu'à ce que ça me ferait d'avoir à nouveau l'insigne.

— Sauf que, bien sûr, tu te plais trop à la retraite. T'as besoin d'autre chose, Harry?

— Euh, non, c'est tout. Merci, mec, j'apprécie.

— Quand tu veux, Harry. Et n'oublie pas le coup des trois ans. Tu serais pas de trop, ici, à Hollywood ou ailleurs.

– Oui, merci. Peut-être. Je vais y réfléchir.

Je refermai mon portable et, assis là, au cœur des obsessions d'un autre, je songeai aux miennes. Revenir. Sept mille voix d'outre-tombe auxquelles personne ne répondait. Ça faisait encore plus que toutes les étoiles qu'on peut voir dans le ciel nocturne.

Mon portable bourdonna dans ma main et me sortit de ma rêverie. Je l'ouvris. Je m'attendais à ce que ce soit Tim Marcia qui me rappelle pour m'annoncer que le coup des trois ans n'était qu'une grosse blague, mais non : c'était Graciela.

– Je vois des lumières sur le bateau, me dit-elle. Vous y êtes encore ?

– Oui, j'y suis encore.

– Pourquoi y êtes-vous si tard, Harry ? Vous avez loupé le dernier ferry.

– Je n'avais pas l'intention de regagner le continent ce soir. J'allais rester ici et finir le boulot. Et peut-être rentrer demain. Il se pourrait aussi que je monte vous parler un peu.

– Pas de problème. Demain, je ne travaille pas. Je vais faire des cartons.

– Des cartons ?

– On va aller vivre sur le continent. A Northridge. J'ai retrouvé mon emploi aux urgences de Holy Cross.

– Raymond fait-il partie des raisons qui vous ont poussée à vouloir déménager ?

– Raymond ? Que voulez-vous dire ?

– Je me demandais s'il vous causait des ennuis. J'ai entendu dire qu'il n'appréciait pas trop de vivre dans l'île.

– Raymond n'a pas beaucoup d'amis. Il ne s'intègre pas vraiment. Mais on ne déménage pas seulement à cause de lui. Moi aussi, je veux retrouver le continent. Je le voulais déjà avant que Terry disparaisse. Je crois vous l'avoir dit.

– Oui, je sais.

Elle changea de sujet.

– Avez-vous besoin de quelque chose ? Vous avez mangé ?

– J'ai trouvé des trucs dans la cambuse. Ça ira.

Elle grogna de dégoût.

– Ça doit être vieux. Vérifiez les dates avant d'avaler quoi que ce soit.

– Entendu.

Elle hésita, puis me posa la question qui motivait son coup de fil.

– Avez-vous trouvé quelque chose?

– Eh bien… j'ai trouvé des choses qui éveillent ma curiosité, oui. Mais rien de transcendant.

Je songeai au type à la casquette des Dodgers. Lui avait bien quelque chose de transcendant, au moins pour moi, mais je n'avais pas envie d'aborder le sujet avec Graciela, pas tout de suite. Je voulais en savoir plus avant de lui en parler.

– Bon, dit-elle. Mais vous me tenez au courant, d'accord?

– C'est le marché qu'on a passé, non?

– Si. Bon, Harry, on se reparle demain. Vous coucherez à l'hôtel ou au bateau?

– Au bateau, je crois. Si ça ne vous dérange pas.

– Ça ne me dérange pas du tout. Vous faites comme vous voulez.

– Bon. Je peux vous demander quelque chose?

– Bien sûr. Quoi?

– Vous parliez de faire des cartons et il y a quelque chose qui m'intrigue. Allez-vous souvent sur le continent? Vous voyez… pour faire les courses, aller au restaurant, voir de la famille…

– En gros, une fois par mois. A moins qu'il y ait quelque chose de précis à faire et que je doive y aller.

– Vous emmenez les enfants?

– En général, oui. Je veux qu'ils s'habituent à la ville. Ici, ils grandissent dans une île où on se déplace en voiturettes de golf et où tout le monde se connaît… repasser brusquement sur le continent pourrait leur faire un drôle d'effet. J'essaie de les préparer.

– Astucieux. C'est quoi, le centre commercial le plus proche de la jetée du ferry?

– Je ne sais pas lequel est le plus proche, mais moi, je vais toujours au Promenade, dans Pico. Je prends par la 405 à partir du port. Je sais qu'il y en a de plus près, celui de Fox Hills, par exemple, mais j'aime bien le Promenade. J'aime bien les magasins et c'est facile d'accès. Des fois, j'y retrouve des amis de la Vallée et c'est un bon point de rencontre pour tout le monde.

Facile d'accès et facile de s'y faire suivre, pensai-je, mais je gardai ça pour moi.

— Bien, dis-je sans trop savoir si c'était bien. Autre chose... Je commence à avoir des problèmes de lumière. Ça doit être les batteries. Y a-t-il un commutateur ou un truc que je devrais brancher pour les recharger? Comment fait-on?

— Vous n'avez pas demandé à Buddy?

— Non. Je ne savais pas que j'allais manquer de lumière.

— C'est que... je ne sais pas trop. Il y a un générateur qu'il faut faire tourner. Mais je ne sais même pas vraiment où il est.

— Bah, ne vous inquiétez pas. Je peux appeler Buddy. Je vous laisse, Graciela. Il faut que je me remette au boulot avant d'être dans le noir.

Je raccrochai, inscrivis le nom du centre commercial dans mon carnet, quittai la pièce et fis le tour du bateau pour éteindre toutes les lumières hormis celle de la cabine avant. Puis j'appelai Buddy, qui me répondit d'une voix endormie.

— Hey, Buddy, lui lançai-je. Faut se réveiller. C'est moi, Harry Bosch.

— Qui? Ah oui... Qu'est-ce que vous voulez?

— J'ai besoin de votre aide. Est-ce qu'il y a un générateur ou autre qui pourrait me donner de la lumière? Y a les batteries qui me lâchent.

— Faut pas les laisser s'épuiser, mec. Ça les tue.

— Bon, alors, qu'est-ce que je fais?

— Faut faire démarrer les Volvo, mec, et enclencher le générateur. Sauf que maintenant, il est presque minuit. Les voisins qui dorment à bord vont pas trop apprécier.

— Bon, tant pis, on laisse tomber. Mais demain matin, il va falloir que je le fasse et... il y a une clé?

— Oui, c'est comme une bagnole. Allez à la barre dans le carré, enfoncez les clés et mettez sur «on». Au-dessus de chaque clé y a un commutateur de contact. Relevez-le et ça devrait démarrer tout de suite... à moins que vous ayez vidé tout le jus et qu'il n'y ait plus de charge.

— Bon, c'est ce que je ferai. Il y a des lampes torches?

— Oui. Y en a une dans la cambuse, une au-dessus de la table des cartes et une dans la grande cabine, dans le tiroir à gauche du lit. Y a aussi une lanterne dans l'élément du bas de la cambuse. Mais faut pas s'en servir dans la cabine de devant. L'ôdeur de kérosène va empester et vous risquez de vous asphyxier. Et ça ferait un mystère de plus à résoudre.

– Merci, Buddy. A bientôt.

– C'est ça. Bonne nuit.

Je raccrochai, allai chercher les lampes torches, en trouvai une petite dans la grande cabine et une grande dans la cambuse. Je revins dans la petite cabine, posai la grande lampe sur le bureau, l'allumai et éteignis les plafonniers. Le faisceau de la lampe s'écrasait sur le plafond bas et s'y élargissait. Ce n'était pas trop mal. En me servant de la petite en plus, je pourrais travailler encore un peu.

Il ne me restait plus qu'un demi-carton de dossiers à finir avant de me poser la question du lit. Aucune chemise épaisse là-dedans, il ne s'agissait que des toutes dernières de sa collection et je vis tout de suite qu'elles ne contenaient guère plus qu'une ou deux coupures de journaux avec quelques notes sur le rabat.

Je tendis la main et en attrapai une au hasard. Je n'aurais pas pu mieux jeter les dés à Las Vegas! C'était le vrai gros lot que je venais de toucher. Le dossier qui devait enfin m'éclaircir les idées. Me mettre sur la bonne voie.

13

Le cavalier disait seulement «6 disparus», le dossier lui-même ne contenant qu'un article du *Los Angeles Times,* quelques notes datées et des noms et des numéros de téléphone inscrits à la main à l'intérieur du rabat, comme c'était son habitude. Je sentis que c'était important avant même d'avoir lu l'article ou compris le sens de certaines de ces notes. Les dates avaient suffi. McCaleb avait noté ses idées à quatre reprises, la première remontant au 7 janvier et la dernière au 28 février de cette année-là. Il devait mourir exactement un mois plus tard, le 31 mars. Ces notes et ces dates étaient les plus récentes que j'avais trouvées. C'était très vraisemblablement son dernier travail que j'avais sous les yeux. Sa dernière affaire, sa toute dernière obsession. Il y avait d'autres dossiers à compulser, mais, celui-là m'excitant, je décidai d'y aller.

La journaliste qui avait écrit l'article était quelqu'un que je connaissais bien. Keisha Russell de son nom, elle tenait la rubrique des faits divers du *Times* depuis au moins dix ans et le faisait bien. Toujours très précise et juste. Elle avait respecté tous ses engagements avec moi pendant les années que j'avais passées à la police, et m'avait même fait une fleur l'année précédente alors que, n'étant plus au LAPD, je voyais la première affaire où j'enquêtais comme détective privé tourner en eau de boudin.

En résumé, je n'avais aucun mal à prendre ce qu'elle écrivait pour argent comptant. Je commençai à lire.

A LA RECHERCHE D'UN CHAÎNON MANQUANT
LES DISPARITIONS DE 2 HOMMES DE LOS ANGELES
ET DE 4 AUTRES DANS LE NEVADA ONT-ELLES UN LIEN
ENTRE ELLES?

Par Keisha Russell, rédactrice en chef

Suite à la mystérieuse disparition d'au moins six hommes, dont deux originaires de Los Angeles, des centres de jeu du Nevada, les enquêteurs cherchent le lien qui pourrait les unir.

D'après les propos tenus mardi dernier par certains inspecteurs de la police métropolitaine de Las Vegas, que ces hommes ne se soient pas connus et, originaires de lieux très éloignés, aient eu des passés très dissemblables n'empêche pas qu'il y ait peut-être quelque chose qui les rapproche, un point commun qui fournirait la clé du mystère.

Agés de 29 à 61 ans, ils ont tous été portés disparus par leurs familles au cours des trois années écoulées. Quatre d'entre eux ont été vus pour la dernière fois à Las Vegas, où la police mène l'enquête, les deux autres ayant disparu alors qu'ils se rendaient à Laughlin et à Primm. Que ce soit chez eux, dans leurs chambres d'hôtel ou dans leurs véhicules, aucun d'entre eux n'aurait laissé d'indication permettant de savoir où ils se rendaient ou ce qu'ils auraient pu devenir.

«Pour l'instant, c'est le trou noir, nous a déclaré l'inspecteur Todd Ritz de l'unité des Personnes disparues de la police métropolitaine de Las Vegas. Ici ou ailleurs, c'est tout le temps que des personnes disparaissent. Mais d'habitude elles finissent par reparaître, mortes ou vives, et en général leur disparition s'explique. Mais là, on n'a rien. C'est le brouillard complet.»

Cela dit, Ritz et d'autres inspecteurs sont sûrs et certains qu'il y a une explication et ont décidé de demander à tout le monde de les aider. La semaine dernière des inspecteurs de Las Vegas, de Laughlin et de Primm se sont réunis dans les bureaux de la police de Las Vegas pour comparer leurs notes et mettre au point une stratégie commune. Ils ont aussi rendu l'affaire publique, espérant que la divulgation des photos des victimes et de leurs histoires ferait surgir d'autres renseignements. Mardi dernier, soit une semaine plus tard, Ritz nous a malheureusement déclaré que peu de renseignements utilisables leur étaient parvenus.

«Il y a forcément quelqu'un qui sait ou a vu ou entendu quelque chose, nous a déclaré Ritz au cours d'une interview par téléphone. Il n'est pas possible que six types disparaissent sans que quelqu'un en sache quelque chose. Ce quelqu'un, nous avons besoin qu'il se manifeste.»

Comme le dit Ritz, les affaires de disparition ne manquent pas. Que ces six hommes soient venus dans le Nevada pour le travail ou pour le plaisir et qu'aucun ne soit revenu chez lui est la seule chose qui rende cette affaire différente des autres.

Cette mauvaise publicité surgit à un moment où Las Vegas est une fois de plus en train de remodeler son image. Fini la stratégie qui faisait de la ville aux néons une destination familiale. Le péché est à nouveau à l'honneur. Ces trois dernières années ont vu de nombreux night-clubs engager des danseuses nues ou très sérieusement déshabillées, beaucoup de casinos du célèbre Strip n'hésitant pas à produire des spectacles «pour adultes». Des panneaux publicitaires où l'on peut voir des femmes nues sont visibles un peu partout et suscitent la colère de certains activistes. Tout cela contribue à changer l'atmosphère. C'est à nouveau la ville du «laissez-donc-vos-enfants-chez-vous» qui est mise en avant.

Comme le laissent entendre les conflits déclenchés par ces panneaux publicitaires, pareil changement n'est pas du goût de tout le monde et nombreux sont ceux pour qui la disparition de ces six voyageurs est peut-être liée à ce retour au passé criminel de la ville et à sa tradition de permissivité.

«Regardons les choses en face, nous a ainsi déclaré Ernie Gelson, éditorialiste au *Las Vegas Sun*. Ils ont essayé l'approche familiale et ça n'a pas marché. La ville a décidé de revenir à ce qui marche. Et ce qui marche, c'est ce qui marche. Bon et maintenant… ce serait ça, le lien entre ces six types? Je ne sais pas. Peut-être ne le saurons-nous jamais.»

En fin de compte, Gelson hésite à tirer des conclusions susceptibles d'établir un lien entre la disparition de ces six hommes et le
changement d'image de Las Vegas.

« Et d'un, il ne faut pas oublier qu'ils n'ont pas tous disparu de Las
Vegas. Et de deux, il n'y a pour l'instant pas assez d'éléments pour
étayer la moindre théorie. Pour moi, mieux vaut attendre que le
mystère se résolve de lui-même avant de s'embarquer dans telle ou
telle voie. »

Les six disparus sont les suivants :

– Gordon Stansley, 41 ans, originaire de Los Angeles, disparu
depuis le 17 mai 2001. Il a rempli une fiche d'hôtel au Mandalay
Bay Casino and Resort de Las Vegas, mais n'a jamais dormi dans
son lit ni ouvert sa valise. Il est marié et père de deux enfants.

– John Edward Dunn, 39 ans, originaire d'Ottawa, Canada. Il
était en vacances et venait de chez lui, à Los Angeles. Il n'a jamais
atteint sa destination, la maison de son frère à Granada Hills. Son
camping-car de 10 mètres de long a été retrouvé le 29 décembre
2001 dans un caravaning de Laughlin – soit vingt jours après la
date à laquelle il était attendu à Granada Hills.

– Lloyd Rockland, 61 ans, disparu à Las Vegas le 17 juin 2002.
Parti d'Atlanta, son vol est arrivé à 11 heures à l'aéroport international McCarran. Lloyd Rockland a pris livraison de sa voiture de
location à l'agence Hertz, mais n'a jamais rempli de fiche d'hôtel
au MGM Grand, où il avait réservé une chambre. Sa voiture a été
rendue à l'agence Hertz de l'aéroport le lendemain après-midi à
2 heures, mais personne ne semble se rappeler le père de quatre
enfants et le grand-père de huit petits-enfants qui l'y a ramenée.

– Fenton Weeks, 29 ans, originaire de Dallas, Texas. Ne rentre pas
d'un voyage d'affaires à Las Vegas, disparition signalée le 25 janvier
2003. La police affirme qu'il aurait rempli une fiche d'hôtel au
Golden Nugget, au centre-ville, et assisté à la première journée
d'un séminaire d'électronique organisé au Convention Center de
Las Vegas, mais pas aux deuxième et troisième journées. C'est sa
femme qui a signalé sa disparition. Il n'a pas d'enfants.

– Joseph O'Leary, 55 ans, originaire de Berwyn, Pennsylvanie.
Disparu le 15 mai dernier du Bellagio, où il était descendu avec
son épouse. Celle-ci, Alice O'Leary, aurait laissé son mari au

casino où il jouait au black-jack pendant qu'elle allait passer la journée à l'établissement de cure de la station. Plusieurs heures plus tard, son mari n'était toujours pas revenu à leur suite. La disparition d'O'Leary, qui était agent de change, a été signalée le lendemain.

– Rogers Eberle, 40 ans, originaire de Los Angeles. Disparu le 1er novembre alors qu'il était en congé d'une journée de son travail de graphiste aux studios Disney de Burbank. Sa voiture a été retrouvée dans le parking du casino Buffalo Bill de Primm, Nevada, juste de l'autre côté de la frontière avec la Californie, sur l'I-15.

D'après les enquêteurs locaux, il y aurait peu de pistes pour l'instant. Ce serait l'agence de location de voitures de Lloyd Rockland qui, pour eux, serait leur meilleur indice. La voiture aurait été ramenée 27 heures après qu'il en eut pris livraison. Elle aurait alors parcouru une distance de 528 kilomètres, selon les archives de l'agence Hertz. Celui ou celle qui l'a ramenée à l'agence de l'aéroport n'a pas attendu qu'on lui donne un reçu ni même parlé à un employé de chez Hertz.

« Ils ont dû garer la voiture, en descendre et filer à pied, nous a dit Ritz. Personne ne se souvient de rien. Il faut dire que, dans ce centre, on traite plus de mille véhicules par jour. Il n'y a pas de caméras de surveillance et il ne nous reste que le contrat de location. »

Ce sont surtout ces 528 kilomètres qui interpellent Ritz et les autres enquêteurs.

« Ça fait beaucoup de kilomètres, nous a dit l'associé de Ritz, l'inspecteur Peter Echerdt, et la voiture aurait pu aller dans n'importe quelle direction. A raison de 264 kilomètres aller et 264 retour, ça fait un sacré rayon d'action à couvrir. »

Il n'empêche : c'est très exactement ce qu'essaient de faire ces inspecteurs. Aussi bien espèrent-ils découvrir un indice qui réduira le cercle de leurs recherches et leur donnera les réponses aux questions qu'ils se posent sur ces six disparus.

« C'est dur, nous a confié Ritz. Tous ces types ont de la famille et nous faisons de notre mieux. Il n'en reste pas moins que pour le moment nous avons beaucoup de questions et aucune réponse. »

Dans le style caractéristique du *Times*, l'article essayait de dégager des significations plus grandes que celles de l'histoire proprement dite – dans le cas présent, la théorie selon laquelle la disparition de ces hommes était symptomatique de la transformation de Las Vegas en cour de récréation pour adultes. Cela me rappela l'époque où je travaillais sur une affaire qui avait vu le propriétaire d'un garage automobile couper l'alimentation hydraulique d'un pont, le résultat étant que son associé de toujours avait péri écrasé sous la Cadillac de 3,2 tonnes qu'il y avait montée. Un journaliste du *Times* m'avait appelé pour avoir des détails avant d'écrire son article et m'avait demandé si l'affaire était symptomatique d'un resserrement de l'économie tel que les problèmes d'argent dressaient les associés les uns contre les autres. Je lui avais répondu que non et que, pour moi, c'était plutôt symptomatique des sentiments peu amènes d'un type envers un associé qui baisait sa femme.

Tous ces sous-entendus mis à part, l'article était téléguidé. C'était l'évidence même. J'avais fait pareil, et avec la même journaliste, en mon temps. Ritz jetait ses filets pour avoir des renseignements. Étant donné que la moitié des disparus étaient de Los Angeles ou s'y rendaient, pourquoi ne pas passer un coup de fil au *Times*, filer matière à article à un journaliste et voir ce que ça donnait ?

Ce que ça avait donné, c'était McCaleb. Il avait manifestement lu l'article du 7 janvier le jour même de sa publication – le premier jeu de notes portées sur le rabat le disait. Mais ces notes étaient courtes et cryptées. En haut, le nom de Ritz avec un numéro de téléphone précédé de l'indicatif de région 702. Et juste en dessous, ces mots :

7/01
moy. 44
41 – 39 – 40
trouver intersection
cycle perturbé – il y en a plus

voiture – 528
théorie du triangle ?
1 donne 3

CM – vérifier désert

9/01
rappeler – png

2/02
Hinton – 702 259 40 50
n/c article?

28/02
Zzyzx – possible? comment?
kilomètres

Écrits sur le côté de la chemise, deux numéros de téléphone supplémentaires avec indicatifs de région 702. Suivis du nom William Bing.

Je relus les notes et jetai un deuxième coup d'œil à la coupure de journal. Je remarquai alors que McCaleb avait entouré deux choses dans l'article: la distance de 528 kilomètres indiquée au compteur de la voiture de location et le mot «rayon» dans le commentaire d'Echerdt sur le rayon d'action de 264 kilomètres de l'enquête. Si j'ignorais pourquoi il avait entouré ces deux choses, je savais ce que signifiaient la plupart des notes portées sur le rabat. J'avais quand même passé plus de sept heures à lire ses dossiers. Et y avais vu notes sur notes. L'ancien agent du FBI avait un système d'abréviations bien à lui, mais déchiffrable dans la mesure où il avait parfois écrit en entier ce qu'il avait noté en abrégé ailleurs.

C'est ainsi que je reconnus tout de suite ce qu'il voulait dire par «CM». Cela signifiait «certainement mort» et se retrouvait dans nombre de dossiers de disparus qu'il avait analysés. Facile à comprendre aussi était la notation «png»: cela signifiait *persona non grata*. L'offre de service qu'il avait faite avait été mal accueillie, voire carrément refusée.

McCaleb avait aussi vu un sens dans l'âge des disparus. Il en avait fait la moyenne et trouvé quarante-quatre, puis inscrit trois âges proches de celle-ci, à savoir à deux ans de distance l'un de l'autre et très voisins de la moyenne. Cela me faisait l'impression de notes destinées à établir le profil d'une victime, mais il n'y en avait pas dans le dossier et je ne pouvais dire s'il avait jamais dépassé le stade des notes.

Il semblait aussi que la mention «intersection» fasse partie du profil. C'était à un point de rencontre géographique ou de style de vie entre ces six disparus que McCaleb se référait. Exactement comme l'avait mis en avant l'inspecteur de la police de Las Vegas, il agissait comme si, pour lui, il ne pouvait pas ne pas y avoir un lien entre eux. Oui, ils venaient d'endroits aussi différents qu'Ottawa et Los Angeles et ne se connaissaient pas, mais il y avait nécessairement un point où, d'une manière ou d'une autre, ils se retrouvaient.

«Cycle perturbé – il y en a plus.» Pour moi, cela se rapportait à la fréquence des disparitions. Si, comme le pensait McCaleb, quelqu'un avait enlevé et tué ces six hommes, il y avait forcément un cycle. C'est ainsi qu'opère le tueur en série dans la plupart des cas – les poussées de violence psycho-sexuelles s'amplifient, puis s'estompent après la tuerie. McCaleb donnait l'impression d'avoir trouvé le cycle et d'y avoir repéré des trous – des victimes qui manquaient. Pour lui, le nombre des disparus ne se réduisait pas à six.

Ce qui m'intriguait le plus dans ces notes était sa référence à la «théorie du triangle» et la phrase «1 donne 3» qu'il avait écrite juste en dessous. C'était là quelque chose dont je n'avais découvert aucun exemple dans les autres dossiers et je ne voyais pas ce qu'il pouvait bien vouloir dire par là. La seule indication était que la note venait juste en dessous des mots «voiture» et «528». Mais plus j'essayais de comprendre et plus cela me laissait perplexe. C'était un code et de la sténo pour quelque chose dont j'ignorais tout. Cela m'agaçait, mais dans l'état de mes connaissances je ne pouvais rien y faire.

La note du 9 janvier signalait un coup de fil que lui avait passé Ritz. McCaleb avait dû lui téléphoner et lui laisser un message, l'inspecteur le rappelant, écoutant son baratin, voire son profil, et lui disant : non, désolé, pas intéressé. Cela n'avait rien de surprenant. Le FBI était souvent un indésirable aux yeux des policiers du cru. Les heurts entre ego fédéraux et locaux faisaient partie de la routine. Et il y avait toutes les chances pour qu'un retraité du

Bureau ne soit pas considéré autrement. Terry McCaleb était *persona non grata*.

Tout aurait pu être dit pour ce dossier et cette affaire s'il n'y avait pas eu la note du 2 février. Un nom et un numéro de téléphone. J'ouvris mon portable et appelai le numéro, sans m'inquiéter de l'heure tardive qu'il était. Tardive ou matinale, cela dépendait du point de vue. J'eus droit à un message enregistré par une femme.

«Vous êtes sur le répondeur de Cindy Hinton, du *Las Vegas Sun*. Je ne peux pas prendre votre appel pour l'instant, mais j'y attache de l'importance. Ayez l'amabilité de me laisser vos nom et numéro de téléphone et je vous rappellerai dès que possible. Merci.»

Un bip s'étant fait entendre, j'hésitai: je n'étais pas trop sûr de vouloir établir le contact aussi rapidement. Mais je finis par y aller.

– Euh, oui, bon. Je m'appelle Harry Bosch. Je suis enquêteur à Los Angeles et aimerais m'entretenir de Terry McCaleb avec vous.

Je laissai mon numéro de portable et refermai ce dernier, sans trop savoir si j'avais eu une bonne idée mais en me disant qu'avoir été aussi bref qu'énigmatique était ce qu'il y avait de mieux. Cela pourrait l'inciter à me rappeler.

C'était la référence notée à la dernière entrée qui m'intriguait le plus. McCaleb avait écrit «Zzyzx» et s'était demandé si c'était possible et, si oui, comment. Ça ne pouvait pas être autre chose qu'une référence à la route Zzyzx. Et ça, c'était un bond en avant. Un bond de géant même. McCaleb avait reçu des photos de quelqu'un qui avait observé et photographié sa famille. Cet individu avait aussi pris des photos de la route Zzyzx, près de la frontière entre le Nevada et la Californie. Dieu sait pourquoi, McCaleb voyait un lien entre ces deux faits et se demandait si la première énigme n'avait pas un rapport avec la seconde. Avait-il déclenché quelque chose en appelant la police de Las Vegas et offert de l'aider dans l'affaire des six disparus? J'étais dans l'impossibilité de passer à ce genre de questions. Cela signifiait que quelque chose m'échappait. La passerelle, le renseignement qui faisait qu'établir un tel lien était possible. McCaleb devait savoir quelque chose qu'il n'avait pas noté, mais qui, pour lui, rendait ce lien des plus réels.

Les dernières notes à vérifier concernaient les deux numéros de téléphone de Las Vegas portés au bord de la chemise, juste avant le nom de William Bing. Je rouvris mon portable et appelai le premier. Je tombai sur un enregistrement où l'on m'informait que j'étais au Mandalay Bay Resort and Casino. Je raccrochai lorsque la voix commença à m'énumérer toutes les possibilités qui m'étaient offertes.

Le deuxième numéro se trouvait juste à côté du nom. Je le composai sur mon portable et m'apprêtai à réveiller William Bing pour lui demander quels étaient ses liens avec Terry McCaleb. Au lieu de quoi, après plusieurs sonneries, ce fut une femme qui me lança: «Memorial Hospital de Las Vegas, qui demandez-vous?»

Je ne m'y attendais pas. Afin de gagner du temps et de réfléchir à la suite des événements, je lui demandai où était situé l'hôpital. Lorsqu'elle eut fini de me dire à quel endroit de Blue Diamond Road le trouver, j'avais une autre question à lui poser, et bien meilleure.

— Avez-vous un médecin du nom de William Bing dans vos équipes?

Au bout d'un moment la réponse me revint: négative.

— Un employé?

— Non, monsieur.

— Un malade?

Elle marqua une autre pause, le temps de consulter un fichier d'ordinateur.

— Pas pour l'instant, non.

— En avez-vous déjà eu un?

— Je n'ai pas accès à ce genre de renseignements, monsieur.

Je la remerciai et refermai mon téléphone.

Et réfléchis longtemps à ces deux derniers numéros retrouvés dans les notes de McCaleb. Les conclusions auxquelles j'arrivai furent simples. Terry McCaleb avait subi une transplantation cardiaque. En cas de déplacement, il devait savoir où aller et qui prévenir si jamais il avait une urgence ou un problème médical à affronter. Je me dis qu'il avait appelé les renseignements pour obtenir les deux numéros transcrits dans le dossier. Après quoi il avait réservé une chambre au Mandalay Bay et pris la précaution de signaler son passage auprès d'un hôpital local. Qu'il n'y ait pas de William Bing dans les équipes médicales du Memorial Hospital de Las Vegas n'excluait pas que ce monsieur soit un cardiologue qui y donnait des consultations.

Je rouvris mon portable, regardai l'heure affichée à l'écran et appelai quand même Graciela. Elle me répondit tout de suite, d'un ton alerte même si je sentais bien que je l'avais sortie de son sommeil.

— Graciela, lui dis-je, je suis vraiment navré de vous appeler si tard, mais j'ai encore quelques questions à vous poser.

— Ça ne pourrait pas attendre demain?

— Dites-moi simplement ceci: Terry est-il allé à Las Vegas dans le mois qui a précédé son décès?

— A Las Vegas? Je ne sais pas. Pourquoi?

— Comment ça, vous ne savez pas? C'était votre mari.

— Je vous l'ai dit, Harry… Nous nous étions séparés. Il s'était installé au bateau. Je sais qu'il est allé plusieurs fois sur le conti-nent, mais s'il en a profité pour se rendre à Las Vegas, ça, je n'aurais eu aucun moyen de le savoir à moins qu'il ne m'en parle et il ne l'a pas fait.

— Des facturettes de cartes de crédit? des relevés de téléphone? des retraits au distributeur, enfin… vous voyez.

— C'est moi qui ai tout réglé, mais hôtel ou autre, je ne me rap-pelle rien de pareil.

— Vous avez toujours ces factures?

— Bien sûr. Je les ai quelque part. Déjà emballées, y a des chances.

— Retrouvez-les et je passerai les prendre demain matin.

— Je suis déjà couchée, Harry.

— Eh bien… retrouvez-les demain matin. A la première heure. C'est important, Graciela.

— Bon, d'accord. Écoutez… la seule chose que je puisse vous dire, c'est qu'en général, lorsqu'il passait sur le continent, il faisait la traversée avec le bateau. Il avait donc un endroit où dormir. Quand il traversait, mais pas pour aller à L.A., ou alors quand il devait se rendre à Cedars pour y subir des examens ou autre, il pre-nait le ferry, autrement ç'aurait coûté beaucoup trop cher en car-burant.

— O.K.

— Bon, eh bien… ah si, il y a eu un voyage le dernier mois. J'ai l'impression qu'il est parti deux ou trois jours. Oui, c'est ça: trois jours et deux nuits. Et il a pris le ferry. Ce qui fait qu'ou bien il faisait la traversée pour aller ailleurs, ou bien il se rendait à l'hôpital. Et je suis assez sûre qu'il n'est pas allé à l'hôpital. Je crois qu'il me l'aurait dit et en plus, comme je connais tout le personnel de cardiologie à Cedars… on m'aurait fait savoir qu'il y était et on m'aurait tenue au courant de ce qui se passait. J'ai des contacts partout, dans cet hosto.

— Bon, bien, Graciela. Tout ça m'aide pas mal. Vous rappelez-vous la date exacte?

— Exacte, non. Mais je crois que c'était à la fin février. Peut-être dans les tout premiers jours de mars. Je me souviens que c'était le moment où on règle les factures. Je l'ai appelé sur son portable et il m'a dit qu'il était sur le continent. Mais il ne m'a pas précisé où. Il m'a simplement dit qu'il y était et qu'il rentrerait deux ou trois jours plus tard. J'ai tout de suite deviné qu'il me répondait en conduisant. Et je savais qu'il n'avait pas pris le bateau parce que j'étais sur le balcon et que je le voyais dans le port pendant que nous parlions.

— Pourquoi l'appeliez-vous? Vous vous rappelez?

— Oui, on avait des factures à régler et je ne savais pas s'il avait emporté des trucs sur le bateau en février. Les facturettes de cartes de crédit étaient expédiées ici, mais Terry avait la mauvaise habitude de se balader avec des chèques et du liquide donné par ses clients. En récupérant son portefeuille après sa mort, j'ai trouvé trois chèques de neuf cents dollars. Ça faisait quinze jours qu'il les avait. Il n'était pas très bon en affaires!

Elle avait dit ça comme si c'était une des qualités attendrissantes de son époux alors que, j'en étais sûr, elle n'avait sans doute pas beaucoup ri de ces bévues lorsqu'il était encore vivant.

— Deux ou trois choses de plus, enchaînai-je. Savez-vous s'il avait coutume de se signaler à l'hôpital du coin quand il se rendait quelque part? En d'autres termes… disons qu'il allait à Las Vegas… aurait-il signalé sa présence à un hôpital local pour le cas où?

Elle réfléchit un moment avant de me répondre.

— Non. Ça ne lui aurait pas ressemblé. Vous… vous êtes en train de me dire que c'est ce qu'il a fait?

– Je ne sais pas. Je suis tombé sur un numéro de téléphone dans un de ses dossiers. Un numéro de téléphone avec un nom. C'était celui du Memorial Hospital de Las Vegas et j'essaie de comprendre pourquoi il aurait pu l'appeler.

– C'est un hôpital où on pratique des greffes, ça, je le sais. Mais non, je ne vois pas pourquoi il l'aurait appelé.

– Le nom William Bing vous dit-il quelque chose? Est-ce que ça pourrait être le nom d'un docteur qu'on lui aurait recommandé?

– Je ne sais pas… ce nom me dit vaguement quelque chose, mais quoi, je ne sais pas. C'est peut-être celui d'un docteur, oui. C'est peut-être pour ça que je l'ai déjà entendu.

– Bien, un dernier truc: où est la voiture de Terry?

– Elle devrait être à Cabrillo, à la marina. C'est une vieille Jeep Cherokee. Vous avez la clé sur le porte-clés que je vous ai donné. Buddy a aussi une clé parce qu'il s'en sert de temps en temps. En fait, c'est lui qui s'en occupe pour nous. Enfin, je veux dire… pour moi, maintenant.

– Bon, je vérifierai demain matin. J'aurai donc besoin de garder la clé. Savez-vous à quelle heure repart le premier ferry?

– Pas avant neuf heures et quart.

– Bon. On peut se retrouver chez vous vers sept heures et demie-huit heures? J'aimerais avoir les facturettes et vous montrer deux ou trois trucs. Ça ne sera pas long et après je prendrai le premier ferry.

– Euh… et si on disait plutôt huit heures? Je devrais être rentrée. D'habitude, j'accompagne Raymond à l'école avant d'emmener Cici à la crèche.

– Pas de problème. On se retrouve à huit heures.

Nous mîmes un point final à la conversation et je rappelai Buddy Lockridge – le tirant une nouvelle fois de son sommeil.

– Buddy, c'est encore moi, lui lançai-je.

Il grogna.

– Terry est-il allé à Las Vegas un mois avant de mourir? Disons… aux environs du 1er mars?

– Je sais pas, mec, me répondit-il d'un ton las et un rien agacé. Comment voulez-vous que je le sache? Alors que j'arrive même pas à me rappeler ce que j'ai fait ce jour-là?!

— Réfléchissez, Buddy. Il a fait un voyage en voiture à cette époque. Et sans traverser avec le *Following Sea*. Où est-il allé? Vous a-t-il dit quoi que ce soit?

— Il m'a dit que dalle. Mais ce voyage-là, je m'en souviens parce que la Jeep en est revenue plus sale qu'un tas de merde. Y avait du sel ou autre tout partout dessus. Et ç'a été à moi de la laver.

— Vous lui avez demandé?

— Oui, j'y ai dit: «Où c'est que t'es allé rouler? T'as fait du hors-piste?» Et lui, y m'a répondu: «Ouais, voilà. C'est un peu ça.»

— Et… c'est tout?

— C'est tout ce qu'il m'a dit. Et j'ai lavé la bagnole.

— Même à l'intérieur? Vous avez aussi nettoyé l'habitacle?

— Non, moi, je vous parle juste du dehors. Je l'ai emmenée au lave-auto de Pedro et je l'ai passée au jet. Rien d'autre.

Je hochai la tête en me disant que j'avais obtenu de lui tout ce dont j'avais besoin. Pour l'instant au moins.

— Vous serez là demain?

— Ouais, je suis toujours là en ce moment. J'ai pas d'endroit où aller.

— Bien, bien. A plus.

Après avoir mis un terme à la conversation, je passai un dernier appel. Je composai le numéro que McCaleb avait inscrit en haut du dossier, juste après le nom de Ritz, l'inspecteur cité dans l'article du *Times*.

Je tombai sur un répondeur qui m'apprit que le service des Personnes disparues de la police de Las Vegas était ouvert de huit heures du matin à quatre heures de l'après-midi, du lundi au vendredi. En cas d'urgence, il était conseillé de raccrocher et d'appeler le 911 [1].

Je refermai mon portable. Il était tard et j'avais commencé tôt, mais je savais que je n'allais pas trouver le sommeil tout de suite. J'étais surexcité et savais d'expérience que dormir n'était pas dans mes cartes. Pas tout de suite, en tout cas.

J'étais coincé dans un bateau avec deux lampes torches pour m'éclairer, mais il y avait encore du travail à faire. J'ouvris mon carnet de notes et me mis en devoir de bâtir un suivi chronolo-

---

1. Équivalent américain de police secours *(NdT).*

gique des événements qui s'étaient produits pendant les semaines et les mois qui avaient précédé la mort de Terry. Je reportai tout sur une feuille – ce qui était important et ce qui ne l'était pas, les liens véritables et les liens imaginaires. De la même façon que l'expérience m'avait appris certaines choses sur le sommeil et la faculté de s'en passer pendant de longues périodes, je savais que les détails avaient leur importance. C'est toujours là que se trouve la réponse: dans les détails. Ce qui ne semble pas avoir d'importance aujourd'hui en aura un maximum plus tard. Ce qui reste énigmatique et sans lien avec quoi que ce soit pour l'instant deviendra un jour la loupe même grâce à laquelle tout finira par s'éclaircir.

I 4

On sait toujours qui sont les gens du coin. Ce sont ceux qui restent à l'intérieur et font les mots croisés pendant que le ferry effectue sa traversée d'une heure et demie. Les touristes, eux, sont en général sur le pont supérieur ou agglutinés à l'arrière ou à l'avant avec leurs appareils photo, à regarder une dernière fois l'île qui s'amenuise dans le brouillard. Sur le premier ferry du lendemain matin je restai à l'intérieur avec les gens du coin. Mais je faisais plus que des mots croisés. J'avais ouvert sur mes genoux la chemise dans laquelle Terry McCaleb avait pris des notes et je l'étudiais. Même chose pour le suivi chronologique que j'avais établi la veille au soir. J'essayais d'en apprendre le plus possible par cœur. Avoir tous ces détails bien en tête est nécessaire pour le succès d'une enquête.

7 janvier : McC. lit un article sur six disparus dans le Nevada et appelle la police métropolitaine de Las Vegas.
9 janvier : la police de Las Vegas dit non.
2 février : Hinton, au *Vegas Sun.* Qui appelle qui ?
13 février : sortie en mer d'une demi-journée avec Jordan Shandy.
19 février : sortie en mer avec Finder.

22 février : GPS volé/procès-verbal shérif.

1er mars ? McC. sur le continent pendant 3 jours.

27 mars : dernière sortie en mer. McC. sur le *Following Sea.* Prend médicaments.

31 mars : McC. meurt.

A tout cela j'ajoutai ce que j'avais appris de la bouche de Graciela une heure plus tôt. Les facturettes de cartes de crédit que je lui avais demandé de rassembler pour retrouver les déplacements de son mari couvraient aussi ses achats à elle. Il y en avait ainsi une de chez Visa concernant une acquisition faite aux grands magasins Nordstrom le 21 février. Lorsque je lui avais demandé de préciser, elle m'avait indiqué que l'acquisition avait été effectuée au centre commercial de Promenade. A la question de savoir si elle y était retournée depuis, elle m'avait répondu non.

En ajoutant cette date à ma chronologie, je remarquai que ça s'était passé la veille du jour où le vol du GPS à bord du *Following Sea* avait été signalé. Soit, assez vraisemblablement, le même jour que le vol. Or le type qui prenait des photos était avec Graciela, à bord du ferry qui la ramenait à Catalina. Était-ce lui qui avait réussi à se glisser à bord du *Following Sea* cette même nuit pour y prendre le GPS ? Et si oui, pourquoi ? Et si oui encore, était-ce aussi cette nuit-là que les médicaments de Terry McCaleb avaient été trafiqués, les vraies pilules étant remplacées par des placebos ?

J'entourai le mot «GPS» dans mon suivi chronologique. Que venaient faire ce GPS et le vol de cet engin dans l'histoire ? Je me demandai si je n'y attachais pas trop d'importance. La théorie de Buddy Lockridge était peut-être la bonne – le GPS avait été tout simplement dérobé par un concurrent, Finder. Ce n'était peut-être que ça, mais le fait que ce vol soit survenu juste après que quelqu'un avait suivi Graciela dans le centre commercial me poussait à envisager d'autres hypothèses. D'instinct, je sentais qu'il y avait un lien, le problème étant que j'en ignorais la nature.

Malgré tout, j'avais l'impression de me rapprocher de quelque chose. Le suivi chronologique m'aidait beaucoup en ce qu'il me permettait d'établir des rapports entre certains faits et de ne pas oublier à quelles dates tout s'était passé. J'avais d'autres éléments à

y ajouter et me rappelai que j'avais décidé de reprendre mes coups
de téléphone à Las Vegas dès le matin. J'ouvris mon portable et
vérifiai la batterie. Je n'avais pas pu le recharger à bord du *Following Sea*. Ça y était – je n'avais presque plus de jus. Juste assez
pour un appel, et encore. Je composai le numéro du service des
Personnes disparues de la police métropolitaine de Las Vegas.
Quelqu'un décrocha, je demandai à parler à l'inspecteur Ritz. On
me fit attendre quasiment trois minutes, pendant lesquelles mon
appareil se mit à émettre un petit bip toutes les minutes pour
m'avertir que mes piles s'épuisaient.

– Inspecteur Ritz à l'appareil. Que puis-je faire pour vous?

– Inspecteur, je m'appelle Harry Bosch et suis retraité du
LAPD. J'ai surtout travaillé à la brigade des Homicides. Je rends
actuellement un service à une amie qui a perdu son mari le mois
dernier. Disons que je remets de l'ordre dans ses dossiers. Et en le
faisant je suis tombé sur une chemise où se trouvaient vos nom et
numéro de téléphone, ainsi qu'une coupure de journal traitant
d'une de vos affaires.

– Quelle affaire?

– Celle des six disparus.

– Comment s'appelait le mari de votre amie?

– Terry McCaleb. C'était un retraité du FBI. Il travaillait…

– Ah… lui.

– Vous le connaissiez?

– Je lui ai parlé une fois au téléphone. Ça ne suffit pas pour connaître quelqu'un.

– Avez-vous parlé de ces disparus?

– Écoutez… c'est quoi, votre nom, déjà?

– Harry Bosch.

– Eh bien, mettez-vous ceci dans le crâne, monsieur Harry Bosch:
je ne vous connais pas et je ne sais pas ce que vous faites, mais il
n'est pas dans mes habitudes de parler par téléphone d'affaires non
résolues avec des inconnus.

– Je peux passer vous voir.

– Ça ne changerait rien.

– Vous savez qu'il est mort, n'est-ce pas?

– McCaleb? J'ai entendu dire qu'il avait eu une crise cardiaque sur son bateau et que personne n'avait pu le rejoindre à temps, mais… Ç'avait surtout l'air idiot. Qu'est-ce que peut bien foutre un greffé du cœur à vingt-cinq miles de la côte?

– Gagner sa vie, faut croire. Écoutez… y a du nouveau là-dessus et j'essaie de savoir sur quoi travaillait Terry à ce moment-là. Pour voir s'il n'aurait pas attiré l'attention de quelqu'un, si vous voyez ce que je veux dire. Tout ce que je veux, c'est…

– Non, en fait non: je ne vois pas ce que vous voulez dire. C'est du vaudou? On lui a jeté un sort et collé une crise cardiaque? Je suis assez occupé, monsieur Bosch. Trop occupé pour écouter vos conneries. Vous autres retraités vous imaginez que nous autres pauvres bosseurs avons tout notre temps à vous accorder pour vérifier vos théories à la noix? Eh ben, devinez un peu… on l'a pas.

– C'est ce que vous lui avez dit quand il vous a appelé? Vous n'avez pas voulu écouter sa théorie? Vous lui avez refusé son profil? Vous avez traité tout ça de… vaudou?

– Écoute, bonhomme, à quoi ça sert, un profil, hein? Comme si ça réduisait le champ des recherches! C'est des conneries et c'est ce que je lui ai dit et ce que…

Ses derniers mots furent interrompus par un petit bip d'avertissement de mon portable.

– C'est quoi, ça? Vous êtes en train de m'enregistrer?

– Non, c'est mon signal de batterie à plat. Et donc… Terry n'est pas allé vous voir pour vous parler de tout ça?

– Non. Je crois plutôt qu'il est allé voir les journaux. La manœuvre classique de nos amis les fédéraux.

– On a parlé de son approche dans le *Sun*?

– Je ne dirais pas ça. Pour moi, eux aussi l'ont pris pour un cinglé.

Il venait de mentir. S'il pensait vraiment que la théorie de McCaleb n'était qu'un tas de conneries, il fallait d'abord qu'il l'ait entendue. J'en déduisis qu'il avait bel et bien discuté de l'affaire avec lui – et longuement, ce n'était pas impossible.

– Permettez que je vous pose une dernière question et après je vous laisse. Terry vous a-t-il jamais parlé d'une «théorie du triangle»? Un truc selon lequel un donnerait trois? Cela vous dit-il quelque chose?

Le rire que j'entendis à l'autre bout du fil n'était pas aimable. Il n'était même pas amusé.

— Vous venez de me poser trois questions, monsieur Bosch. Trois questions, trois côtés d'un triangle, trois délits et vous êtes…

Sa batterie complètement à sec, mon portable s'arrêta.

— Foutu [1], complétai-je à sa place.

Il n'avait aucunement l'intention de me répondre de toute façon et ça, je le savais. Je refermai mon portable et le remis dans ma poche. J'avais un chargeur dans ma voiture. Mon téléphone serait de nouveau en état de marche dès que j'aurais traversé la baie de Santa Monica. Je devais encore parler avec la journaliste du *Sun*, mais doutai fort de pouvoir m'entretenir une deuxième fois avec Ritz.

Je me levai et gagnai la poupe pour profiter de l'air frais du matin. L'île de Catalina était déjà bien loin, petit rocher pointu qui émergeait du brouillard. Nous avions fait plus que la moitié de la traversée. J'entendis une fillette crier très fort «Là!» à sa mère, suivis la direction qu'elle montrait du doigt et découvris un banc de marsouins qui remontaient à la surface juste dans le sillage du bateau. Il devait y en avoir une vingtaine, très vite l'arrière du ferry fut rempli de touristes avec leurs appareils photo. Je crois même que certains habitants du coin vinrent voir. Les marsouins étaient superbes, avec leur peau grise qui brillait comme du plastique dans la lumière du matin. Je me demandai s'ils s'amusaient ou s'ils avaient pris le ferry pour un chalutier et attendaient de pouvoir se nourrir du rebut de la pêche du jour.

Le spectacle finissant par les lasser, les passagers regagnèrent leurs places. La fillette qui avait déclenché l'alerte resta au plat-bord et continua de regarder, comme moi, jusqu'au moment où les marsouins s'écartèrent du sillage pour disparaître dans le grand bleu.

Je repassai à l'intérieur, repris le dossier de McCaleb et relus tout ce que lui et moi avions noté. Aucune idée nouvelle ne me vint.

---

1. Allusion au système qui permet à un délinquant de ne pas aller en prison pour deux délits, mais qui l'y envoie direct s'il récidive une troisième fois et ce, quelle que soit la gravité de la faute *(NdT)*.

Puis je regardai les photos que j'avais imprimées la veille au soir. J'avais montré celles de Jordan Shandy à Graciela, mais elle ne l'avait pas reconnu et m'avait moins fourni de réponses que posé de questions sur lui – questions auxquelles je n'avais pas encore envie d'essayer de répondre.

Venaient ensuite les facturettes et les relevés d'appels téléphoniques. Je les avais déjà étudiés en présence de Graciela, mais voulais les examiner à fond. Je m'intéressai plus particulièrement à ceux de la fin février-début mars, époque à laquelle Graciela était sûre que son mari avait séjourné sur le continent. Je ne trouvai trace d'aucun achat fait avec une carte, d'aucun appel passé de son portable et qui, à Los Angeles, Las Vegas ou ailleurs, m'aurait permis de savoir où il était. C'en était à croire qu'il avait tout fait pour qu'on ne puisse pas remonter sa piste.

Une demi-heure plus tard le ferry entrait dans le port de Los Angeles et se rangeait près du *Queen Mary*, bateau de croisière amarré à quai à demeure et transformé en hôtel et centre de conférences. J'étais en train de traverser le parking pour rejoindre ma voiture lorsque, entendant soudain un hurlement, je me retournai et vis une femme rebondir tête en bas au bout d'un élastique après s'être jetée d'une plate-forme de saut située à la poupe du navire. Elle s'était collé les bras le long du corps et je compris qu'elle hurlait moins parce qu'elle avait peur ou se sentait submergée par l'adrénaline que parce que, son T-shirt menaçant de lui passer par-dessus les épaules et la tête, elle craignait de s'exposer aux regards de la foule massée aux bastingages du navire.

Je me détournai et poursuivis mon chemin. Je pilote un 4 × 4 Mercedes Benz, le modèle qui, selon certains, permettrait aux terroristes de rester dans la course. Je ne participe pas à ce genre de débats, mais je sais que les gens qui viennent parler de ces choses à la télé arrivent aux studios en limousine. Je montai dans ma voiture, mis le contact, connectai mon portable au chargeur et attendis de le voir revenir à la vie. Lorsque ce fut fait, je m'aperçus que j'avais reçu deux messages pendant les trois quarts d'heure où l'appareil était resté en rade.

Le premier appel émanait de ma vieille associée Kizmin Rider, qui gérait maintenant le planning des tâches au bureau du chef de la police. Elle ne m'avait laissé qu'un message: la rappeler. C'était d'autant plus étrange que nous ne nous parlions plus depuis presque un an et que notre dernière conversation n'avait pas été des plus agréables. La carte postale qu'elle avait l'habitude de m'envoyer à Noël ne s'était cette fois ornée que de sa signature, aucun petit mot gentil ou promesse de se retrouver bientôt ne venant l'égayer. Je notai le numéro de sa ligne directe – au moins avais-je droit à cet honneur – et sauvegardai son message.

Le deuxième m'avait été laissé par Cindy Hinton, la journaliste du *Sun*. Elle ne faisait que me retourner mon appel. Je démarrai la voiture et me dirigeai vers l'autoroute pour faire le tour par San Pedro et la marina de Cabrillo, où m'attendait la Jeep de Terry McCaleb. Je rappelai Hinton en route, elle décrocha dans l'instant.

– Oui, je vous appelais pour Terry McCaleb, lui dis-je. J'essaie de reconstituer ses déplacements pendant les deux derniers mois de sa vie. Vous savez sans doute qu'il est mort. Oui, je me rappelle que le *Sun* a passé une nécro.

– Oui, je le savais. Vous m'avez dit être enquêteur. Vous travaillez pour quelle agence?

– En fait, je suis détective privé avec licence de l'État. Mais j'ai été flic pendant presque trente ans.

– Ç'a à voir avec l'histoire des six disparus?

– Comment ça?

– Je ne sais pas. C'est vous qui m'avez appelée. Je ne comprends pas ce que vous voulez.

– Bon, permettez que je vous pose une question. Et d'un, je sais par l'inspecteur Ritz de la police métropolitaine de Las Vegas que Terry s'intéressait à cette affaire. Il avait étudié les faits dont il disposait et appelé l'inspecteur Ritz pour lui offrir son temps et son savoir-faire. Il voulait travailler sur ce dossier et lui proposer des lignes d'enquête. Vous me suivez?

– Oui. Tout ça, je le sais.

– Bon, parfait. Sauf que son offre à Ritz et à la police de Las Vegas a été refusée. D'où la question suivante: qu'est-ce qui s'est passé après ça? Vous a-t-il appelée? L'avez-vous appelé, vous? Avez-vous écrit un article dans lequel on signalait qu'il enquêtait sur l'affaire?

— Pourquoi voulez-vous savoir tout ça?

— Excusez-moi, vous voulez bien patienter une seconde?

Je venais de m'apercevoir que j'aurais mieux fait de ne pas passer ce coup de fil en conduisant. J'aurais dû m'attendre à ce que Hinton soit méfiante et savoir que cet appel exigerait toute mon attention. Je jetai un coup d'œil aux rétros et coupai deux files pour gagner une bretelle de sortie. Je n'avais même pas regardé le panneau et ne savais pas où j'allais arriver. Je me retrouvai dans une zone industrielle, où des hangars à camions et des entrepôts bordaient la rue. Je m'arrêtai derrière un semi-remorque garé devant les portes ouvertes d'un entrepôt.

— Bon, désolé, je suis de nouveau à vous. Vous me demandiez pourquoi j'aimerais avoir des réponses à ces questions. Eh bien mais... Terry McCaleb était mon ami. Et je reprends certains de ses dossiers. J'aimerais pouvoir finir son boulot.

— Tout ça me laisse entendre qu'il y a autre chose, quelque chose que vous ne voulez pas me dire.

Je réfléchis à la meilleure façon de lui répondre. Donner des renseignements à un journaliste, et surtout à un journaliste qu'on ne connaît pas, est dangereux. Cela peut vous retomber très méchamment sur le nez. J'allais devoir trouver le moyen de lui donner ce dont elle avait besoin pour m'aider et tout lui reprendre dès que ce serait fait.

— Allô? Vous êtes toujours là?

— Oui, oui. Que je vous dise... ça peut rester entre nous?

— «Entre nous»? répéta-t-elle. Il faudrait commencer par parler de quelque chose!

— Je sais. Et je vais vous dire quelque chose à condition que ça reste entre nous. Quelque chose dont vous ne pourrez pas faire état.

— Ben voyons, génial, d'accord, ça reste entre nous. Ça vous gênerait d'aller droit au but et de me donner ce renseignement important? J'ai un article à écrire, moi, ce matin.

— Terry McCaleb a été assassiné.

— Euh, non, en fait non. J'ai lu l'article. Il a eu une crise cardiaque Il avait eu une greffe du cœur il y a quoi? six ans de ça? Et..

— Je sais très bien ce qui est passé dans la presse et je vous dis que c'est faux. Et un jour, ça se saura. Et moi, ma tâche, c'est de trouver l'individu qui l'a tué. Bon, et maintenant vous voulez bien me dire si, oui ou non, vous avez publié un article où son nom est mentionné?

Elle avait l'air passablement exaspérée lorsqu'elle me répondit.

— Oui, j'ai effectivement écrit un article où je parle de lui. Sur un paragraphe ou deux. Ça vous va?

— Rien qu'un paragraphe? Et pour dire quoi?

— Ça faisait suite à mon article sur les disparus. Je l'avais écrit pour dire ce qu'il y avait de neuf. Vous voyez… les nouvelles pistes, s'il y en avait. Et j'y ai bien mentionné McCaleb, mais rien de plus. J'ai écrit qu'il s'était mis en avant et avait offert ses services et ses hypothèses à la police de Las Vegas, mais que celle-ci avait refusé son offre. Ça valait le coup de dire ça dans la mesure où j'étais à sec de renseignements et où, vu sa célébrité après le film avec Clint Eastwood et tout et tout… Ça répond à votre question?

— Ce qui fait qu'il ne vous a pas appelée.

— Techniquement, si, il m'a appelée. J'avais obtenu son numéro par Ritz et lui avais laissé un message dans lequel je lui demandais de me rappeler. Donc, techniquement, il m'a appelée, si c'est ça que vous voulez savoir. Et d'abord, que croyez-vous qu'il lui soit arrivé, hein?

— Il vous a fait part de sa théorie? Celle qui n'intéressait pas Ritz?

— Non. Il m'a dit qu'il ne voulait faire aucun commentaire et m'a demandé de ne pas mentionner son nom dans mon article. J'en ai parlé au rédacteur en chef et nous avons décidé de passer outre. Comme je vous ai dit: il était célèbre.

— Terry savait-il que vous aviez quand même mentionné son nom?

— Je l'ignore. Nous ne nous sommes plus jamais reparlé après.

— Au cours de cette seule et unique conversation que vous avez eue avec lui, vous a-t-il dit quoi que ce soit sur la théorie du triangle?

— «La théorie du triangle»? Non. Bon, maintenant que j'ai répondu à vos questions, vous répondez aux miennes. Il a été assassiné, *dixit* qui? C'est officiel?

L'heure était venue de faire machine arrière. Il fallait que je l'arrête net et m'assure qu'elle n'allait pas raccrocher et commencer à passer des coups de fil à droite et à gauche pour vérifier mes dires.

— Enfin… non, pas vraiment.

— «Pas vraiment»? Vous êtes… qu'est-ce qui vous fait dire ça, au juste?

— En fait… il était en pleine forme et avait le cœur d'une personne jeune dans sa poitrine.

— Et *quid* du rejet d'organe, des infections? Il aurait pu lui arriver des tas de choses… vous avez une confirmation officielle de ce que vous avancez? Une enquête officielle a été lancée?

— Non. Ce serait comme de demander à la CIA d'enquêter sur l'assassinat de Kennedy. Le troisième. Ça servirait juste à masquer d'autres choses.

— De quoi parlez-vous? Le troisième quoi?

— Le troisième Kennedy. Le fils. John-John. Parce que vous croyez que son avion s'est écrasé en mer comme on l'a dit? Il y a trois témoins dans le New Jersey qui ont vu des types mettre les corps dans l'avion avant le décollage. Et ces témoins ont disparu, eux aussi. Ça fait partie de la théorie du triangle et…

— Bon, merci, monsieur. Merci beaucoup. J'ai des délais à tenir, moi, et je dois…

Elle raccrocha avant même d'avoir fini sa phrase. Je souris. J'étais tranquille et passablement fier de ce moment d'inspiration que j'avais eu. Je tendis la main vers le siège passager et soulevai le dossier. Puis je l'ouvris et regardai le suivi chronologique. Terry y mentionnait l'entretien avec Cindy Hinton le 2 février. L'article avait dû passer le lendemain ou le surlendemain. Il me suffirait d'aller dans une bibliothèque pour le retrouver, en avoir la date exacte et lire la seule et unique référence qui y était faite à McCaleb.

En attendant, je notai tous ces faits à la date du 3 février. Puis j'étudiai encore une fois tout ce dont je disposais et commençai à formuler ma propre théorie:

Le 7 janvier, McCaleb lit l'article du *Los Angeles Times* sur les disparus. Cet article l'intéresse. Il y voit quelque chose que les flics ont peut-être raté ou mal interprété. Il met en forme sa théorie et, deux jours plus tard, appelle Ritz à Las Vegas. Ritz l'envoie sur les roses, mais mentionne son appel à Hinton qui a l'intention d'écrire un article sur l'histoire. Ritz a tout intérêt à ce que celle-ci circule partout et lâcher comme ça le nom d'un «illustre» enquêteur ne peut qu'aider les choses.

L'article de Cindy Hinton paraît dans le *Sun* la première semaine de février. Moins de quinze jours plus tard – le 13 –, McCaleb est seul sur son bateau lorsque Jordan Shandy se pointe à bord d'un taxi maritime et lui demande de partir en excursion pour une demi-journée. McCaleb commence à avoir des soupçons sur Shandy pendant la partie de pêche et prend des photos de lui en douce. Une semaine plus tard, Shandy se rend au Promenade, où il suit la famille de McCaleb et en prend lui aussi des photos en douce. Le soir même, quelqu'un s'empare du GPS à bord du *Following Sea* et trafique – peut-être – les médicaments de McCaleb.

Le 27 février au plus tard, McCaleb a reçu les photos de sa famille. L'origine des clichés, le moyen utilisé pour qu'il les reçoive, rien de tout cela n'est connu mais la date, elle, est avérée par la création du dossier photos dans son ordinateur. Et, à peine deux jours après avoir créé ce dossier, il quitte Catalina pour se rendre sur le continent. Destination inconnue, mais sa voiture revient toute crottée, comme s'il avait fait du hors-piste. Il donne un coup de fil à un hôpital de Las Vegas et au Mandalay Bay Resort, cet hôtel étant un des derniers lieux où l'on sait que s'est trouvé un des six disparus.

Les interprétations possibles ne manquaient pas. Pour moi, McCaleb avait dû recevoir les photos du centre commercial avant de partir pour le continent. De fait, j'étais assez sûr que c'était après les avoir vues qu'il avait décidé de faire la traversée. Et si sa voiture était revenue toute crottée, c'était parce qu'il avait roulé dans le désert sur la route Zzyzx. A son insu ou pas, il avait mordu à l'hameçon.

Je jetai encore une fois un coup d'œil à mon suivi chronologique et arrivai à la conclusion que découvrir le nom de McCaleb dans l'article du *Sun* avait fait bondir quelqu'un. D'une manière ou d'une autre, Shandy était mêlé aux disparitions. Et si c'était le cas, il devait suivre les médias pour savoir ce que l'enquête apportait de nouveau. C'était en découvrant le nom de McCaleb qu'il avait décidé de se rendre à Catalina pour se renseigner sur le bonhomme. Et pendant les quatre heures qu'il avait passées sur le bateau ce matin-là, il avait vu McCaleb prendre ses pilules et concocté un plan pour éliminer la menace que représentait l'ancien du FBI.

Restaient la question du GPS et la raison pour laquelle on s'en était emparé lors du cambriolage du *Following Sea* le 21 février. A mon avis, il ne s'agissait que d'une tentative de brouiller les pistes. Shandy ne pouvait pas être sûr à cent pour cent que personne ne remarque le cambriolage et ne s'aperçoive que quelqu'un avait trafiqué les médicaments de Terry. C'était pour ça qu'il s'était emparé du GPS : pour qu'après s'être rendu compte qu'il y avait eu vol avec effraction sur le bateau, McCaleb cesse de s'interroger sur les intentions de l'intrus.

La grande question derrière toutes celles-là était de savoir pourquoi McCaleb était perçu comme une menace si sa théorie du triangle n'était pas passée dans l'article du *Sun*. Je n'en savais rien. Je me disais qu'au fond McCaleb n'était peut-être pas du tout perçu comme une menace, qu'il n'était peut-être qu'une célébrité à laquelle Shandy avait voulu se montrer supérieur en le tuant. Cela restait une des énigmes de l'affaire.

Cela en constituait aussi une de ses contradictions, et des contradictions, ma théorie n'en manquait pas ! Si les six hommes avaient disparu sans laisser de traces, pourquoi McCaleb avait-il été assassiné devant témoins alors que son cadavre pouvait donner la clé du mystère ? Voilà qui était incongru. La seule réponse qui me venait était que, si McCaleb avait disparu sans histoires, sa mort aurait déclenché une enquête, voire amené certains à reprendre ses vues et théories sur l'affaire des six disparus. Et cela, Shandy ne pouvait pas se le permettre et c'était pour cette raison que McCaleb avait été éliminé d'une manière qui pouvait paraître naturelle ou accidentelle, en tout cas qui n'était pas susceptible de susciter des soupçons.

Ma théorie était purement spéculative et cela me mettait mal à l'aise. Du temps où je portais l'insigne de flic, se fier à de pures spéculations équivalait à jeter du sable dans son propre réservoir d'essence : on courait droit à sa perte. J'eus honte de constater avec quelle facilité je m'étais laissé aller à échafauder une théorie à partir d'interprétations et de spéculations au lieu de m'en tenir à la solidité inébranlable des faits. Je décidai de mettre tout ça de côté et de me concentrer sur les faits et sur eux seuls. Je savais que la route Zzyzx et le désert étaient bien réels et jouaient un rôle essentiel dans l'enchaînement des faits. J'avais les photos qui le prouvaient. Je ne savais pas si Terry McCaleb s'y était effectivement rendu et ce qu'il avait bien pu y trouver s'il l'avait fait. Mais je savais que j'allais y aller. Et ça aussi, c'était un fait.

15

Buddy Lockridge m'attendait dans le parking de la marina de Cabrillo lorsque j'y arrivai. Je l'avais appelé pour lui dire que j'étais déjà en route, et pressé. Mon projet de parler plus longuement avec lui était repoussé à plus tard. Je lui avais précisé que je voulais seulement jeter un bref coup d'œil à la Cherokee de McCaleb et filer. Je savais où j'allais, que je trouve ou non quelque chose dans la voiture qui me pousse vers le désert et Las Vegas.

— Ça sert à quoi, de se presser comme ça? me demanda-t-il dès que je descendis de voiture.

— Question de vélocité, lui renvoyai-je. L'essentiel dans une enquête, c'est de ne jamais ralentir. Dès qu'on commence à freiner... on ralentit encore plus. Et je ne veux pas de ça.

Avant de rendre les clés du bateau à Graciela, j'avais détaché celle de la Cherokee. Je m'en servis pour ouvrir la portière côté conducteur. Je me penchai en avant et commençai par regarder l'intérieur avant de monter.

— Où allez-vous? me demanda Lockridge dans mon dos.

— San Francisco, lui mentis-je — juste pour voir s'il réagirait.

— San Francisco? Y a quelque chose là-haut?

— Je ne sais pas. Mais je crois que c'est là qu'il est allé pendant son dernier voyage.

— Il a dû prendre par la route en terre!

— Possible.

Rien qui aurait pu m'intriguer ne me sautait aux yeux dans la Cherokee. Elle était propre. Elle sentait un peu le moisi. Comme si à un moment donné on en avait laissé les vitres ouvertes pendant un orage. J'ouvris le petit coffre entre les deux sièges avant et y trouvai deux paires de lunettes de soleil, un paquet de chewing-gums pour rafraîchir l'haleine et un petit jouet en plastique genre figurine d'action. Je le tendis à Lockridge par la portière ouverte derrière moi.

— Vous avez laissé votre super héros dans la bagnole, lui lançai-je.

Il ne le prit pas.

— C'est drôle, ça, dit-il seulement. Ça vient d'un McDo. Et des McDo, y en a pas dans l'île. Ce qui fait que la première chose qu'ils font quand ils viennent ici, c'est d'emmener les gamins chez Mickey D. C'est comme le crack, mec. On fait avaler des frites et autres merdes aux bambins et ils y restent accros jusqu'à la fin de leurs jours.

— Y a pire.

Je remis la figurine en plastique dans le petit coffre et refermai ce dernier. Puis je me penchai encore plus en avant, de façon à pouvoir ouvrir la boîte à gants.

— Hé... vous voulez que je vous accompagne? Je pourrais peut-être vous aider.

— Non, ça ira, Buddy. Je vais partir tout de suite.

— Ben... je pourrais être prêt en cinq minutes. J'aurais juste qu'à jeter deux ou trois chemises dans un sac.

La boîte à gants contenait une deuxième figurine en plastique et des manuels d'entretien du véhicule. Il y avait aussi un livre enregistré sur cassette, intitulé *The Tin Collectors*[1]. Mais rien d'autre. Gros échec sur toute la ligne. Tout ce que me rapportait cette expédition, c'était Buddy me tannant pour devenir mon associé. Je ressortis de la voiture à reculons et me redressai.

— Non, Buddy, lui répondis-je. Cette affaire, il n'y a que moi qui y travaille.

— Hé mais, c'est que je l'aidais, moi, le Terry! Rien à voir avec le film où on a fait de moi une espèce d'ordure qui...

---

1. Soit «Les Collectionneurs d'étains», roman de Stephen J. Cannell *(NdT)*.

– Je sais, Buddy, je sais. Vous me l'avez déjà dit. Et ça n'a rien à voir avec ce que, moi, je vous dis. Moi, je travaille seul, c'est tout. Je faisais déjà comme ça quand j'étais chez les flics. C'est comme ça que j'étais, c'est comme ça que je suis.

Je songeai à quelque chose et me penchai à nouveau dans l'habitacle afin de voir s'il n'y avait pas en bas à droite du pare-brise une vignette semblable à celle qu'on voyait sur la photo de la route Zzyzx stockée dans l'ordinateur de McCaleb. Il n'y avait ni vignette ni autocollant à cet endroit. J'avais la confirmation que l'auteur de la photo n'était pas McCaleb.

Je ressortis de la voiture, en fis le tour et ouvris le hayon arrière. Le coffre était vide, à l'exception d'un oreiller en forme de Bob l'Éponge. Je le reconnus parce que ma fille était une grande fan de ce petit personnage de la télé et que j'aimais bien regarder cette émission avec elle. Ce devait être aussi un grand favori de la famille McCaleb.

Je gagnai ensuite une des portières arrière et ouvris le compartiment de rangement destiné aux passagers. Propre lui aussi, mais je remarquai dans le vide-poches au dos du siège avant droit un atlas routier qu'on pouvait attraper de la place du conducteur. Je le sortis et le feuilletai en veillant à ne pas laisser Buddy Lockridge voir ce que je regardais.

A la page du Sud Nevada je m'aperçus que la carte couvrait des zones d'États contigus. En Californie, près du coin sud-ouest du Nevada, quelqu'un avait entouré d'un rond les mots *Zone de préservation du Mojave*. Et sur le côté droit de la carte on avait aussi noté à l'encre plusieurs nombres, les uns au-dessus des autres, avant d'en faire le total. Celui-ci s'élevait à 139. Au-dessous on précisait: «En fait… 148.»

– Qu'est-ce qu'il y a? me demanda Lockridge en me regardant à travers l'habitacle.

Je refermai l'atlas et le jetai sur le siège.

– Rien. On dirait qu'il a marqué des itinéraires de voyage.

Je me penchai à nouveau dans la voiture et regardai sous le siège passager avant. J'y découvris d'autres jouets de chez McDonald's et des emballages de fast-food et autres détritus. Rien qui valait qu'on s'y attarde. Je ressortis, passai de l'autre côté de la voiture et demandai à Buddy de reculer de façon à me livrer au même examen côté chauffeur.

En regardant sous le siège, je tombai sur d'autres détritus, mais remarquai surtout la présence de petites boules de papier froissé. Je tendis la main et les balayai de la paume pour les examiner. J'en ouvris une, la lissai et m'aperçus qu'il s'agissait d'une facturette de carte de crédit pour un achat d'essence à Long Beach. Celui-ci remontait à presque un an.

– Vous n'allez pas voir sous les sièges quand vous nettoyez, c'est ça, Buddy? lançai-je.

– On me l'avait pas demandé, me renvoya-t-il sur la défensive. En plus que moi, je m'occupe que de l'extérieur.

– Je vois.

Je me mis en devoir de défroisser les autres boulettes de papier. Je ne m'attendais pas à faire de grandes découvertes. J'avais déjà vérifié les relevés de cartes de crédit et savais qu'il n'y avait aucune trace d'achat qui me permette d'établir où McCaleb était allé passer ses trois jours sur le continent. Cela dit, la règle stipulait de toujours faire les choses à fond.

Je trouvai divers reçus d'achats faits dans le coin. De la nourriture achetée au Safeway, du matériel de pêche acquis dans un magasin de San Pedro. Et encore un reçu pour l'achat d'un extrait de ginseng dans une boutique d'alimentation bio appelée BetterFit[1], et un autre pour un livre enregistré intitulé *Looking for Chet Baker*[2] et acheté dans une librairie de Westwood. Je décidai d'aller y voir de plus près plus tard, quand j'aurais le temps de lire ou d'écouter un livre.

Respecter la règle paya à la quatrième boule de papier. Le reçu était pour une somme en liquide payée dans un relais routier Travel America de Blue Diamond Road, la rue même où se trouvait le Memorial Hospital de Las Vegas. Date du règlement en espèces: le 2 mars. Achat: soixante litres d'essence, un demi-litre de Gatorade et l'édition audio de *The Tin Collectors*.

Enfin je savais que McCaleb s'était rendu à Las Vegas pendant

1. Soit «Meilleure forme» *(NdT)*.
2. Soit «A la recherche de Chet Baker».Ouvrage de Bill Moody *(NdT)*.

son voyage de trois jours. Cela ne faisait que confirmer ce que je savais déjà, mais mon niveau d'adrénaline monta d'un cran. J'eus envie de repartir tout de suite, de ne pas laisser retomber la vélocité acquise.

— Vous avez trouvé quelque chose? voulut savoir Lockridge.

Je froissai le reçu et le jetai sur le plancher de la voiture avec les autres.

— Pas vraiment, lui répondis-je. On dirait que Terry adorait les livres audio. Je ne le savais pas.

— Oui, il en écoutait beaucoup. Sur le bateau, quand il était à la barre, en général il avait un casque sur les oreilles.

Je tendis la main à l'intérieur de l'habitacle et repris l'atlas routier sur le siège.

— Bon, je vais emprunter ce truc-là, dis-je. Je ne pense pas que Graciela aille quelque part où elle en aurait besoin.

Je n'attendis pas que Buddy m'en donne confirmation. Je refermai la portière côté passager en espérant qu'il veuille bien marcher dans ma petite comédie. Puis je refermai la portière côté conducteur et verrouillai le véhicule.

— Bon, ça y est, enchaînai-je. Je file. Vous serez près d'un téléphone s'il arrive quelque chose et que j'ai besoin de vous?

— Bien sûr, mec. Je reste dans le coin. Et de toute façon c'est un portable que j'ai.

— Parfait, à bientôt!

Je lui serrai la main et repartis vers ma Mercedes Benz noire en m'attendant à moitié à ce qu'il m'emboîte le pas, mais il me laissa m'éloigner sans rien faire. Je jetai un coup d'œil au rétroviseur en sortant du parking et le vis debout à côté de la Cherokee: il me regardait filer.

Je pris la 710 jusqu'à la 10 et gagnai l'I-15 ensuite. Après, ce serait en ligne droite pour sortir du smog, plonger dans le désert de Mojave et rejoindre Las Vegas. J'avais fait ce trajet deux ou trois fois par mois l'année précédente. J'aimais beaucoup. Essentiellement la sévérité du désert. Peut-être en tirais-je le même plaisir que McCaleb trouvait à vivre dans son île. Avoir l'impression d'être loin de toute méchanceté. En roulant je sentis tout ce qui m'oppressait me lâcher peu à peu, comme si les molécules de mon corps s'étiraient et se faisaient de la place. Elles n'y gagnaient peut-être rien de plus qu'un nanomètre, mais ce minuscule espace suffisait à tout changer.

Sauf que cette fois j'éprouvais aussi autre chose. Tout se passait comme si c'était devant moi que se trouvait la méchanceté, comme si elle m'attendait dans le désert.

Je commençais à m'habituer à la route et à laisser les faits tourner et virer dans ma tête lorsque mon portable bourdonna. Je pensai que c'était Buddy Lockridge qui avait décidé de me supplier une dernière fois de le prendre avec moi, mais non: c'était Kiz Rider. J'avais oublié de la rappeler.

– Alors comme ça je ne vaux même pas qu'on me rappelle?

– Je m'excuse, Kiz, j'allais le faire. J'ai eu une matinée passablement chargée et j'ai un peu oublié.

– Une matinée chargée, hein? Dis, tu ne serais pas à la retraite, des fois? Tu n'es quand même pas en train d'enquêter sur une autre affaire, si?

– En fait, je roule vers Las Vegas. Et il y a de fortes chances pour que je perde bientôt le signal. Quoi de neuf?

– Figure-toi que ce matin j'ai vu Tim Marcia en allant prendre un café. Il m'a dit que vous vous étiez parlé il n'y a pas longtemps.

– C'est vrai. On s'est parlé hier. C'est pour le coup des trois ans dont il m'a parlé?

– Et comment, Harry! Tu y as réfléchi?

– Je n'en ai appris l'existence qu'hier. Je n'ai pas encore eu le temps d'y penser.

– Je crois que tu devrais. On a besoin de toi, Harry.

– Voilà qui fait plaisir à entendre, surtout venant de toi, Kiz. Et moi qui croyais être PNG avec toi!

– Ce qui veut dire?

– *Persona non grata.*

– Oh, allons! Ça n'était rien qu'un petit moment pour se reprendre ne puisse arranger. Non, sérieusement, tu ne serais pas de trop par ici. Tu devrais pouvoir travailler avec Tim si tu voulais.

– «Si je voulais»? Kiz, à t'entendre on pourrait croire que je n'ai plus qu'à débarquer et signer au bas de la page. Qu'est-ce que tu crois? Que tout le monde va me souhaiter la bienvenue? Qu'on va me faire une haie d'honneur au sixième étage et me jeter du riz dessus pendant que j'irai voir le patron dans son bureau?

— De qui tu parles? D'Irving? Irving s'est fait tailler un short. Il est passé à la direction du planning. Et moi, je t'appelle pour te dire que si tu veux revenir, tu le peux. C'est aussi simple que ça. Après avoir parlé avec Tim, je suis montée au sixième, où j'ai eu mon petit entretien habituel de 9 heures du mat' avec le chef. Il te connaît de réputation. Il connaît ton travail.

— Je me demande bien comment ça se fait, vu que j'étais déjà parti quand on l'a fait venir de New York, de Boston ou d'ailleurs.

— Ça se fait que je lui en ai parlé, Harry. Écoute… on ne se dispute pas là-dessus, d'accord? Tout est cool. Et tout ce que je te dis, c'est que tu devrais réfléchir. La pendule tourne et tu devrais y penser. Tu pourrais nous filer un sacré coup de main à nous et à la ville, voire, qui sait, te faire du bien en passant… selon où tu en es en ce monde pour l'instant, bien sûr.

Ce dernier membre de phrase soulevait une question intéressante. Où en étais-je donc en ce bas monde? J'y réfléchis un bon moment avant de répondre.

— Bon, d'accord, Kiz, j'apprécie. Et merci d'avoir glissé un mot gentil au monsieur. Mais dis-moi un peu… quand Irving s'est-il fait jeter? Je n'en ai pas entendu parler.

— Il y a quelques mois de ça. Le chef a dû se dire qu'il se mêlait un peu trop de tout. Il l'a mis sur la touche.

Je ne pus m'empêcher de sourire. Pas parce que le chef adjoint Irving m'avait toujours tenu à la botte, mais parce que je savais qu'un type comme lui n'aurait jamais laissé personne le mettre «sur la touche», comme venait de le prétendre Kiz.

— C'est qu'il connaît tous les secrets, dis-je.

— Je sais. On attend de voir ce qu'il va faire. On sera prêts.

— Eh bien… bonne chance!

— Merci, Harry. Alors tu me dis quoi?

— Quoi? Tu veux ma réponse tout de suite? Tu ne viens pas de me demander d'y réfléchir?

— Pour un type comme toi, la réponse, je crois déjà la connaître.

Je souris une deuxième fois, mais me gardai de dire quoi que ce soit. Kiz perdait son temps à travailler dans l'administratif. Elle aurait dû revenir aux Homicides. Elle savait lire dans la tête des gens comme personne.

— Harry, tu te rappelles ce que tu m'as dit la première fois qu'on m'a collée avec toi?

— Euh... on mâche bien ce qu'on mange et on se brosse les dents après chaque repas?

— Je ne plaisante pas, Harry.

— Non, je ne me rappelle pas. Quoi?

— Tout le monde compte ou personne.

J'acquiesçai d'un hochement de tête et gardai le silence un instant.

— Tu te rappelles?

— Oui, oui, je me rappelle.

— Règle de vie s'il en est, ça!

— Possible.

— Bon, réfléchis-y quand tu te demanderas si tu veux revenir.

— Si je reviens, je vais avoir besoin d'une associée.

— Qu'est-ce que tu dis? Je commence à te perdre.

— Je vais avoir besoin d'une associée.

Il y eut un instant de silence et je songeai qu'elle devait sourire, elle aussi.

— Ce n'est pas impossible. Tu...

Elle laissa sa phrase en suspens. Il me semblait savoir ce qu'elle allait dire.

— Je te parie que ça te manque autant qu'à moi.

— Harry, tu es en train de passer dans une zone hors signal. Appelle-moi quand tu... ne perds pas trop de temps.

— D'accord, Kiz. Je te tiens au courant.

Je souriais encore en refermant mon portable. Rien de tel que d'être désiré ou accueilli à bras ouverts. Estimé.

Sans parler de l'idée de porter à nouveau l'insigne pour pouvoir faire ce que je voulais. Je songeai à Ritz, de la police de Las Vegas, et à la façon dont il m'avait traité. Aux perpétuelles bagarres juste pour obtenir l'aide et l'attention de certains. Je savais qu'une bonne part de tout cela disparaîtrait dès que j'aurais repris l'insigne. Ces deux dernières années m'avaient appris que, s'il ne fait pas nécessairement le bonhomme, il l'aide beaucoup dans son boulot. Et pour moi, il y avait plus. Insigne ou pas, je savais qu'il y avait une chose sur cette terre que je pouvais et devais faire. J'avais une mission, exactement comme Terry. La journée que j'avais passée dans sa boutique d'horreurs flottante, à étudier ses dossiers et sentir son dévouement à la cause, m'avait fait comprendre ce qui avait de l'importance et ce que je devais faire. Peut-être même mon commanditaire m'avait-il sauvé en mourant.

J'avais passé quarante minutes à ruminer mon avenir et envisager diverses possibilités lorsque je trouvai le panneau figurant sur la photo stockée dans l'ordinateur de Terry.

ROUTE ZZYZX
1 km 5

Ce n'était pas tout à fait ce que j'avais vu. La ligne d'horizon n'était pas la même. La photo avait été prise de l'autre côté de la route – donc par quelqu'un qui venait de Las Vegas et se dirigeait vers Los Angeles. Cela dit, je sentis l'impatience me gagner. Tout ce que j'avais vu, lu ou entendu depuis que Graciela McCaleb m'avait appelé au téléphone m'avait conduit à cet endroit. Je mis mon clignotant et pris la bretelle de sortie de l'autoroute.

16

En milieu de matinée, le lendemain du jour où Rachel Walling était arrivée, les agents affectés à ce qu'on appelait maintenant l'«affaire de la route Zzyzx» se réunirent en chair et en os et par vidéoconférence dans la salle de garde sise au troisième étage du John Lawrence Bailey Building de Las Vegas. La pièce était sans fenêtre et mal aérée. Du haut de sa photo, J. L. Bailey, un agent tué lors d'un hold-up de banque vingt ans plus tôt, observait les débats.

Les agents s'étaient assis derrière des rangées de tables tournées vers l'avant de la salle. Devant eux se trouvaient Randall Alpert et un émetteur-récepteur de télévision relié par téléphone et caméra vidéo à la salle de garde de Quantico, Virginie. A l'écran, l'agent Brasilia Doran attendait le moment de faire son rapport. Rachel s'était installée au deuxième rang, toute seule. Elle savait se tenir à sa place et, extérieurement au moins, tentait de le montrer.

Alpert ouvrit la réunion en présentant très aimablement tout le monde. Rachel crut d'abord que l'attention lui était destinée, mais s'aperçut vite que nombre d'agents présents dans la salle ou accessibles par télécommunication ne connaissaient pas certains de leurs collègues.

Alpert commença par présenter Doran, aussi connue sous le surnom de «Brass»: elle était en ligne à Quantico, où elle supervisait la collecte des renseignements et servait d'agent de liaison avec le laboratoire national. Puis il demanda à toutes les personnes assises dans la salle de se présenter en déclinant leurs poste et spécialité. La première à le faire fut Cherie Dei, qui déclara être l'agent chargée du dossier. Vinrent ensuite son associé, Tom Zigo, puis John Cates, qui était le représentant de l'antenne locale et le seul non-Blanc de l'assistance, détail qu'il se garda de préciser.

Les quatre personnes suivantes faisaient partie des équipes scientifiques et Rachel en connaissait et en avait rencontré deux sur le site la veille. Il s'agissait d'une anthropologue légiste du nom de Greta Coxe (elle supervisait les exhumations), de deux médecins légistes, Harvey Richards et Douglas Sundeen, et d'une spécialiste de l'analyse des scènes de crime, Mary Pond. Ed Gunning, un deuxième agent de l'unité des Sciences du comportement de Quantico, passa la main au dernier agent, Rachel Walling.

— Agent spécial Rachel Walling, dit celle-ci. Antenne de Rapid City. Anciennement des Sciences du comportement. J'ai… j'ai déjà traité un cas similaire.

— Bon, merci, Rachel, l'interrompit aussitôt Alpert, comme s'il craignait de l'entendre dire qu'on avait affaire à Robert Backus.

Rachel comprit alors que certains n'étaient pas au courant des éléments de base du dossier. Ainsi de l'agent Cates, la caution locale, c'était plus que probable. Elle se demanda si certains membres de l'équipe scientifique, voire tous, n'étaient pas eux aussi dans le noir complet.

— Commençons par l'aspect scientifique, enchaîna Alpert. Brass? Du nouveau chez vous?

— Rien côté sciences, non. Vos techniciens des scènes de crime doivent avoir tout ça. Bonjour, Rachel! Ça fait bien longtemps…

— Bonjour, Brass, lui renvoya doucement Rachel. Trop longtemps, oui.

Elle jeta un coup d'œil à l'écran et leurs regards se croisèrent. Rachel se rendit brusquement compte qu'elle n'avait pas dû revoir Doran depuis huit ans. Celle-ci avait l'air lasse, les lèvres et les yeux tirés, sa coupe de cheveux laissant deviner qu'elle ne devait pas s'éterniser dans la salle de bains. C'était une «empath», Rachel le savait, et les années commençaient à se voir sur son visage.

— Tu as l'air en bonne santé, reprit Doran. On dirait que l'air et les grands espaces te font du bien.

Alpert épargna à Rachel la peine de devoir lui retourner un compliment factice.

– Greta? Harvey? Qui veut démarrer le premier? lança-t-il en pié-
tinant allégrement les retrouvailles électroniques des deux femmes.

– Moi, je suppose, vu que tout commence avec les exhumations, répondit Greta Coxe. A 7 heures du soir hier, nous avions
donc exhumé huit corps, qui sont maintenant à la base aérienne de
Nellis. Nous nous attaquerons au neuvième dès cet après-midi. Ce
que nous avons remarqué pour les premières excavations vaut pour
les autres. Dans chaque cas, les sacs en plastique et le…

– Greta, la séance est enregistrée, l'interrompit Alpert. Il vaudrait mieux nous faire un rapport détaillé. Comme si on s'adressait
à des gens qui ne savent rien. On ne garde rien pour soi.

Sauf quand il s'agit de mentionner que c'est de Robert Backus
qu'il est question, songea Rachel.

– Oui, bien sûr, dit Coxe. Et donc… les huit corps exhumés
pour l'instant sont tous complètement habillés. La décomposition
est avancée. Les mains et les pieds sont attachés avec du ruban
adhésif. Toutes les victimes ont un sac en plastique sur la tête,
celui-ci étant lui aussi fermé avec du ruban adhésif à la base du
cou. Aucune variation dans la méthode, même entre les victimes
n° 1 et n° 2, ce qui est inhabituel.

La veille au soir tard, Rachel avait vu les clichés. Elle était
retournée au camping-car du poste de commandement et avait
regardé le mur de photos. Il lui était alors clairement apparu que
tous ces hommes avaient été étouffés. Les sacs n'étaient pas en
plastique transparent, mais elle avait tout de même pu voir les
traits des visages, les bouches grandes ouvertes, cherchant un air
qui ne viendrait pas. Cela lui avait rappelé certaines photos de
crimes de guerre, les corps sortis des charniers en Yougoslavie ou
en Irak.

– Pourquoi est-ce inhabituel? demanda Alpert.

– Parce qu'on assiste le plus souvent à une modification de la
manière de tuer. A défaut de trouver une meilleure formule, je
dirai que le sujinc s'améliore. Avec chaque nouvelle victime, il
apprend à mieux travailler. C'est quelque chose qu'on remarque
dans nos données.

Rachel nota que Coxe avait utilisé le mot «sujinc» – ou «sujet
inconnu» en abrégé. Cela signifiait qu'on ne l'avait pas mise dans

le coup et qu'elle ignorait qu'en fait ledit «sujinc» était tout ce qu'il y avait de plus connu au FBI.

— Bon, et donc le *modus operandi* n'a pas varié depuis le premier jour, résuma Alpert. Autre chose, Greta?

— Seulement qu'on aura probablement fini après-demain. A moins que les sondes à gaz nous signalent la présence d'un autre corps.

— Parce qu'on continue à sonder?

— Oui, quand on a le temps. Mais on est à vingt mètres du dernier corps et les sondes ne donnent toujours rien. Et il y a eu un nouveau survol de la zone par des avions de la base de Nellis la nuit dernière et ça n'a rien donné côté imagerie thermique. Résultat, nous sommes assez sûrs d'avoir trouvé toutes les victimes.

— Dieu merci. Harvey? Des choses pour nous?

Richards s'éclaircit la gorge et se pencha en avant de façon que sa voix soit captée par les récepteurs électroniques disséminés dans la pièce.

— Greta a raison. Les huit corps exhumés se trouvent maintenant à la morgue de Nellis et pour l'instant le secret est toujours bien gardé. Ils doivent se dire qu'on leur amène des extraterrestres récupérés à bord d'une soucoupe volante qui s'est écrasée dans le désert. C'est comme ça que commencent les légendes!

Seul Alpert se fendit d'un petit sourire. Richards enchaîna.

— Nous avons à l'heure qu'il est effectué des autopsies complètes sur quatre corps et procédé aux premières analyses pour les autres. Pour reprendre les remarques de Greta, nous ne trouvons guère de différences de cadavre en cadavre. Ce type est un vrai robot. Aucune variation sur le thème. On en viendrait presque à se dire qu'en eux-mêmes, ces assassinats n'ont pas d'importance à ses yeux. Que c'est la traque qui l'excite. Ou alors, ces assassinats font partie d'un plan général dont nous ignorons tout pour l'instant.

Rachel dévisagea ostensiblement Alpert. Pour elle, il était incroyablement injuste que des gens qui travaillaient aussi dur soient toujours dans le noir quant aux tenants et aboutissants de l'affaire. Cela étant, elle savait aussi qu'à révéler quoi que ce soit elle se retrouverait sur la touche et ça, elle ne le voulait absolument pas.

– Des questions, Rachel?

Il l'avait prise au dépourvu, elle hésita.

– Pourquoi emmène-t-on les corps à Nellis au lieu de Los Angeles… ou de les garder ici?

Elle connaissait la réponse, mais avait besoin de dire quelque chose pour fuir l'instant.

– C'est plus facile de garder le secret comme ça. Les secrets, l'armée sait les tenir.

Le ton qu'il avait pris sous-entendait un très désagréable «pas comme vous». Il se retourna vers Richards.

– Poursuivez, docteur.

La différence était subtile, mais n'échappa pas à Rachel. Alpert avait appelé Richards «docteur» alors qu'il s'était adressé à Greta Coxe par son prénom. Cela en disait long. Ou bien les femmes en position de pouvoir ou de savoir lui posaient problème, ou bien l'anthropologie ne lui inspirait aucun respect. La première hypothèse était la plus vraisemblable.

– Eh bien… pour nous, la cause de la mort est l'étouffement, reprit Richards. A voir ce qu'on a, ça nous semble assez évident. Il ne reste pas grand-chose de la plupart des corps, mais nous ne trouvons pas d'autres blessures. Le sujinc neutralise ses victimes d'une façon ou d'une autre, leur attache les poignets et les chevilles et leur enferme la tête dans un sac en plastique. Fermer ce dernier avec du ruban adhésif nous paraît significatif. Ça dit une mort lente. En d'autres termes, le sujinc ne tient pas le sac. Il prend son temps, enferme la tête de ses victimes dans un sac, qu'il ferme avec du ruban adhésif, et recule pour pouvoir regarder la scène qu'il a créée.

– Docteur? lança Rachel. Le ruban adhésif est-il passé par-devant ou par-derrière?

– Les deux bouts se trouvent à l'arrière, ce qui semblerait indiquer que c'est par-derrière qu'il passe le sac sur la tête de ses victimes, sans doute lorsqu'elles sont assises.

– Ce qui fait qu'il, enfin… le sujinc avait peut-être honte ou peur de regarder ses victimes en face.

– C'est tout à fait possible.

– Et côté identification? demanda Alpert.

Richards jeta un coup d'œil à Sundeen, qui prit la suite.

– Toujours rien en dehors des cinq de l'enquête de Las Vegas. Nous pensons que le sixième du groupe sortira d'une des deux dernières tombes. Nous n'avons toujours rien sur les autres. Aucune empreinte utilisable. Nous avons expédié les vêtements, enfin… ce qu'il en reste, à Quantico et peut-être que Brass aura du nouveau là-dessus. En attendant, nous…

– Non, rien de neuf, dit Doran à l'écran.

– Bon, dit Sundeen. On vient juste d'entrer les données dentaires dans l'ordinateur central. Peut-être qu'on aura une piste de ce côté-là. En dehors de ça, on attend qu'il se passe quelque chose.

Il hocha la tête pour faire comprendre qu'il avait fini son rapport. Alpert reprit le commandement des opérations.

– J'aimerais que Brass parle en dernier, voyons donc ce qu'on a pour les échantillons de sol.

Mary Pond attaqua.

– Nous avons passé toute la terre des sites au tamis et tout est O.K., à l'exception d'un petit quelque chose qu'on a trouvé hier et qui nous excite pas mal. Dans la tombe n° 7, nous avons trouvé un morceau de chewing-gum dans son emballage. Marque «Juicy Fruit», d'après le papier. Retrouvé entre soixante et soixante-dix centimètres de profondeur dans un trou qui en fait quatre-vingt-dix. Nous pensons donc que ce n'est pas par hasard et que ça pourrait nous ouvrir des horizons.

– Empreinte dentaire? demanda Alpert.

– Oui. Je ne peux pas encore vous dire de quoi il s'agit exactement, mais il y en a trois et elles sont bonnes. Emballé et expédié à Brass.

– Oui, c'est arrivé, dit Brass à l'écran. Ce matin. J'ai mis la procédure en route, mais je n'ai rien pour l'instant. Peut-être tard ce soir. Mais je suis d'accord: d'après ce que j'ai vu, on a au moins trois dents. Peut-être même de l'ADN.

– Ça pourrait nous suffire! ajouta Alpert tout excité.

Bien qu'elle se rappelât clairement que Bob Backus avait l'habitude de mâcher du chewing-gum Juicy Fruit, Rachel, elle, n'en fut pas du tout excitée. Ce chewing-gum dans cette tombe, c'était trop beau pour être vrai. Jamais Backus ne se serait permis de laisser pareille pièce à conviction derrière lui. Il était bien trop bon comme tueur et comme agent. Mais elle ne pouvait rien exprimer de ce doute après l'accord qu'elle avait passé avec Alpert: il n'était pas question de parler de Backus devant quiconque.

– C'est sans doute une mise en scène, dit-elle néanmoins.

Alpert la regarda un instant en soupesant le risque qu'il y aurait à lui demander pourquoi.

– Une mise en scène? répéta-t-il enfin. Pourquoi dites-vous ça, Rachel?

– Parce que je ne vois vraiment pas pourquoi ce type qui est en train d'enterrer un cadavre au milieu de nulle part, et en pleine nuit, y a des chances, se donnerait la peine de poser sa pelle, de sortir son bout de chewing-gum de sa bouche et de l'enrouler dans son emballage en papier alu, emballage qu'il lui aurait d'abord fallu sortir de sa poche, pour le laisser tomber dans le trou. Je crois que s'il l'avait mâché il l'aurait craché, tout simplement. Sauf que, pour moi, il ne le mâchait pas. Je crois qu'il a trouvé ce bout de chewing-gum quelque part, qu'il l'a apporté à la tombe et qu'après nous avoir conduits aux cadavres avec le coup du GPS, il l'a jeté dans le trou pour qu'on patine dans la semoule.

Elle jeta un coup d'œil autour d'elle. Elle avait bien toute leur attention, mais comprit qu'il s'agissait davantage de curiosité que de respect pour une collègue. Le silence fut rompu par la télévision.

– Je crois que Rachel a raison, dit Doran. On est manipulés depuis le début dans cette affaire-là. Pourquoi le coup du chewing-gum serait-il différent? Ça me paraît être une erreur assez incroyable pour un scénario aussi bien agencé.

Rachel remarqua que Doran lui adressait un clin d'œil.

– Un morceau de chewing-gum, une erreur pour huit tombes? dit Gunning, un des agents de Quantico. Ça ne me semble pas tellement tiré par les cheveux. Nous savons tous que le crime parfait n'est pas pour demain. C'est vrai que certains s'en tirent sans encombre, mais tous commettent des erreurs.

– Bien, dit Alpert, attendons de voir ce que ça donne avant de nous ruer sur telle ou telle conclusion. Mary… autre chose?

— Pas pour le moment.

— Alors, passons à l'agent Cates, histoire de voir où en sont les gens du coin côté identifications.

Cates ouvrit un classeur en cuir posé sur la table devant lui. Il contenait un bloc de papier grand format avec des notes dessus. Qu'il ait un pareil classeur pour y mettre un bloc-notes ordinaire fit comprendre à Rachel que cet homme était très fier de son travail et de ce qu'il faisait. Ou alors c'était la personne qui le lui avait offert qui l'était. Dans un cas comme dans l'autre, cela le lui rendit immédiatement sympathique. Elle eut aussi une impression de manque: elle n'éprouvait plus ce genre de fierté pour le Bureau ou pour ce qu'elle y faisait.

— Bon, dit-il, on a commencé à sonder les flics de Las Vegas sur leur affaire de personnes disparues. Mais on est handicapés par l'obligation de travailler dans le secret. Bref, on n'y va pas comme si on voulait casser la baraque. On a seulement pris contact pour leur dire que ça nous intéressait vu l'aspect franchissement de frontières… les victimes sont de plusieurs États, et même d'un pays étranger. Ça nous permet de rentrer dans la danse, mais nous n'avons pas envie de montrer nos atouts en y allant à fond. Résultat, on est censés avoir une table ronde avec eux un peu plus tard dans la journée. Dès qu'on aura établi la tête de pont, pour ainsi dire, on commencera à remonter la piste de ces types et à chercher le dénominateur commun. Il ne faut pas oublier que ces mecs sont sur l'affaire depuis plusieurs semaines et qu'à notre connaissance ils sont toujours autant dans la merde.

— Agent Cates! dit Alpert. Cette séance est enregistrée.

— Oh, je m'excuse de ma grossièreté. Ils n'ont toujours rien, voilà ce que je voulais dire.

— Très bien, agent Cates. Tenez-moi au courant.

Un grand silence, et rien d'autre, suivit ces mots. Alpert continua de sourire à Cates avec sympathie jusqu'à ce que l'agent comprenne enfin le message.

— Euh… vous… vous voulez que je m'en aille?

— Je veux que vous retourniez travailler sur ces victimes, lui renvoya Alpert. Il n'y a rien à gagner à nous écouter tout analyser jusqu'à plus soif.

— Bon, ben… c'est tout, dit Cates en se levant.

S'il avait été blanc, la gêne qui se lisait sur son visage aurait été plus reconnaissable.

– Merci, agent Cates, lui lança Alpert tandis qu'il franchissait la porte, puis il se retourna vers la salle. Je vais aussi devoir excuser Mary, Greta, Harvey et Doug. On a besoin de vous dans les tranchées, je le crains. Sans mauvais jeu de mots.

Et de se fendre à nouveau de son sourire administratif.

– En fait, dit Mary Pond, moi, j'aimerais assez rester et entendre ce que Brass a à nous dire. Ça pourrait m'aider dans mon travail.

Devant pareil défi, Alpert perdit son sourire.

– Non, dit-il fermement, ça ne sera pas nécessaire.

Un silence embarrassé s'abattit sur l'assemblée jusqu'à ce qu'enfin le bruit des chaises que les membres de l'équipe scientifique écartaient de leurs tables se fasse entendre. Tous les quatre se levèrent et quittèrent la pièce sans mot dire. Ce spectacle fit mal à Rachel. L'arrogance sans bornes des chefs était un phénomène endémique au FBI. Et ça n'était pas près de changer.

– Bon, où en étions-nous? reprit Alpert en se débrouillant sans problème de ce qu'il venait d'infliger à cinq personnes qui ne le méritaient pas. Brass, c'est à vous. Vous êtes censée me parler du bateau, du ruban adhésif et des sacs, des habits, du GPS, et aussi de ce chewing-gum qui ne nous mènera nulle part, nous le savons tous, merci, agent Walling.

Dans sa bouche, le mot «agent» semblait être synonyme de «crétin». Rachel leva les bras au ciel en signe de reddition.

– Je m'excuse, dit-elle, mais je ne savais pas que la moitié de l'équipe ignorait l'identité du suspect. C'est drôle… du temps où j'étais aux Sciences du comportement, on ne procédait jamais de la sorte. On partageait savoirs et renseignements. On ne se cachait pas des autres.

– Vous voulez dire… du temps où vous travailliez pour le type qu'on essaie de retrouver aujourd'hui?

– Écoutez, agent Alpert, si vous essayez de me dépeindre sous ces cou…

– L'affaire est classée secrète, agent Walling. C'est tout ce que j'essaie de vous faire comprendre. Comme je vous l'ai déjà dit, on ne répond qu'aux questions strictement nécessaires.

– Ça!

Alpert se détourna d'elle comme s'il la chassait de sa mémoire et regarda l'écran de télévision.

– Brass, vous pouvez commencer, s'il vous plaît? demanda-t-il en faisant en sorte de se trouver entre l'écran et Rachel, ceci pour bien lui signifier qu'elle n'était jamais là qu'en observatrice.

– Bien, dit Doran. J'ai quelque chose de significatif et… bon, disons d'étrange. Hier, je vous ai dit pour le bateau. Les résultats des analyses d'empreintes d'origine relevées sur les surfaces exposées nous sont revenus: négatifs. Les empreintes étaient restées trop longtemps à l'air libre. Nous avons donc poussé plus loin. L'agent Alpert a autorisé le démontage des pièces à conviction, ce qui a été fait hier soir, dans un des hangars de la base de Nellis. Sur ce bateau, il y a des prises pour les mains… pour pouvoir le déplacer. En fait, cette embarcation était un canot de sauvetage de la marine, sans doute construit à la fin des années 30 et probablement vendu comme surplus militaire après la Deuxième Guerre mondiale.

Doran continuant de parler, Dei ouvrit une chemise et en sortit une photo du bateau. Elle la tendit à Rachel, qui n'avait jamais vu l'embarcation, celle-ci se trouvant déjà à la base de Nellis lorsqu'elle était arrivée au site des exhumations. Rachel trouva tout à la fois étonnant et typique que le Bureau soit capable de recueillir autant de renseignements sur un bateau en plein désert – et si peu de choses sur le crime auquel il était attaché.

– Nous n'avions pas réussi à voir l'intérieur des prises dans notre première analyse, mais nous y sommes parvenus après démontage de l'objet. Et c'est là que nous avons eu un coup de chance dans la mesure où ce petit creux… là… était protégé des éléments… pour l'essentiel.

– Et…? demanda Alpert d'un ton impatient.

Le comment ne l'intéressait visiblement pas. Seul lui importait le résultat.

– Et on a trouvé deux empreintes dans la prise de proue à bâbord. On les a passées à l'ordinateur central ce matin et on a eu tout de suite un résultat. Qui va peut-être vous paraître étrange, mais… ce sont les empreintes de Terry McCaleb.

– Comment ça se fait? demanda Dei.

Alpert garda le silence. Il baissa les yeux sur la table devant lui. Rachel, elle aussi, se tut, son esprit s'évertuant à digérer et comprendre le sens de la nouvelle.

— A un moment donné, il a dû mettre la main dans le trou de la prise, je ne vois pas d'autre explication, répondit Doran.

— Sauf qu'il est mort, dit Alpert.

— Quoi?! s'écria Rachel.

Tout le monde se tourna vers elle et la regarda. Dei hocha lentement la tête.

— Il est mort il y a environ un mois. Crise cardiaque. La nouvelle n'a pas dû arriver dans le Dakota du Sud, dit la voix de Doran dans le haut-parleur. Rachel... je suis vraiment désolée. J'aurais dû te le faire savoir. Mais ça m'a tellement bouleversée que je suis allée en Californie tout de suite. Je suis navrée. J'aurais dû te le dire.

Rachel regarda ses mains. Terry McCaleb avait été son ami et son collègue. C'était un des rares empaths. Elle fut soudain envahie par un grand sentiment de deuil bien qu'elle n'eût pas revu McCaleb depuis des années. Les expériences qu'ils avaient partagées les avaient unis pour la vie et voilà que, pour lui, cette vie n'était plus.

— Bon, on marque une pause, dit Alpert. On reprendra dans un quart d'heure. Brass... vous pourrez nous rappeler?

— C'est entendu. J'ai d'autres choses à vous dire.

— Alors, à tout à l'heure.

Tous sortirent de la pièce pour aller aux toilettes ou boire un café. Ou laisser Rachel seule.

— Ça va, agent Walling? lui demanda Alpert.

Elle le dévisagea. Être consolée par lui était bien la dernière chose dont elle avait envie.

— Ça va, oui, répondit-elle en reportant son regard sur l'écran de télévision vide.

17

Elle resta seule dans la salle de conférences. Le choc initial laissait maintenant place à une culpabilité qui la rattrapait comme une vague d'arrière. Au fil des ans, Terry McCaleb avait souvent essayé de la contacter. Elle avait reçu ses messages, mais n'y avait jamais répondu. Elle ne lui avait envoyé qu'une carte avec un petit mot à l'hôpital, juste après sa transplantation cardiaque. Et cela remontait à cinq ou six ans. Elle ne se rappelait plus. Ce dont elle se souvenait très précisément, c'était de ne pas avoir indiqué son adresse sur l'enveloppe. A l'époque, elle s'était raconté qu'elle n'allait pas rester des éternités à Minot. Mais aussi bien alors que maintenant elle savait que la vraie raison était seulement qu'elle ne voulait plus avoir de contacts avec lui. Elle ne voulait pas des questions qui ne manqueraient pas de venir sur les choix qu'elle avait faits. Ce lien-là avec le passé, elle n'en voulait pas.

Sauf que maintenant elle n'avait plus à s'en inquiéter: le lien avait disparu à jamais.

La porte s'ouvrit et Cherie Dei passa la tête dans la pièce.

– Rachel… vous voulez une bouteille d'eau?

– Oui, ça serait gentil, répondit-elle. Merci.

– Des mouchoirs?

– Non, ça ira. Je ne pleure pas.

– Je reviens tout de suite.

Dei referma la porte.

– Je ne pleure pas, répéta Rachel à l'adresse de personne.

Elle posa les coudes sur la table et s'enfouit le visage dans les mains. Dans la pénombre un souvenir lui revint. Elle travaillait sur une affaire avec lui. Ils ne travaillaient pas en équipe habituellement, mais Backus la leur avait confiée à eux deux. Il fallait analyser une scène de crime. Très pénible. La mère et la fille attachées ensemble et précipitées dans l'eau, la fille serrant si fort un crucifix qu'il avait laissé sa marque dans sa main. Elle y était encore lorsque les deux corps avaient été retrouvés. Terry travaillait sur les photos lorsque Rachel était allée chercher du café à la cafèt'. En revenant, elle s'était aperçue qu'il avait pleuré. Elle avait alors compris que c'était un «empath», quelqu'un comme elle.

Dei revint dans la pièce et posa une bouteille d'eau de source et un gobelet en plastique devant elle.

– Ça va?

– Oui, oui. Merci pour l'eau.

– Ça m'a fait un sacré choc. Je ne le connaissais pas vraiment, mais ça m'a bouleversée d'apprendre la nouvelle.

Rachel se contenta de hocher la tête. Elle ne voulait pas en parler. Le téléphone sonnant, elle tendit la main pour décrocher avant Dei. Elle prit l'écouteur au lieu d'appuyer sur le bouton de téléconférence, de façon à pouvoir parler en privé avec Doran.

– Brass?

– Bonjour, Rachel. Je suis vraiment navrée de ne pas…

– Ce n'est pas grave. Ce n'est pas à toi de me tenir informée de tout.

– Je sais, mais ça, j'aurais dû t'en parler.

– Ç'a dû passer dans un des bulletins et je l'aurai raté. C'est juste que ça fait bizarre de l'apprendre comme ça.

– Je sais. Je suis désolée.

– Et donc, tu es allée à l'enterrement?

– Au service religieux, oui. C'était dans l'île où il habitait. A Catalina. C'était vraiment beau, et triste, mais triste…

– Il y avait beaucoup d'agents?

– Pas trop, non. C'est pas facile d'accès. Il faut prendre un ferry. Mais il y en avait quelques-uns et aussi des flics, de la famille et des amis. Et Clint Eastwood. Je crois qu'il y est venu avec son hélicoptère.

La porte s'ouvrit et Alpert entra dans la salle. Il avait l'air d'avoir rajeuni, comme s'il avait tété de l'oxygène pur pendant la pause. Les deux autres agents, Zigo et Gunning, le suivaient et s'assirent.

— On va reprendre, dit Rachel à Doran. Il faut que je te remette en vidéoconférence.

— Bon. On reparlera plus tard.

Rachel tendit l'appareil à Alpert, qui appuya sur le bouton. Le visage de Doran reparut à l'écran. Elle avait l'air encore plus fatiguée qu'avant.

— Bien, dit Alpert. On est prêts à continuer?

Personne n'ayant rien dit, il attaqua.

— Bon alors, que signifient ces empreintes sur le bateau?

— Que nous devons trouver quand et pourquoi McCaleb est venu dans le désert avant de mourir, répondit Dei.

— Et ça veut dire qu'il va falloir aller à L.A. et enquêter sur sa mort, ajouta Gunning. Il faut être sûr que sa crise cardiaque en était bien une.

— Je suis d'accord, mais ça pose un problème, dit Doran. Il a été incinéré.

— Ça, c'est pas de chance, dit Gunning.

— Il y a eu une autopsie? demanda Alpert. Prélèvements de tissus et prise de sang?

— Je ne sais pas, répondit Doran. Tout ce que je sais, c'est qu'il a été incinéré. J'ai pris l'avion pour assister à l'office religieux. La famille a dispersé ses cendres par-dessus le bastingage de son bateau.

Alpert regarda tous les visages et s'arrêta sur celui de Gunning.

— Ed, dit-il, c'est pour vous. Vous y allez et vous voyez ce que vous pouvez ramener. Faites vite. Je vais appeler l'antenne locale et leur demander de vous donner tous les renforts nécessaires. Et, pour l'amour du ciel, vous tenez tout ça à l'abri de la presse. McCaleb était une petite célébrité à cause du film. Si jamais la presse renifle quoi que ce soit, on l'aura sur le dos en moins de deux.

— Compris.

— D'autres idées? Des suggestions?

Au début, personne ne souffla mot. Puis Rachel s'éclaircit la gorge et parla très doucement.

— Vous savez sans doute que Backus a été aussi le maître à penser de Terry.

Il y eut un instant de silence, puis Doran acquiesça.

– C'est exact, dit-elle.

– Quand ils ont lancé le tutorat, Terry a été le premier choisi par Backus. Je suis venue juste après.

– Ce qui voudrait dire quoi pour nous aujourd'hui ? demanda Alpert.

Rachel haussa les épaules.

– Qui sait ? Sauf que Backus m'a bel et bien appelée avec le GPS. Peut-être avait-il appelé Terry avant moi.

Tout le monde marqua une pause pour réfléchir.

– Parce que… pour quelle raison suis-je ici, hein ? reprit Rachel. Pourquoi m'avoir envoyé ce paquet alors qu'il savait parfaitement que je ne faisais plus partie des Sciences du comportement ? Il doit bien y avoir une raison, quand même. Non, Backus a un plan. Et Terry n'en était peut-être que l'accroche.

Alpert hocha lentement la tête.

– Voilà une idée qu'il ne faudra pas oublier, dit-il.

– Et s'il observait Rachel ? demanda Doran.

– N'allons pas trop vite en besogne, dit Alpert. Tenons-nous-en aux faits. Agent Walling, je veux que vous soyez d'une prudence absolue. Vérifions la piste McCaleb et voyons ce que ça donne avant de nous mettre à courir. En attendant… Brass, vous avez autre chose ?

Ils attendirent pendant que Doran baissait les yeux, regardait des papiers hors caméra et repassait de McCaleb au reste des indices.

– Oui, nous avons quelque chose qui pourrait avoir un rapport avec McCaleb, dit-elle enfin. Mais laissez-moi reprendre ma liste et vous parler du reste d'abord. Euh… on vient juste de commencer à analyser le ruban adhésif et les sacs retrouvés avec les corps. Donnez-nous un jour de plus et j'aurai les résultats. Voyons voir… les habits… ils vont sans doute rester à la salle de séchage pendant encore une semaine avant d'être prêts pour l'analyse. Donc, rien de ce côté-là. Le chewing-gum, c'est déjà vu. On va passer le profil dentaire à la banque de données en fin de journée. Reste le GPS.

Rachel remarqua que tout le monde avait les yeux rivés sur l'écran. C'était comme si Doran se trouvait avec eux.

— De ce côté-là on avance pas mal, reprit celle-ci. Le numéro de série nous a permis de remonter à un magasin d'articles de sport de la chaîne Big Five de Long Beach, Californie. Des collègues de l'antenne de Los Angeles s'y sont rendus hier et ont obtenu la copie d'une facture montrant que le Gulliver avait été vendu à un certain Aubrey Snow. Ce M. Snow, un guide de pêche, était en mer. Il a été longuement interrogé hier soir, à son retour à terre. Il nous a dit avoir perdu ce GPS il y a environ onze mois, lors d'une partie de poker avec plusieurs autres guides. L'engin avait une grande valeur à ses yeux car il y avait indiqué plusieurs points de pêche qui rapportaient gros sur la côte du Mexique et du sud de la Californie.

— Nous a-t-il donné le nom du type qui l'avait gagné? demanda vite Alpert.

— Malheureusement non. C'était une partie improvisée. Il faisait mauvais temps et les clients n'étaient pas nombreux. Beaucoup de guides étaient coincés à terre et se retrouvaient quasiment tous les soirs pour jouer au poker. Les joueurs changeaient tout le temps. Et ça buvait pas mal. Toujours est-il que M. Snow ne se rappelait pas les noms des joueurs et pas grand-chose sur le type qui lui a embarqué son GPS. Pour lui, néanmoins, ce n'était pas quelqu'un de la marina étant donné qu'il ne l'a jamais revu. Les collègues sont censés revoir Snow aujourd'hui avec un dessinateur pour essayer de faire un portrait-robot du bonhomme. Cela dit, même s'ils arrivaient à quelque chose de ressemblant, il y a énormément de marinas et de compagnies qui proposent des parties de pêche en mer. Et je vous ai déjà informés que l'antenne de Los Angeles n'a que deux collègues à mettre sur cette affaire.

— Je vais leur passer un coup de fil pour arranger ça, dit Alpert. Je dois les appeler pour affecter Ed aux recherches sur McCaleb et ferai en sorte qu'on me donne plus de personnel. J'irai droit au patron, Rusty Havershaw.

Rachel connaissait ce nom. Havershaw était le responsable de l'antenne de Los Angeles.

— Ça nous aidera bien, dit Doran.

— Vous dites que ç'avait un lien avec McCaleb. Lequel?

— Avez-vous vu le film?

— En fait, non, je ne m'en suis jamais donné l'occasion.

– Bon. Il faut savoir que McCaleb organisait des parties de pêche en mer à partir de Catalina. Je ne sais pas à quel point il était intégré dans le milieu de la pêche, mais il se peut qu'il ait connu certains des guides qui prenaient part à ces parties de poker.

– Je vois. C'est un peu tiré par les cheveux, mais oui, ça se peut. Ed, vous n'oublierez pas?

– Non, non. C'est pigé.

Quelqu'un frappa fort à la porte, mais Alpert s'en désintéressa. Cherie Dei alla ouvrir. Rachel vit que c'était Cates. Celui-ci murmura quelque chose à Dei.

– Autre chose, Brass? demanda Alpert.

– Pas pour l'instant. Je crois qu'il va falloir se concentrer plus sur L.A. et…

– Je vous demande pardon, dit Dei en faisant entrer Cates dans la pièce, mais… écoutez un peu.

Cates leva les mains en l'air comme s'il voulait leur faire comprendre que ce n'était pas grand-chose, non vraiment.

– Euh… je viens de recevoir un coup de fil du poste de garde à l'entrée du site, dit-il. Ils y retiennent un type qui vient d'arriver en voiture. C'est un privé de Los Angeles. Un certain… Huhromimbus Bosch. Il…

– Vous voulez dire… Hieronymus Bosch? demanda Rachel. Comme le peintre?

– Oui, voilà, c'est ça. Je ne connais pas de peintre de ce nom, mais c'est bien le nom que m'a donné le garde. Bon, bref, voilà. Ils l'ont mis dans un camping-car et ont jeté un coup d'œil à sa bagnole à son insu. Il avait un dossier sur le siège avant, avec des notes et des trucs, mais aussi des photos. Dont une qui est celle du bateau.

– Quoi? Le bateau de là-bas? demanda Alpert.

– Oui, celui qui marquait l'emplacement de la première tombe. Il y avait aussi un article sur les six disparus.

Alpert regarda tout le monde avant de parler.

– Cherie et Tom, dit-il enfin. Vous appelez la base de Nellis et vous leur dites de se tenir prêts avec un hélico. Allez, foncez. Et vous emmenez l'agent Walling avec vous.

1 8

Ils m'avaient mis dans un camping-car et m'avaient dit de faire comme chez moi. Il y avait une cuisine, une table et un coin où s'asseoir. Une fenêtre aussi, mais qui donnait sur le flanc d'un autre camping-car. La climatisation fonctionnait et empêchait l'odeur d'entrer, en gros. J'avais posé des questions, on ne m'avait pas répondu. On m'avait seulement dit que d'autres agents allaient venir me parler bientôt.

Une heure passant, j'avais eu tout le temps de réfléchir à ce sur quoi j'étais tombé. Aucun doute possible – c'était un endroit où l'on exhumait des cadavres. L'odeur, reconnaissable entre toutes, flottait dans l'air. Sans parler des deux vans banalisés que j'avais aperçus et qui n'avaient ni fenêtres ni lunette arrière. Je n'avais pas eu besoin de plus. On emportait des corps. Et pas qu'un seul.

Une heure et demie plus tard, je me retrouvais assis sur le canapé, à lire un bulletin du FBI vieux d'un mois que j'avais trouvé sur la table basse. J'entendis un hélicoptère passer au-dessus du camping-car, puis ses turbines qui ralentissaient, puis le silence après que l'engin eut atterri. Cinq minutes plus tard, la porte s'ouvrait sur les agents que j'attendais. Un homme et deux femmes. J'en reconnus une tout de suite mais sans pouvoir dire où je l'avais déjà vue. Grande, mignonne, la trentaine, cheveux noirs. Il y avait de la mort dans son regard, une mort que j'avais déjà vue ailleurs. Cette femme étant un agent, nos chemins avaient pu se croiser en mille endroits.

– Monsieur Bosch ? dit l'autre femme, celle qui dirigeait les opérations. Je me présente: agent spécial Cherie Dei. Voici mon associé Tom Zigo et l'agent Walling. Merci de nous avoir attendus.

— Parce que j'aurais eu le choix? Je n'aurais pas cru.

— Bien sûr. J'espère qu'on ne vous a pas donné l'ordre de ne pas bouger d'ici, dit-elle en souriant d'un air fourbe.

Je décidai de ne pas relever. Je n'avais pas envie de commencer du mauvais pied.

— Ça vous dérangerait qu'on passe à la cuisine et qu'on s'assoie à la table? reprit-elle. Je crois que ça irait mieux là-bas.

Je haussai les épaules comme si ça n'avait aucune importance alors que c'en avait et que je le savais. Ils allaient m'obliger à m'asseoir où ils voulaient et me coincer, un agent en face de moi et les deux autres de chaque côté. Je me levai et m'installai sur le siège qu'ils avaient prévu de me faire occuper, le dos au mur.

— Bien, enchaîna Dei après s'être assise en face de moi, qu'est-ce qui vous amène dans ce désert, monsieur Bosch?

J'y allai d'un deuxième haussement d'épaules. Je commençais à savoir faire.

— Je me rendais à Las Vegas et me suis arrêté pour chercher un endroit où vaquer à certaines affaires.

— De quel genre, ces affaires, monsieur Bosch?

Je souris.

— J'avais besoin de pisser, agent Dei.

Ce fut à son tour de sourire.

— Ah, et c'est comme ça que, par pur hasard, vous êtes tombé sur notre petit avant-poste.

— En gros, oui.

— En gros, oui.

— Il faut dire que c'est dur à louper. Combien vous avez de cadavres là-dedans?

— Qu'est-ce qui vous fait poser cette question? Qui parle de cadavres?

Je souris et hochai la tête. Elle allait jouer fin, et jusqu'au bout.

— Ça vous gênerait qu'on jette un coup d'œil à l'intérieur de votre voiture, monsieur Bosch? me demanda-t-elle.

— Parce que vous ne l'auriez pas déjà fait?

— Qu'est-ce qui vous le fait croire?

— J'ai été flic à L.A., agent Dei, et j'ai déjà travaillé avec le FBI.

— Ce qui fait que vous connaissez tout ça par cœur.

— Disons que je sais ce qu'est un site d'exhumation et que vous avez déjà regardé dans ma voiture. Vous voulez juste que je vous en donne l'autorisation pour pouvoir couvrir vos arrières. Eh bien non, cette autorisation, je ne vous la donne pas. Pas question d'ouvrir ma voiture.

Je regardai Zigo, puis Walling. C'est alors que je la remis et que quantité de questions remontèrent des profondeurs.

— Ça y est, je me souviens de vous, lui dis-je. Vous vous appelez bien Rachel, n'est-ce pas?

— Je vous demande pardon?

— En fait, on s'est rencontrés une fois. Il y a longtemps, à Los Angeles, division de Hollywood. Vous arriviez de Quantico. Vous traquiez le Poète et vous pensiez qu'un de nos inspecteurs des Homicides allait être sa prochaine victime. Tout ça, alors que vous étiez avec le Poète!

— Vous étiez aux Homicides?

— Exactement.

— Comment va Ed Thomas?

— Il a pris sa retraite, comme moi. Mais il a ouvert une librairie à Orange. Croyez-moi si vous voulez, mais il vend des romans policiers.

— Je vous crois.

— C'est vous qui avez abattu Backus, n'est-ce pas? Dans la maison sur la colline.

Rachel garda le silence, son regard me quittant pour aller se poser sur l'agent Dei. Il se passait quelque chose que je ne comprenais pas. Walling avait un petit rôle alors que de toute évidence elle aurait dû avoir le pas sur Dei et son associé, Zigo. Jusqu'au moment où je saisis. Elle avait dû être rétrogradée après le scandale qui avait suivi l'enquête sur le Poète.

Cette découverte m'en fit faire une autre. J'y allai à tout hasard.

— Ça remonte à loin, repris-je. C'était même avant Amsterdam.

Les yeux de Walling ne brillèrent qu'une fraction de seconde, mais je sus que j'avais fait mouche.

— Amsterdam? répéta aussitôt Dei. Comment êtes-vous au courant?

Je me tournai vers elle. Me remémorai le haussement d'épaules et l'en gratifiai.

— Faut croire que je sais, un point c'est tout. Parce que c'est autour de ça que ça tourne, non? Tous ces cadavres sont l'œuvre du Poète, non? Il est de retour, non?

Dei jeta un coup d'œil à Zigo et lui fit signe de prendre la porte. Il se leva et sortit du camping-car. Dei se pencha ensuite en avant afin que je comprenne bien que la situation et ce qu'elle allait me dire étaient des plus graves.

— Nous voulons savoir ce que vous faites ici, monsieur Bosch. Sachez que vous ne pourrez pas partir avant que nous sachions ce que nous voulons.

Je l'imitai en me penchant en avant à mon tour. Nos visages n'étaient plus qu'à cinquante centimètres l'un de l'autre.

— Votre gus, là-bas à l'entrée, m'a piqué mon permis de conduire. Je suis bien certain que vous l'avez examiné et que vous savez parfaitement ce que je fais. Je travaille sur une affaire. Et c'est confidentiel.

Zigo revint dans la pièce. Petit et râblé, il devait être aux normes physiques du FBI, mais de justesse. Il s'était coupé les cheveux court, comme un militaire. Il tenait dans sa main le dossier de McCaleb sur les disparus. Je savais que s'y trouvaient les photos stockées dans son ordinateur et que j'avais imprimées. Zigo posa le dossier devant Dei, qui l'ouvrit. La photo du vieux bateau était la première. Dei la prit et me la glissa sur la table.

— Où avez-vous trouvé ça?

— C'est confidentiel.

— Pour qui travaillez-vous?

— C'est confidentiel.

Elle feuilleta les photos, arriva à celle de Shandy que Terry avait prise en douce et me la montra.

— Qui est-ce?

— Je n'en suis pas absolument sûr, mais il me semble que c'est l'illustre Robert Backus depuis si longtemps disparu.

— Quoi?! s'exclama Walling.

Elle se pencha en avant et arracha le cliché à Dei. Je regardai ses yeux qui remuaient tandis qu'elle l'examinait.

— Ah, mon Dieu! murmura-t-elle.

Elle se leva et emporta la photo jusqu'au comptoir de la cuisine. Puis elle l'y posa et l'examina de nouveau.

— Rachel? lança Dei. Vous ne dites plus rien.

Dei revint au dossier. Elle sortit les autres photos de Shandy et les étala sur la table. Puis elle leva les yeux vers moi.

— Où avez-vous pris ces photos? me demanda-t-elle, le regard enflammé.

— Ce n'est pas moi qui les ai prises.

— Alors, qui c'est? Et ne me servez pas votre «c'est confidentiel» ou vous allez vous retrouver au fond d'un grand trou tout noir jusqu'à ce que plus rien ne soit confidentiel. C'est votre dernière chance.

Les grands trous noirs du FBI, je connaissais [1]. Je savais que, s'il le fallait, je pouvais lui casser sa baraque. Cela dit, j'avais envie d'aider. Je savais que je le devais. Il fallait que j'équilibre ce désir avec ce qui était le plus utile à Graciela McCaleb. J'avais une cliente et je devais la protéger.

— Que je vous dise, lui répliquai-je. J'ai envie de vous aider, mais j'ai aussi envie que vous me donniez un coup de main. Alors laissez-moi passer un coup de fil, que je sache si on m'autorise à passer outre à la confidentialité. Qu'est-ce que vous en pensez?

— Vous avez besoin d'un téléphone?

— J'en ai un. Mais je ne sais pas trop si ça passera ici.

— Ça passera. On a installé un répéteur.

— C'est mignon. Vous pensez vraiment à tout.

— Passez votre coup de fil.

— En privé, s'il vous plaît.

— Nous allons vous laisser. Cinq minutes, monsieur Bosch.

J'avais de nouveau droit à «monsieur Bosch». Ça s'améliorait.

— En fait, je préférerais que vous restiez ici pendant que j'irai faire un tour dans le désert. Ça sera plus privé.

— Vous faites comme vous voulez, mais vous faites. C'est tout.

Je laissai Rachel debout devant le comptoir à dévorer la photo des yeux, et Dei assise à la table, à étudier le dossier. Zigo m'escorta

1. Cf. *Lumière morte,* publié dans cette même collection *(NdT).*

dehors, jusqu'au terrain d'atterrissage de fortune. Arrivé là, il s'arrêta, me laissa partir et alluma une cigarette sans me lâcher des yeux. Je sortis mon portable et jetai un coup d'œil à mes dix derniers appels. Je choisis le numéro de Buddy Lockridge et l'entrai. Je savais que j'avais une bonne chance de le joindre, son téléphone étant lui aussi un portable.

– Oui?

J'eus l'impression que ce n'était pas lui.

– Buddy?

– Oui. Qui est-ce?

– Bosch. Où êtes-vous?

– Je suis au lit, mec. Vous n'arrêtez pas de m'appeler quand je suis au lit.

Je consultai ma montre. Il était midi passé.

– Bon, ben, debout, Lockridge. J'ai besoin de vos services.

Son ton se fit aussitôt alerte.

– Ça y est, je suis debout. Qu'est-ce que vous voulez?

J'essayai de bâtir un plan en quatrième vitesse. D'un côté, je m'en voulais de ne pas avoir emporté l'ordinateur de McCaleb, mais de l'autre je savais que, si je l'avais fait, il aurait atterri entre les mains du FBI et ne me servirait plus à grand-chose.

– J'ai besoin que vous alliez tout de suite au *Following Sea*. Vite! En fait même, tenez… prenez un hélico et je vous rembourserai. Vous y allez et vous montez à bord.

– Pas de problème. Et après?

– Après, vous allumez l'ordinateur de Terry, vous ouvrez le dossier photos et vous imprimez les clichés où on voit Shandy de face et de profil. Vous pouvez me faire ça?

– Oui, mais je croyais que vous aviez déjà impri…

– Je sais, Buddy, mais j'ai besoin que vous fassiez d'autres tirages. Vous me les imprimez et vous allez voir dans les dossiers sur la couchette du haut. Je ne sais plus où c'est, mais il y en a un sur un certain Robert Backus. C'est un…

– Le Poète… oui, je sais lequel.

Ben tiens, faillis-je dire.

– Bon, parfait. Vous prenez le dossier et les photos et vous m'apportez tout ça à Las Vegas.

— A Las Vegas ? Je croyais que vous étiez à San Francisco.

L'espace d'un instant cela me fit perdre le fil, puis je me rappelai le mensonge que je lui avais servi pour qu'il ne sache pas où j'allais.

— J'ai changé d'idée, lui renvoyai-je. Vous m'apportez tout ça à Las Vegas, vous prenez une chambre d'hôtel et vous attendez que je vous appelle. Assurez-vous que la batterie de votre portable soit toujours bien chargée, mais ne m'appelez pas. C'est moi qui vous téléphonerai.

— Comment ça se fait que je ne puisse pas vous appeler dès que je serai arrivé ?

— Ça se fait que dans vingt minutes je pourrais bien ne plus avoir mon portable. Allez, en route, Buddy.

— Vous me rembourserez tout, n'est-ce pas ?

— Je vous rembourserai. Et vous serez aussi payé pour le temps passé. La pendule tourne, Buddy, dépêchez-vous.

— Bon, bon, je démarre. Il y a un ferry dans vingt minutes, vous savez ? Je pourrais le prendre et vous économiser un paquet de fric.

— Prenez un hélico. Vous arriverez une heure avant et cette heure, j'en ai besoin.

— Bon, bon, j'y vais.

— Et… Buddy ? Ne dites à personne où vous allez et ce que vous faites.

— Entendu.

Il raccrocha et je jetai un coup d'œil à Zigo avant de me déconnecter. Il avait mis des lunettes noires, mais semblait m'observer. Je fis semblant d'avoir perdu le signal et criai plusieurs fois «Allô» dans mon portable. Puis je le refermai, le rouvris et entrai le numéro de Graciela. La chance continuait de me sourire. Elle était chez elle et décrocha tout de suite.

— Graciela, c'est Harry, lui dis-je. Il se passe des choses et j'ai besoin de votre autorisation pour parler de mon enquête et de la mort de Terry au FBI.

— Le FBI ? Harry, je vous ai dit que je ne pouvais pas aller les voir en premier. Pas avant de…

— Je ne suis pas allé les voir. Ce sont eux qui me sont tombés dessus. Je suis en plein désert, Graciela. Certaines choses que j'ai trouvées dans le bureau de Terry m'ont conduit ici, où le FBI m'avait précédé. Je crois qu'il n'y a pas de danger à parler. Pour moi, l'individu qu'ils cherchent ici est celui qui a fait du mal à Terry. Je ne pense pas que ça vous retombe sur le nez. Plus maintenant. Je me sens obligé de leur parler et leur dire ce que je sais. Ça pourrait les aider à coincer ce type.

– Qui est-ce?

– Un certain Robert Backus. Ce nom vous dit-il quelque chose? Terry l'a-t-il jamais mentionné?

Le silence se fit pendant qu'elle réfléchissait.

– Je ne crois pas, non. Qui est-ce?

– Un type avec lequel il a travaillé.

– Un agent du FBI?

– Oui. Ils l'appelaient le Poète. Terry ne vous en a jamais parlé?

– Si, il y a longtemps. Enfin, je veux dire… il y a trois ou quatre ans. Je me souviens qu'il était assez troublé parce que ce type était censé être mort mais qu'en fait il ne l'était pas. Quelque chose comme ça.

Ça devait être à l'époque où Backus avait prétendument refait surface à Amsterdam. Terry avait dû obtenir les dossiers internes de l'enquête.

– Mais rien depuis?

– Non, je ne me rappelle pas.

– Bon, merci, Graciela. Alors… qu'est-ce que vous en pensez? Je ne peux pas leur parler à moins d'avoir votre consentement. Je crois que ça ne posera pas de problèmes.

– Alors, allez-y. Si vous croyez que ça peut aider…

– Ça veut dire qu'ils passeront vous voir dans pas longtemps, «ils» étant les agents du FBI. Et qu'ils ramèneront le *Following Sea* sur le continent pour l'examiner.

– Pour quoi faire?

– Pour y trouver des preuves. Ce type est monté à bord. D'abord comme client, puis il est revenu en douce. C'est là qu'il a changé les médicaments.

– Oh.

– Ils passeront aussi chez vous. Et ils voudront vous parler. Dites-leur la vérité, Graciela. Toute la vérité. Ne leur cachez rien et tout ira bien.

— Vous en êtes sûr, Harry?

— Oui. Alors… vous êtes d'accord?

— Oui, je suis d'accord.

Nous nous dîmes au revoir et je raccrochai. Tout en revenant vers Zigo, je rouvris mon téléphone et appelai chez moi. Puis je me déconnectai et répétai l'opération neuf fois de suite afin d'effacer toute trace de mes appels à Buddy Lockridge et à Graciela McCaleb. Si ça tournait mal au camping-car et que Dei veuille savoir qui j'avais appelé, elle aurait du mal à y arriver. Mon portable ne lui apprendrait rien. Elle serait obligée d'aller voir la compagnie du téléphone avec une commission rogatoire.

Je m'approchais lorsque Zigo comprit ce que je faisais. Il sourit et hocha la tête.

— Vous savez, me dit-il, si nous avions voulu savoir qui vous appeliez, nous aurions repéré vos numéros en plein vol!

— C'est pas vrai!

— Si. Si nous l'avions voulu…

— Putain! Vous savez que vous êtes vraiment géniaux?

Il me regarda par-dessus ses lunettes de soleil.

— Ne jouez pas au con, Bosch. Au bout d'un moment, ça fatigue.

— C'est vrai que, là-dessus, vous en connaissez un rayon.

19

Zigo me ramena au camping-car sans ajouter un mot. L'agent Dei m'attendait à la table. Rachel Walling, elle, était toujours debout près du comptoir. Je m'assis calmement et regardai Dei.

— Ça s'est bien passé? me demanda-t-elle d'un ton aimable.

— Très bien. J'ai le droit de vous parler. Mais pas question s'il n'y a pas de renvoi d'ascenseur. On échange. Je réponds à vos questions, vous répondez aux miennes.

Elle hocha la tête.

— Euh… c'est pas comme ça que ça marche. Il s'agit d'une enquête du FBI. Nous n'échangeons pas de renseignements avec des amateurs.

— Parce que pour vous, je serais un amateur? Je vous apporte la photo du grand disparu Robert Backus et c'est moi, l'amateur?

Je sentis qu'on bougeait et me tournai vers Rachel. Elle avait porté la main à son visage pour masquer son sourire. Dès qu'elle me vit la regarder, elle se tourna vers le comptoir et fit semblant de se remettre à examiner la photo du Poète.

— Sauf qu'on ne sait même pas si c'est du Poète qu'il s'agit, me renvoya Dei. Ce que vous avez, c'est un type avec une barbe, une casquette et des lunettes noires. Ça pourrait être n'importe qui.

— Y compris le type qui est censément mort mais qui, Dieu sait comment, a réussi à tuer cinq mecs à Amsterdam il y a quelques années de ça et maintenant… combien ici? six? Ou alors… il y en aurait plus que les six recensés dans l'article?

Elle me décocha un sourire pincé – très désagréable.

– Écoutez… peut-être que vous vous époustouflez beaucoup avec ça, mais nous, ça ne nous convainc pas. Pour finir, on arrive toujours au même résultat: vous voulez partir d'ici, vous nous causez. Et maintenant que vous avez la permission de votre client, je vous suggère de commencer par nous dire qui est ce client, justement.

Je me renversai en arrière. Une vraie forteresse, cette femme, et je ne voyais pas comment y ouvrir une brèche. Cela étant, j'avais déjà arraché un sourire à Rachel Walling. Je pourrais peut-être passer par-dessus les remparts avec elle un peu plus tard.

– Mon client est Graciela McCaleb. La femme de Terry McCaleb.

Dei cligna des paupières, mais se remit aussitôt de sa surprise. Ou alors… ce n'en était pas une? Seulement la confirmation de quelque chose?

– Et pourquoi vous a-t-elle embauché?

– Parce que quelqu'un a trafiqué les médicaments de son mari et l'a tué.

Cela jeta un froid. Rachel s'éloigna lentement du comptoir et regagna sa chaise. Sans beaucoup de questions ou de directives de Dei, je leur racontai la manière dont j'avais été appelé par Graciela, leur donnai des détails sur les médicaments trafiqués et leur fis le compte rendu de mon enquête jusqu'à mon arrivée dans le désert. Et commençai à me dire que rien de ce que je leur racontais ne semblait vraiment les surprendre. Qu'en fait, ç'avait plus l'air de leur confirmer des choses ou alors que je leur racontais une histoire dont ils connaissaient déjà des morceaux. Quand j'eus fini, Dei me posa quelques questions destinées à éclaircir certains points concernant mes déplacements, Zigo et Walling ne me demandant, eux, absolument rien.

– Bien, reprit Dei quand j'eus terminé. Voilà une histoire qui ne manque pas d'intérêt. Et si vous nous donniez un peu votre perspective? Quel sens tout cela a-t-il à vos yeux?

– C'est vous qui me demandez ça? Et moi qui croyais que c'était la spécialité de Quantico! On met tout au mixer et on vous sort un profil et toutes les réponses…

– Ne vous inquiétez pas, ce sera fait. Mais j'aimerais bien savoir ce que vous en pensez, vous.

– Eh bien… dis-je, mais je ne poursuivis pas.

J'essayais de mettre tout ça dans mon mixer à moi, Robert Backus constituant le dernier ingrédient du plat.

– Eh bien… quoi?

– Je m'excuse, j'essayais seulement d'organiser tout ça dans ma tête.

– Contentez-vous de nous dire ce que vous pensez.

– Quelqu'un ici a-t-il connu Terry McCaleb?

– Nous le connaissions tous. Je ne vois pas le rapport avec…

– Non, je veux dire: quelqu'un l'a-t-il connu vraiment?

– Moi, pendant un certain temps, dit Rachel. Nous avons travaillé sur plusieurs affaires, mais je l'avais perdu de vue. De fait, je ne savais même pas qu'il était mort jusqu'à aujourd'hui.

– Vous devez donc savoir, et vous le saurez dès que vous aurez passé sa maison, son bateau et tout le reste au peigne fin, qu'il enquêtait toujours sur certaines affaires. Il n'arrivait pas à laisser tomber. Il travaillait sur certains de ses anciens dossiers non résolus, mais aussi sur des nouveaux. Il lisait les journaux et regardait la télé. Il appelait les flics pour des affaires qui l'intéressaient et leur offrait sa collaboration.

– Et c'est pour ça qu'il serait mort? demanda Dei.

J'acquiesçai d'un signe de tête.

– En dernier ressort, oui. Je le crois. En janvier, le *L.A. Times* a publié l'article rangé dans le dossier que vous avez sous les yeux. Terry l'a lu et s'est intéressé à l'affaire. Il a appelé les flics de Las Vegas pour leur offrir son aide. Ils ont refusé: ça ne les intéressait pas. Mais lâcher son nom au journal du coin quand il a été décidé de publier un nouvel article sur les disparus, ils n'étaient pas au-dessus de ça.

– Et ça remonte à quand?

– Au début février. Je suis sûr que vous pouvez vérifier. Quoi qu'il en soit, c'est cet article mentionnant son nom qui lui a valu la visite du Poète.

– Écoutez… nous ne confirmons rien sur le Poète, d'accord?

– Ben tiens! Comme vous voulez. Tenez, vous pouvez même prendre tout ça comme une hypothèse de travail si ça vous amuse!

– Continuez.

– Ces hommes, c'était quelqu'un qui les enlevait… et maintenant, nous le savons, il les enterrait dans le désert. Comme n'importe quel tueur en série qui se respecte, il suivait la presse pour voir si on ne commençait pas à comprendre ce qu'il fabriquait. Il voit le deuxième article et y découvre le nom de McCaleb. C'est un ancien collègue. Pour moi, il devait le connaître d'avant. De Quantico, avant que Terry ne vienne installer l'antenne des Sciences du comportement à Los Angeles. Avant qu'il ne doive lâcher à cause de son cœur.

— En fait, Terry est le premier agent que Backus ait formé dans l'unité, dit Walling.

Dei la regarda comme si elle avait trahi sa confiance. Walling l'ignora et cela me plut.

— Eh bien voilà, dis-je. C'était ça le lien qui les unissait. Bref, Backus découvre son nom dans le journal et là, de deux choses l'une : ou bien il y voit un défi ou bien il sait que McCaleb ne lâche jamais le morceau et qu'il va continuer malgré le manque d'intérêt apparent que lui témoigne la police de Las Vegas.

— Donc, il s'attaque à McCaleb, conclut Dei.

— Exactement.

— McCaleb qu'il devra éliminer d'une manière qui ne soulève pas de questions, ajouta Rachel.

— Exactement.

Je jetai un coup d'œil à Zigo. C'était le moment ou jamais de se manifester, mais il garda le silence.

— Et donc, il va là-bas et il enquête, repris-je. Barbe, casquette, lunettes de soleil et sans doute aussi un peu de chirurgie esthétique pour faire bon poids. Il demande à Terry de l'emmener faire une partie de pêche.

— Et Terry ne sait pas que c'est lui, dit Rachel.

— Il s'est douté de quelque chose, mais de quoi ? Je ne sais pas trop. Ces photos font partie d'une série. Terry savait qu'il y avait anguille sous roche et a pris d'autres clichés. Cela dit, je crois que s'il avait su que c'était Backus, il s'en serait occupé. Il ne l'a pas fait et moi, ça me dit qu'il n'était pas très sûr de lui ou ne connaissait pas l'identité du gars.

Je regardai Rachel.

— Vous avez vu ces photos, lui dis-je. C'est lui ? Enfin, je veux dire… simple hypothèse de travail.

— Je ne peux pas dire, hypothèse de travail ou pas. On ne voit pas ses yeux et pas assez son visage. Si c'est lui, il est passé sur le billard. Son nez n'est pas pareil. Même chose pour ses joues.

— Tout ça se change facilement, lui dis-je. Venez donc faire un tour à Los Angeles et je vous mettrai en contact avec un type de Hollywood qui travaille pour les sociétés d'escorte. Il a quelques photos avant et après qui vous feront chanter les louanges de la science médicale tellement c'est merveilleux!

— Je n'en doute pas, répondit Dei alors que c'était à Rachel que je m'adressais. Et après? Quand est-ce qu'il trafique les médicaments de McCaleb?

Je voulais consulter mon suivi chronologique, mais mon carnet se trouvait dans la poche de ma veste. Ils ne m'avaient pas encore fouillé et j'avais très envie de le garder, voire de me tirer avec.

— Euh... disons qu'environ quinze jours après l'expédition en mer, le bateau a été cambriolé. Un GPS a été volé, mais pour moi ce n'était qu'une couverture au cas où Terry aurait compris que quelqu'un... quoi? qu'est-ce qu'il y a?

Je surveillais leurs réactions – le GPS ne leur était pas inconnu.

— Quel genre de GPS était-ce? me demanda Rachel.

— Rachel! l'interrompit aussitôt Dei. Vous êtes ici en observatrice, vous vous rappelez?

— Un Gulliver, répondis-je. Je ne me rappelle plus exactement le modèle. Le procès-verbal du shérif est à bord. En fait, ce GPS n'appartenait pas à Terry, mais à son associé.

— Vous connaissez son nom? voulut savoir Dei.

— Oui. Il s'appelle Buddy Lockridge. Vous vous rappelez le film?

— Je ne l'ai pas vu. Que savez-vous sur le passé de ce GPS?

— Buddy m'a dit qu'il l'avait gagné au cours d'une partie de poker. Il y avait plein de bons coins de pêche marqués dessus. Ça l'a foutu en colère qu'on le lui ait volé; pour lui, c'est un autre guide de pêche qui le lui avait piqué.

Rien qu'à leurs réactions je savais que je mettais dans le mille à chaque coup. Le GPS était d'une importance capitale. Il n'avait pas servi qu'à couvrir autre chose. Je m'étais trompé sur ce point. Il me fallut une bonne minute, mais je finis par comprendre.

— Ah, ça y est, dis-je. C'est grâce à ce GPS que vous avez trouvé cet endroit, c'est ça? Backus vous a envoyé le GPS avec le point de localisation dessus. Il vous a amenés ici comme il l'a fait avec Terry.

— Il ne s'agit pas de nous, mais de vous, me répliqua Dei.

Mais jeter un seul coup d'œil à Rachel me donna la confirmation de ce que je pensais. Je passai à la déduction suivante et conclus que c'était à elle qu'on l'avait envoyé. C'était pour ça qu'elle était là en qualité d'observatrice. Backus l'avait appelée comme il avait appelé Terry.

— Vous dites que Terry est le premier agent que Backus ait formé dans l'unité. Qui est le second?

— Poursuivons, vous voulez bien? me lança Dei.

Rachel n'avait pas répondu, mais me gratifia de son infime sourire, celui qui me semblait si triste dans ses grands yeux morts. Elle me faisait comprendre que je ne m'étais pas trompé. C'était bien elle qui avait suivi l'enseignement de Backus après McCaleb.

— J'espère que vous prenez les précautions adéquates, dis-je.

Dei ouvrit le dossier sur la table.

— En fait, ça ne vous regarde pas, dit-elle. Bon et maintenant… il y a dans vos notes des choses sur lesquelles j'aimerais vous poser quelques questions. Et d'un, qui est William Bing?

Je la regardai. Elle croyait qu'il s'agissait de mon dossier et de mes notes.

— Je ne sais pas. C'est juste un nom sur lequel je suis tombé.

— Où?

— Je crois que Terry l'avait noté quelque part. Pour l'instant, je ne sais toujours pas qui c'est.

— Et cette théorie du triangle, c'est quoi?

— Et pour vous?

— Ne m'agacez pas, monsieur Bosch. N'essayez pas de jouer au plus malin.

— Cherie? lança Rachel.

— Quoi?

— Je crois que ce sont les notes de Terry.

Dei baissa les yeux sur son dossier et s'aperçut que Rachel avait raison. Je regardai Rachel comme si je souffrais qu'elle m'ait dénoncé. Dei referma brutalement le dossier.

— Bon, évidemment, dit-elle, puis elle leva les yeux sur moi. Vous savez ce que ça signifie?

— Non, mais j'ai l'impression que vous allez me le dire.

— Ça signifie qu'à partir de maintenant, c'est nous qui reprenons l'affaire. Vous pouvez rentrer à L.A. tout de suite.

— Ce n'est pas là que je vais. Je vais à Las Vegas. J'y ai un appartement.

— Vous allez où vous voulez, mais vous vous tenez à l'écart de cette enquête. Nous la reprenons, officiellement.

— Vous savez que je ne travaille pour aucun service de police, agent Dei. Cela veut dire que vous ne pouvez rien me reprendre à moins que je ne le veuille. Je suis détective privé.

Elle hocha la tête comme si elle comprenait la situation dans laquelle je me trouvais.

— Pas de problème, monsieur Bosch. Nous parlerons avec votre patron tout à l'heure et vous serez sans emploi avant le coucher du soleil.

— J'essaie juste de gagner ma vie, moi.

— Et moi, j'essaie juste d'attraper un tueur. Donc, comprenez-moi bien: nous n'avons plus besoin de vos services. Vous vous tenez à l'écart. Vous êtes jeté. Fini. Suis-je assez claire?

— Vous pourriez pas me l'écrire noir sur blanc?

— Vous savez quoi? Je crois que vous devriez filer et rentrer chez vous tant qu'il en est encore temps. Tom? Vous voulez bien aller chercher le permis et les clés de M. Bosch et l'escorter jusqu'à sa voiture?

— Avec joie! s'écria Zigo qui n'avait rien dit depuis qu'il avait réintégré le camping-car.

Je tendis la main pour reprendre le dossier, mais Dei l'écarta.

— Nous allons garder ça, dit-elle.

— Pas de problème. Bonne chance, agent Dei.

— Merci.

Je suivis Zigo jusqu'à la porte. Puis je jetai un coup d'œil par-dessus mon épaule et adressai un hochement de tête à Rachel, qui me le renvoya. Je crois bien avoir vu une étincelle de lumière s'allumer dans ses yeux.

20

Les trois agents du FBI parlaient toujours de Bosch lorsque, l'hélicoptère s'étant arraché au désert, ils entamèrent leur petit voyage de quarante minutes pour rentrer à Las Vegas. Les trois agents s'étaient mis des casques pour pouvoir discuter malgré le bruit du rotor. Dei étant toujours très agacée par le détective privé, Rachel se demanda si sa collègue ne se sentait pas dépassée par Bosch. Cela l'amusait beaucoup. Elle savait qu'il n'avait pas dit son dernier mot. Il avait le regard de quelqu'un qui a tout vu et le petit hochement de tête dont il l'avait gratifiée à la fin de la réunion lui disait qu'il n'était pas du tout décidé à plier bagage et réintégrer ses foyers.

— Et cette théorie du triangle, hein? demanda Dei.

Rachel attendit que Zigo attaque en premier, mais il garda le silence, comme à son habitude.

— Je crois que Terry était sur une piste, répondit-elle. Quelqu'un devrait la reprendre.

— Pour l'instant, je ne sais pas si on a assez de bonshommes pour suivre toutes ces pistes. Je vais demander à Brass si elle a quelqu'un. Et ce William Bing, hein... c'est la première fois qu'on voit son nom.

— A mon avis, c'est un médecin. Terry avait décidé de venir ici et voulait sans doute avoir quelqu'un à appeler en cas de pépin.

— Rachel... vous pourriez vérifier quand on rentrera? Je sais ce qu'a dit Alpert, vous n'êtes ici qu'en qualité d'observatrice et tout et tout, mais si c'est juste un truc en l'air, ça vaudrait peut-être le coup d'en être sûr.

– Pas de problème. Je peux le faire de mon hôtel si vous ne voulez pas qu'il me voie faire des recherches par téléphone.

– Non, restez à l'antenne locale. S'il ne vous voit pas, il va commencer à se demander ce que vous fabriquez.

Dei, qui se trouvait à la place du passager avant, se tourna pour regarder Rachel assise derrière le pilote.

– Et c'était quoi, votre petit micmac à tous les deux?

– Que voulez-vous dire?

– Vous savez très bien de quoi je parle. Vous et Bosch… Tous ces petits regards et ces sourires. Et ce «j'espère que vous prenez les précautions adéquates», hein? C'est quoi, ce truc, Rachel?

– Écoutez. Il est seul contre tous, non? Ça serait si anormal que ça qu'il essaie de trouver quelqu'un à manipuler? Ça fait même l'objet d'un passage dans le manuel des techniques d'interrogatoire. Vous feriez bien d'aller y voir.

– Et vous? Vous aussi, vous essayez de le manipuler? Ça aussi, c'est dans le manuel?

Rachel hocha la tête comme pour écarter la discussion.

– J'aime bien son style, c'est tout. Il se conduit comme s'il avait toujours l'insigne, vous savez? Il ne s'est pas mis à genoux devant nous et moi, je trouve ça plutôt cool.

– Vous êtes dans votre trou perdu depuis trop longtemps, Rachel. Sinon, vous ne diriez pas ça. Nous n'aimons pas les gens qui ne se mettent pas à genoux devant nous.

– C'est pas impossible, oui.

– Bref, ça veut dire qu'il va nous causer des ennuis?

– Et comment! s'exclama Zigo.

– Probablement, ajouta Rachel.

Dei hocha la tête.

– J'ai pas assez de gens pour tout ça. Je ne peux pas passer mon temps à surveiller ce type.

– Vous voulez que je m'en occupe? demanda Rachel.

– Quoi? Vous vous portez volontaire?

– Je cherche quelque chose à faire. Alors, oui, je me porte volontaire.

– Vous savez, avant le 11 septembre et la loi sur la sécurité du territoire, on obtenait tout ce qu'on voulait. Coincer des tueurs en série, y avait pas mieux pour le Bureau côté grosses manchettes. Maintenant, y en a plus que pour les terroristes vingt-quatre heures sur vingt-quatre et on n'a même plus le droit de faire des heures sup.

Rachel remarqua qu'elle refusait obstinément de lui dire si elle voulait qu'elle surveille Bosch ou pas. Jolie façon de pouvoir nier si jamais quelque chose tournait de travers. Elle décida de coincer Dei dès qu'elle aurait réintégré l'antenne locale et de l'obliger à vérifier si Bosch avait effectivement un appartement à Las Vegas. Elle pourrait alors essayer de voir ce qu'il avait dans le crâne et le surveiller de loin.

Elle regarda par la vitre le ruban de goudron noir qui coupait à travers le désert. Ils allaient le suivre jusqu'à la ville. Puis elle remarqua un 4 × 4 Mercedes Benz noir qui filait dans la même direction qu'eux. Et tout de suite après le dessin. Il s'était servi d'un chiffon pour dessiner un grand sourire dans la poussière blanche qui s'était amassée sur le toit du véhicule. Ça aussi, ça la fit sourire.

La voix de Dei lui arriva dans le casque.

– Qu'est-ce qu'il y a, Rachel ? Qu'est-ce qui vous fait sourire ?

– Oh, rien. Je pensais à un truc.

– Génial, moi aussi j'aimerais bien être capable de sourire en sachant qu'un agent cinglé attend peut-être le moment de m'enfermer la tête dans un sac en plastique.

Rachel la regarda, suffoquée par cette sortie aussi narquoise que méchante. Dei eut l'air de voir quelque chose dans son regard.

– Je m'excuse, dit-elle. Je pense seulement que vous devriez commencer à prendre tout ça plus au sérieux.

Rachel la fixa des yeux jusqu'à ce qu'elle se sente obligée de se détourner.

– Vous croyez vraiment que je ne prends pas cette affaire au sérieux ?

– Non, je sais bien que si. J'aurais mieux fait de me taire.

Rachel contempla l'I-15 qui filait sous elle. Il y avait longtemps que la Mercedes noire avait disparu. Bosch était loin derrière.

Elle étudia le terrain un bref instant. Tout y était différent et pourtant identique. Le paysage était celui d'un tapis lunaire de sable et de roche. Elle savait que la vie y abondait, mais cette vie se cachait. Prédateurs et victimes évoluaient sous terre et attendaient la nuit pour sortir.

– Mesdames et messieurs, lança le pilote. Veuillez passer sur le canal numéro trois. Vous avez un appel.

Rachel dut ôter son casque pour comprendre comment changer de fréquence. Elle songea que ce modèle de casque était vraiment mal conçu. Lorsque enfin elle le remit, elle entendit la voix de Brass Doran. Elle parlait à toute allure comme elle ne manquait jamais de le faire, Rachel s'en souvint, lorsque quelque chose d'énorme venait de se produire.

– … pour cent. Ça vient de lui, c'est sûr.

– Quoi? dit Rachel. Je n'ai rien entendu.

– Brass, dit Dei, recommencez.

– Je disais qu'on a une correspondance avec la base de données des morsures. Le chewing-gum…. quatre-vingt-quinze pour cent, j'ai rarement vu une correspondance aussi élevée.

– Et… c'est qui? demanda Rachel.

– Rach, tu vas adorer! s'exclama Brass. Ted Bundy! C'est Ted Bundy qui a mâché ce chewing-gum!

– Ce n'est pas possible! s'exclama Dei. Et d'un, Ted Bundy est mort depuis des années, bien avant que le premier de ces types commence à disparaître. Et de deux, il n'est jamais venu au Nevada ou en Californie et n'a jamais pris des mecs pour cibles. Y a quelque chose qui cloche dans les données. On aura mal lu ou alors…

– Non, on l'a repassé deux fois. Et les deux fois, ça nous a donné Ted Bundy.

– Non, dit Rachel, c'est bien ça.

Dei se retourna pour la regarder. Rachel pensait à Bundy. Le summum côté tueurs en série. Beau, intelligent et plein de haine. Et Monsieur mordait, ça aussi. Le seul tueur à lui avoir jamais donné la chair de poule. Les autres ne lui inspiraient que mépris et dégoût.

– Comment le savez-vous, Rachel?

– Je le sais, c'est tout. Il y a vingt-cinq ans de ça, Backus a aidé le FBI à monter la base de données du VICAP[1], Brass s'en souvient

---

1. Violent Crime Apprehension Program *(NdT)*.

sûrement. Les données ont été collectées pendant huit ans. Des agents de l'unité ont été envoyés interroger tous les violeurs et tueurs en série incarcérés dans le pays. C'était avant que j'entre au FBI, mais même après, quand j'y étais, on a continué à interroger ce genre de types et à ajouter des données à la base. Bundy a été interrogé plusieurs fois, essentiellement par Bob. On a passé trois jours à le questionner. Je me rappelle que Bob n'arrêtait pas de lui emprunter du chewing-gum. Du Juicy Fruit. C'était ça que mâchait Ted Bundy.

— Et quoi? Il le recrachait dans la main de Bob après? demanda Zigo d'un ton incrédule.

— Non, il le balançait à la poubelle. On l'interrogeait dans le bureau du couloir de la mort. Il y avait une poubelle. A la fin de la journée, Bundy était reconduit à sa cellule. Bob était souvent seul dans ce bureau. Il a très bien pu ramasser ce chewing-gum dans la poubelle.

— Vous êtes donc en train de nous raconter que Bob a plus ou moins fait cette poubelle pour avoir ce chewing-gum et qu'il l'a gardé rien que pour pouvoir le mettre dans une tombe des années plus tard?

— Ce que je dis, c'est qu'il a sorti ce bout de chewing-gum de la prison en sachant que les dents de Bundy y étaient imprimées. Au début, ce n'était peut-être qu'un souvenir. Mais plus tard, c'est devenu autre chose. Quelque chose pour nous narguer, peut-être.

— Et où l'aurait-il gardé? Dans son frigo?

— Peut-être. Moi, c'est là que je l'aurais mis.

Dei se retourna sur son siège.

— Qu'est-ce que vous en pensez, Brass? demanda-t-elle.

— J'en pense que j'aurais dû y penser moi aussi. J'en pense que Rachel tient quelque chose. J'en pense que, de fait, Bob et Ted Bundy s'entendaient bien. Il est allé le voir plusieurs fois. Et parfois tout seul. Ce chewing-gum, il aurait pu le prendre à n'importe lequel de ces moments.

Rachel regarda Dei hocher la tête en signe d'assentiment.

Zigo s'éclaircit la gorge.

— Et donc, pour lui ce n'était qu'une autre manière de nous dire que c'est lui qui a fait tout ça et combien c'était astucieux!? Qu'un énième moyen de se payer notre tête? D'abord le GPS avec ses empreintes et maintenant le bout de chewing-gum?

– On dirait bien, lança Doran.

Ce n'était pas aussi simple, et Rachel le savait. Elle hocha inconsciemment la tête et Zigo, qui était assis à côté d'elle, s'en aperçut.

– Vous n'êtes pas d'accord, agent Walling? demanda-t-il.

Rachel songea qu'il avait dû suivre les cours de bonne entente entre collègues manière Randall Alpert.

– Il me semble seulement que ce n'est sans doute pas aussi simple que ça. On se trompe d'approche. N'oubliez pas que c'est le GPS et les empreintes qui sont arrivés en premier, mais que le bout de chewing-gum était dans la tombe bien avant ça. Peut-être voulait-il qu'on le trouve en premier. Avant qu'on ait découvert le moindre rapport avec lui.

– Et si c'est le cas, à quoi cela pouvait-il servir? demanda Dei.

– Je ne sais pas. Je n'ai pas la réponse à cette question. Tout ce que je dis, c'est que pour l'instant il vaudrait mieux ne pas croire qu'on connaît son plan ou même seulement qu'on a compris cette petite séquence d'événements.

– Rachel, vous savez bien qu'on analyse toujours tout avec un esprit ouvert. Nous prenons les choses comme elles viennent et nous n'arrêtons pas de les éclairer de trente-six manières différentes.

On aurait dit une devise collée au mur d'un bureau des relations publiques de Quantico, où au bout du fil les agents du FBI avaient toujours de savoureuses déclarations à faire à la presse sur leurs manières de procéder. Rachel décida de ne pas poursuivre l'engagement avec Dei sur ce point. Elle devait veiller à ne pas se rendre indésirable et sentait qu'elle n'en était plus très loin avec son ancienne stagiaire.

– Oui, je sais, dit-elle.

– Bon, alors… autre chose, Brass?

– Non, c'est tout. Ça fait déjà pas mal.

– D'accord. On reprendra tout ça la prochaine fois.

La prochaine fois, c'est-à-dire à la prochaine réunion de briefing. Doran dit au revoir et raccrocha, le canal de communication restant silencieux tandis que l'hélicoptère franchissait la frontière entre les derniers territoires vierges du Nevada et les premières maisons de l'agglomération de Las Vegas. Rachel regarda par le hublot et se dit qu'on ne faisait que passer d'un désert à un autre. Là-bas en bas, sous tous ces toits recouverts de graviers ou de tuiles rondes, les prédateurs attendaient encore la nuit pour sortir. Et trouver leurs victimes.

2 I

Le motel Executive Extended Stay[1] se trouvait à l'extrémité sud du Strip, un peu en retrait. Aucun néon n'en signalait la présence en clignotant. Ce n'était pas un casino non plus, et l'on n'y donnait pas de spectacles. De fait, aucun cadre supérieur n'y descendait. Seuls y logeaient les marginaux de la société locale. Les accros du jeu, les tricheurs professionnels, les travailleuses du sexe, tous les gens qui n'arrivaient pas à partir sans pour autant pouvoir se résoudre à s'installer de manière permanente.

Les gens comme moi. Souvent, rencontrer quelqu'un «Aux Deux X», comme l'appelaient les plus anciens locataires, c'était s'exposer à s'entendre demander si on était là depuis longtemps et combien de temps on avait encore à tirer – comme si on purgeait une peine. Je crois d'ailleurs que nombre de locataires avaient fait l'expérience de la prison. J'avais, moi, choisi cet endroit pour deux raisons. La première était que j'avais toujours des traites à régler sur ma maison de Los Angeles et ne pouvais pas me payer le luxe de descendre trop longtemps dans des hôtels-casinos du style Bellagio, Mandalay Bay ou Riviera. La deuxième? Je ne voulais pas me sentir à l'aise à Las Vegas. Ni non plus que tout m'y semble bien. Je voulais pouvoir rendre ma clé et filer dès que le moment serait venu de dégager.

J'arrivai à Las Vegas à 3 heures. Je savais que ma fille serait déjà

---

1. Soit «Au séjour prolongé du cadre supérieur». Ou «Aux Deux X», en prononçant la première syllabe de EX-ecutive et de EX-tended *(NdT)*.

rentrée de l'école et que je pourrais aller la voir chez mon ex-épouse. J'en avais envie, mais je voulais attendre. Buddy Lockridge allait débarquer et j'avais des choses à faire. Le FBI m'avait laissé quitter le camping-car avec mon carnet de notes en poche et l'atlas routier de Terry McCaleb toujours dans ma voiture. Je voulais en faire bon usage avant que l'agent Dei ne se rende compte de son erreur et ne me retombe dessus. Je voulais voir si je ne pourrais pas faire avant elle le pas suivant dans cette affaire.

Je me garai à mon endroit habituel, près de la barrière qui sépa-rait le motel des parkings pour jets privés de l'aéroport McCarran. Je remarquai que le Gulfstream 9 que j'y avais vu en quittant Las Vegas trois jours plus tôt était toujours au même endroit. Juste à côté de lui se trouvait un jet noir plus petit, mais plus élégant. Je ne savais pas de quel genre d'appareil il s'agissait, seulement qu'il sen-tait fort le fric. Je descendis de voiture et montai les marches qui conduisaient à mon deux pièces du premier étage. L'appartement était propre et fonctionnel, mais j'essayais d'y passer le moins de temps possible. C'était le petit balcon de la salle de séjour qui était le plus agréable. Dans les dépliants de l'agence de location, on par-lait de «balcon fumeur». En fait, il était trop petit pour qu'on puisse y mettre un fauteuil. Mais y rester debout en s'appuyant à la haute rambarde pour regarder atterrir les jets des milliardaires, ça, je pouvais. Et me retrouvais très souvent à le faire. J'y restais planté de longs moments et regrettais de ne plus fumer. Souvent le loca-taire d'un appartement voisin se tenait lui-même sur son balcon et y fumait. A gauche j'avais un joueur qui savait compter les cartes – un joueur «à l'avantage» comme il disait – et à droite une femme aux revenus indéterminés. Les conversations que j'avais avec eux restaient superficielles. Dans ce lieu personne n'avait envie de poser trop de questions – ou d'y répondre.

Les deux derniers numéros du *Sun* étaient posés sur mon paillasson en caoutchouc usé. Je n'avais pas résilié mon abonne-ment parce que je savais que ma voisine aimait bien me le piquer pour le lire. Après quoi, elle le repliait et le remettait dans son sac en plastique devant ma porte. Elle ne se doutait pas que je le savais.

Une fois entré, je laissai tomber mes journaux par terre et posai l'atlas routier de McCaleb sur la table de mon coin-repas, sortis mon carnet de notes de ma poche et le posai à côté. Puis je gagnai la porte coulissante du balcon et l'ouvris pour aérer un peu. La personne qui avait loué avant moi ne devait pas se servir du «balcon fumeur» et la pièce semblait puer la nicotine en permanence.

Je branchai mon chargeur de portable à la prise murale du coin-repas, composai le numéro de Buddy Lockridge, mais n'eus droit qu'à sa boîte vocale. Je me déconnectai avant de devoir laisser un message. Puis j'appelai Graciela et lui demandai si le FBI s'était déjà pointé.

— Ils viennent juste de partir, me répondit-elle. Ils ont fouillé partout et sont descendus au bateau. Vous aviez raison: ils vont l'embarquer. Je ne sais pas quand ils vont me le rendre.

— Avez-vous vu Buddy aujourd'hui?

— Buddy? Non. Il était censé passer?

— Non, non. Je me posais juste la question.

— Vous êtes toujours avec le FBI?

— Non, ils m'ont lâché il y a quelques heures. Je suis chez moi, à Las Vegas. J'ai décidé de continuer l'enquête.

— Pourquoi? J'ai l'impression… les types du FBI m'ont dit que c'était une enquête prioritaire. Ils pensent que c'est cet agent, ce… Backus qui a trafiqué les médicaments.

De fait, elle voulait savoir ce que je pouvais faire que les très augustes puissances du FBI n'auraient pas pu faire. La réponse était bien évidemment rien. Mais je n'avais pas oublié ce que Terry lui avait dit de moi. Si jamais il lui arrivait quelque chose, c'était à moi qu'elle devait faire appel. Cela m'interdisait de renoncer.

— Parce que c'est ce que voulait Terry, lui répondis-je. Mais ne vous inquiétez pas. Si jamais je trouve quelque chose, je le donnerai au Bureau. Comme je l'ai fait aujourd'hui. Je n'essaie pas d'entrer en concurrence avec eux. Je veux juste continuer à enquêter, c'est tout.

— Bon.

— Cela étant, vous savez que vous n'êtes pas obligée de le leur dire si jamais ils vous posent la question. Ça pourrait les chagriner.

— Je sais.

— Merci, Graciela. Je vous appelle dès qu'il y a du nouveau.

— Merci, Harry. Bonne chance.

– Je vais en avoir besoin.

Après m'être déconnecté, j'essayai d'appeler Buddy Lockridge, mais tombai encore une fois sur sa boîte vocale. Je me dis qu'il devait être dans l'avion et avoir éteint son portable. En tout cas, je l'espérai. J'espérai qu'il ait pu monter sur le bateau et en redescendre avant que les agents du Bureau ne le voient. Je reposai mon portable et gagnai le réfrigérateur. Je me fis vite un sandwich au pain blanc et au fromage fondu. J'en avais au frigo au cas où ma fille en aurait voulu un quand elle venait. C'était un de ses aliments de base. Je ne le passai pas au gril et mangeai ce truc sans aucun goût pour calmer mon estomac. Puis je m'assis à la table, ouvris mon carnet à une page blanche et me livrai à quelques exercices de relaxation que j'avais appris bien des années auparavant en cours d'hypnose. Je me forçai à visualiser un tableau noir. Très vite je pris une craie et commençai à écrire. Du mieux que je pus, je tentai de recréer les notes de McCaleb dans les dossiers qui me manquaient – ceux que le FBI m'avait confisqués. Une fois tout écrit au tableau, je me mis en devoir de le recopier dans mon carnet. A mon avis, j'en avais récupéré l'essentiel, à l'exception des numéros de téléphone – ce qui ne me gênait pas trop dans la mesure où je pouvais les retrouver en appelant les renseignements.

Par la porte du balcon, j'entendis le hurlement suraigu d'un moteur d'avion. Un autre jet était en train de se garer. Le hurlement s'apaisa, puis mourut, et tout redevint calme.

J'ouvris l'atlas de McCaleb. J'en feuilletai toutes les pages et n'y trouvai aucune annotation en dehors de celles qu'il avait portées sur les cartes du sud du Nevada et des parties voisines de la Californie et de l'Arizona. Encore une fois je m'y arrêtai. Il avait entouré la zone préservée du Mojave, qui, je le savais, comprenait la route Zzyzx et le site d'exhumation du FBI. Au bord de la carte, il avait inscrit une colonne de nombres, le total se montant à 139. Et juste en dessous il avait tiré un trait et précisé: «En fait…148.»

Je pensais qu'il était question de kilomètres. J'étudiai la carte et remarquai qu'elle donnait les kilométrages entre tous les points d'importance. Il me suffit de quelques secondes pour découvrir ceux qui correspondaient à la colonne inscrite dans la marge par McCaleb. Il avait additionné tous les kilométrages indiqués entre

Las Vegas et un point de l'I-15 situé au milieu du désert de Mojave. La route Zzyzx était bien trop petite et sans importance pour figurer sur la carte. Cela étant, je ne doutai pas que ce soit le point de l'I-15 à partir duquel McCaleb avait commencé à faire ses calculs.

Dans mon carnet j'inscrivis les nombres, puis j'effectuai les calculs à mon tour. McCaleb ne s'était pas trompé – cela faisait bien 139 kilomètres, d'après la carte. Mais c'est là qu'il n'était plus d'accord, ou qu'il avait pensé à un autre itinéraire qui l'amenait à 148 kilomètres. Je me dis qu'il avait dû faire le trajet lui-même et obtenir un nombre différent de kilomètres à son compteur. Cette contradiction avait sans doute pour origine le fait qu'il avait en tête un point précis d'arrivée à Las Vegas, différent de celui pris en compte par le kilométrage indiqué sur la carte.

J'ignorais la destination visée par McCaleb. Je n'avais en outre aucune idée du jour où il avait porté ces annotations sur la carte et si même elles avaient un lien quelconque avec l'affaire. Cela étant, je le pensais, dans la mesure où c'était à partir de la route Zzyzx qu'il avait commencé à compter. Et ça, ça ne pouvait pas être une simple coïncidence. Les coïncidences de ce genre, ça n'existe pas.

Du balcon m'arriva le bruit de quelqu'un qui toussait. Je savais que c'était la voisine qui s'était mise à y fumer. Je la trouvais très curieuse et la surveillais vaguement chaque fois que je m'installais aux Deux X. Elle n'avait rien d'une grande fumeuse et ne semblait sortir sur son balcon que lorsqu'un jet privé venait se ranger sur son emplacement particulier. C'est vrai que certaines personnes aiment bien regarder les avions, mais je pensais qu'elle avait une idée derrière la tête et cela me rendait d'autant plus curieux. Repérait-elle des pigeons pour les casinos? Ou alors… d'autres joueurs?

Je me levai et franchis ma porte coulissante. En sortant, je regardai à droite et la vis jeter vite quelque chose dans son appartement. Quelque chose qu'elle ne voulait pas que je voie.

– Jane! Comment allez-vous?

– Bien, Harry. Ça fait un moment qu'on ne vous voit plus.

– Je suis parti quelques jours. Qu'est-ce qu'on a aujourd'hui?

Je regardai la piste de l'autre côté du parking. Un autre jet noir venait de se garer à côté de son élégant jumeau. Une limousine noire assortie attendait au pied de la passerelle. Un type en costume, lunettes de soleil et turban marron descendait déjà de l'avion. Je compris que j'avais bousillé la surveillance de ma voisine, si c'était bien un appareil photo ou une paire de jumelles qu'elle avait jeté dans son appartement en me voyant.

– Le sultan du swing, continuai-je, juste pour dire quelque chose.

– Y a des chances, me renvoya-t-elle.

Elle tira une bouffée de sa cigarette et toussa encore un coup. Ce n'était évidemment pas une fumeuse. Elle ne fumait que dans un seul but: rendre plausible sa présence sur un balcon où elle surveillait l'arrivée de types bourrés de fric. Et elle n'avait pas les yeux marron non plus – je m'en étais aperçu en la voyant sur son balcon un jour qu'elle avait oublié de mettre ses lentilles de contact colorées. Et le noir teinté de henné de ses cheveux n'était sans doute pas plus véritable.

J'avais très envie de lui demander ce qu'elle avait en tête, à quel genre de petit jeu ou d'arnaque elle était en train de se livrer. Mais j'aimais bien nos conversations de balcon à balcon et je n'étais plus flic. Sans compter que si Jane – j'ignorais son nom de famille – s'adonnait à la tâche de soulager certains de ces millionnaires de quelques millions, je ne me sentais pas, tout au fond de moi-même, de me mettre dans des fureurs noires pour ça. C'était sur ce principe que fonctionnait la ville: on lance les dés de la cité du désir et on récolte ce qu'on mérite.

En réalité, je sentais quelque chose d'intrinsèquement bon en elle. D'abîmé sans doute, mais de bon. Un jour que je ramenais ma fille chez moi, nous étions tombés sur elle dans l'escalier et elle s'était arrêtée pour lui parler. Le lendemain matin, j'avais trouvé une petite panthère en peluche sur mon paillasson, à côté de mon journal.

– Comment va votre fille? me demanda-t-elle comme si elle lisait dans mes pensées.

– Bien, bien. L'autre soir elle m'a demandé si le Burger King était marié à la Dairy Queen.

Elle sourit et je retrouvai dans ses yeux la tristesse que j'y avais déjà vue. Je compris que ç'avait à voir avec des enfants. Je lui demandai quelque chose à quoi je pensais depuis longtemps.

— Vous avez des enfants?

— Une. Elle est un peu plus âgée que la vôtre. Elle n'est plus avec moi. Elle vit en France.

Elle n'en dit pas plus et je n'insistai pas – je me sentais coupable de ce que j'avais et je savais que vouloir en savoir davantage ne ferait que susciter sa douleur. Mais ma question la poussa à m'en poser une à laquelle elle devait penser elle aussi depuis un moment:

— Harry, dit-elle, vous êtes flic?

Je hochai la tête.

— Je l'ai été. A L.A. Comment le saviez-vous?

— Disons que j'ai deviné. Je crois que c'est en voyant la façon dont vous accompagnez votre fille à votre voiture. On dirait que vous êtes prêt à sauter sur tout ce qui pourrait bouger. Sur tout ce qui est méchant, s'entend.

Je haussai les épaules. Elle m'avait catalogué.

— En fait, j'ai trouvé ça plutôt sympa, reprit-elle. Qu'est-ce que vous faites maintenant?

— Rien. Mais j'y réfléchis, vous savez.

— Oui.

Soudain nous étions plus que des voisins qui échangent des propos sans intérêt.

— Et vous? lui demandai-je.

— Moi? J'attends quelque chose.

Tant pis. Je compris qu'on était arrivés au bout des questions de ce côté-là. Je me détournai d'elle et regardai un autre sultan, ou cheikh, descendre la passerelle de son jet. Le chauffeur de la limousine l'attendait, portière ouverte. J'eus l'impression qu'il portait quelque chose sous sa veste, quelque chose qu'il pourrait sortir si jamais les choses tournaient mal. A nouveau je regardai Jane.

— A bientôt, lui lançai-je.

— A bientôt, Harry. Dites-lui bonjour de ma part.

— Je n'y manquerai pas. Faites attention à vous.

— Vous aussi.

De retour à mon coin-repas, j'essayai de rappeler Buddy Lockridge et obtins le même résultat. Rien. J'attrapai mon stylo et tapotai mon carnet avec impatience. Il aurait déjà dû me rappeler. Cela ne m'inquiétait pas. Ça m'agaçait. Tout le monde m'avait déjà dit qu'on ne pouvait pas compter sur lui. Et je n'avais pas de temps à perdre avec ça.

Je me levai, passai dans la kitchenette et sortis une bière du frigo logé sous le plan de travail. Il y avait un décapsuleur sur la porte, j'ouvris ma bouteille et en avalai une bonne gorgée. La bière coupa à travers la poussière du désert. Elle avait bon goût. Je me dis que je méritais bien ça.

Je regagnai la porte du balcon, mais sans sortir. Je ne voulais pas effrayer Jane une deuxième fois. Je restai à l'intérieur et regardai dehors : la limousine avait disparu et le jet était complètement fermé. Je me penchai dehors, Jane n'était plus là. Je remarquai qu'elle avait écrasé son mégot dans le cendrier posé sur la rambarde, mais qu'elle n'avait fumé qu'un petit quart de sa cigarette. Quelqu'un allait devoir lui dire qu'il ne fallait pas se trahir comme ça.

Quelques instants plus tard je n'eus plus de bière et revins au coin-repas pour jeter encore un œil à mes notes et à l'atlas routier de McCaleb. Je sentais que quelque chose m'échappait, mais pas moyen de savoir quoi. C'était là, tout près, mais je n'arrivais pas à trouver.

Mon portable sonna. Lockridge, enfin.

— Vous venez de m'appeler ? me demanda-t-il.

— Oui. Mais je vous ai dit de ne pas me téléphoner à ce numéro.

— Je sais, mais comme vous venez juste de m'appeler… Je me suis dit que je pouvais.

— Et si ç'avait été quelqu'un d'autre ?

— J'ai l'affichage des numéros. Je savais que c'était vous.

— Peut-être, mais comment le saviez-vous ? Et si ç'avait été quelqu'un d'autre avec mon portable ?

— Ah.

— Ah, et comment, Buddy ! Écoutez… si vous voulez travailler pour moi, va falloir écouter ce que je vous dis.

— D'accord, d'accord, je comprends.

— Bien. Où êtes-vous ?

— A Las Vegas, mec. Comme vous m'avez dit.

— Vous avez sorti les trucs du bateau ?

— Oui, je les ai.

— Pas de FBI ?

— Non, mec. Tout est cool.

– Où êtes-vous en ce moment?

Tout en parlant je remarquai quelque chose dans mes notes et me rappelai un détail dans l'article du *Times* sur les disparus. Ou plutôt, je me rappelai le rond dont Terry avait entouré la coupure de journal.

– Je suis au B, dit-il.

– «Au B»? C'est où?

– Au grand B, mec.

– De quoi parlez-vous? Où êtes-vous, Buddy?

Il me chuchota sa réponse.

– Je croyais que tout était motus et bouche cousue, moi. Comme si qu'ils nous écoutaient.

– Buddy, je me fous pas mal qu'ils nous écoutent. Arrêtez ces trucs de code. C'est quoi, le grand B?

– Le Bellagio. C'est du code tout simple, bonhomme.

– Du code tout simple pour un esprit un rien simplet. Vous êtes en train de me dire que vous avez pris une chambre au Bellagio à mon compte?

– Tout juste.

– Ben, faut partir.

– Comment ça? Je viens d'arriver.

– Je ne vous paie pas une chambre au Bellagio. Vous partez, vous venez ici et vous vous trouvez quelque chose. Si je pouvais vous payer une chambre au Bellagio, j'y serais moi aussi.

– Vous n'êtes pas en compte quelque part?

– Non.

– Bon. Vous êtes où?

Je lui donnai le nom et l'adresse des Deux X, il sut tout de suite que j'étais en bordure de la ville.

– Ils ont la télé payante?

– Ils ont que dalle. Ramenez-vous, un point c'est tout.

– Écoutez… j'ai déjà rempli ma fiche. Ils ne vont pas me rendre mon fric. Ils ont mis la note sur ma carte de crédit et en plus, j'ai déjà utilisé le chiotte. Et ça, c'est quasiment un titre de propriété, vous savez. Je reste ici une nuit et j'irai à votre hôtel demain.

Sauf que des nuits, il n'y en aura qu'une, pensai-je, mais ne le dis pas.

— Bon, tout ce qui dépassera le prix de mon taudis sera prélevé sur votre paie. Je ne vous ai jamais dit de vous installer à l'hôtel le plus cher du Strip.

— Bon, bon, faites-moi une retenue sur salaire si vous voulez. Vous êtes comme vous êtes. Je m'en fous.

— Très bien. C'est ce que je ferai. Vous avez une voiture?

— Non, j'ai pris un taxi.

— Bien. Descendez par l'ascenseur, prenez un autre taxi et apportez-moi ces trucs ici.

— Je peux me faire faire un massage avant?

— Putain, Buddy! Si vous ne…

— Je plaisantais! Je plaisantais! Vous ne savez donc pas rire, Harry? J'arrive.

— Parfait. Je vous attends.

Je raccrochai sans lui dire au revoir et oubliai aussitôt la conversation que nous avions eue. J'étais tout excité. J'avançais. Je pensais avoir, Dieu sait comment, résolu un des mystères. Je contemplai ce que j'avais recréé des notes de McCaleb et m'arrêtai sur ces deux lignes:

Théorie du triangle
1 donne 3

Sur l'article du journal, Terry avait aussi entouré le mot *rayon* dans la remarque de l'inspecteur sur le kilométrage relevé au compteur de la voiture de location d'un des disparus – ce *rayon* donnant aux enquêteurs un cercle à l'intérieur duquel rechercher des indices de ce qui était arrivé à la victime.

Je pensais maintenant que McCaleb avait entouré ce mot parce que, pour lui, c'était une erreur. La zone de recherches n'était pas un cercle, mais un triangle dont le kilométrage relevé au compteur donnait les trois côtés. Le point 1 était l'aéroport, le point d'origine. Le disparu y avait pris sa voiture de location et l'avait conduite jusqu'au point 2, celui-ci étant l'endroit où il avait croisé la route du kidnappeur. Et le point 3 était le lieu où le kidnappeur l'avait tué. Après quoi, la voiture avait été ramenée au point 1, ce qui avait refermé le triangle.

Lorsqu'il avait pris ses notes, McCaleb ne savait rien de la route Zzyzx. Il n'avait qu'un point – celui où il fallait ramener la voiture de location. Il avait donc écrit 1 donne 3 parce qu'il savait que si l'on identifiait un point de plus dans le triangle, cela conduirait aussi au point restant.

– Un point de plus dans le triangle signifie qu'on peut trouver les trois, dis-je à haute voix pour traduire la note cryptée de Terry.

Je me levai et commençai à faire les cent pas. J'avais l'esprit en feu et pensais toucher au but. Le kidnappeur aurait pu, c'est vrai, faire x ou y arrêts avec la voiture de location, et ainsi rendre inopérante la théorie du triangle. Mais s'il n'en avait rien fait, s'il avait évité toute distraction et s'était concentré uniquement sur sa tâche, alors la théorie du triangle tenait. C'était peut-être dans sa minutie même que se trouvait sa faiblesse. Cela faisait de la route Zzyzx le troisième point du triangle parce que ç'avait dû être le dernier arrêt de la voiture avant qu'on la ramène à l'aéroport. Et cela faisait du point 2 celui qu'on ne connaissait pas encore. Celui de l'intersection. L'endroit où le prédateur et la proie s'étaient rencontrés. On ne savait toujours pas où était situé ce point, mais grâce à mon commanditaire je savais comment le trouver.

22

Backus vit Rachel quitter le parking du FBI dans une Crown Victoria bleu foncé. Elle prit à gauche dans Charleston et se dirigea vers Las Vegas Boulevard. Il recula sur son siège. Il était assis au volant d'une Ford Mustang de 1997 immatriculée dans l'Utah. Il l'avait empruntée à un certain Elijah Willows, qui n'en avait plus besoin maintenant. Il lâcha Rachel des yeux et scruta la rue, à l'affût du moindre mouvement.

Une Grand Am avec deux hommes à bord rejoignit la circulation à partir du bâtiment voisin du siège du FBI. Et prit la même direction que Rachel.

— Et d'un, se dit-il.

Il attendit et vit un 4 × 4 bleu sombre équipé de trois antennes sortir du parking du FBI et prendre à droite dans Charleston, soit dans la direction opposée à celle de Rachel. Une deuxième Grand Am quitta le parking et le suivit.

— Et de deux, et de trois.

Backus reconnut la surveillance dite de «l'oiseau dans le ciel». Un véhicule pour filer le sujet en visuel pendant qu'on le suit par satellite. Qu'elle le sache ou pas, on avait donné à Rachel une voiture équipée d'un transpondeur pour GPS.

Toutes choses qui ne le gênaient pas. Backus savait bien qu'il pouvait toujours la filer. Il n'avait qu'à suivre la voiture suiveuse et il y arriverait de toute façon.

Il fit démarrer la Mustang. Avant de passer dans Charleston pour rattraper la Grand Am qui suivait Rachel, il se pencha pour

ouvrir la boîte à gants. Il portait des gants de chirurgien en caoutchouc si petits qu'ils étaient très tendus sur ses mains et quasiment
invisibles de loin.

Il sourit. Rangé dans la boîte à gants se trouvait un petit pistolet
à deux coups qui viendrait en très joli complément de l'arme qui
lui restait. Il avait parfaitement jaugé Elijah Willows en le voyant
sortir du Bandit-Pas-Si-Manchot au bout du Strip. Oui, c'était
exactement ce qu'il cherchait côté physique – même taille, même
carrure –, mais il lui avait aussi trouvé une manière de détache-
ment absolu. C'était quelqu'un de seul, quelqu'un au bord du
gouffre. Le pistolet dans la boîte à gants semblait le prouver.
Backus avait été rassuré sur son choix.

Il écrasa l'accélérateur et passa bruyamment dans Charleston.
Exprès. Il savait qu'au cas improbable où il y aurait eu une quatrième voiture, celle qui leur semblerait la moins suspecte serait
celle dont le chauffeur faisait tout ce qu'il pouvait pour attirer
l'attention sur lui.

23

Tout ça se réduisait à de la géométrie de base niveau lycée. J'avais deux des trois sommets d'un triangle et avais besoin du troisième. C'était aussi simple et aussi difficile que ça. Pour trouver ce troisième sommet, j'avais le total des longueurs des trois côtés sur quoi fonder mes calculs. Je m'assis, ouvris mon carnet de notes à une page nouvelle et me mis au travail avec la carte routière de McCaleb.

Je me rappelai l'article du *Times* où l'on mentionnait que la distance totale inscrite au compteur de la voiture de location d'un des disparus était de 528 kilomètres. D'après ce que je pensais être la théorie de McCaleb, ce kilométrage était la somme des trois longueurs du triangle. Je savais aussi, grâce aux notes inscrites sur la page de la carte, qu'un des côtés du triangle – celui qui partait de la route Zzyzx et allait jusqu'à l'aéroport de Las Vegas – avait une longueur de 148 kilomètres. Cela nous laissait donc un total de 380 kilomètres pour les deux côtés restants. Ceux-ci pouvaient être de toutes sortes de longueurs, le troisième sommet pouvant de ce fait se trouver en une myriade de points sur la carte. J'aurais eu besoin d'un compas pour obtenir des triangles précis, mais je fis avec ce que j'avais.

D'après l'échelle, 2,5 centimètres représentaient 80 kilomètres. Je sortis mon permis de conduire de mon portefeuille et, en en collant le petit côté sur l'échelle, je m'aperçus qu'il représentait une distance de 160 kilomètres sur la carte. En m'aidant de mon permis, je dessinai alors un certain nombre de triangles dont les deux derniers côtés totalisaient 380 kilomètres. Je choisis des sommets situés au nord et au sud de la ligne route Zzyzx-Las Vegas. Je passai vingt minutes à envisager toutes sortes de possibilités, mon troisième sommet allant du fin fond de l'Arizona jusqu'au Grand Canyon au sud et, au nord, jusque dans les zones de bombardement et de tir à l'arme lourde de la base aérienne de Nellis. La frustration monta rapidement lorsque je compris que les possibilités étaient innombrables et que j'aurais pu avoir déjà trouvé le troisième sommet sans même le savoir.

Je me levai et allai chercher une autre bière dans le petit frigo. Toujours furieux après moi-même, j'ouvris mon portable et appelai Buddy Lockridge. Mon appel fut transféré directement sur sa boîte vocale.

– Buddy, mais où êtes-vous, nom de Dieu ? m'écriai-je, et je refermai mon portable d'un coup sec.

Ce n'était même pas que j'aurais eu besoin de lui à ce moment-là. J'avais seulement envie d'engueuler quelqu'un et Buddy était la victime la plus facile.

Je repassai sur le balcon et cherchai Jane du regard. Elle n'était pas là et j'en éprouvai une vague déception. Jane était un mystère et j'aimais bien lui parler. Je balayai le parking des yeux, regardai les jets rangés de l'autre côté de la barrière et aperçus la silhouette d'un homme debout dans le coin le plus éloigné du parking. Il portait une casquette de base-ball noire avec un logo en lettres dorées que je n'arrivai pas à lire. Rasé de près, chemise blanche et lunettes de soleil à verres réfléchissants. Le bas de son corps était caché par la voiture derrière laquelle il se tenait. J'eus l'impression qu'il me regardait.

Il ne bougea pas pendant au moins deux minutes, et moi non plus. J'eus envie de quitter l'appartement pour rejoindre le parking, mais eus peur de perdre de vue mon bonhomme ne serait-ce que quelques secondes et qu'il en profite pour disparaître.

Nous restâmes les yeux dans les yeux jusqu'au moment où il changea brusquement de position et se mit en devoir de traverser le parking. Lorsqu'il sortit de derrière la voiture qui m'empêchait de le voir entièrement, je vis qu'il portait un short noir et une espèce de ceinture où accrocher des outils. Ce fut aussi à ce moment-là que je découvris le mot SÉCURITÉ sur sa chemise et compris qu'il devait travailler pour le motel. Il entra dans le passage entre les deux bâtiments qui composaient l'établissement et disparut de ma vue.

Je laissai filer. C'était bien la première fois que je voyais un type de la sécurité en plein jour, mais cela n'avait quand même pas grand-chose de suspect. Je me retournai vers le balcon d'à côté pour voir si Jane n'y était pas revenue, mais non, toujours rien. Je rentrai et regagnai la petite table du coin-repas.

Cette fois-là, je pris les choses autrement. Je laissai tomber les questions de kilométrage et me contentai de regarder la carte. Grâce à mes essais précédents, je savais en gros jusqu'où mon triangle pouvait s'étirer sur la carte. Je commençai à regarder les routes et les villes comprises dans cette zone. Dès qu'un point m'intéressait, je mesurais les distances afin de voir si on arrivait à 528.

J'avais déjà repéré une vingtaine de ces points sans que mes résultats approchent, même de loin, le kilométrage que j'espérais, lorsque je tombai sur une bourgade sise au nord de mon tracé de référence. Elle était si petite qu'elle n'était signalée que par un point noir, le dernier échelon des agglomérations indiquées sur la carte. Cette bourgade s'appelait Clear. J'en avais déjà entendu parler, brusquement je me sentis tout excité. En un éclair je sus que ça collait avec le profil du Poète.

Toujours avec mon permis de conduire, je mesurai les distances. Clear se trouvait sur le Blue Diamond Highway, à environ 128 kilomètres au nord de Las Vegas. De cet endroit il fallait parcourir dans les 240 kilomètres de routes de campagne pour franchir la frontière californienne et rejoindre le troisième sommet du triangle, à savoir l'I-15 et la route Zzyzx, en passant par la Sandy Valley. En y ajoutant le nombre de kilomètres qui séparaient la Zzyzx de l'aéroport de Las Vegas, j'obtins un triangle d'environ 518 kilomètres, soit 10 de moins que les 528 affichés au compteur de la voiture de location d'une des victimes.

Mon sang commença à s'échauffer sérieusement. Clear, Nevada. Je n'y étais jamais allé, mais je savais que c'était une ville de bordels et de tout ce qui, individus et services, va avec ce genre d'activités.

J'en avais entendu parler parce que, plus d'une fois dans ma carrière de flic, j'avais remonté jusque-là la piste de suspects. Et en diverses occasions, des suspects qui s'étaient rendus à moi volontairement m'avaient dit avoir passé leur dernière nuit de liberté avec ces dames de Clear, Nevada.

C'était un endroit où certains hommes se rendaient en veillant à ne laisser aucune trace prouvant qu'ils étaient allés pêcher en eau trouble. Des hommes mariés. Des hommes qui avaient réussi ou faisaient dans la religion. En un sens, cela ressemblait beaucoup au quartier réservé d'Amsterdam, lieu où le Poète avait traqué certaines de ses victimes.

Dans le métier de flic, s'en remettre à des intuitions et les creuser est une part importante du travail. Certes, on ne peut jurer que par les faits et par la preuve, personne ne le nie. Mais c'est l'intuition qui souvent les apporte et les maintient collés ensemble comme avec de la glu. Et c'était bien à cela que je décidai de m'en remettre : à mon instinct. Clear me parlait. Je compris que j'aurais pu me rasseoir à ma petite table et me remettre à trouver des points et tracer des triangles jusqu'à plus soif. Sauf que non : le triangle que je venais de trouver avec Clear à son sommet supérieur était bien celui sur lequel je devais m'arrêter en même temps que l'adrénaline montait dans mon sang. Le triangle de McCaleb, je pensais l'avoir. Je faisais même plus que le penser : je le savais. McCaleb, mon commanditaire. Je m'étais fié à ses notes d'outre-tombe, enfin je savais où j'allais. Je repris mon permis de conduire, traçai les deux dernières lignes et achevai mon triangle. Puis je tapai une fois sur chacun de ses sommets sur la carte et me levai.

D'après la pendule accrochée au mur de la kitchenette, il était presque 5 heures de l'après-midi. Je décidai qu'il était trop tard pour partir dans le Nord tout de suite. Je n'arriverais à destination qu'à la nuit tombée ou presque et ça, je n'en voulais pas : ça pouvait être dangereux. Je bâtis rapidement un plan. Je me mettrais en route à l'aube et aurais pratiquement une journée entière pour faire ce que j'avais à faire à Clear.

Je songeais à ce dont j'allais avoir besoin pour le voyage lorsque le coup qu'on frappa à la porte me fit sursauter alors même que je l'attendais. Je traversai la pièce pour laisser entrer Buddy Lockridge.

24

Harry Bosch ouvrit la porte et Rachel sut tout de suite qu'il était en colère. Il s'apprêtait à dire quelque chose lorsqu'il s'aperçut que c'était elle et s'arrêta. Elle comprit qu'il attendait quelqu'un et que ce quelqu'un était en retard.

— Agent spécial Walling, dit-il.

— Vous attendez quelqu'un?

— Euh, non, pas vraiment.

Elle le vit jeter un coup d'œil derrière elle et scruter le parking.

— Je peux entrer?

— Je vous demande pardon. Oui, bien sûr. Entrez.

Il recula et lui tint la porte ouverte. Elle entra dans un petit appartement triste et chichement meublé. A gauche se trouvait une table de cuisine des années 60, sur laquelle étaient posés une bouteille de bière, un carnet de notes et un atlas routier ouvert à la page du Nevada. Bosch s'empressa d'aller refermer le carnet et l'atlas avant de les poser l'un sur l'autre. Alors seulement elle remarqua qu'il y avait aussi un permis de conduire sur la table.

— Alors... qu'est-ce qui vous amène dans ce lieu mirobolant? lui demanda-t-il.

— J'avais juste envie de savoir ce que vous fabriquiez, lui répondit-elle en ne laissant percer aucun soupçon dans sa voix. J'espère que notre petit comité d'accueil ne vous a pas trop déprimé.

— Mais non. Ça fait partie du lot.

— Ça, c'est sûr.

— Comment avez-vous fait pour me trouver?

Elle fit un pas de plus dans la pièce.

— Vous payez cet appart avec une carte de crédit.

Bosch acquiesça d'un signe de tête, mais ne parut surpris ni par la rapidité ni par la légalité discutable des moyens auxquels elle avait eu recours pour le savoir. Elle continua d'avancer et lui indiqua la carte d'un geste du menton.

— On prépare un petit voyage d'agrément? Enfin, je veux dire… maintenant qu'on vous a déchargé de l'affaire…

— Un petit voyage en voiture, oui, dit-il.

— Et pour aller où?

— Je ne sais pas trop encore.

Elle sourit et se tourna vers la porte du balcon restée ouverte. Elle vit un luxueux jet noir sur le tarmac, derrière le parking du motel.

— D'après vos relevés de carte de crédit, ça fait presque neuf mois que vous louez ici. Pas tout le temps, mais souvent.

— Oui, ils me font même la réduction longue durée. Ça me revient à une vingtaine de dollars par jour.

— Ce qui est probablement déjà trop.

Il se tourna et regarda l'appartement, comme si c'était la première fois qu'il le voyait.

— Oui, dit-il.

Ils étaient toujours debout. Rachel savait qu'il n'avait aucune envie qu'elle s'asseoie ou reste plus longtemps, à cause du visiteur qu'il attendait. Elle décida de pousser les feux et s'assit sur le canapé usé sans qu'il le lui propose.

— Pourquoi louez-vous ce truc depuis neuf mois? lui lança-t-elle.

Il tira une chaise de dessous la table de la cuisine et s'assit.

— Ça n'a rien à voir avec notre histoire, si c'est ça que vous voulez savoir.

— Je ne le pensais pas non plus. Simple curiosité. Vous ne m'avez pas l'air de jouer… au casino, s'entend. Et ce motel est plutôt réservé aux joueurs invétérés.

Il hocha la tête.

— C'est vrai. A eux et à d'autres genres d'accros. Je suis ici parce que ma fille vit dans la région. Avec sa mère. J'essaie de mieux la connaître.

— Quel âge a-t-elle?

— Bientôt six ans.

— Sympa. Et sa mère est bien Eleanor Wish, l'ex-agent du FBI?

— C'est ça. Que puis-je faire pour vous, agent Walling?

Elle sourit. Bosch lui plaisait. Il allait droit au but. Il ne semblait pas se laisser impressionner par quiconque. Elle se demanda d'où ça lui venait. D'avoir porté l'insigne ou d'autre chose?

— Vous pouvez commencer par m'appeler Rachel. De fait, ce serait plutôt: qu'est-ce que je peux faire pour vous? Parce que vous aviez bien envie de me contacter, n'est-ce pas?

Il rit, mais sans aucun humour.

— De quoi parlez-vous? dit-il.

— De l'interrogatoire. De vos regards, hochements de tête et sourires, tout ça. C'est que vous m'avez traitée comme une espèce d'âme sœur, là-bas. Vous avez essayé de vous connecter. De rétablir l'équilibre, de faire qu'on passe de trois contre un à deux contre deux.

Bosch haussa les épaules et regarda par la porte du balcon.

— Disons que je tentais le coup. Je… je ne sais pas. Je me suis dit qu'on ne vous traitait pas comme il faut, c'est tout. Et que maintenant, eh bien… je sais comment c'est.

— Ça fait huit ans que le Bureau ne me traite pas comme il faut.

Il se tourna vers elle.

— Tout ça à cause de Backus?

— De Backus et d'autres choses. J'ai commis quelques erreurs et le Bureau n'oublie jamais.

— Oui, ça aussi, je connais.

Il se redressa.

— Moi, je vais prendre une bière, dit-il. Vous en voulez une ou vous êtes en service commandé?

— En service ou pas, une bière ne me ferait pas de mal.

Il se leva, prit la bouteille ouverte sur la table et gagna la petite cuisine. Il déposa la bouteille dans l'évier et en sortit deux autres du frigo sous le comptoir. Il en ôta les capsules et les apporta à la table. Rachel savait très bien qu'elle devait faire attention et rester en alerte. Dans ce genre de situations il ne fallait pas grand-chose pour se tromper de rôle.

— Les verres dans le buffet sont compris dans le prix, mais j'ai pas trop confiance, dit-il en lui tendant une bouteille.

— Je boirai au goulot, dit-elle. Pas de problème.

Elle prit sa bouteille, trinqua avec lui et but une petite gorgée. De la Sierra Nevada. La bière avait bon goût. Il l'observait pour voir si elle buvait vraiment, elle le savait. Elle s'essuya la bouche avec le dos de la main alors que ce n'était pas nécessaire.

— Pas mauvais, dit-elle.

— Pas mauvais du tout. Et donc, on vous donne quoi, comme rôle, dans cette affaire? Ou alors... vous devez rester en réserve et la fermer? Comme l'agent Zigo?

Elle le gratifia d'un petit rire.

— C'est vrai que je ne crois pas l'avoir entendu prononcer une seule phrase, mais bon... Je ne suis là que depuis quelques jours. En gros, ils m'ont fait venir parce qu'ils n'avaient guère le choix. J'ai un passé avec Backus, moi, et c'est à moi qu'il a envoyé le GPS à Quantico, même si ça fait huit ans que je n'y ai plus remis les pieds. Comme vous l'avez deviné au camping-car, tout ça pourrait tourner autour de moi. Peut-être ou peut-être pas, mais ça me donne un billet d'entrée.

— Ils vous ont fait venir d'où au juste?

— Rapid City.

Il fit la grimace.

— Non, c'est bien, dit-elle. Avant, j'étais à Minot, dans le Dakota du Nord. Un seul agent dans l'antenne. Je crois me souvenir qu'il y a eu un printemps la deuxième année.

— Hou là, c'est dur, dit-il. A Los Angeles, quand ils veulent se débarrasser de quelqu'un, ils lui infligent ce qu'ils appellent la «thérapie du kilomètre» en le transférant au commissariat le plus éloigné de l'endroit où il vit. Ça l'oblige à se taper les embouteillages tous les jours. Après un ou deux ans de deux ou trois heures de trajet quotidien, les mecs finissent par rendre l'insigne.

— C'est ce qui vous est arrivé?

— Non. Et ce qui m'est arrivé, il y a toutes les chances pour que vous le sachiez parfaitement.

Elle laissa filer et détourna vite les yeux.

— Au Bureau, ils vous font faire tout le pays. Ils n'appellent pas ça la «thérapie du kilomètre», mais la «nomination qui fait mal». On vous expédie dans un coin où personne ne veut aller, et des endroits comme ça, il y en a des tonnes. Y a pas mieux pour enterrer un agent. A Minot, je n'avais droit qu'à des problèmes avec les Indiens et ces Indiens-là ne sont pas très sympas avec les gens de la religion FBI. Rapid City, c'est déjà un peu mieux. Il y a trois agents à l'antenne, mes compagnons d'infortune. En fait, on s'amuse bien : il n'y a aucune pression pour rien. Vous... voyez ce que je veux dire ?

— Oui. Ça fait combien de temps que vous êtes là-haut ?

— Huit ans.

— Putain !

Elle écarta la remarque d'un geste de sa main libre, comme si beaucoup d'eau avait coulé sous les ponts. Elle était en train de le ferrer, elle le sentait. Se confier sans détour l'aiderait à avoir confiance en elle et elle voulait qu'il lui fasse confiance.

— Dites-moi, reprit-il. C'est parce que vous étiez la messagère de malheur ? Parce que vous avez abattu Backus ou parce qu'il s'est enfui ?

— Tout ça et d'autres choses. J'ai fricoté avec l'ennemi et j'ai mâché du chewing-gum en classe, les trucs habituels.

Il hocha la tête.

— Pourquoi n'êtes-vous pas partie, tout simplement ?

— Je... je n'avais pas envie qu'ils gagnent.

Il acquiesça de nouveau et cette fois elle vit une petite lueur s'allumer dans ses yeux. Elle l'avait accroché, elle le savait, le sentait, et ça faisait du bien.

— Je peux vous dire un truc entre nous, Harry ? reprit-elle.

— Bien sûr.

— J'ai pour tâche de vous tenir à l'œil.

— Moi ? Mais pourquoi ? Je ne sais pas si vous avez bien écouté ce qui se disait dans cette espèce d'antenne à roulettes, mais... on ne m'aurait pas débarqué de l'affaire ?

— Si, et je suis sûre que vous avez encaissé et décidé de renoncer.

Elle se retourna et regarda la table avec la carte et son carnet de notes. Puis elle se retourna de nouveau vers lui et reprit d'un ton sévère mais égal.

– J'ai pour tâche de vous surveiller et de vous cisailler les pattes si jamais vous vous mêlez de cette enquête, même de loin.

– Écoutez, agent Walling. Je ne crois pas qu'il…

– Ne me la faites pas officiel tout d'un coup, vous voulez bien?

– Bon d'accord, Rachel. Si c'est une menace, bon, bien: message reçu cinq sur cinq. J'ai compris. Mais je ne crois pas que vous…

– Je ne vous menace pas, Harry. Je suis venue vous dire que je n'ai pas l'intention de m'acquitter de ma tâche.

Il marqua une pause et la dévisagea longuement.

– Que voulez-vous dire?

– Que je me suis renseignée sur vous. Vous aviez raison. Je sais des choses sur vous et le genre de flic que vous étiez. Je sais ce qui s'est passé entre vous et le Bureau. Je sais tout ça et j'en sais encore plus qu'il n'y paraît. Et pour moi, vous êtes sur une piste et vous ne nous avez dit que le strict nécessaire pour pouvoir ressortir du camping-car en un seul morceau.

Elle s'arrêta et attendit le temps qu'il fallait.

– Bon, écoutez, dit-il enfin, si c'est un compliment, je l'accepte. Mais où voulez-vous en venir?

– A ce que moi aussi, j'ai un passé. Et que je n'ai pas envie de rester sur la touche pendant qu'ils traquent Backus. Il n'est pas question que je passe mon temps à leur faire le café. Pas sur ce coup-là. Je veux arriver la première et puisque nous sommes dans une ville où on parie beaucoup, c'est sur vous que j'ai décidé de miser.

Il ne bougea ni ne parla pendant un long moment. Elle regarda ses yeux tandis qu'il tournait et retournait dans sa tête tout ce qu'elle venait de lui dire. Elle prenait, elle le savait, un risque énorme en passant de son côté. Mais huit ans dans les Badlands lui avaient fait voir les risques sous un jour très différent depuis qu'elle avait quitté Quantico.

– Permettez que je vous pose une question, reprit-il. Comment se fait-il qu'ils ne vous aient pas collée dans une chambre d'hôtel avec deux gardes postés dans le couloir? Vous savez bien… au cas où Backus se pointerait? Parce que, comme vous le dites, tout ça pourrait bien vous concerner directement. D'abord McCaleb, maintenant vous.

Elle écarta l'hypothèse d'un hochement de tête.

— Il n'est effectivement pas impossible qu'ils se servent de moi. Comme d'un appât.

— Vraiment?

Elle haussa les épaules.

— Je ne sais pas. On ne me dit pas tout dans cette enquête. Quoi qu'il en soit, ça n'a pas d'importance. S'il veut me sauter dessus, qu'il le fasse. Je n'ai aucune envie de me terrer dans une chambre d'hôtel. Pas alors qu'il rôde dans les parages. Et j'ai toujours mes copains Sig et Glock avec moi.

— Ho ho, un agent à deux flingues! Intéressant. Les trois quarts des flics à deux flingues que j'ai connus avaient un peu trop de tes-tostérone à vider avec leurs chargeurs. J'aimais pas trop travailler avec eux.

Il avait dit ça avec une espèce de sourire dans la voix. Elle sentait qu'elle était au bord de l'accrocher.

— Je ne les porte pas tous les deux à la fois, précisa-t-elle. J'en ai un pour le boulot, et l'autre pour après... Et vous, vous essayez de changer le sujet de la conversation.

— Qui serait?

— Ce que vous allez faire maintenant. Écoutez... comme on dit dans les films: on peut faire ça gentiment ou alors...

— T'en coller une dans la gueule avec l'annuaire du téléphone.

— Voilà. Vous travaillez seul et à contre-courant, mais il est clair que vous avez de bonnes intuitions et que vous savez certaines choses que nous ignorons encore. Pourquoi ne pas travailler ensemble?

— Et qu'est-ce qui se passe le jour où l'agent Dei et le reste du FBI découvrent le pot aux roses?

— C'est moi qui prends le risque, c'est moi qui tombe. Mais la chute ne sera pas trop dure parce que... qu'est-ce qu'ils peuvent me faire? Me renvoyer à Minot? La belle affaire!

Il acquiesça d'un signe de tête. Elle le regarda dans les yeux et tenta d'y voir ce qu'il pensait. Pour elle, dans toute affaire, il devait faire passer le bon sens avant les mesquineries et la vanité. Il allait tout digérer et finirait par comprendre que c'était la meilleure façon de procéder.

Il hocha encore une fois la tête.

– Et vous, qu'est-ce que vous allez faire demain matin? lui demanda-t-il.

– Vous surveiller. Pourquoi?

– Où êtes-vous descendue?

– A l'Embassy Suites dans Paradise Road, près de Harmon.

– Je passerai vous prendre à 8 heures.

– Et nous irons…?

– Au sommet du triangle.

– Que voulez-vous dire? Où ça?

– Je vous expliquerai demain. Je pense pouvoir vous faire confiance, Rachel, mais chaque chose en son temps. Vous venez avec moi?

– D'accord, monsieur Bosch. Je vous accompagne.

– Vous recommencez à me la jouer officiel?

– Non, ça m'a échappé. Je n'ai pas envie de vous la jouer officiel.

Elle lui décocha un sourire et le vit essayer d'en percer le sens.

– O.K., d'accord, dit-il. On se voit demain. Maintenant, il faut que je me prépare pour aller voir ma fille.

Il se leva et elle aussi. Elle but encore une gorgée de sa bière et reposa la bouteille à moitié vide sur la petite table.

– 8 heures demain matin, dit-elle. Vous passez me prendre?

– Voilà.

– Vous êtes sûr de vouloir conduire? Avec moi au volant, l'oncle Sam pourrait payer l'essence.

– Non, ça ira. Vous pouvez apporter les photos des disparus? Je les avais sur la coupure de journal, mais l'agent Dei me l'a prise.

– Je verrai ce que je peux faire. A l'antenne locale, il y a probablement un dossier de réserve que personne ne réclamera.

– Ah oui, encore une chose. Amenez vos deux copains.

– Quels copains?

– Glock et Sig.

Elle sourit et lui adressa un hochement de tête.

– Vous n'avez pas le droit d'être armé, c'est ça? Légalement, je veux dire.

– Non. Et je ne le suis pas.

– On se sent tout nu.

– On peut le dire comme ça.

Elle lui décocha un autre sourire.

– Bon mais… ne comptez pas sur moi pour vous passer un flingue. C'est hors de question.

Il haussa les épaules.

– Bien obligé de demander.

Il lui ouvrit la porte, elle s'en alla. Il referma la porte derrière elle, elle descendit l'escalier qui conduisait au parking et jeta un coup d'œil par-dessus son épaule en se demandant s'il la regardait par le judas. Puis elle monta dans la Crown Vic qu'elle avait prise au garage du FBI. Elle était à deux doigts d'avoir de gros ennuis et le savait. Ce qu'elle venait de révéler à Bosch et avait accepté de faire le lendemain lui garantissait une fin de carrière rapide si jamais les choses tournaient mal. Mais elle s'en moquait. Ici, c'était partout qu'on jouait. Elle avait confiance en Bosch et en elle-même. Pas question de les laisser gagner.

Elle sortait en marche arrière lorsqu'elle vit un taxi s'arrêter dans le parking. Un petit joufflu à chemise hawaïenne et cheveux délavés par le soleil en descendit et regarda les numéros des portes de chambre. Il portait une grosse enveloppe à la main, ou alors un classeur qui avait l'air vieux et tout jauni. Rachel le regarda grimper les marches quatre à quatre et gagner la porte 22, celle de Bosch. La porte s'ouvrit avant même que l'inconnu ait à y frapper.

Rachel termina sa marche arrière et quitta le parking pour entrer dans Koval Street. Elle fit le tour du pâté de maisons et se gara dans un endroit d'où elle pouvait voir les deux sorties du parking. Bosch manigançait quelque chose, elle en était sûre – et bien décidée à savoir de quoi il retournait.

25

Backus n'avait pu qu'entrapercevoir l'homme qui avait ouvert la porte à Rachel Walling. Mais il pensait avoir reconnu en lui quelqu'un qu'il avait vu bien des années auparavant. Il sentit son pouls s'accélérer. S'il ne se trompait pas sur l'identité de l'homme que Rachel avait retrouvé à la chambre 22, les enjeux venaient de monter de manière considérable.

Il examina le motel et scruta les alentours. Il avait déjà repéré les trois voitures de surveillance du FBI. Les agents s'étaient mis en repli. L'un d'eux s'était assis à l'arrêt de bus de Koval Street. Assis là dans son costume gris, il n'avait pas l'air à sa place à faire semblant d'attendre, mais bon : c'était le style FBI.

Cela lui laissait la possibilité de tourner autour du motel. En forme de L, celui-ci était entouré de parkings de tous les côtés. Backus comprit qu'en passant de l'autre côté du bâtiment il pourrait peut-être apercevoir par un balcon ou une fenêtre de derrière le type avec lequel Rachel avait passé un moment.

Il décida de ne pas prendre le risque d'aller se garer dans le parking de derrière. Ç'aurait pu attirer l'attention du type qui chauffait son banc de l'autre côté de la rue. Au lieu de ça, il entrouvrit sa portière et se glissa hors de sa voiture. Il avait éteint le plafonnier, il ne risquait pas d'être vu. Il se faufila entre deux autres voitures avant de se redresser. Puis, juste avant de sortir du parking, il se mit sur la tête une casquette de base-ball frappée du logo UNLV[1] et en abaissa la visière.

---

1. Soit Université du Nevada, campus de Las Vegas *(NdT)*.

Il prit le passage couvert au rez-de-chaussée du motel, longea les distributeurs de sodas et de bonbons, ressortit de l'autre côté de la bâtisse et traversa le parking de derrière comme s'il y cherchait sa voiture. Il en profita pour lever les yeux sur un balcon éclairé – celui de la chambre 22 où il pensait avoir vu entrer Rachel. La porte coulissante était ouverte.

En continuant de regarder autour de lui comme s'il cherchait toujours sa voiture, il s'aperçut que l'agent assis sur le banc ne pouvait pas voir le parking de derrière. De fait, personne ne le voyait – mine de rien, il se posta juste sous le balcon de la chambre 22 et fit tout ce qu'il pouvait pour entendre la moindre bribe de conversation qui aurait filtré par la porte ouverte. Il reconnut bien la voix de Rachel, mais ne comprit pas ce qu'elle disait jusqu'au moment où elle lâcha: «On se sent tout nu.»

Cela l'intrigua et le laissa perplexe. Il pensait à monter au premier pour mieux saisir ce qu'ils se disaient lorsqu'il entendit claquer une porte. Rachel avait dû partir. Il revint dans le passage couvert et se cacha derrière le distributeur de Coca en entendant un bruit de moteur qu'on faisait démarrer. Il attendit et entendit le bruit d'une autre voiture qui entrait dans le parking. Il gagna le coin du passage et risqua un œil. Quelqu'un était en train de descendre d'un taxi et cet homme, Backus le reconnut aussi: c'était l'associé de McCaleb. Aucun doute possible. Backus eut l'impression d'avoir mis les pieds dans un nid d'intrigues et de mystères. Que fabriquait Rachel? Comment avait-elle fait son compte pour entrer aussi vite en contact avec l'associé de McCaleb? Et que venait faire le LAPD dans tout ça?

Il regarda derrière le taxi et vit la Crown Victoria de Rachel passer dans la rue et s'éloigner. Il attendit encore un peu et, là, une des Grand Am s'arrêta, son chauffeur prenant le type assis sur le banc avant de filer. Backus s'enfonça encore plus la visière sur le crâne, sortit du passage couvert et regagna sa voiture.

2 6

Je regardai par le judas et, pensant à l'agent Walling, je me demandai comment elle avait fait pour que les territoires sauvages du FBI et des Dakota ne lui aient volé ni sa flamme ni son sens de l'humour. Cela me la rendait sympathique et je sentais un lien s'établir entre nous. Je me dis que je pouvais peut-être lui faire confiance, mais songeai aussi que je m'étais peut-être fait rouler par une pro. Elle ne m'avait pas dit tout ce qu'elle avait derrière la tête, j'en étais certain, mais personne ne le fait jamais et, de toute façon, elle m'en avait déjà assez lâché comme ça. Nos raisons étaient sans doute différentes, mais nous voulions tous les deux la même chose. Je n'allais pas revenir sur ma décision de l'emmener avec moi le lendemain matin.

Ma vue fut soudain bouchée par l'image concave de Buddy Lockridge. J'ouvris la porte avant qu'il ait pu y frapper et l'attirai vite à l'intérieur. Je me demandai si Walling l'avait vu en partant.

– Pile au bon moment, Buddy. Quelqu'un vous a-t-il parlé ou arrêté dehors ?

– Quoi, ici ?

– Oui, ici.

– Non. Je descends juste du taxi.

– Bon. Alors… où étiez-vous passé ?

Il expliqua son retard en prétendant qu'il n'y avait pas de taxis au Bellagio – et je n'en crus pas un mot. En lui prenant les deux dossiers qu'il portait, j'avais vu la bosse dans une de ses poches de jean.

— Vous dites des conneries, Buddy. On a peut-être du mal à trouver des taxis dans cette ville, mais pas au Bellagio. Là-bas, il y en a toujours.

Je tendis la main et touchai sa poche.

— Vous vous êtes arrêté en route pour jouer un moment, pas vrai? Vous avez la poche pleine de jetons.

— Écoutez, je me suis arrêté pour faire deux ou trois parties de black-jack vite fait et j'ai eu de la chance. J'arrivais plus à perdre. Regardez un peu ça!

Il plongea la main dans sa poche et en retira une pleine poignée de jetons de cinq dollars.

— Ça chauffait! Et la chance, faut pas la lâcher, jamais, reprit-il.

— Oui, bon, génial. Ça vous aidera à payer votre chambre.

Il examina l'appartement. Par la porte du balcon on entendait la circulation et des bruits d'avions à réaction.

— Avec joie, me renvoya-t-il, parce que moi, il est pas question que je reste ici.

J'en ris presque en songeant à ce que j'avais vu de son bateau.

— Vous descendez où vous voulez parce que moi, j'ai plus besoin de vous ici, lui répliquai-je. Merci de m'avoir apporté les dossiers.

Il écarquilla les yeux.

— Quoi?!

— J'ai un nouvel associé. Le FBI. Ce qui fait que vous pouvez rentrer à L.A. dès que vous voudrez, ou jouer au black-jack jusqu'à ce que le Bellagio vous appartienne. Comme je vous l'ai dit, je paie le billet d'avion et la traversée en hélico et je vous file quarante dollars pour la chambre. C'est ce que ça coûte par jour ici.

Je lui montrai les dossiers.

— Et j'y ajouterai deux cents dollars et quelques pour le temps que vous avez passé à aller me chercher ces trucs-là et à me les rapporter.

— Pas question, mec. Je me suis tapé tout le chemin jusqu'ici, moi. Je peux encore aider. Les agents du FBI, j'ai déjà travaillé avec eux quand, Terry et moi, on bossait sur des affaires.

— Ça, c'était hier et aujourd'hui, c'est aujourd'hui, Buddy. Allez. Je vous ramène à votre hôtel. Je me suis laissé dire que les taxis étaient rares et de toute façon, moi aussi, je vais dans cette direction.

Je refermai la porte coulissante du balcon, sortis de l'appartement avec lui et fermai à clé. J'avais pris les dossiers pour pouvoir les lire un peu plus tard. Pendant que nous descendions au parking, je cherchai des yeux le type de la sécurité, mais ne le vis pas. Je cherchai aussi Rachel Walling, mais ne la vis pas davantage. Par contre, je vis ma voisine, Jane, en train de ranger une boîte à chaussures dans le coffre de sa voiture, une Monte Carlo blanche. De l'endroit où je me trouvais sur les marches, je pus remarquer que la malle arrière était remplie d'autres boîtes plus grandes.

— Vous serez mieux avec moi, reprit Buddy avec de la protestation dans la voix. Le FBI, y a pas moyen de lui faire confiance, mec. Terry en faisait partie et, même lui, il leur faisait pas confiance.

— Je sais, Buddy, je sais. Le Bureau, ça fait trente ans que je bosse avec.

Il se contenta de hocher la tête. Je regardai Jane monter dans sa voiture et faire une marche arrière. Je me demandai si c'était la dernière fois que je la voyais. Lui avais-je flanqué la trouille en lui disant que j'avais été flic au point qu'elle préfère filer? Et si, les murs n'étant pas très épais, elle avait entendu ma conversation avec l'agent Walling?

Les appréciations de Buddy sur le Bureau me rappelèrent brusquement quelque chose.

— Vous savez que, dès que vous serez revenu chez vous, ils vont vouloir vous causer, lui dis-je.

— De quoi?

— Du GPS. Ils l'ont retrouvé.

— Putain, c'est génial, ça! Vous voulez dire que... c'était pas Finder? C'était Shandy?

— Y a des chances. Sauf que c'est pas si génial que ça, Buddy.

— Pourquoi donc?

Je déverrouillai la Mercedes et nous y montâmes. Je regardai Buddy en faisant démarrer le moteur.

— Tous les points de pêche ont été effacés. Il n'y a plus qu'un point de localisation sur l'écran et c'est pas à cet endroit que vous allez pouvoir pêcher quoi que ce soit.

— Eh merde, tiens! J'aurais dû m'en douter.

– De toute façon, ils vont vous poser toutes sortes de questions là-dessus, et aussi sur Terry et sur les voyages en mer. Comme moi.

– Parce que comme ça ils vous filent le train? Ils essaient de vous rattraper? C'est vous le grand chef, alors.

– Pas vraiment, non.

Je savais ce qui allait suivre. Il se tourna sur son siège et se pencha vers moi.

– Prenez-moi avec vous, Harry. Je vous dis que je peux vous aider. Je suis malin. Je comprends les trucs.

– Mettez votre ceinture, Buddy.

Je passai en marche arrière avant qu'il ait pu le faire, il faillit s'écraser sur le tableau de bord.

Nous nous dirigeâmes vers le Strip et nous frayâmes lentement un chemin jusqu'au Bellagio. C'était le début de la soirée, les trottoirs refroidissaient et la foule augmentait. Les passerelles et les passages en hauteur commençaient à se remplir. Les néons qui ornaient toutes les façades éclairaient le crépuscule comme un superbe coucher de soleil. Enfin… presque. Buddy n'arrêtait pas de me faire valoir ses qualités pour que je lui trouve un rôle dans l'enquête, mais j'écartai toutes ses tentatives. Après avoir fait le tour de l'énorme fontaine qui se trouve devant le casino et m'être arrêté devant sa gigantesque entrée, j'informai le voiturier que nous ne faisions que prendre quelqu'un. Il me fit signe de me garer le long d'un trottoir et de ne pas laisser la voiture sans surveillance.

– On prend qui? me demanda Buddy d'un ton à nouveau plein de vie.

– On prend personne. C'est juste un truc que j'ai dit comme ça. Écoutez, Buddy. Vous voulez travailler avec moi? Alors, restez quelques minutes dans la voiture, qu'on ne nous la foute pas en fourrière. Il faut que j'entre vite fait.

– Pour quoi faire?

– Pour voir quelqu'un.

– Qui?

Je sautai de la voiture et en refermai la portière sans répondre à sa question: je savais qu'avec lui une question ne faisait jamais qu'en amener une autre et je n'avais pas le temps de m'amuser à ça.

Je connaissais le Bellagio aussi bien que les moindres virages de Mulholland Drive. C'était au Bellagio qu'Eleanor Wish, mon ex-épouse, gagnait sa vie et je l'y avais vue à l'œuvre plus d'une fois. Je traversai rapidement le casino, longeai le parterre de machines à sous et gagnai le salon de poker.

Seules deux tables y étaient ouvertes. Il était encore tôt. Je jetai vite un coup d'œil aux joueurs, Eleanor n'en faisait pas partie. Je regardai le podium et m'aperçus que le responsable était quelqu'un que j'avais connu en venant avec Eleanor pour la regarder jouer. J'allai le saluer.

– Quoi de neuf ce soir, Freddy?

– Du cul, surtout ça.

– C'est pas déplaisant. Au moins, on a quelque chose à regarder.

– Je me plains pas.

– Eleanor doit passer?

Eleanor avait pour habitude de faire savoir aux responsables de table quand elle avait l'intention de venir jouer. Cela leur permettait de lui réserver une place à des tables de flambeurs ou de joueurs très doués. Parfois, ils lui organisaient des petites parties privées. Aussi bien mon ex était-elle une véritable attraction secrète à Las Vegas. Séduisante et redoutable au jeu, elle était une sorte de défi pour les hommes d'un type assez particulier. Les casinos le savaient et faisaient ce qu'il fallait. Eleanor était toujours bien traitée au Bellagio. Si elle avait besoin de quelque chose – boisson, suite ou être débarrassée d'un joueur grossier qu'elle n'avait pas envie de voir à sa table –, elle l'avait. Et sans qu'on lui pose de questions. C'était pour ça que, les soirs où elle jouait, c'était au Bellagio qu'elle le faisait.

– Oui, elle doit passer, dit-il. Je ne lui ai encore rien trouvé, mais elle va passer, oui.

J'attendis un instant avant de lui poser une deuxième question. J'allais devoir jouer fin. Je me penchai sur la rambarde et regardai le croupier distribuer à chacun sa dernière carte, celle-ci frottant le tapis bleu avec un léger murmure. Il restait cinq joueurs en lice. Je regardai leurs visages lorsqu'ils découvrirent leurs jeux. J'y cherchai un signe, mais rien ne les trahit.

Eleanor m'avait dit un jour qu'en Amérique les vrais joueurs appellent cette dernière carte «le fleuve», parce que c'est celle qui donne vie ou emporte à la mort. Quand on a joué sa donne jusqu'à la septième carte, tout en dépend.

Sur les cinq joueurs, trois plièrent aussitôt. Les deux derniers montèrent, l'un d'eux demandant enfin à voir et emportant la mise avec trois sept.

— A quelle heure a-t-elle dit qu'elle viendrait? demandai-je à Freddy.

— Euh, à l'heure habituelle. Aux environs de 8 heures.

Malgré tous les efforts que je déployais pour avoir l'air de ne pas y toucher, je sentis que Freddy commençait à hésiter en comprenant que c'était à Eleanor qu'il devait allégeance et pas à son ex-mari. Mais j'avais eu ce que je voulais, je le remerciai et m'éloignai. Eleanor avait prévu de coucher notre fille avant de partir travailler. Maddie allait rester avec la gouvernante à demeure.

Je regagnai l'entrée du casino et découvris qu'il n'y avait plus personne dans ma voiture. Je cherchai Buddy des yeux et le vis en pleine conversation avec un des voituriers. Je l'appelai et lui fis au revoir de la main, mais il rappliqua en courant et me rattrapa à la portière de la voiture.

— Vous partez?

— Oui, je vous l'ai dit. Je ne faisais que passer. Merci d'être resté dans la voiture comme je vous l'avais demandé.

Ça ne fit même pas tilt.

— Pas de problème, me renvoya-t-il. Vous l'avez trouvé?

— Qui ça?

— Le type que vous vouliez voir.

— Oui, Buddy, je l'ai trouvé. On se revoit très…

— Allez quoi! Bossons sur ce truc ensemble. Terry, c'était aussi mon ami, vous savez?

Cela m'arrêta.

— Je comprends, lui dis-je. Mais le mieux, si vous voulez vraiment faire quelque chose pour Terry, c'est de rentrer, d'attendre les agents du FBI et de leur dire tout ce que vous savez. Surtout, ne leur cachez rien.

— Vous voulez dire… même que vous m'avez envoyé au bateau pour y piquer le dossier et les photos?

Et maintenant il essayait de se payer ma tête parce qu'il avait enfin compris qu'il était hors du coup.

– Vous leur racontez ce que vous voulez, ça m'est égal, lui répondis-je. Je vous l'ai dit: maintenant, je travaille avec eux. Ils le sauront avant même que vous ne les voyiez. Juste ceci pour que vous soyez bien clair dans votre tête: je ne vous ai jamais dit de piquer quoi que ce soit. Je travaille pour Graciela. Le bateau, et tout ce qu'il y a dedans, lui appartient. Y compris ces dossiers et les photos.

Je lui collai mon index sur la poitrine, et appuyai.

– Avez-vous bien compris, Buddy?

Il recula.

– Oui, j'ai bien compris. Je voulais seulement…

– Parfait.

Et je lui tendis la main. Nous nous la serrâmes, mais sans grand plaisir.

– A plus, Buddy.

Il me lâcha la main, je remontai dans ma voiture, refermai la portière, mis le moteur en marche et m'éloignai. Puis je jetai un coup d'œil dans mon rétro, le vis pousser la porte à tambour du casino et compris qu'avant la fin de la nuit il aurait perdu tout l'argent qu'il avait gagné. Il avait raison: la chance, il ne faut pas la lâcher quand on en a.

Je regardai la pendule du tableau de bord: Eleanor n'irait pas travailler avant une bonne heure et demie. Je pouvais me mettre en route, mais mieux valait attendre, je le savais. C'était ma fille que je voulais voir, pas mon ex. A sa décharge, et je ne l'oublierai jamais, Eleanor avait eu la gentillesse de me donner un plein droit de visite pendant les heures où elle travaillait. Cela ne poserait donc pas de problème. Et que Maddie soit réveillée ou pas n'avait guère d'importance: tout ce que je voulais, c'était la voir, l'entendre respirer et toucher ses cheveux. Mais chaque fois que nos chemins se croisaient, Eleanor et moi ne pouvions éviter de déraper et verser dans une colère qui prenait le pas sur tout. Il valait mieux aller chez elle quand elle n'y était pas, je le savais.

J'aurais pu rentrer aux Deux X et y passer une heure à lire le dossier du Poète, mais je préférai rouler. Paradise Road était bien moins encombrée que le Strip. Comme toujours. Je pris par Harmon, tournai vers le nord et m'engageai presque aussitôt dans le parking des Embassy Suites en me disant que Rachel Walling avait peut-être envie de prendre un café et de se faire expliquer un peu plus en détail le plan de bataille pour le lendemain. Je fis le tour du parking en cherchant une voiture du FBI que ses enjoliveurs bleus bon marché et ses plaques de l'administration fédérale auraient rendue parfaitement repérable. Rien. Je sortis mon portable, appelai les renseignements et obtins le numéro des Embassy Suites. J'appelai, demandai qu'on me passe la chambre de Rachel et obtins satisfaction. Le téléphone sonna et sonna, mais personne ne décrocha. Je refermai mon appareil, réfléchis un instant, puis le rouvris et composai le numéro qu'elle m'avait donné. Elle décrocha dans la seconde.

– Bonjour, c'est Bosch, lui lançai-je avec le plus de désinvolture possible. Qu'est-ce que vous faites en ce moment?

– Rien. Je traîne.

– Vous êtes à l'hôtel?

– Oui. Quoi de neuf?

– Rien. Je me disais que vous aviez peut-être envie de boire un café. Je suis allé faire un tour et j'ai un peu de temps à tuer. Je pourrais être à votre hôtel dans deux ou trois minutes.

– Oh, merci, mais non: je ne pense pas sortir ce soir.

Bien sûr que tu ne penses pas sortir, me dis-je. Pour sortir, il faudrait d'abord que tu sois dans ta chambre.

– Je me tape un peu de décalage horaire. C'est toujours le deuxième jour que ça me prend. Et demain on démarre tôt, non?

– Je comprends.

– Ce n'est pas que je n'en ai pas envie, reprit-elle. Demain soir, ça vous irait?

– Entendu. On est toujours d'accord pour demain matin 8 heures?

– Je vous attendrai devant l'hôtel.

Nous raccrochâmes et, pour la première fois, le doute me vint. Elle manigançait quelque chose et se servait de moi comme d'un pion.

J'essayai d'oublier. Elle avait pour tâche de me surveiller et ne me l'avait pas caché. Peut-être comprenais-je tout de travers.

Je refis le tour du parking en y cherchant une Crown Vic ou une LTD, mais toujours rien. Je ressortis rapidement et repassai dans Paradise Road. Arrivé à Flamingo Road, je pris à l'ouest, retraversai le Strip, retrouvai l'autoroute, me garai dans le parking d'un grill près du Palms, le casino qu'affectionnent beaucoup de gens du cru parce qu'il ne se trouve pas sur le Strip et attire nombre de célébrités. La dernière fois que nous nous étions parlé poliment, Eleanor m'avait dit envisager de lui faire allégeance plutôt qu'au Bellagio. C'était certes à ce dernier qu'allait l'argent, mais l'essentiel de cet argent filait au craps [1] et aux tables de baccara et de pai gow. Le poker exigeait d'autres qualités et c'était le seul jeu dans lequel on ne joue pas contre la banque. La rumeur locale lui avait appris que toutes les vedettes et grands athlètes de L.A. qui venaient au Palms jouaient au poker – et perdaient beaucoup d'argent en apprenant à y jouer.

Au grill, je commandai un aloyau à la new-yorkaise avec une patate au four. La serveuse essaya de me faire renoncer à une cuisson à point, mais je restai ferme. Dans tous les endroits où j'avais grandi, je n'avais jamais mangé de viande qui soit rose au milieu, ce n'était pas maintenant que j'allais commencer à aimer ça. La serveuse ayant fini par transmettre ma commande, je songeai à une cuisine de l'armée où j'étais un jour entré, à Fort Benning. J'y avais découvert, empilés dans une douzaine d'énormes chaudrons, des quartiers entiers de bœuf tout gris à force d'avoir bouilli. Un type armé d'une pelle enlevait du gras remonté à la surface d'un de ces chaudrons et le déversait dans un seau. Je ne devais jamais sentir d'odeur plus pestilentielle avant d'entrer quelques mois plus tard dans un des tunnels où le Viêt-cong cachait ses morts aux statisticiens de l'armée.

J'ouvris le dossier du Poète et me préparais pour une séance de lecture approfondie lorsque mon portable bourdonna. Je répondis sans regarder l'écran d'affichage.

– Allô?

– Harry, c'est Rachel. Vous avez toujours envie de votre café? J'ai changé d'idée.

---

1. Jeu de dés voisin du zanzi *(NdT)*.

J'en conclus qu'elle avait dû se dépêcher de rentrer aux Embassy Suites pour que je ne la prenne pas en flagrant délit de mensonge.

— Euh… c'est-à-dire que j'ai déjà commandé à manger dans un restaurant à l'autre bout de la ville.

— Ah merde. Je suis désolée. Ça m'apprendra. Vous êtes tout seul?

— Oui, mais j'ai de quoi travailler.

— Je connais. Je mange seule à peu près tous les soirs.

— Moi aussi… quand je mange.

— Vraiment? Et votre fille?

Je ne me sentais plus assez à l'aise ou en confiance pour lui parler. Je ne savais pas ce qu'elle fabriquait. Et je n'avais pas envie de lui déballer mes tristes déboires de mari et de père.

— Bon, écoutez, lui dis-je. Y a quelqu'un qui me regarde d'un sale œil. Je crois qu'il est interdit de téléphoner avec un portable dans cet endroit.

— Alors, ne brisons pas l'interdit. On se retrouve demain matin à 8 heures, d'accord?

— D'accord, Eleanor. Au revoir.

J'allais refermer mon portable lorsque j'entendis sa voix.

— Harry?

— Quoi?

— Eleanor, ce n'est pas moi.

— Quoi?

— Vous venez de m'appeler Eleanor.

— Oh. C'est une erreur. Je m'excuse.

— Je vous fais penser à elle?

— Peut-être. En gros. Pas à celle de maintenant, à celle d'il y a un bon moment.

— Pas trop loin quand même, j'espère.

C'était à l'Eleanor qui avait été rejetée par le Bureau qu'elle pensait. Et la chute de mon ex-épouse avait été si dure que, pour elle, il n'avait même pas été question de décrocher une «nomination qui fait mal» du côté de Minot.

— On se voit demain, Rachel.

— Bonsoir, Harry.

Je refermai mon portable et songeai à mon erreur. Elle avait

surgi tout droit de mon inconscient, mais maintenant qu'elle s'étalait au grand jour, il n'y avait pas moyen de se tromper sur son sens.
Et je n'avais aucune envie d'y penser. Tout ce que je voulais, c'était
m'enfouir dans le dossier ouvert devant moi. Étudier la folie et les
crimes d'un autre me remettrait d'aplomb, je le savais.

2 7

A 20 h 30, je frappai chez Eleanor Wish, la Salvadorienne qui y habitait et s'occupait de ma fille m'ouvrant aussitôt. Marisol avait un visage aimable, mais usé. Agée d'une cinquantaine d'années, elle paraissait nettement plus vieille. La façon dont elle avait réchappé à la mort était tellement terrifiante que chaque fois que j'y pensais, je me sentais heureux de mon sort. Depuis le jour où, me pointant chez mon ex-femme sans prévenir, j'avais découvert que j'étais le papa d'une petite fille, Marisol m'avait toujours traité avec gentillesse. N'ayant jamais vu en moi une menace quelconque, elle avait toujours respecté mon rôle de père et ma position d'outsider et s'était montrée plus que cordiale. Elle recula pour me laisser entrer.

— Elle dormir, dit-elle.

Je lui montrai le dossier que j'avais emporté.

— Pas de problème. J'ai du travail. Je veux juste m'asseoir à côté d'elle un moment. Comment allez-vous, Marisol?

— Oh, je vais bien.

— Eleanor est partie au casino?

— Oui, elle partie.

— Et Maddie va bien?

— Maddie bonne fille. Elle joue.

Marisol réduisait toujours ses comptes rendus au minimum. Un jour j'avais essayé de lui parler en espagnol en me disant que, si elle parlait si peu, c'était peut-être parce qu'elle ne savait pas assez d'anglais, mais non: elle m'en avait dit aussi peu dans sa langue et avait toujours préféré me décrire la vie et les activités de ma fille en des termes aussi succincts que possible dans les deux langues.

– Bon, d'accord, merci. Si vous voulez aller vous coucher, je connais la sortie. Je veillerai à bien fermer derrière moi.

Je n'avais pas la clé, mais il suffisait de claquer la porte.

– Oui, c'est d'accord.

J'acquiesçai d'un signe de tête, pris à gauche dans le couloir, entrai dans la chambre de Maddie et refermai la porte derrière moi. La veilleuse branchée dans la prise du mur du fond projetait une lueur bleutée dans la pièce. Je m'avançai jusqu'à son chevet et allumai la lampe. Je savais d'expérience que la lumière ne la dérangerait pas. Ses rêves de petite enfant de cinq ans étaient si profonds qu'elle pouvait dormir dans n'importe quelles conditions, jusques et y compris dans le vacarme d'une retransmission des éliminatoires des Lakers à la télé ou les grondements d'un tremblement de terre de 5,1 points sur l'échelle de Richter.

La lumière me montra un gros cafouillis de cheveux emmêlés sur l'oreiller. Maddie avait tourné la tête de l'autre côté. J'avançai la main pour lui ôter quelques bouclettes de la figure et me penchai en avant pour l'embrasser sur la joue. Puis je tournai la tête de façon à avoir l'oreille tout près de son visage, attendis qu'elle respire et fus récompensé. L'infime moment de panique totalement infondée qui m'avait pris se dissipa.

Je gagnai la commode et coupai le micro de surveillance enfant relié à un haut-parleur dans le salon télé ou dans la chambre de Marisol. Il n'y en avait plus besoin. J'étais là.

Maddie dormait dans un grand lit recouvert d'une courtepointe en tissu imprimé orné de toutes sortes de chats. Elle prenait si peu de place qu'il en restait largement assez pour appuyer le deuxième oreiller à la tête de lit et m'allonger à côté d'elle. Je passai la main sous les couvertures, la posai tout doucement sur son dos et attendis sans bouger que celui-ci se soulève et s'abaisse au rythme de sa respiration. Et de l'autre main j'ouvris le dossier du Poète et commençai à le lire.

Pendant le dîner, j'avais déjà étudié les trois quarts du dossier. Y compris le profil du suspect établi par l'agent Rachel Walling et les photos et analyses de scènes de crime qui s'étaient accumulées au fur et à mesure des enquêtes ouvertes sur le Poète par les polices et agents du Bureau à travers tout le pays. Tout remontait à l'époque où, quelque huit ans plus tôt, il avait tué huit inspecteurs des Homicides en traversant les États-Unis jusqu'à Los Angeles, où sa série d'assassinats avait pris fin.

Ma fille continuant de dormir à côté de moi, j'attaquai les rapports établis après que le FBI avait découvert que le suspect n'était autre que l'agent spécial Robert Backus. Après que, Rachel Walling lui ayant tiré dessus, il avait disparu.

C'est alors que je tombai sur les conclusions de l'autopsie d'un cadavre retrouvé par le service des Eaux et de l'Électricité dans un tunnel d'évacuation des eaux de pluie de Laurel Canyon. Le corps avait été découvert presque trois mois après le moment où, s'étant fait tirer dessus, Backus était passé à travers la fenêtre d'une maison à plusieurs niveaux et avait disparu dans les ténèbres et les buissons du canyon en dessous. Des papiers et un écusson du FBI appartenant à un certain Robert Backus avaient été retrouvés sur le corps. Costume sur mesure taillé en Italie où le FBI l'avait envoyé (à Milan) en qualité de consultant dans une enquête sur un tueur en série, les habits – en mauvais état – lui appartenaient eux aussi.

Mais la police scientifique n'avait pu déterminer l'identité du corps de façon catégorique. La décomposition avancée du cadavre n'avait en effet pas permis de procéder à l'analyse des empreintes. Et il manquait des bouts de chair que lui avaient arrachés – du moins l'avait-on pensé au début – des rats et d'autres animaux à la recherche de nourriture dans le tunnel. C'est ainsi que, la mandibule inférieure et le bridge supérieur du cadavre n'ayant pas été retrouvés, il n'avait pas été possible de procéder à une comparaison avec le dossier dentaire de l'agent du FBI.

Il n'avait pas davantage été possible de déterminer la cause de la mort, même si l'on avait découvert une perforation par balle dans la partie supérieure de l'abdomen (celle où, à l'entendre, l'agent Walling avait vu entrer son projectile) et une côte fracturée, probablement sous la force de l'impact. Cela dit, aucun fragment de balle n'avait été retrouvé, ce qui laissait penser que le corps avait été traversé de part en part et avait interdit toute possibilité de comparaison avec les projectiles tirés par l'arme de Walling.

Et d'ailleurs aucune comparaison ou identification à l'ADN n'avait été pratiquée. Après la fusillade – lorsqu'on s'était dit que Backus avait peut-être survécu et se trouvait donc en cavale –, plusieurs agents avaient fondu sur le bureau et le domicile du fugitif. Mais leur but était seulement de trouver des éléments de preuve de ses crimes et des indices permettant de comprendre pourquoi il les avait commis. Personne n'avait même seulement envisagé de devoir un jour identifier ses restes en putréfaction. Cette gaffe devait à jamais entacher l'enquête et avait ouvert la voie à toutes sortes d'accusations de manœuvres malhonnêtes et de tentatives d'étouffement de l'affaire, cheveux, poils et fragments de peau dans la bonde de la douche, rognures d'ongles dans la poubelle, pellicules et cheveux sur le dossier du fauteuil de bureau, rien de ce qui était récepteur potentiel d'ADN n'ayant été recueilli. Et trois mois plus tard, lorsque le corps avait été découvert dans le tunnel d'évacuation des eaux de pluie, il était trop tard pour procéder à cette recherche. Ces récepteurs avaient disparu ou été corrompus. La copropriété dans laquelle Backus possédait un appartement avait été très mystérieusement réduite en cendres trois semaines après les derniers examens du FBI, et son bureau, repris par l'agent qui l'avait remplacé à l'unité des Sciences du comportement, Randall Alpert, avait été complètement rénové.

On avait bien essayé de retrouver des gouttes de son sang, mais la tentative n'avait rien donné, hormis matière à tourner le Bureau en dérision. Lorsque l'agent Walling avait tiré sur lui, Backus avait effectivement perdu du sang qui avait giclé en petite quantité sur le plancher. Un échantillon en avait été recueilli – puis détruit par mégarde au labo de Los Angeles un jour qu'on se débarrassait de déchets médicaux.

Rechercher du sang qu'il aurait pu donner au cours d'examens médicaux ou lors de collectes s'était révélé tout aussi infructueux. Grâce à son astucieuse planification, à la malchance et aux cafouillages bureaucratiques, Backus avait réussi à disparaître sans laisser de traces.

On avait donc officiellement renoncé à le trouver lorsque ce cadavre avait été découvert dans le tunnel d'évacuation. Bien qu'aucune confirmation scientifique ne soit venue étayer son identification, ses papiers, son écusson et son costume de coupe italienne avaient permis à la hiérarchie du Bureau de déclarer close cette affaire qui avait beaucoup mobilisé les médias et encore plus abîmé l'image d'un FBI déjà passablement décrié.

En attendant, on avait quand même continué à enquêter, mais sans rien dire, sur le passé psychologique de l'agent tueur. C'étaient ces rapports que je lisais maintenant. Menée par l'unité des Sciences du comportement – la section même où Backus avait travaillé –, l'enquête semblait s'intéresser plus aux raisons qui l'avaient poussé à commettre ces actes qu'à la question de savoir comment il avait pu faire tout ça sous le nez des plus grands experts en matière de tueries. C'était sans doute pour se protéger qu'on avait procédé de la sorte. On s'était concentré sur le suspect, pas sur le système. Le dossier débordait de rapports sur les premiers soins apportés au petit Backus et sur son éducation d'adolescent et de jeune homme. Malgré le nombre d'observations, de spéculations et de conclusions pertinentes sur le monsieur, il n'y avait pas grand-chose là-dedans, juste quelques fils prélevés dans l'étoffe dont le bonhomme était fait en son entier. Backus était toujours une énigme, et sa pathologie un secret – bref, son dossier était resté celui que les meilleurs et les plus brillants du Bureau n'avaient jamais pu élucider.

Je repris ces fils un à un. Backus était le fils d'un homme perfectionniste – rien de moins qu'un agent du FBI décoré – et d'une femme qu'il n'avait jamais connue. Le père aurait infligé des brutalités au gamin – peut-être lui reprochait-il que la mère ait abandonné le foyer –, et l'aurait sévèrement puni pour des infractions comprenant le pipi au lit et les méchancetés aux animaux domestiques des voisins. Dans un de ces rapports, je tombai sur l'histoire d'un de ses copains de cinquième d'après lequel Robert Backus lui aurait confié que son père l'avait menotté au porte-serviettes de la cabine de douche pour avoir fait pipi au lit. D'après un autre de ses copains, Backus aurait encore dit coucher tous les soirs dans la baignoire avec une couverture et un oreiller par peur des punitions que lui valaient ses pipis au lit. Aux dires d'un voisin d'enfance, on soupçonnait Backus d'avoir coupé un teckel en deux et d'en avoir laissé les deux moitiés dans un terrain vague.

A l'âge adulte, Backus avait montré des signes de troubles obsessionnels compulsifs. Il faisait une fixation sur l'ordre et la propreté. Nombre de rapports concernant cet aspect de sa personnalité provenaient de collègues des Sciences du comportement. Backus, c'était connu, faisait souvent commencer en retard des réunions pour aller se laver longuement les mains aux toilettes. A la cafétéria de Quantico, personne ne l'avait jamais vu déjeuner d'autre chose que d'un sandwich au fromage passé au gril. Jour après jour, il ne mangeait que ça. Il avait aussi pour habitude de mâcher compulsivement du chewing-gum et se donnait beaucoup de mal pour ne jamais manquer de Juicy Fruit, la seule marque qu'il aimait. D'après un de ses collègues il mâchait de manière mesurée – ce qui voulait dire qu'à ses yeux il n'était pas impossible que Backus compte le nombre de fois qu'il mordait dedans et qu'arrivé à un certain chiffre il ôte le chewing-gum de sa bouche et commence à en mâcher une autre.

Je trouvai aussi le témoignage d'une ex-fiancée. A l'entendre, Backus exigeait qu'elle se douche à fond et fréquemment, surtout avant qu'ils aient fait l'amour et après. Elle racontait également qu'à l'époque où ils cherchaient une maison avant de se marier, il voulait absolument avoir une chambre et une salle de bains à lui. Elle avait fini par renoncer au mariage et avait mis un terme à leur relation le jour où il l'avait traitée de «souillon» parce qu'elle avait balancé ses chaussures à talons hauts à travers sa propre salle à manger.

Tous ces rapports ne faisaient que laisser entrevoir une psyché passablement endommagée. Ils ne fournissaient aucun véritable indice. Si étranges qu'aient été ses habitudes, elles n'expliquaient pas pourquoi Backus s'était mis à tuer. Des milliers de gens souffrent de troubles obsessionnels compulsifs sans pour autant ajouter le meurtre à la liste de leurs tics particuliers. Et des milliers d'autres qui ont été maltraités dans leur enfance n'en deviennent pas pour autant des auteurs de sévices insupportables.

McCaleb avait obtenu bien moins de rapports sur la réapparition, quelque quatre ans plus tard, du Poète à Amsterdam. Dans son dossier je ne trouvai qu'un résumé de neuf pages sur ses crimes et sur les particularités mises au jour par la police scientifique hollandaise. Ce rapport, j'y avais déjà jeté un coup d'œil, cette fois je le lus attentivement et y repérai certains détails qui collaient bien avec ma théorie sur la ville de Clear.

Les cinq victimes connues d'Amsterdam – tous des hommes – étaient des touristes qui voyageaient seuls. Cette caractéristique les mettait dans la même catégorie que les morts enterrés à Zzyzx, à l'exception d'un seul individu qui, lui, s'était trouvé à Las Vegas avec sa femme, mais l'avait laissée lorsqu'elle était allée passer une journée à la station de balnéothérapie de l'hôtel. Les victimes d'Amsterdam avaient été vues pour la dernière fois dans un quartier de Rosse Buurt où les prostituées travaillent dans les petites chambres-vitrines éclairées au néon où elles s'offrent à la vue des passants dans des tenues provocantes. Dans deux cas, les enquêteurs hollandais avaient retrouvé des prostituées qui leur avaient dit avoir passé un moment avec les victimes avant que celles-ci ne soient assassinées et leurs corps retrouvés dans l'Amstel.

Que ces derniers aient été repêchés à divers endroits de ce cours d'eau n'avait pas empêché les enquêteurs de déclarer que, pour eux, les victimes avaient été jetées à l'eau aux environs de la Maison des Six[1]. Ce bâtiment historique a été la propriété d'une grande famille d'Amsterdam. Ce détail m'intéressa beaucoup en ce que, par sa prononciation, ce mot ressemblait pas mal à «Zzyzx». Il y avait aussi la question de savoir si l'assassin avait choisi ce lieu au hasard ou pour jeter ses crimes à la face des autorités en choisissant un édifice qui les symbolisait.

Les inspecteurs hollandais n'avaient jamais beaucoup approfondi l'enquête. Ils n'avaient en particulier jamais découvert la façon dont l'assassin avait trouvé, contrôlé et fini par tuer ses victimes. Et, s'il n'avait pas voulu se faire repérer, Backus n'aurait même pas troublé leur écran radar. C'était lui qui avait envoyé les messages dans lesquels il demandait qu'on entre en contact avec Rachel Walling et qui avaient permis aux policiers d'Amsterdam de découvrir son identité. D'après le rapport, ces messages conte-

---

1. Ou «Maison des Têtes» en français. Célèbre bâtiment où, d'après certains, ce seraient les têtes de six divinités grecques qu'on verrait sur sa façade, alors que pour d'autres ces divinités ne seraient, en fait, que des brigands et des assassins (NdT).

naient des renseignements sur les victimes et sur les crimes que seul le tueur pouvait connaître. Un de ces envois contenait même le passeport de la dernière victime.

Pour moi, le lien entre le quartier de Rosse Buurt et Clear, Nevada, était évident. Dans un lieu comme dans l'autre, le sexe s'échangeait légalement contre de l'argent. Plus important encore, c'étaient là des endroits où des hommes pouvaient se rendre sans en parler à personne, voire prendre des mesures pour ne laisser aucune trace de leur passage. D'une certaine manière cela en faisait des cibles idéales pour un tueur, qui bénéficiait ainsi d'une sécurité accrue.

Je terminai le dossier du Poète et le repris encore une fois en espérant avoir raté quelque chose – disons le petit détail qui allait tout mettre en perspective. Le détail inaperçu ou incompris qui donne la solution du puzzle, ça arrive.

Mais je ne le trouvai pas et bien vite tous ces rapports me parurent seulement répétitifs et ennuyeux. Je commençais à fatiguer et finis par repenser à ce gamin menotté dans la cabine de douche. Cette scène ne cessant de me revenir, je fus pris de pitié pour lui et d'une grande colère contre le père qui le battait et la mère qui ne s'était jamais donné la peine de chercher à savoir.

Cela voulait-il dire que j'éprouvais de la sympathie pour le tueur? Je ne le pense vraiment pas. Backus avait transformé les tortures qu'il avait subies en quelque chose qu'il infligeait aux autres. Je comprenais le processus et me sentais proche du gamin qu'il avait été. Mais, pour l'homme qu'il était devenu, je ne ressentais qu'une chose: le désir froid de le traquer jusqu'au moment où je l'attraperais et lui ferais payer ce qu'il avait fait.

2 8

La puanteur était horrible, mais Backus savait qu'il pouvait s'en accommoder. C'étaient les mouches qui lui répugnaient le plus. Vivantes et mortes, il y en avait partout. Microbes, maladie, saleté, elles transportaient tout. Tassé sous la couverture et les genoux remontés sous le menton, il les entendait bourdonner dans le noir, voler à l'aveuglette, se cogner dans les écrans et les murs, faire de petits bruits. Elles étaient de sortie, elles étaient partout. Il aurait dû se douter qu'elles allaient venir, que, de fait, elles faisaient partie intégrante du plan.

Il essaya de ne plus les entendre. Il essaya de réfléchir, voilà: de se concentrer sur son plan. C'était son dernier jour dans cet endroit. L'heure était venue de bouger. De leur montrer. Il aurait bien aimé rester pour voir et pouvoir témoigner. Mais il savait bien qu'il y avait du travail à faire.

Il cessa de respirer. Déjà il les sentait. Les mouches l'avaient trouvé, elles couraient sur la couverture, elles cherchaient le moyen d'entrer, de l'atteindre. Il leur avait donné vie, mais maintenant c'étaient elles qui voulaient l'atteindre et le manger.

Son rire monta sèchement de dessous la couverture, les mouches qui y avaient atterri se dispersant aussitôt. Alors il comprit qu'il n'était pas différent d'elles. Lui aussi s'était retourné contre celui qui donnait la vie. Il rit à nouveau, et sentit quelque chose lui entrer dans la gorge.

– Ahhrgh!

Il eut un haut-le-cœur, il toussa pour essayer de cracher. Une mouche. Une mouche lui était entrée dans la gorge.

Il se leva d'un bond et faillit trébucher en retrouvant le sol. Il courut à la porte et passa dehors, dans le noir. Puis il s'enfonça un doigt dans la gorge jusqu'à ce que tout remonte et ressorte. Il tomba à genoux, s'étrangla et recracha. Enfin il prit sa lampe torche dans sa poche pour examiner ce qu'il avait craché, et vit la mouche dans sa bile d'un jaune verdâtre. Elle vivait encore, les ailes et les pattes engluées dans le marécage de ce rejet humain.

Alors il se redressa. Marcha sur la mouche et s'adressa un petit oui de la tête. Puis il essuya le dessous de sa chaussure dans la terre rouge. Regarda la forme du saillant rocheux qui se dressait une trentaine de mètres au-dessus de lui. Il lui cachait la lune, mais ce n'était pas grave. Les étoiles n'en étaient que plus brillantes.

2 9

Je mis mon gros dossier de côté et contemplai le visage de ma fille en me demandant à quoi elle pouvait bien rêver. Qu'est-ce qui pouvait inspirer ses rêves alors qu'elle connaissait si peu de choses de la vie? J'étais sûr que dans son monde secret seules de bonnes choses l'attendaient et j'espérais qu'il en serait toujours ainsi.

Moi aussi, je me sentais fatigué et fermai vite les yeux pour dormir quelques instants. Et ne tardai pas à rêver à mon tour. Mais dans mon rêve il y avait des ombres et des voix en colère, des mouvements brusques dans l'obscurité. Je ne savais ni où je me trouvais ni où j'allais. Jusqu'au moment où, des mains inconnues s'emparant de moi, j'en ressortis et retrouvai la lumière.

— Harry, mais qu'est-ce que tu fais?

J'ouvris les yeux, Eleanor Wish me tirait par le col de ma veste.

— Euh. Eleanor… qu'est-ce qu'il y a?

J'essayai de lui sourire, mais j'étais encore beaucoup trop désorienté pour savoir pourquoi.

— Qu'est-ce que tu fais? répéta-t-elle. Regarde un peu tout ce qu'il y a par terre.

Je commençai à comprendre qu'elle était en colère. Je me penchai en avant et regardai par-dessus le rebord du lit. Mon dossier en avait glissé et s'était répandu sur le sol. Il y avait des photos de scènes de crime partout. Trois d'entre elles surtout, où l'on voyait un inspecteur de la police de Denver que Backus avait abattu dans une voiture. L'arrière de sa tête avait sauté, du sang et des bouts de cerveau ayant été projetés sur le siège. Il y avait aussi d'autres clichés représentant des corps en train de flotter dans des canaux, et encore la photo d'un autre inspecteur de police dont une décharge de carabine avait emporté la tête.

— Oh, merde! m'écriai-je.

— Tu n'as pas le droit de faire des choses pareilles! me lança Eleanor. Et si elle se réveillait, hein? Et si elle voyait tout ça? Elle ferait des cauchemars jusqu'à la fin de ses jours.

— Se réveiller, elle va le faire si tu ne baisses pas la voix, Eleanor. Je suis navré, d'accord? Je n'ai pas fait exprès de m'endormir.

Je quittai le lit et m'accroupis par terre pour ramasser mon dossier aussi vite que je pouvais. J'en profitai pour consulter ma montre et m'aperçus qu'il était presque 5 heures du matin. Pas étonnant que je sois dans le cirage – après tout ce que j'avais dormi.

Voir l'heure me fit également comprendre qu'Eleanor était rentrée tard. D'habitude, elle ne jouait pas aussi longtemps. Elle avait dû se payer une mauvaise soirée et tenter de regagner ce qu'elle avait perdu, ce qui est toujours une très mauvaise stratégie. Même moi, je le savais alors que je ne jouais pas. De l'argent, s'entend. Je finis de ramasser mes photos et mes rapports, les rangeai dans le dossier et me relevai.

— Je suis navré, répétai-je.

— Nom de Dieu, Harry, j'ai pas besoin de trouver ça en rentrant chez moi!

Je gardai le silence. Je savais que je ne gagnerais pas. Je me retournai et regardai le lit. Maddie y dormait toujours avec ses petites boucles brunes en travers de la figure. Elle pouvait dormir au milieu de tout, j'espérai sincèrement qu'elle y arrive dans l'espèce de silence rugissant où la colère avait jeté ses parents l'un contre l'autre.

Eleanor étant sortie rapidement de la chambre, je la suivis quelques instants plus tard. Je la retrouvai dans la cuisine, appuyée contre le comptoir, les bras serrés fort sur sa poitrine.

— Mauvaise soirée?

— Ne t'imagine pas d'imputer ma réaction au genre de soirée que j'ai passée!

Je levai les mains en signe de reddition.

— Je ne le fais pas. C'est à moi que j'en veux. Je voulais seulement m'asseoir à côté d'elle un petit moment et je me suis endormi.

— Il vaudrait peut-être mieux arrêter ça.

— Arrêter quoi? Que je ne vienne plus la voir le soir?

— Je ne sais pas.

Elle rejoignit le réfrigérateur, en sortit une bouteille d'eau minérale, s'en servit un verre et me tendit la bouteille. Je lui fis signe que non.

— Et d'abord, c'est quoi, ce dossier? Tu reprends une affaire?

— Oui. Un meurtre. C'est parti de Los Angeles et c'est venu par ici. Je repars dans le désert dès demain.

— C'est quand même commode, non? Tu passes ici et comme ça, tu peux terroriser ta fille?

— Oh, allons, Eleanor! C'était con et je suis un idiot, mais elle n'a rien vu.

— Elle aurait pu. Peut-être même a-t-elle vu quelque chose. Qui sait si elle ne s'est pas réveillée et si elle n'a pas vu ces horribles photos avant de se rendormir? Il y a toutes les chances qu'elle soit en train de faire un cauchemar affreux.

— Écoute, elle n'a pas bougé de toute la nuit et ça, je le sais. Elle était complètement sonnée. L'incident de ce soir ne se reproduira pas et donc on en reste là, d'accord?

— Ben voyons.

— Écoute, Eleanor… pourquoi ne veux-tu pas me parler de ta soirée?

— Parce que. Tout ce que je veux, c'est aller me coucher.

— Bien. Alors, c'est moi qui vais te dire quelque chose.

— Quoi?

Je n'avais pas prévu de mettre ça sur le tapis, mais ç'avait fait boule de neige et je savais que je devais le lui dire.

— Je songe à reprendre le boulot.

— Qu'est-ce que tu veux dire? Tu songes à reprendre l'affaire?

— Non, je songe à reprendre du service, dans la police. Le LAPD a un nouveau programme. Les vieux comme moi peuvent réintégrer le corps. Ils ont besoin de types qui ont de l'expérience. Et si je dis oui maintenant, je n'aurai même pas à repasser par l'Académie.

Elle but une grande gorgée d'eau et garda le silence.

— Qu'est-ce que tu en dis?

Elle haussa les épaules comme si elle s'en moquait.

— Tu fais ce que tu veux, Harry. Mais tu ne pourras plus voir autant ta fille. Tu t'impliqueras dans tes affaires et… tu sais comment ça marche.

Je hochai la tête.

— Peut-être, dis-je.

— Mais peut-être que ça n'aura aucune importance: de toute façon, elle ne t'a pas eu à côté d'elle pendant les trois quarts de son existence.

— La faute à qui?

— On ne va pas recommencer avec ça, Harry.

— Si j'avais connu son existence, je serais venu. Mais je ne savais pas.

— Je sais, je sais. C'est moi. Tout est de ma faute.

— Ce n'est pas ce que je dis. Je…

— Je sais très bien ce que tu dis. Tu n'as même pas besoin de le dire.

Nous nous tûmes un instant, pour que la colère s'apaise. Je regardai le plancher.

— Et si elle venait à L.A.?

— De quoi parles-tu?

— De ce dont on a déjà parlé. Du fait que c'est ici qu'elle grandit.

Eleanor hocha très délibérément la tête.

— Et je n'ai toujours pas changé d'avis là-dessus. Qu'est-ce que tu crois? Que tu vas l'élever tout seul? Toi? Avec tes appels téléphoniques en pleine nuit? tes horaires interminables? tes enquêtes qui n'en finissent pas? tes armes à la maison? tes photos de scènes de crime partout sur le plancher? C'est ça que tu veux pour elle? Tu crois que c'est mieux que Las Vegas?

— Non. Je me disais seulement que tu pourrais peut-être venir aussi.

— Oublie ça tout de suite, Harry. Je ne veux plus qu'on en parle. Je reste ici et Madeline aussi. Tu décides ce qu'il y a de mieux pour toi, mais ce n'est pas toi qui décides pour Maddie et pour moi.

Avant que j'aie pu répondre, Marisol entra dans la cuisine, les paupières plissées de sommeil. Elle portait une sortie de bain blanche avec le logo du Bellagio sur la poche.

– Beaucoup bruit, dit-elle.

– Vous avez raison, Marisol, lui répondit Eleanor. Je m'excuse.

Marisol gagna le frigo et en ressortit la bouteille d'eau. Elle s'en versa un verre, rangea la bouteille et quitta la cuisine sans rien ajouter.

– Tu ferais mieux de partir, me lança Eleanor. Je suis trop fatiguée pour parler de tout ça maintenant.

– D'accord. Je vais juste la regarder une dernière fois et lui dire au revoir.

– Ne la réveille pas.

– Tu plaisantes?

Je regagnai la chambre de ma fille. Nous avions laissé la lumière allumée. Je m'assis au bord du lit, le plus près d'elle, et passai quelques instants à la regarder dormir, rien de plus. Puis je lui ramenai les cheveux en arrière et l'embrassai sur la joue. Je sentis une odeur de shampooing de bébé dans ses cheveux. Je l'embrassai à nouveau et lui murmurai bonne nuit. Puis j'éteignis la lumière et restai là encore quelques secondes, à la regarder et attendre. Quoi, je n'en savais rien. Peut-être espérais-je qu'Eleanor vienne s'asseoir sur le lit, elle aussi, peut-être espérais-je nous voir regarder ensemble notre fille qui dormait.

Au bout d'un moment je me levai et rebranchai le micro. Puis je quittai la chambre pour m'en aller. Il n'y avait aucun bruit dans la maison lorsque je la retraversai pour gagner la porte de devant. Et pas trace d'Eleanor non plus. Elle n'avait plus besoin de me voir, elle était allée se coucher. Je tirai la porte derrière moi et m'assurai qu'elle était bien fermée avant de m'éloigner.

Le lourd claquement de l'acier sur l'acier fut d'une finalité qui me traversa comme une balle.

30

A 8 heures le lendemain matin, assis au volant de ma Mercedes, j'attendais devant l'entrée des Embassy Suites, dans Paradise Road. J'avais installé deux grandes tasses de café Starbuck dans les porte-gobelets et posé un carton de doughnuts à côté. J'étais douché et rasé de frais. Et je m'étais changé. Après, j'avais fait le plein et tiré tout ce qui restait sur ma carte au distributeur de billets. J'étais prêt pour ma journée dans le désert, mais Rachel Walling ne franchissait toujours pas les grandes portes en verre de son hôtel. J'attendis encore cinq minutes et m'apprêtais à l'appeler lorsque mon portable sonna. C'était elle.

– Donnez-moi cinq minutes, me dit-elle.

– Où êtes-vous?

– J'ai dû aller à une réunion à l'antenne locale. Je reviens en voiture.

– Quelle réunion?

– Je vous dirai ça en arrivant. Je suis dans Paradise Road.

– Bon.

Je fermai mon portable et attendis en regardant le panneau d'affichage à l'arrière du taxi devant moi. On y vantait les mérites d'un spectacle au Riviera. On y voyait aussi les fessiers superbement proportionnés d'une demi-douzaine de femmes debout, toutes nues, l'une à côté de l'autre. Cela me fit penser à la manière dont Las Vegas avait changé et à ce dont on parlait dans l'article du *Times* sur les disparus. Je songeai à tous les gens qui étaient venus s'installer en croyant à la nouvelle orientation familiale de la ville qu'on leur avait promise pour découvrir, après leur arrivée, des milliers de panneaux semblables à celui que j'avais sous le nez.

Un véhicule de base de la police – une Crown Victoria – qui venait dans l'autre sens s'arrêta à ma hauteur et je vis Rachel en abaisser la vitre.

– On prend ma voiture?

– Non, la mienne, lui répondis-je en pensant que cela me donnerait un petit avantage pour contrôler la situation.

Elle n'insista pas. Elle trouva une place de stationnement, y gara sa voiture et sauta dans la mienne.

Je ne bougeai pas.

– Vous n'allez quand même pas boire ces deux cafés ! me lança-t-elle.

– Non, il y en a un pour vous. Il y a du sucre dans le sac en papier. Ils n'avaient pas de crème à emporter.

– Je n'en mets pas.

Elle prit un des gobelets et but. Je regardai devant moi, jetai un coup d'œil dans le rétro – et attendis.

– Eh bien, dit-elle enfin, on y va?

– Je ne sais pas. Il faudrait peut-être commencer par parler.

– Parler de quoi?

– De ce qui se passe.

– Que voulez-vous dire?

– Que faisiez-vous à l'antenne locale aussi tôt dans la matinée? Qu'est-ce qui se trame, agent Walling?

Elle souffla fort, agacée.

– Écoutez, Harry… vous oubliez quelque chose. Vous oubliez que cette enquête est de la plus haute importance pour le Bureau. On pourrait même dire que le directeur en personne s'y implique.

– Et…?

– Et ça veut dire que quand il veut faire une réunion à 10 heures du matin, nous autres agents de Quantico et de toutes les antennes locales concernées, nous nous rassemblons dès 9 heures pour être sûrs et certains de bien savoir ce que nous allons lui dire et que ça ne retombe pas sur le nez de quelqu'un.

J'acquiesçai d'un hochement de tête. Maintenant je comprenais.

– Et 9 heures à Quantico, ça fait 6 heures à Las Vegas.

– Vous avez tout compris.

– Bien, mais… qu'est-ce qui s'est passé à cette réunion de 10 heures du matin ? Qu'est-ce que vous avez tous raconté à votre patron ?

– Ça, c'est les oignons du FBI.

Je la regardai, elle me regarda avec un petit sourire.

– Cela étant, je vais quand même vous le dire parce que, vous aussi, vous allez me déballer tous vos petits secrets. Le directeur va se fendre d'une déclaration. Il serait trop risqué de ne pas le faire. Si jamais la nouvelle ressortait sans qu'on puisse la contrôler, les gens pourraient crier à l'étouffement de l'affaire. Tout ça, c'est de la gestion, Harry.

Je mis en prise et me dirigeai vers la sortie du parking. J'avais préparé mon itinéraire. Je prendrais par Flamingo Road jusqu'à la 15 et filerais jusqu'au Blue Diamond Highway. Après, ce serait droit au nord, jusqu'à Clear.

– Et qu'est-ce qu'il va dire, votre patron ?

– Il va donner une conférence de presse tard dans l'après-midi. Il dira que Backus nous a tout l'air d'être encore bien en vie et que nous sommes à sa recherche. Et il montrera la photo que McCaleb a prise du type qui se faisait passer pour Shandy.

– Tout est déjà vérifié de ce côté-là ?

– Oui. On n'a toujours pas d'indications sur ce Shandy… c'est sans doute juste un nom qu'il a donné à Terry. Mais l'analyse photographique et les comparaisons entre les clichés pris par Terry et les photos de Backus sont en train d'être faites en ce moment même. Et, d'après les premières estimations, il y aura correspondance. C'était bien Backus.

– Et Terry ne l'a pas reconnu.

– Peut-être, mais il est clair qu'il a senti quelque chose. S'il a pris ces photos, c'est qu'il avait des doutes. Mais le type avait une barbe, une casquette et des lunettes. L'analyse montre aussi qu'il s'était fait modifier le nez et les dents, peut-être même mettre des implants dans les joues. Il avait des tas de possibilités, y compris celle de se faire opérer pour changer de voix. Écoutez… ces photos, je les ai regardées et je n'ai pas vu la ressemblance et j'ai quand même travaillé avec Backus pendant cinq ans, soit bien plus longtemps que

Terry. Terry s'était fait muter à Los Angeles pour y diriger l'unité des Sciences du comportement.

– Une idée sur l'endroit où Backus aurait pu se faire faire tous ces trucs?

– On en est à peu près sûrs. Il y a environ six ans, les corps d'un médecin et de son épouse ont été retrouvés dans les cendres de leur maison de Prague. Or, dans cette maison, il y avait une salle d'opération, ledit médecin était fiché par Interpol et son épouse était aussi son infirmière. On soupçonnait ce monsieur de transformer les visages... contre de l'argent. La théorie est que Backus les aurait assassinés, lui et sa femme, pour effacer les traces. Tous les dossiers du médecin sur les visages qu'il avait transformés ont été perdus dans l'incendie, incendie d'origine criminelle, l'enquête l'a établi.

– Le lien avec Backus?

– Rien de sûr à cent pour cent. Mais comme vous pouvez l'imaginer, tout ce que Backus a pu faire ou toucher du temps où il travaillait au FBI a été analysé et réanalysé dès qu'il a été démasqué. Tous ses dossiers ont été rouverts. Il consultait beaucoup à l'étranger. Ça fait partie de l'image du FBI. Il avait travaillé en Pologne, en Yougoslavie, en Italie, en France, etc.

– Et il est allé à Prague.

Elle acquiesça d'un signe de tête.

– Il y avait été appelé en consultation sur une affaire. Des jeunes femmes qui disparaissaient et terminaient dans le fleuve. Des prostituées. Notre médecin a été interrogé par la police parce qu'il avait soigné deux de ces femmes pour des maladies sexuellement transmissibles. Et Backus était présent. C'est lui qui avait aidé les enquêteurs à l'interroger.

– Il aurait donc pu apprendre la nature de ses activités annexes?

– Exactement. Pour nous, il savait et serait allé le voir pour se faire refaire la figure.

– Pas facile quand même. Son vrai visage s'étalait à la une de tous les journaux et magazines de l'époque.

– Écoutez... Bob Backus est sans doute un tueur psychopathe, mais c'est un psychopathe particulièrement rusé. En dehors des grands futés qu'on trouve dans les livres et dans les films, personne ne s'est montré aussi astucieux que lui. Même pas Ted Bundy. Impossible de croire qu'il n'ait pas planifié sa fuite. Et dès le premier jour. Quand je lui ai fait traverser sa fenêtre, il y a huit ans de ça, il avait tout préparé, vous pouvez me croire. De l'argent, des fausses pièces d'identité, tout ce qu'il lui faudrait pour se réinventer et disparaître. Et il portait tout ça sur lui. On pense qu'il a quitté Los Angeles et rallié la côte Est avant de filer en Europe.

– Après avoir brûlé son appart.

– Oui. Ça aussi, on peut l'en créditer, ce qui nous le met en Virginie trois semaines après la fusillade de Los Angeles. Malin, la manœuvre. Il fout le feu chez lui, file en Europe où il peut faire profil bas pendant un temps, se fait refaire la figure et recommence.

– Amsterdam.

Elle acquiesça d'un signe de tête.

– Le premier meurtre découvert à Amsterdam s'est produit sept mois après la mort du chirurgien de Prague.

Je hochai la tête à mon tour. Tout avait l'air de coller. Puis je songeai à autre chose.

– Comment votre patron va-t-il annoncer la surprise? Parce que déclarer que Backus est vivant alors qu'il y a quatre ans vous connaissiez l'histoire d'Amsterdam…

– Il a l'embarras du choix. D'abord, et surtout, à cette époque-là c'était quelqu'un d'autre qui dirigeait le Bureau. Il peut lui coller tout ce qu'il voudra sur le dos, dans la grande tradition du FBI. D'une manière plus réaliste, ça s'est passé dans un autre pays et ce n'est pas le Bureau qui enquêtait. Sans même parler du fait que rien de tout ça n'est absolument confirmé. On a bien des analyses graphologiques, mais c'est tout et, comme confirmation, ça ne vaut pas grand-chose à côté de la comparaison d'empreintes ou de l'identification par l'ADN. Bref, il peut tout simplement dire qu'on n'est pas sûrs et certains que Backus se soit trouvé à Amsterdam. D'un côté comme de l'autre, il est à l'abri. Il n'a plus qu'un souci : l'ici et maintenant.

– La gestion du moment, quoi.

– FBI première année de cours.

– Et vous marchez dans la combine?

– Non. On lui a demandé de repousser d'une semaine. Il nous a donné une journée. La conférence de presse aura lieu à 18 heures, heure de la côte Est.

— Comme s'il pouvait arriver quoi que ce soit aujourd'hui!

— Oui, on le sait. On est baisés.

— Backus va probablement disparaître, se refaire une tête et ne pas se manifester pendant quatre ans de plus.

— Y a des chances. Mais le directeur, lui, n'aura plus rien qui risque de lui péter au nez. Il sera tranquille.

Nous gardâmes le silence quelques instants pour réfléchir à la question. Je pouvais comprendre la décision du patron du FBI, mais celle-ci était plus de nature à l'aider, lui, qu'à faire avancer l'enquête.

Nous roulions déjà sur la 15, je me rabattis sur la bretelle de sortie pour gagner le Blue Diamond Highway.

— Qu'est-ce qui s'est dit à la réunion de 9 heures, avant celle avec le patron?

— Tour de table habituel, chaque agent y allant de sa petite mise à jour.

— Et…?

— Et il n'y a pas grand-chose de nouveau. Il y en a, mais ça ne va pas loin. On a surtout parlé de vous. C'est sur vous que je compte, Harry.

— Pour…?

— Pour nous trouver une piste nouvelle. Où allons-nous?

— Est-ce qu'ils savent qu'on est ensemble ou bien êtes-vous toujours censée me surveiller… du genre je le tiens à l'œil?

— Ils préféreraient la deuxième solution… en fait même, je le sais. Mais ça serait assommant et en plus, comme je vous l'ai déjà dit, qu'est-ce qu'ils peuvent bien me faire s'ils apprennent que je suis partie avec vous? Me renvoyer à Minot? Rien à foutre! Pour finir, je m'y suis habituée et ça me plaît.

— Minot, vous n'en avez peut-être rien à foutre, mais ils pourraient vous expédier ailleurs. Ils auraient pas des antennes à Guam ou dans des endroits du même acabit?

— Si, mais tout est relatif et je me suis laissé dire que Guam n'était pas si mal que ça… c'est pas le terrorisme qui manque et c'est à la mode. En plus, après huit ans de Minot et de Rapid City, un petit changement de ce genre pourrait me faire du bien quel que soit le type d'enquête qu'on me confierait.

– Qu'est-ce qu'on a raconté sur moi à cette réunion?

– C'est surtout moi qui ai parlé, vu que vous faites partie de mon boulot. Je leur ai dit que j'avais demandé à l'antenne de Los Angeles d'enquêter sur vous et que j'avais eu tout le dossier. Je le leur ai donné et j'ai ajouté que vous aviez disparu de la circulation l'année dernière.

– Comment ça? Que j'avais pris ma retraite?

– Non, que vous aviez disparu suite à des ennuis avec le Homeland Security, mais que vous aviez réussi à nous revenir. Ça a beaucoup impressionné Cherie Dei. Ça l'a même décidée à vous laisser un peu de mou.

– Justement, je me demandais…

En fait, je me demandais pourquoi l'agent Dei ne m'avait pas mis les bracelets, tout simplement.

– Et les notes de Terry McCaleb?

– Quoi, les notes de Terry McCaleb?

– Des esprits plus astucieux que le mien ont dû se pencher dessus, non? Qu'ont-ils trouvé? Qu'est-ce qu'ils pensent de ma théorie du triangle?

– Pour les tueurs en série, il est établi qu'ils commettent ce qu'on appelle des crimes en triangle. Ça se voit souvent et ça veut dire que la victime peut être retrouvée par les trois sommets d'un triangle. Il y a le point d'origine, ou d'«entrée», à savoir le domicile de la victime, ou, dans notre affaire, l'aéroport. Après, il y a ce qu'on appelle le point «de proie», celui où l'assassin et sa victime entrent en contact, où leurs chemins se croisent. Il y a enfin le point du meurtre. Chez les tueurs en série, ces trois points sont toujours différents parce que, pour eux, il n'y a pas meilleur moyen d'échapper à la détection. C'est ce que Terry a vu en lisant son article de journal. Il l'a entouré parce que le flic de Las Vegas se trompait dans sa manière de procéder. Il ne pensait pas à un triangle, mais à un cercle.

– Ce qui fait que le Bureau s'est mis à travailler le triangle.

– Bien sûr que oui, mais certaines choses prennent pas mal de temps. Pour l'heure, on s'est surtout investis dans l'analyse

des scènes de crime. Ça n'empêche pas que nous ayons quelqu'un de Quantico qui bosse l'aspect triangle. Le FBI est effi-
cace, Harry, mais des fois, c'est plutôt lent. Je suis sûre que vous
le savez.

— Évidemment.

— C'est le coup du lièvre et de la tortue. Nous sommes la tortue,
vous êtes le lièvre.

— Qu'est-ce que vous racontez?

— Que vous allez plus vite que nous, Harry. Quelque chose me
dit que vous avez compris la théorie du triangle et que vous avez
décidé de tenter le coup pour le sommet qui vous manque. Le
point «de proie».

Je hochai la tête. Qu'ils se servent de moi ou pas n'avait guère
d'importance. Ils m'autorisaient à rester dans la course et c'était ça
qui comptait.

— Point de départ, l'aéroport, point d'arrivée, la route Zzyzx. Ça
nous laisse le troisième – celui où le prédateur entre en contact
avec sa proie –, et je crois l'avoir trouvé. C'est là qu'on va.

— Dites-moi.

— Seulement lorsque vous m'aurez dit pour les notes de
McCaleb.

— Mais je vous ai tout dit! On est en train de les analyser.

— Qui est William Bing?

Elle hésita, mais à peine.

— Pas la peine de chercher de ce côté-là, ça ne mène nulle part.

— Pourquoi?

— William Bing est un greffé du cœur qui était allé au Memorial
Hospital de Las Vegas pour se faire faire un bilan et subir quelques
tests. On pense que Terry le connaissait et qu'il est allé le voir quand
il s'est rendu à Las Vegas.

— Vous lui avez parlé, à ce Bing?

— Pas encore, non. On essaie de le retrouver.

— Moi, ça me paraît bizarre.

— Quoi? Que McCaleb soit allé voir quelqu'un?

— Non, pas ça. Qu'il ait écrit ça dans le dossier si ça n'avait rien à
voir avec l'affaire.

— Terry gribouillait sans arrêt. Y a qu'à voir ses dossiers et ses carnets de notes. S'il est effectivement venu ici pour travailler sur l'affaire, peut-être a-t-il écrit ce nom et le numéro de l'hôpital pour ne pas oublier de l'appeler ou d'aller le voir. Les raisons ne manquent pas.

Je gardai le silence. J'avais toujours du mal à voir les choses de cette façon.

— Et d'où le connaissait-il?

— On n'en sait rien. Le cinéma, qui sait? Terry a reçu des centaines de lettres de greffés après la sortie du film. Il est devenu une espèce de héros aux yeux de beaucoup de gens qui se trouvaient dans le même cas que lui.

Nous filions au nord vers le Blue Diamond Highway lorsque je vis un panneau pour le relais routier Travel America et me souvins du reçu que j'avais trouvé dans la voiture de McCaleb. J'y entrai, alors que j'avais fait le plein après avoir quitté mon appart ce matin-là. Puis j'arrêtai la voiture et regardai autour de moi.

— Qu'est-ce qu'il y a? Vous n'avez plus d'essence?

— Non, non, tout va bien. C'est seulement que… que Terry s'est arrêté ici.

— Qu'est-ce que vous me faites? Vous jouez les cartomanciennes ou quoi?

— Non. J'ai trouvé une facturette dans sa voiture. Je me demande si ça veut bien dire qu'il y est allé.

— Où ça?

— A Clear. C'est là qu'on va.

— Ben, ça, on ne le saura jamais si on n'y va pas poser quelques questions à droite et à gauche.

J'acquiesçai, repassai dans Blue Diamond et nous repartîmes vers le nord. Chemin faisant, j'expliquai à Rachel ce que je pensais de la théorie, enfin, je veux dire… ce que je pensais du triangle de McCaleb et ce qui, pour moi, faisait que Clear collait avec. Cela l'intéressa sérieusement, je le vis bien. Peut-être même en fut-elle tout excitée. Elle tomba d'accord avec mes conclusions sur les victimes, sur les raisons qui avaient pu pousser Backus à les choisir et sur la manière dont il s'y était pris. Pour elle, cela correspondait bien avec la «victimologie», dit-elle, d'Amsterdam.

Nous échangeâmes des idées là-dessus pendant une heure, puis nous nous tûmes en approchant de notre destination. Le paysage nu et sauvage faisant peu à peu place à des avant-postes d'humanité, nous commençâmes à voir des panneaux publicitaires pour les bordels qui nous attendaient en ville.

— Vous êtes déjà allé dans un de ces…

— Non.

Je songeai aux bains de vapeur au Vietnam, mais n'en parlai pas.

— Pas en tant que client. Comme flic.

— C'est encore non. Mais je me suis servi de ce genre d'endroits pour retrouver des types. Par leurs cartes de crédit et autres instruments bancaires, je veux dire. Les gens d'ici ne vont pas se ruer pour coopérer. Je n'ai jamais eu cette chance-là, par téléphone au moins. Quant à appeler le shérif du coin, ne me faites pas rire. N'oublions pas que l'État du Nevada prélève des impôts sur toutes ces boîtes. Et il y en a un bon paquet qui revient au comté.

— Je vois. Et donc, comment nous faisons?

Presque en souriant de l'avoir entendue dire «nous», je lui retournai la question.

— Je ne sais pas, dit-elle. Et si on entrait par la porte de devant?

Ce qui voulait dire sans finasser: on entre et on pose nos questions. Je ne savais pas trop si c'était la meilleure façon de procéder, mais elle avait l'insigne et pas moi.

Nous laissâmes la ville de Pahrump derrière nous et quinze kilomètres plus loin tombâmes sur un panneau «Clear» avec une flèche à gauche. Je tournai, l'asphalte cédant vite la place à une route en caillasse d'où montèrent des nuages de poussière derrière nous. Les citoyens de Clear nous voyaient arriver de loin.

Enfin… à condition qu'ils nous attendent. De fait, la ville de Clear, Nevada, n'était guère plus qu'un grand caravaning. La route en caillasse nous conduisit à un deuxième croisement, avec un deuxième panneau fléché. Nous prîmes encore une fois vers le nord et découvrîmes un terre-plein au milieu duquel se tenait une vieille caravane aux rivets couverts de rouille. Tout en haut du véhicule un panneau proclamait: «Bienvenue à Clear. Le Sports Bar est ouvert. Chambres à louer.» Il n'y avait aucune voiture sur le terre-plein devant le bar.

Je dépassai le point d'accueil, la nouvelle route s'incurvant avant d'entrer dans tout un quartier de caravanes qui cuisaient au soleil comme autant de boîtes de bière. Rares étaient celles qui se trouvaient en meilleur état que la première. Enfin nous arrivâmes devant un édifice en dur – la mairie, apparemment, mais aussi l'endroit où coulait la source qui avait donné son nom à l'agglomération. Nous continuâmes de rouler et fûmes récompensés de nos efforts par un énième panneau fléché, ce dernier pour nous dire «Bordels», tout simplement.

L'État du Nevada a la haute main sur trente de ces établissements. La prostitution y est légale, contrôlée et surveillée de près. Nous trouvâmes trois de ces bordels en franchise au bout de la route, la chaussée gravillonnée s'élargissant en un grand rond-point où, identiques d'allure et de conception, ils attendaient le client. Ils avaient pour nom «La véranda de Sheila», «Au ranch de Tawny» et «Chez Delilah, le Saint des Saints».

– Mignon, dit Rachel en découvrant la scène. Pourquoi ces endroits portent-ils toujours des noms de femmes… comme si c'étaient elles qui possédaient les lieux…

– Alors là… «Chez Dave, le Saint des Saints» pourrait peut-être poser des problèmes aux mecs.

Elle sourit.

– Vous avez raison. Ça doit être astucieux. On donne un nom de femme à l'endroit même où les femmes ne sont que des esclaves humiliées et ça n'a pas l'air aussi grave, c'est ça? Tout est dans le packaging.

– Des esclaves? répétai-je. Aux dernières nouvelles, ces femmes sont volontaires. Certaines seraient même des épouses qui montent ici de Las Vegas.

– Vous êtes un rien naïf si c'est ça que vous croyez, Bosch. Qu'on puisse aller et venir à sa guise ne signifie pas qu'on ne soit pas esclave.

Je hochai la tête d'un air pensif – je n'avais aucune envie d'entrer dans ce genre de discussion avec elle, car cela m'aurait amené à réexaminer certaines périodes de ma vie sur lesquelles je ne souhaitais pas me poser de questions.

Heureusement, Rachel n'avait apparemment pas plus que moi envie de poursuivre.

— Bon, dit-elle, on commence par où?

J'arrêtai la Mercedes devant le «ranch de Tawny» – celui-ci ne ressemblant guère à un ranch, mais plutôt à un ensemble de trois ou quatre caravanes reliées par des passages couverts. Je regardai à gauche et m'aperçus que «La véranda de Sheila» était du même genre et que, bien sûr, il n'y avait pas de véranda. Même chose pour «Chez Delilah, le Saint des Saints», que j'avais à ma droite, tout cela me donnant l'impression qu'il ne s'agissait pas de trois bordels concurrents, mais de trois succursales du même établissement.

— Je ne sais pas, répondis-je. On joue le coup à am stram gram pic et pic et colégram?

Rachel entrouvrit sa portière.

— Une seconde, lui lançai-je. Y a ça.

Je lui tendis les tirages que Buddy Lockridge m'avait apportés de Las Vegas la veille. Rachel ouvrit la chemise et découvrit les photos de face et de profil du type qui s'était fait passer pour Shandy, mais qu'on pensait être Robert Backus.

— Je ne vais même pas vous demander où vous vous les êtes procurées, me dit-elle.

— Parfait. Mais c'est vous qui les tenez. Venant de vous, ç'aura plus de poids. C'est vous qui portez l'insigne.

— Pour l'instant.

— Vous avez les photos des disparus?

— Je les ai, oui.

— Bien.

Elle prit la chemise et descendit de la voiture. Je la suivis. Nous fîmes tous les deux le tour de la Mercedes, puis nous nous arrêtâmes un instant pour jeter un deuxième coup d'œil aux trois bordels. Quelques voitures s'étaient garées devant. Il y avait aussi, impressionnante rangée de chromes agressifs, quatre meules Harley devant «le Saint des Saints». Peint à l'aérographe sur le réservoir d'une des motos, on voyait un crâne en train de téter un joint dont la fumée lui faisait un halo.

— On fera le «Saint des Saints» en dernier, dis-je. On aura peut-être un coup de bol avant de devoir y aller.

— Quoi? Les motos?

– Oui. C'est la tribu des Road Saints. Je serais assez pour qu'on n'aille pas les chatouiller.

– Si vous le dites…

Elle ouvrit la voie et se dirigea vers l'entrée de «La véranda de Sheila» d'un pas décidé. Sans m'attendre parce qu'elle savait que je serais sur ses talons.

3 1

Aussitôt entrés, nous fûmes assaillis par l'odeur douceâtre de parfums noyés dans l'encens. Nous fûmes aussi accueillis par une femme tout sourire dans son kimono – que ce soit un couple qui pénètre dans son établissement ne semblait ni la rebuter ni même seulement la surprendre. Cela dit, sa bouche se fit trait aussi droit et coupant que guillotine lorsqu'elle aperçut la plaque du FBI que Rachel lui montrait d'un geste vif.

– Sympa, dit-elle d'une voix faussement aimable. On peut voir le mandat de perquisition?

– Non, aujourd'hui il n'y en a pas, lui renvoya Rachel d'un ton égal. On voudrait juste vous poser quelques questions.

– Je ne suis pas tenue de vous parler à moins que vous ayez une commission rogatoire. C'est un établissement parfaitement légal que je dirige.

Je remarquai deux femmes assises sur un canapé, tout droit sorties d'une pub pour la lingerie Victoria's Secret. Elles regardaient un *soap opera* à la télé et donnaient l'impression de se désintéresser complètement de l'escarmouche verbale qui montait en intensité à l'entrée. Elles étaient toutes les deux séduisantes à leur manière, mais un rien fatiguées autour des yeux et de la bouche. Cette scène me rappela soudain ma mère et certaines de ses copines. La façon dont elles me dévisageaient quand j'étais petit et que je les regardais se préparer pour aller travailler à la nuit tombée. Brusquement je me sentis très mal dans cet endroit et eus envie de m'en aller. Un instant, je souhaitai même que la femme en kimono réussisse à nous flanquer à la porte.

– Personne ne met en doute la légalité de votre entreprise, disait Rachel. Nous avons seulement besoin de vous poser quelques questions, à vous et à… à votre personnel et nous filons.

– Apportez-moi l'injonction du juge et je serai ravie de vous obliger.

– Sheila, c'est vous?

– Vous pouvez m'appeler comme ça, oui. Vous pouvez même m'appeler comme vous voulez du moment que c'est pour me dire au revoir.

Rachel monta la mise en y allant de son ton faudrait-voir-à-pas-me-faire-chier.

– Vous voulez une injonction de la cour? Moi, je commence par exiger des renforts du shérif et je vous colle sa voiture devant votre camping-car jusqu'à ce que je revienne de chez le juge. Votre entreprise est peut-être parfaitement légale, mais quel bordel vont choisir les clients en voyant la bagnole du shérif devant chez vous? Il faut environ deux heures pour retourner à Las Vegas, plus deux ou trois autres pour voir le juge et encore deux pour revenir… Et comme je termine à 5 heures, je ne devrais pas revenir ici avant demain. Ça vous va?

Sheila lui renvoya la balle direct, et fort.

– Vous voulez appeler le shérif? Demandez-lui donc de vous envoyer Dennis ou Tommy. Ils connaissent vraiment bien ma boîte et comme ce sont des clients…

Et de gratifier Rachel d'un sourire narquois: elle tenait bon. Elle lui avait dit d'abattre ses cartes et Rachel n'avait plus rien dans son jeu. Les deux femmes se dévisagèrent un long moment. J'étais sur le point d'entrer dans la danse et d'ajouter mon grain de sel lorsqu'une des filles assises sur le canapé me coiffa au poteau.

– Shei? lança la plus proche de nous. Finissons-en.

Sheila lâcha Rachel des yeux et regarda la fille. Puis elle battit en retraite, sa colère n'en affleurant pas moins à la surface. Je ne vois pas trop quelle autre façon de procéder nous aurions eue à partir du moment où Sheila nous avait agressés, mais il me paraissait évident que menacer et rouler les mécaniques ne nous mènerait nulle part.

Nous nous installâmes dans le petit bureau de Sheila et interrogeâmes les filles une à une, en commençant par Sheila et finissant par les deux qui «travaillaient» lorsque nous étions entrés dans l'établissement. Rachel ne me présentait à personne, la question de savoir ce que je fabriquais dans cette enquête ne fut jamais soulevée. D'un commun accord, les filles ne purent ou ne voulurent pas identifier un seul des disparus qui avaient fini dans les sables de Zzyzx. Même chose pour les photos de Shandy que McCaleb avait prises à bord de son bateau.

Une demi-heure plus tard, nous ressortions de chez Sheila sans autre résultat que celui d'avoir récolté un énorme mal de tête pour moi et de grandes marques de fatigue pour Rachel.

— Répugnant, dit-elle tandis que nous descendions le trottoir rose qui conduisait à ma voiture.

— Quoi?

— Cet endroit. Je ne sais pas comment on peut faire un truc pareil.

— Je croyais que c'étaient des esclaves.

— Écoutez… on ne vous a pas donné comme boulot de me renvoyer mes remarques à la figure.

— Exact.

— Et d'abord, qu'est-ce qui vous chagrine? Je ne vous ai pas entendu lui dire quoi que ce soit. Ça, pour m'aider!

— C'est sans doute parce que je m'y serais pris autrement. Il ne m'a fallu que deux minutes pour comprendre qu'on ne tirerait rien de personne.

— Parce que vous…

— Ce n'est pas ce que j'ai dit. Je vous l'ai dit, ici, c'est de la roche. Il n'est pas facile de trouver de l'eau. Et ramener le shérif n'était vraiment pas le truc à faire. Ça aussi, je vous l'avais dit: c'est probablement la moitié de ses revenus qui provient de ces bordels.

— Bref, on critique et on ne propose aucune solution.

— Écoutez, Rachel… Arrêtez de me coller votre arme sur la tempe. Ce n'est pas contre moi que vous êtes en colère, d'accord? Si vous voulez essayer une autre tactique pour le suivant, je suis partant pour essayer.

— Ne vous gênez pas.

— Parfait. Vous me filez les photos et vous restez dans la voiture.

— Qu'est-ce que vous racontez? J'y vais avec vous.

— Ce n'est pas un endroit où faire dans le grandiose. J'aurais dû le comprendre quand je vous ai invitée. C'est vrai aussi que je ne vous voyais pas en train de leur enfoncer votre insigne du FBI au fond de la gorge dès votre entrée dans les lieux.

— Et donc, vous, vous allez entrer et jouer le coup en finesse.

— Je ne sais pas trop si on peut parler de finesse. Disons que je vais me contenter de la bonne vieille méthode d'autrefois.

— Ce qui veut dire quoi? On ôte le pantalon?

— Non, on sort le portefeuille.

— Le FBI n'achète pas ses renseignements.

— C'est vrai, mais comme je ne suis pas du FBI… Tenez, même que si je trouve quelque chose de cette façon-là, le FBI n'aura rien à payer.

Je lui mis la main dans le dos et la poussai gentiment vers la Mercedes. Je lui ouvris la portière et la fis entrer. Et lui confiai les clés.

— Mettez la clim. Ça ne devrait pas prendre longtemps.

J'enroulai la chemise avec les photos et la glissai dans ma poche revolver, sous ma veste.

Le trottoir qui conduisait au Ranch de Tawny était lui aussi en ciment rose et je commençais à en voir la raison. Les filles que nous avions vues chez Sheila étaient dures comme du caillou sous leurs airs de boutons de rose. Même chose pour Rachel. J'avais l'impression d'avancer avec les pieds dans des seaux remplis de ciment rose.

Je sonnai à la porte. Une femme en jean coupé et débardeur qui avait du mal à contenir sa poitrine chirurgicalement améliorée vint m'ouvrir.

— Entre donc. Je m'appelle Tammy.

— Merci.

Je passai dans l'entrée de la caravane, où se trouvaient deux canapés qui se regardaient d'un bout à l'autre du mur. Trois filles s'y étaient assises et m'observaient avec des sourires étudiés.

— Je te présente Georgette, Gloria et Mecca. Moi, c'est Tammy, reprit-elle. Tu peux choisir une d'entre nous ou attendre Tawny. Elle est derrière avec un client.

Je regardai Tammy. C'était celle qui semblait la plus empressée. Très petite et lourde du haut, elle avait les cheveux noirs coupés court. Certains hommes devaient la trouver séduisante, mais pas moi. Je lui dis qu'elle faisait l'affaire, elle me fit longer un couloir qui tournait à droite avant de déboucher dans une autre caravane. Il y avait trois chambres sur la gauche, elle gagna la troisième et l'ouvrit avec une clé. Nous entrâmes, elle ferma la porte, mais pas à clé. Il y avait à peine assez de place pour se tenir debout tant le lit était grand.

Tammy s'y assit et me fit signe d'approcher en tapotant sur la couverture. Je m'assis, elle tendit le bras vers un rayonnage plein de romans policiers écornés, y prit quelque chose qui ressemblait à un menu de restaurant et me le tendit. De fait, il s'agissait d'un dépliant orné d'une caricature montrant une femme nue. Elle était à quatre pattes et, penchée en avant, avait tourné la tête en arrière pour adresser un clin d'œil au type qui la montait à la chien. L'homme était nu lui aussi, sauf pour son chapeau de cow-boy, les deux six-coups qu'il portait dans des holsters à la ceinture et le lasso qu'il faisait tourner d'une main pour écrire les mots «Au ranch de Tawny» dans le ciel.

— Vous pouvez acheter un T-shirt avec ce truc-là dessus, m'informa Tammy. C'est vingt dollars.

— Génial, dis-je en ouvrant le menu.

Car il s'agissait bien d'une espèce de menu, celui, tout personnel, que Tammy présentait à sa clientèle. Il se composait d'une seule feuille divisée en deux colonnes. Dans la première étaient énumérés les services sexuels qu'elle était prête à fournir, avec la durée prévue pour chacun, et dans l'autre ce qu'il en coûterait au client. Deux de ces services étaient suivis d'un astérisque renvoyant à une note indiquant que c'était du personnalisé.

— Bon, dis-je en regardant fixement les deux colonnes. Je vais peut-être avoir besoin d'une traductrice pour m'expliquer.

— Je suis prête à t'aider. Qu'est-ce qui te pose problème?

— Combien ça coûte de parler, juste ça?

— Comme quoi? Tu veux que je te dise des cochonneries ou c'est toi qui veux m'en dire?

— Non, je veux juste parler. J'aimerais te poser des questions sur un type que je cherche. Un type du coin.

Son attitude changea du tout au tout. Elle se redressa d'un bond et ce faisant mit quelques dizaines de centimètres entre nous, ce qui ne fut pas pour me gêner, son parfum dévastant mes sinus déjà passablement brûlés.

— Vaudrait mieux que tu parles à Tawny quand elle aura fini, me dit-elle.

— Non, c'est à toi que je veux parler, Tammy. J'ai cent dollars pour cinq minutes de parlote. Et je double la mise si tu me dis où on peut le trouver.

Elle hésita. Deux cents dollars n'auraient même pas couvert une heure de boulot — à s'en tenir au menu en tout cas. Cela étant, j'avais l'impression que les prix étaient négociables et ce n'était pas comme si on faisait la queue sur le trottoir en ciment rose pour entrer.

— Quelqu'un va finir par me prendre ce fric, insistai-je. Autant que ce soit toi.

— Bon d'accord, mais on fait vite. Si jamais Tawny découvre que t'es pas un client payant, elle va te virer à coups de pied dans le cul et me remettre à la queue.

Maintenant je comprenais. Elle m'avait ouvert parce que c'était à son tour d'y aller. J'aurais pu choisir n'importe laquelle des filles assises sur les canapés, mais c'était elle qui avait eu le droit de se montrer en premier.

Je sortis cent dollars de ma poche et les lui donnai. Je gardai le reste dans ma main en sortant mon dossier et en l'ouvrant. Rachel avait commis l'erreur de demander aux filles de chez Sheila si elles reconnaissaient quelqu'un sur ces photos. Cela venait de ce qu'elle n'avait pas autant confiance que moi. J'étais bien plus sûr de ma théorie et ne fis pas la même erreur avec Tammy.

La première photo que je lui montrai était celle que McCaleb avait prise de Shandy sur son bateau.

— Quand as-tu vu ce type pour la dernière fois dans le coin?

Tammy regarda longuement le cliché. Elle ne le prit pas dans sa main, alors que je l'aurais laissée le faire. Au bout de ce qui me parut une éternité — je me demandais déjà si la porte n'allait pas s'ouvrir sur une Tawny menaçant de me virer —, elle parla enfin.

— Je ne sais pas, dit-elle. Au moins un mois, peut-être plus. On le voit plus.

J'eus envie de sauter sur le lit en criant, mais gardai mon calme. Il fallait absolument qu'elle croie que j'étais parfaitement au courant de tout ce qu'elle me disait. C'était la seule façon qu'elle se sente plus à l'aise et prête à me répondre.

— Tu te rappelles l'endroit où tu l'as vu?

— Devant. Je raccompagnais un client dehors et Tom l'attendait.

— Bien, bien. Il t'a dit quelque chose?

— Non, il dit jamais rien. En fait, il me connaît même pas vraiment.

— Et après, qu'est-ce qui s'est passé?

— Rien. Il s'est rien passé. Il est monté dans la bagnole et ils sont partis.

Je commençais à comprendre. Tom avait une voiture. C'était le chauffeur.

— Qui l'avait appelé? Toi ou c'est le client qui l'avait déjà fait?

— Tawny, y a des chances. Je ne me rappelle pas vraiment.

— Parce que ça arrive tout le temps.

— Oui.

— Mais il n'est pas revenu depuis quoi? Un mois?

— Oui. Peut-être un peu plus. Ça te suffit comme piste? Non, parce que... qu'est-ce que tu veux?

Elle regardait le deuxième billet de cent dans ma main.

— Encore deux choses. Connais-tu le nom de famille de Tom?

— Non.

— Bon, comment fait-on pour le contacter si on a besoin de ses services?

— On l'appelle, j'imagine.

— Tu peux me trouver le numéro?

— T'as qu'à aller au Sports Bar, c'est de là qu'on l'appelle. Comme ça, là, je sais pas le numéro. Il est affiché à côté du téléphone devant.

— Le Sports Bar, d'accord.

Mais je ne lui donnai pas l'argent.

— Une dernière chose.

— T'arrêtes pas de dire ça.

— Je sais, mais ce coup-ci c'est vrai.

Je lui montrai les photos des disparus que Rachel avait appor-

tées. Elles étaient bien meilleures et plus claires que celles repro-
duites dans l'article du journal. Il s'agissait de photos en couleurs
données par leurs familles à la police de Las Vegas, puis transmises
gracieusement au FBI.

— L'un de ces types est-il un de tes clients?

— Écoute, mec, les clients, on n'en parle pas. On est très dis-
crètes et on donne pas ce genre de renseignements.

— Ces types sont morts, Tammy. Ça n'a plus d'importance.

Elle écarquilla les yeux, puis les baissa sur les photos que je
tenais dans ma main. Enfin elle me les prit et les regarda comme si
c'étaient des cartes à jouer. A la brusque lueur qui s'allumait dans
son regard je sus tout de suite que je lui avais servi un as.

— Quoi? lui demandai-je.

— Ben, là, ce type... on dirait que c'est quelqu'un qu'est venu
ici. Je crois qu'il est allé avec Mecca. On pourrait le lui demander.

J'entendis deux coups de Klaxon. De la Mercedes, je les reconnus.
Rachel commençait à s'impatienter.

— Va chercher Mecca et ramène-la-moi. Je te file le fric dès que
ce sera fait. Tu peux lui dire que j'en ai aussi pour elle. Mais ne lui
dis pas ce que je veux. Dis-lui seulement que je veux deux filles à la
fois.

— Bon, d'accord, mais rien d'autre. Et faudra me payer.

— Je le ferai.

Elle quitta la pièce. Je me rassis sur le lit et regardai autour de
moi en attendant. Les murs étaient couverts de panneaux en faux
merisier. Une fenêtre avec un rideau en dentelle. Je me penchai en
travers du lit et le tirai. La vue se réduisait au seul désert. Le lit et la
caravane auraient tout aussi bien pu se trouver sur la Lune.

La porte s'ouvrit, je me retournai, prêt à donner à Tammy le
reste de ce que je lui devais et à mettre la main à la poche pour
Mecca. Sauf que ce n'étaient pas deux femmes que je découvris
dans l'encadrement de la porte, mais deux hommes. Et baraqués –
l'un surtout –, et les bras qui sortaient de leurs T-shirts noirs
étaient couverts de tatouages de prison. Sur le biceps saillant du
plus costaud était dessiné un crâne avec un halo de fumée au-
dessus. Pas moyen de se tromper sur leur clan.

— Quoi d'neuf, docteur? me lança le plus costaud.

— Vous, c'est Tawny, c'est ça? lui répliquai-je.

Sans dire un mot, il se pencha **en** avant, m'attrapa par la veste, me souleva du lit et m'expédia dans les bras de son copain qui m'attendait dans le couloir. Celui-ci me le faisant parcourir à toute allure, je me rendis compte que les coups de Klaxon de Rachel étaient un avertissement et pas du tout un signe d'impatience. Je regrettais de ne pas l'avoir compris lorsque Big et Little Stéroïdes me jetèrent au désert par la porte du fond.

J'atterris sur les genoux et les mains et commençais à me ramasser et vouloir me relever lorsqu'un des deux mastodontes me colla sa botte sur la hanche et m'écrasa de nouveau par terre. J'essayai encore de me relever, cette fois on me laissa faire.

— Je t'ai demandé: «Quoi d'neuf, docteur?» Qu'est-ce tu fous ici?

— Je posais juste des questions. Même que j'étais prêt à filer du fric en échange des réponses. Je pensais pas que ça puisse poser problème.

— Ben si, mec, ça en pose.

Ils revenaient sur moi, le plus grand ouvrant la marche. Il était si énorme que je n'arrivais même pas à voir son petit frère derrière lui. Je reculais d'un pas chaque fois qu'ils avançaient d'un. Et j'avais la désagréable impression que c'était très exactement ce qu'ils voulaient. Ils me faisaient reculer vers quelque chose, un trou dans le sable et la roche, qui sait?

— Qui t'es, gamin?

— Je suis détective privé à Los Angeles. Je cherche un disparu, rien de plus.

— Ouais, bon, ben, les gens qui viennent ici, ils ont pas envie qu'on les cherche.

— Maintenant, je le comprends. Je vais dégager et vous…

— Un instant, je vous prie.

Tout le monde s'arrêta. C'était la voix de Rachel. Le costaud se retourna vers la caravane, ses épaules se tassant de plusieurs centimètres. Je vis Rachel qui sortait par la porte du fond. Elle avait les mains sur les hanches.

— Qu'est-ce que c'est que ça? T'as amené Manman? me lança Big Stéroïdes.

– On dirait.

Profitant de ce qu'il observait Rachel, je serrai mes mains ensemble et lui en balançai un grand coup sur la nuque. Il bascula en avant et fila s'écraser dans son copain. Mais ce n'était qu'une attaque surprise. Loin d'aller au tapis, il se retourna vers moi et commença à me foncer dessus, ses poings tels des marteaux-pilons. Je vis Rachel passer la main sous son blazer et en écarter le pan pour sortir son arme. Mais elle s'accrocha une seconde dans le tissu et mit du temps à prendre son flingue.

– On s'arrête! hurla-t-elle.

Les Stéroïdes Brothers n'en firent rien. J'évitai le coup de poing du plus costaud en baissant la tête – mais ne me relevai que pour me retrouver nez à nez avec le petit frère. Qui m'enlaça fermement et me décolla du sol. Va savoir pourquoi, je remarquai alors que des femmes nous observaient des fenêtres arrière de la dernière caravane. Il y aurait foule pour assister à ma destruction.

J'avais les bras coincés entre ceux de mon assaillant et sentais une pression de plus en plus forte s'exercer sur ma colonne vertébrale en même temps qu'on m'expulsait l'air des poumons. Enfin Rachel parvint à libérer son arme et tira deux coups de feu en l'air.

On me lâcha, je me retrouvai par terre et regardai Rachel s'éloigner de la caravane en crabe afin que personne ne puisse passer derrière elle.

– FBI! cria-t-elle. A terre, vous deux! A terre!

Les deux costauds s'exécutèrent. Je me relevai dès que j'eus à nouveau de l'air dans les poumons. J'essayai d'essuyer la poussière sur mes habits, mais ne fis que l'y étaler un peu plus. Je regardai Rachel et hochai la tête. Elle resta à bonne distance des deux costauds allongés par terre et me fit signe de venir vers elle.

– Qu'est-ce qui s'est passé?

– J'interrogeais une des filles et lui avais demandé de m'en amener une autre. Au lieu de ça, ce sont ces deux-là qui se sont pointés et qui m'ont tiré jusqu'ici. Merci de m'avoir averti.

– Mais c'est ce que j'ai fait! J'ai klaxonné.

– Je sais, Rachel. Calmez-vous. C'est de ça que je vous remercie. Sauf que je n'ai pas compris le signal.

– Bon mais… qu'est-ce qu'on fait maintenant?

— Ces deux mecs ne m'intéressent pas. Relâchez-les. Mais il y a deux femmes à l'intérieur, Tammy et Mecca, et elles, il faut les embarquer. Il y en a une qui connaît Shandy et je crois que l'autre pourrait identifier un des disparus comme étant un des clients du bordel.

Rachel enregistra et acquiesça lentement de la tête.

— Bien. Shandy est un client?

— Non, ce serait plutôt une espèce de chauffeur de taxi. Il faut aller demander au Sports Bar.

— Ce qui fait qu'on ne peut pas relâcher ces deux-là. Pas question qu'ils viennent nous retrouver au bar. Sans compter qu'il y en avait quatre, de ces motos, dehors. Où sont les deux autres?

— Je ne sais pas.

— Allez, quoi! hurla Big Stéroïdes. On bouffe du sable, nous!

Rachel s'approcha d'eux.

— Bon, debout, dit-elle.

Elle attendit qu'ils se relèvent et commencent à la regarder d'un œil méchant. Elle rangea son arme et leur parla calmement, comme si c'était ainsi qu'elle faisait normalement connaissance avec les gens.

— Vous êtes d'où? leur demanda-t-elle.

— Pourquoi ça?

— Pourquoi ça? Parce que j'aimerais mieux vous connaître. Pour savoir s'il faut vous arrêter ou pas.

— Pour quelle raison? C'est lui qu'a commencé.

— Ce n'est pas ce que j'ai vu. Ce que j'ai vu, c'est deux costauds en train d'agresser un type plus petit.

— Y avait effraction.

— Aux dernières nouvelles, l'effraction n'excuse pas l'agression. Si vous voulez voir si je me trompe, vous n'avez qu'à…

— Pahrump.

— Quoi?

— On est de Pahrump.

— Et c'est vous les propriétaires de ces trois établissements?

— Non. On fait juste partie de la sécurité.

— Je vois. Bon, alors, que je vous dise… Si vous voulez bien aller retrouver les deux zozos à qui appartiennent les motos garées devant et leur dire de rentrer à Pahrump avec vous, je serais assez prête à passer l'éponge.

— C'est pas juste. Il était venu poser des ques…

— Je suis du FBI, moi. Je me fous de ce qui est juste et pas juste. C'est à prendre ou à laisser.

Au bout d'un moment, le plus costaud des deux lâcha la pose et commença à repartir vers la caravane. Le plus petit lui emboîta le pas.

— Où allez-vous? aboya Rachel.

— On s'en va. Comme vous nous l'avez dit.

— Bien, bien. Surtout n'oubliez pas de mettre vos casques, messieurs.

Sans se retourner, le costaud leva un bras en l'air et nous fit un doigt d'honneur. Ce que voyant, le petit l'imita.

— J'espère que ça va marcher, me dit Rachel en me regardant.

3 2

Les filles assises à l'arrière n'étaient pas contentes, mais Rachel s'en moquait. Jamais encore elle (elle ou quiconque, d'ailleurs) ne s'était retrouvée aussi près de Backus depuis sa disparition de Los Angeles. Depuis la nuit où elle l'avait vu s'écraser dans la vitre et s'enfoncer dans le néant qui semblait avoir englouti jusqu'aux dernières traces de son existence.

Jusqu'à cet instant. Et la dernière chose qu'elle était prête à supporter était bien les protestations des deux prostituées à l'arrière. La seule chose qui l'ennuyait, c'était d'avoir laissé Bosch conduire. Parce que maintenant ils avaient deux prisonnières et ils allaient les ramener dans un véhicule privé. Ce qui posait un problème de sécurité, et elle ne savait pas trop comment négocier l'arrêt au Sports Bar.

— Je sais ce qu'on va faire, dit Bosch en s'éloignant des trois bordels au bout de la route.

— Moi aussi, lui renvoya Rachel. Vous allez rester avec elles pendant que j'entrerai.

— Non, ça ne marchera pas. Vous allez avoir besoin de renforts. Comme si on ne venait pas d'avoir la preuve qu'il ne fallait surtout pas nous séparer !

— Et donc ?

— Et donc, je mets la fermeture enfants à l'arrière. Elles ne pourront pas ouvrir.

— Et qu'est-ce qui les empêchera de passer par-dessus les sièges et de sortir par les portières avant ?

– Pour aller où? Elles ont pas le choix, pas vrai, les filles? dit-il en jetant un coup d'œil dans le rétroviseur.

– Va te faire mettre, lui renvoya celle qui se faisait appeler Mecca. Vous pouvez pas nous faire ça. Nous, on n'a pas de crimes à se reprocher.

– En fait si, on peut vous faire ça, et je vous l'ai déjà expliqué, lui répondit Rachel d'un ton las. Vous êtes en état d'arrestation en tant que témoins à charge dans une enquête criminelle du FBI. Vous serez interrogées et relâchées dans les formes.

– Ben, y a qu'à faire ça tout de suite et en finir.

En examinant le permis de conduire de la jeune femme, Rachel avait eu la surprise de découvrir qu'elle s'appelait effectivement Mecca. Mecca McIntyre. Parlez d'un nom!

– Sauf que ça, on peut pas, Mecca. Et ça aussi, je vous l'ai déjà expliqué.

Bosch s'arrêta sur le terre-plein en gravier devant le Sports Bar. Il n'y avait pas d'autres voitures en vue. Il abaissa les vitres de quelques centimètres et arrêta le moteur.

– Je mets l'alarme, dit-il. Si vous essayez de passer par-dessus le siège et d'ouvrir la porte, ça la déclenchera. On sortira tout de suite et on vous rattrapera. Alors… vous donnez pas cette peine, d'accord? On sera pas longs.

Rachel sortit et referma sa portière. Elle vérifia encore une fois son portable, il n'y avait toujours pas de réseau. Elle vit Bosch en faire autant et hocher la tête. Elle décida de réquisitionner le téléphone du bar, s'il y en avait un, pour appeler l'antenne de Las Vegas et faire son rapport. Cherie serait très très en colère – et contente.

– A propos, lança Bosch en remontant la rampe d'accès qui conduisait à l'entrée du camping-car, vous avez un chargeur de rab pour votre Sig?

– Bien sûr.

– Où ça? A la ceinture?

– Oui, pourquoi?

– Pour rien. C'est juste que j'ai vu votre main s'accrocher à votre veste quand on était derrière la caravane.

– Je n'ai rien accroché du tout. J'ai seulement… où voulez-vous en venir?

— A rien. Je voulais juste vous dire que moi, je transportais toujours mon chargeur de rab dans la poche **de** ma veste. Pour lui donner du poids, vous voyez? Quand il faut rejeter le pan de la veste en arrière, la surcharge le renvoie loin et dégage l'accès.

— Merci pour le tuyau, lui répondit-elle d'un ton égal. Et si on se concentrait sur l'affaire en cours, hein?

— Bien sûr, Rachel. C'est vous qui prenez le commandement sur ce coup-là?

— Si ça ne vous gêne pas…

— Mais pas le moins du monde.

Il lui emboîta le pas. Dans le reflet de son visage sur la vitre de la caravane elle crut le voir sourire. Elle ouvrit la porte du bar. Une cloche tinta pour annoncer leur arrivée.

Ils entrèrent dans une petite salle où il n'y avait personne. A leur droite se trouvait un billard au tapis d'un vert fané par le temps et sali par le contenu des verres qu'on y avait renversés. Le billard n'était pas très grand, mais ne laissait guère de place dans la pièce. Même pour ouvrir la partie, il fallait sans doute jouer le coup avec la queue à quarante degrés par rapport à la table.

A gauche de la porte se dressait un bar, avec devant six tabourets et derrière trois étagères remplies de verres et de poisons au choix. Il n'y avait toujours personne au comptoir, mais avant que Rachel ou Bosch aient pu crier bonjour deux rideaux s'écartèrent à la gauche du bar et un type entra dans la pièce, les yeux bouffis de sommeil alors qu'il était pratiquement midi.

— J'peux vous aider? C'est pas un peu tôt?

Rachel lui colla ses papiers sous le nez, ce qui parut lui ouvrir un peu les paupières. Elle lui donna la soixantaine, mais ses cheveux ébouriffés et le chaume qu'il avait sur les joues faussaient peut-être son estimation.

L'homme hocha la tête comme s'il venait de résoudre un grand mystère dans sa tête.

— Alors comme ça, c'est vous la sœur, pas vrai? demanda-t-il.

— Pardon?

— C'est vous la sœur de Tom, non? Il m'avait dit que vous passeriez peut-être.

— Tom? Tom qui?

– Tom Walling. Qu'est-ce que vous croyez?

– Nous cherchons un type qui s'appelle Tom et qui ramène les clients des bordels à Las Vegas. C'est de ce Tom-là qu'il s'agit?

– C'est ce que je me tue à vous dire. Tom Walling était mon chauffeur. Il m'a dit qu'un jour sa sœur passerait peut-être ici pour le chercher. Y m'a jamais dit que c'était une nana du FBI!

Rachel hocha la tête pour essayer d'atténuer le choc. Ce qui la sonnait, c'était moins la surprise que l'audace et la signification cachée de cette histoire – que l'énormité du plan échafaudé par Backus.

– Et vous vous appelez?

– Billings Rett. Ce bar est à moi et je suis aussi le maire de la ville.

– De Clear, donc.

– Voilà.

Rachel sentit qu'on lui tapotait le bras et baissa les yeux pour découvrir la chemise avec les photos. Bosch avait décidé de les lui tendre, mais se tenait en retrait. Il semblait avoir compris que la situation avait changé. Que c'était maintenant plus elle que Terry McCaleb, voire lui-même, qui était concernée. Rachel lui prit la chemise, en sortit une des photos que McCaleb avait prises du soi-disant Jordan Shandy et la montra à Billings Rett.

– Est-ce que c'est bien le type qui vous a dit s'appeler Tom Walling?

Rett ne mit que quelques secondes à regarder le cliché.

– C'est bien lui, oui. Jusqu'à sa casquette des Dodgers. On peut voir les matches grâce au satellite et Tom était un vrai fan des Dodgers.

– Et il conduisait une voiture pour vous?

– La seule, oui. C'est pas une grosse affaire.

– Et il vous a dit que sa sœur allait passer?

– Non, il m'a seulement dit que c'était pas impossible. Même qu'il m'a donné quelque chose pour elle.

Il se retourna, regarda derrière le bar et y vit ce qu'il cherchait, une enveloppe qu'il tendit à Rachel et qui laissa un rectangle propre dans la poussière recouvrant l'étagère de verre. L'enveloppe devait y être depuis un bon moment.

– Rachel, lança Bosch, vaudrait peut-être mieux mettre cette lettre dans le circuit.

– Ça n'a pas d'importance. Je sais qu'elle est de lui.

Elle déchira l'enveloppe, en sortit une carte de format 6 × 9 et commença à lire ce qu'on y avait écrit à la main.

Chère Rachel,

Si, comme je l'espère, vous êtes la première à lire ce billet, c'est que j'aurai été un bon professeur. J'espère que cet écrit vous trouvera en bonne santé physique et morale. Mais surtout, j'espère que vous aurez surmonté votre enterrement au Bureau et que vous serez à nouveau au plus haut de la forme. Celui qui reprend peut aussi rendre, du moins je l'espère. Rachel, je n'ai jamais eu pour but de faire votre malheur. Mon intention est maintenant, avec ce dernier acte de ma part, de vous sauver.

Adieu, Rachel.

R.

Elle relut le mot, le tendit à Bosch par-dessus son épaule et, pendant qu'il le lisait à son tour, reprit la conversation avec Billings Rett.

– Quand vous a-t-il donné cette lettre et que vous a-t-il dit exactement?

– C'était y a environ un mois, à quelques jours près. Quand il m'a dit qu'il allait me lâcher. Il m'a réglé le loyer, il voulait garder sa baraque, il m'a donné l'enveloppe et m'a dit que c'était pour sa sœur, qu'elle allait peut-être passer le chercher. Et vous v'là.

– Je ne suis pas sa sœur, lui répliqua Rachel d'un ton sec. Quand est-il venu ici pour la première fois?

– Difficile à se rappeler. Y a trois ou quatre ans?

– Pourquoi est-il venu?

Rett hocha la tête.

– Alors là… Pourquoi les gens vont à New York, hein? Tout le monde a ses raisons. Et les siennes, il a pas voulu me mettre dans le secret.

– Comment se fait-il qu'il ait fini par vous servir de chauffeur?

– Un jour qu'il faisait une partie de billard, j'y ai demandé s'il cherchait pas du boulot. Il m'a dit que ça le gênerait pas d'en avoir un et c'est parti de là. C'est pas un boulot à plein temps. C'est juste quand un client nous demande de le ramener. Les trois quarts des gens viennent ici avec leurs voitures.

– Et à ce moment-là, soit il y a trois ou quatre ans de ça, il vous a dit s'appeler Tom Walling.

– Non, ça, il me l'a dit quand il m'a loué la caravane. C'est au début qu'il est arrivé.

– Et il y a un mois… vous m'avez bien dit qu'il avait réglé le loyer et qu'il était parti?

– Oui. Il m'a dit qu'il reviendrait et qu'il voulait garder sa baraque. Même qu'il a loué jusqu'en août. Mais il est parti en voyage et j'ai plus entendu parler de lui.

Dehors une alarme se déclencha. La Mercedes. Rachel se tourna vers Bosch, mais celui-ci se dirigeait déjà vers la porte.

– Je m'en occupe, dit-il.

Il franchit la porte, laissant Rachel seule avec Rett.

– Tom Walling vous a-t-il jamais dit d'où il venait? reprit-elle.

– Non, il en a jamais parlé. Il causait pas beaucoup.

– Et vous ne le lui avez jamais demandé.

– Mon chou, ici, c'est pas un endroit où on pose des questions. Les gens qui viennent ici, ils aiment pas répondre. Tom, lui, il aimait bien faire le chauffeur et se ramasser quelques dollars de temps en temps pour se payer des parties de billard. Il buvait pas, y avait juste qu'il mâchait du chewing-gum. Il déconnait jamais avec les putes et il était jamais en retard pour charger les clients. Et moi, tout ça, ça me plaisait bien. Parce que le type qui fait chauffeur à sa place maintenant, il est toujours…

– Je me fous du type qui l'a remplacé.

La cloche tintant dans son dos, Rachel se retourna et vit entrer Bosch, qui la rassura d'un signe de tête.

– Elles ont essayé la portière. La fermeture enfants ne devait pas fonctionner.

Rachel hocha la tête et se concentra de nouveau sur ce Rett qui n'était pas peu fier d'être le maire d'une ville de bordels.

– Monsieur Rett, lui lança-t-elle. Où est la baraque de Tom Walling?

— C'est la grande caravane sur la hauteur à l'ouest de la ville, répondit-il en souriant et lui montrant ainsi une dent gâtée à sa mâchoire inférieure. Il aimait bien être en dehors de la ville. Il m'avait dit que ça lui plaisait pas trop d'être tout près de l'animation. Alors je l'ai laissé s'installer là-bas en haut, derrière Titanic Rock.

— Titanic Rock?

— Vous saurez tout de suite quand vous y serez… si vous avez vu le film. En plus qu'y a un de ces petits malins d'alpinistes qui l'a marqué. Vous le verrez. Vous prenez la route de derrière et vous y serez. Vous avez qu'à chercher le navire qui coule.

33

J'étais dans la Mercedes avec les deux filles. J'avais mis la clim pour rafraîchir l'habitacle. Rachel était toujours au bar à téléphoner à Cherie Dei et coordonner l'arrivée des renforts. A mon idée, les agents du FBI n'allaient pas tarder à tomber du ciel en hélico et à fondre en force sur la bourgade de Clear. La piste était fraîche. On se rapprochait.

J'essayai de parler aux deux filles – il n'était pas facile de les prendre pour des femmes malgré leur âge et ce qu'elles faisaient pour gagner leur vie. Elles devaient savoir tout ce qu'il y a à savoir des hommes, mais semblaient tout ignorer du monde autour d'elles. Pour moi, ce n'étaient que des filles qui avaient pris le mauvais chemin ou été enlevées et arrachées à leur féminité. Je commençais à comprendre ce que Rachel m'avait dit un peu plus tôt.

– Tom Walling est-il jamais entré chez vous pour demander une fille ?

– Pas que j'aurais vu, répondit Tammy.

– Y a quelqu'un qu'a dit qu'il devait être pédé ou autre, ajouta Mecca.

– Pourquoi ?

– A cause qu'il vivait comme un ermite. Et il voulait jamais du cul alors que Tawny, elle y en aurait filé pour rien comme avec les autres chauffeurs.

– Il y en a beaucoup ?

– C'était le seul du coin, s'empressa de répondre Tammy qui

n'avait pas l'air d'aimer que Mecca la coiffe au poteau. Les autres montent de Las Vegas. Y en a qui bossent pour les casinos.

– S'il y a des chauffeurs là-bas, comment se fait-il qu'on ait embauché Tom pour aller chercher des clients jusqu'à Vegas?

– C'est jamais arrivé, dit Mecca.

– Si, des fois, la reprit Tammy.

– Oui, bon, d'accord, des fois. Pour les nuls. En fait, on l'appelait surtout quand quelqu'un montait en taxi et restait longtemps ou louait une des caravanes à Billings et avait besoin d'un chauffeur parce que le sien, y avait longtemps qu'il était reparti. Les chauffeurs des casinos attendent pas longtemps. A moins qu'on soit un gros flambeur, mais là…

– Mais là quoi?

– Mais là, c'est pas à Clear qu'ils viendraient.

– Ils ont des filles nettement mieux à Pahrump, dit Tammy d'un ton neutre, comme s'il ne s'agissait que d'un désavantage pour le boulot et pas du tout de quelque chose qui aurait pu l'atteindre personnellement.

– En plus que c'est plus près et que le cul est plus cher, ajouta Mecca. Ce qui fait qu'ici, les clients qu'on a, c'est ceux qui font attention au rapport qualité-prix.

Voilà qui était parler en véritable experte en marketing. J'essayai de ramener la conversation sur ce qui nous occupait.

– Et donc, en gros, Tom Walling venait prendre des clients pour les ramener à Las Vegas ou ailleurs.

– Voilà.

– Et ces mecs… ces clients… auraient pu être parfaitement anonymes. Vous ne vérifiez pas les papiers, n'est-ce pas? Les clients peuvent se présenter sous n'importe quel nom.

– Ben oui. A moins qu'ils aient pas vraiment l'air d'avoir vingt et un ans.

– Exact. Pour les jeunes, on vérifie.

Je comprenais comment tout cela avait pu se produire, comment Backus avait pu voir dans ces six clients des victimes potentielles. Qu'il s'aperçoive qu'ils avaient pris des mesures pour ne pas être reconnus ou que personne ne sache qu'ils avaient fait le voyage jusqu'à Clear, et ça y était: sans même le savoir ils s'étaient désignés comme des victimes idéales. Et ça collait parfaitement avec ce qu'on savait des démons qui le poussaient à se lancer dans ses tueries. Dans le profil du Poète on trouvait en effet que sa pathologie avait beaucoup à voir avec la figure de son père, de cet homme qui pour les autres faisait honneur à l'image de l'agent du FBI, tout à la fois bon et véritable héros, mais qui, au plus profond de lui-même, n'était jamais qu'un type qui maltraitait tellement sa femme et son fils que la première s'était enfuie dès qu'elle l'avait pu et que le second qui, lui, n'avait pas cette possibilité, s'était retiré dans un monde de fantasmes dont le premier était de tuer son bourreau.

Sauf que... il y avait quelque chose qui clochait : Lloyd Rockland, le type qui avait pris une voiture de location. Comment pouvait-il s'insérer dans ce schéma alors qu'il n'avait pas eu besoin d'un chauffeur ?

J'ouvris la chemise que Rachel avait laissée dans la voiture, en sortis la photo de Rockland et la montrai aux filles.

— Et ce type, vous le reconnaissez ? leur demandai-je. Il s'appelait Lloyd.

— «S'appelait» ? répéta Mecca.

— Oui, au passé. Lloyd Rockland. Il est mort. Vous le reconnaissez ?

Ni l'une ni l'autre ne l'avaient vu. Je savais que ç'aurait été un miracle. Rockland avait disparu en 2002. J'essayai de trouver quelque chose qui aurait permis à Rockland de coller avec ma théorie.

— Vous servez de l'alcool dans votre boîte, non ? demandai-je.

— Si le client en veut, oui, nous pouvons lui en fournir, répondit Mecca. On a la licence.

— Bon... qu'est-ce qui se passe si un type monte de Las Vegas en voiture et boit dix fois trop pour reprendre le volant ?

— Il peut cuver s'il veut. Ou prendre une chambre s'il la paie.

— Et s'il veut rentrer ? Ou qu'il est obligé de le faire ?

— Il peut appeler ici et le maire fera le nécessaire. Le chauffeur le ramènera dans sa voiture et trouvera ensuite quelqu'un, un type des casinos ou autre, pour rentrer ici. Y a toujours moyen de se débrouiller.

J'acquiesçai d'un signe de tête. Ça collait aussi avec ma théorie. Rockland avait très bien pu boire un coup de trop et avoir été obligé de rentrer avec Backus, la seule différence étant que celui-ci ne l'avait pas ramené à Las Vegas. J'allais devoir demander à Rachel de faire procéder à une analyse de la dépouille attribuée à Rockland afin d'y déceler des traces d'alcool. Ce serait une confirmation supplémentaire.

— Dites, on va rester ici toute la journée? me demanda Mecca.

— Je ne sais pas, lui répondis-je en regardant la porte de la caravane.

Rachel parlait très bas: posté à l'autre bout du bar, Billings Rett donnait l'impression de remplir une grille de mots croisés alors que, elle le savait, il faisait tout ce qu'il pouvait pour entendre et comprendre ce qu'elle disait au téléphone.

— Quelle est l'heure probable d'arrivée? demanda-t-elle.

— On sera en l'air dans vingt minutes. On devrait débarquer vingt minutes plus tard, lui répondit Cherie Dei. Bougez pas d'où vous êtes, Rachel.

— C'est entendu.

— Et... Rachel? Je vous connais. Je sais ce que vous allez avoir envie de faire. N'entrez pas dans la caravane avant qu'on soit là avec le groupe d'intervention. C'est leur boulot.

Rachel faillit lui répliquer qu'en fait elle ne la connaissait absolument pas et n'avait pas la moindre idée de ce qui l'agitait, mais elle s'abstint.

— C'est entendu, répéta-t-elle.

— Et Bosch? voulut encore savoir Cherie Dei.

— Quoi, Bosch?

— Je veux qu'on le tienne à l'écart.

— Ça risque d'être dur, vu que c'est lui qui a trouvé l'endroit. Tout ça, c'est grâce à lui.

— Je comprends bien, mais on aurait fini par y arriver nous aussi. On y arrive toujours. On le remerciera, mais après il faudra le mettre sur la touche.

— Parfait, mais c'est vous qui aurez le plaisir de le faire.

— Pas de problème. Et donc, on est prêts? Il faut que je passe à Nellis.

— On est prêts. On se voit d'ici une heure.

— Une dernière chose, Rachel. Pourquoi n'êtes-vous pas montée avec la voiture de service?

— C'était Bosch qui avait eu l'idée et il voulait conduire. Ça change quoi?

— Ça change que vous lui avez laissé le commandement des opérations.

— Ça, c'est une réflexion après coup. On pensait seulement retrouver la piste des disparus, pas découvrir…

— Ça n'a pas d'importance, Rachel. Je n'aurais pas dû vous parler de ça. Faut que j'y aille.

Et elle raccrocha. Rachel n'avait pas pu le faire, le fil du téléphone passant par-dessus le comptoir. Elle tendit le combiné à Rett, qui posa son crayon, s'approcha, lui prit l'appareil et raccrocha pour elle.

— Merci, monsieur Rett. D'ici une petite heure deux ou trois hélicoptères vont atterrir ici. Devant ce bar, il y a des chances, et des agents du FBI vont vouloir vous parler. De façon nettement plus formelle que moi. Et ils voudront sans doute parler à des tas de gens dans cette ville.

— Pas bon pour les affaires, ça.

— Probablement pas, non, mais plus vite les gens voudront coopérer, plus vite les agents s'en iront.

Elle ne lui dit rien de la horde de journalistes qui selon toutes les probabilités allait fondre sur les lieux dès qu'on saurait que la petite ville de bordels en plein désert était l'endroit où, en plus de s'y terrer pendant toutes ces années, le Poète avait choisi ses dernières victimes.

— Si les agents vous demandent où je suis passée, dites-leur que je suis allée à la caravane de Tom, d'accord?

— Mais… on vous aurait pas plutôt dit de pas y aller?

— Monsieur Rett, dites-leur seulement ce que je vous demande.

— Bien, bien.

— A propos… êtes-vous monté là-haut depuis qu'il est venu vous dire qu'il partait en voyage?

– Non, j'ai pas eu le temps. Comme il avait payé le loyer, je me suis dit que c'était pas à moi d'aller coller mon nez dans ses affaires. C'est pas comme ça qu'on est, à Clear.

Rachel hocha la tête.

– C'est bon, monsieur Rett. Je vous remercie de votre coopération.

Il haussa les épaules comme pour lui faire savoir qu'il n'avait pas eu le choix – ou que sa coopération avait été plus que minimale. Rachel se détourna du bar, se dirigea vers la porte, mais, à peine arrivée à destination, hésita. Puis elle plongea la main sous sa veste et ôta le chargeur supplémentaire de son Sig Sauer de sa ceinture. Et le soupesa avant de le glisser dans sa poche extérieure, franchit la porte et alla prendre place dans la Mercedes, à côté de Bosch.

– Alors, lui lança-t-il, en colère, l'agent Dei?

– Mais non. On vient de leur apporter la solution, pourquoi faudrait-il qu'elle soit en colère, hein?

– Je ne sais pas, moi. Il y a des gens qui sont capables de se mettre en colère quoi qu'on leur apporte.

– Hé, on va rester ici toute la journée? lança Mecca du siège arrière.

– Non, dit Rachel. On va aller jeter un coup d'œil à une caravane sur une hauteur à l'ouest de la ville. Vous pouvez venir avec nous ou aller nous attendre au bar. D'autres agents vont arriver. Vous devriez pouvoir en finir avec les interrogatoires ici même et ne pas être obligées de descendre à Las Vegas.

– Dieu soit loué! s'écria Mecca. Moi, j'attends ici.

– Moi aussi, dit Tammy.

Bosch les laissa descendre.

– Vous attendez, d'accord? reprit Rachel. Si vous essayez de retourner à votre bordel ou de partir ailleurs, vous n'irez pas très loin et ça risque de les foutre sérieusement en colère.

Elles ne la remercièrent pas de son avertissement. Rachel les regarda remonter la rampe et entrer dans le bar. Bosch grimpa dans le 4 × 4 Mercedes et enclencha la marche arrière.

– Vous êtes sûre de ce que vous faites? lui demanda-t-il. L'agent Dei ne vous a pas dit d'attendre l'arrivée des renforts?

– L'agent Dei m'a aussi informée qu'une des premières mesures qu'elle prendrait serait de vous mettre sur la touche. Vous voulez attendre que ça vous tombe sur le nez ou vous préférez aller voir ce qu'il y a dans cette caravane?

— Mais j'irai y voir, ne vous inquiétez pas pour ça. Ce n'est pas moi qui ai une carrière à sauver.

— Parlez d'une carrière!

Nous suivîmes la route en terre que Billings Rett nous avait indiquée. Elle partait de Clear et courait sur environ 1500 mètres à l'ouest jusqu'à une colline. A cet endroit, elle ne montait ni ne descendait plus, mais passait derrière une saillie de roche d'un orange tirant sur le rouge, exactement comme Rett l'avait déclaré. On aurait dit l'arrière d'un grand paquebot sortant de l'eau selon un angle de soixante degrés avant de plonger dans les flots. A s'en tenir au film, en tout cas. L'alpiniste dont nous avait parlé Rett était effectivement monté jusqu'en haut pour tracer à la peinture blanche les mots «S.S. Titanic» en travers du pan de roche.

Nous ne nous arrêtâmes pas pour apprécier la beauté de l'œuvre picturale ou du rocher. Nous fîmes le tour de ce dernier avec la Mercedes et découvrîmes un terre-plein au milieu duquel une petite caravane reposait sur des parpaings en ciment. Tout à côté se trouvaient une épave de voiture avec les quatre pneus à plat et un vieux baril d'huile pour brûler des cochonneries. De l'autre côté, il y avait une grande citerne de fioul et un générateur.

Pour ne pas contaminer une éventuelle scène de crime, je m'arrêtai juste avant le terre-plein et coupai le moteur. Je remarquai qu'aucun bruit ne montait du générateur. Tout était d'un silence qui me parut vaguement menaçant. J'avais vraiment l'impression d'être arrivé au bout du monde, dans un lieu de ténèbres. Je me demandai si c'était là que Backus avait entraîné ses victimes, là que s'était terminé leur parcours en ce monde. C'était plus que probable, je le sentais. Dans cet endroit, le mal s'était tapi et attendait.

Rachel brisa le silence.

— Bon, alors… on regarde ou on va voir?

— J'attendais votre décision.

Elle ouvrit sa portière, j'ouvris la mienne, nous nous retrouvâmes devant la voiture. Alors seulement je remarquai que toutes les fenêtres de la caravane étaient ouvertes. Ce n'était pas à cela qu'on pouvait s'attendre de la part de quelqu'un qui disait vouloir quitter son domicile pour un bon moment. Tout de suite après ce fut l'odeur.

— Vous sentez ça?

Rachel acquiesça d'un signe de tête. Il y avait de la mort dans l'air. La puanteur était pire, bien pire qu'à Zzyzx. Cette fois, je le compris d'instinct, ce ne seraient pas des secrets enterrés que nous allions découvrir. Dans cette caravane, un cadavre nous attendait – au moins un, et en pleine décomposition.

— Avec ce dernier acte de ma part, dit Rachel.

— Quoi?

— Le petit mot. Ce qu'il a écrit sur la carte.

Je hochai la tête. Elle pensait à un suicide.

— Vous croyez?

— Je ne sais pas. Allons voir.

Nous avançâmes lentement, ni l'un ni l'autre ne soufflant mot. L'odeur se faisant de plus en plus forte, nous sûmes tous les deux que, bête ou homme, ce qui pourrissait dans cette caravane se trouvait là depuis longtemps.

Je m'écartai de Rachel et gagnai les fenêtres à gauche de la porte. Puis je mis mes mains en visière contre la moustiquaire et tentai de voir à l'intérieur. A peine eus-je touché le grillage que les mouches sonnèrent l'alarme dans la caravane, toutes venant s'écraser sur la moustiquaire comme si même pour elles ce qu'on voyait et sentait faisait trop.

Il n'y avait pas de rideau à la fenêtre, mais mon angle de vision ne me permettait pas de voir grand-chose à l'intérieur – en tout cas pas un corps ou quelque chose qui aurait pu en indiquer la présence. De fait, je ne voyais qu'une table avec deux piles de livres posées dessus et, derrière la chaise, des rayonnages remplis de livres.

— Rien, dis-je.

Je reculai et regardai la masse de la caravane. Rachel, je m'en aperçus, avait les yeux fixés sur le bouton de la porte. Mais un pressentiment me vint – quelque chose ne collait pas.

— Rachel, lui lançai-je, pourquoi vous a-t-il laissé le mot au bar?

– Quoi?

– Le mot. Il vous l'a laissé au bar. Pourquoi? Pourquoi ne l'a-t-il pas laissé ici?

– Pour être sûr que je le trouve, enfin… j'imagine.

– Sauf que s'il ne l'avait pas laissé au bar, vous seriez quand même montée ici. Et vous l'auriez trouvé.

Elle hocha la tête.

– Qu'est-ce que vous voulez dire? Je ne…

– Ne touchez pas à la porte, Rachel. Attendons.

– Mais qu'est-ce que vous racontez?

– Tout ça ne me plaît pas.

– Et si vous passiez derrière, histoire de voir s'il n'y aurait pas une autre fenêtre d'où on pourrait regarder à l'intérieur?

– D'accord. J'y vais. Attendez-moi.

Elle ne répondit pas. Je commençai à faire le tour de la caravane par la gauche, passai par-dessus l'attelage et me dirigeai vers l'autre côté. Mais m'arrêtai vite et gagnai le baril à ordures.

Il était au tiers plein de détritus qu'on y avait brûlés. Par terre je trouvai un manche à balai carbonisé à un bout. Je le ramassai et fouillai avec dans le baril – Backus avait dû en faire autant, j'en étais sûr, lorsque le feu avait pris. Il avait voulu que tout disparaisse.

C'était apparemment des papiers et des livres qu'il y avait détruits. Rien de reconnaissable jusqu'au moment où je tombai sur une carte de crédit qui avait fondu et noirci. Rien d'identifiable dessus, mais les experts de la police scientifique arriveraient peut-être à faire le lien avec un des disparus. Je creusai encore et découvris d'autres morceaux de plastique noir fondu. Puis je remarquai un livre auquel il restait quelques pages intactes alors que sa couverture avait entièrement brûlé. Je pris le volume du bout des doigts et l'ouvris avec précaution. J'eus l'impression qu'il s'agissait d'un recueil de poèmes, bien qu'il fût difficile de l'affirmer, toutes les pages restantes s'étant consumées en partie. Entre deux d'entre elles je trouvai la facture de l'ouvrage avec, tout en haut, la mention «BOOK CAR». Le reste avait disparu.

– Bosch? Où êtes-vous?

Rachel. Elle ne pouvait plus me voir. Je remis le livre dans le baril, y jetai aussi le manche à balai et me dirigeai vers l'arrière de la caravane, où se trouvait une autre fenêtre ouverte.

– Attendez une seconde! lui criai-je.

Elle attendit. Elle commençait à s'impatienter et tendait constamment l'oreille pour entendre des bruits d'hélicoptères dans le lointain. Elle savait que, dès qu'elle les entendrait, ce serait fini pour elle. On la remettrait à sa place – on la punirait peut-être pour avoir aussi mal géré Bosch.

Elle reporta encore une fois son attention sur le bouton de porte, pensant à Backus et se demandant s'il pouvait s'agir de son dernier acte. Quatre années dans le désert lui avaient-elles suffi? Avait-il tué McCaleb et lui avait-il envoyé le GPS dans le seul but de l'amener devant cette caravane? Elle songea au petit mot qu'il lui avait laissé, au passage où il lui disait avoir été un bon professeur. La colère monta en elle, si fort qu'elle eut encore plus envie d'ouvrir la porte et de…

– Il y a un cadavre!

C'était Bosch qui l'appelait de l'autre côté de la caravane.

– Quoi?! Où ça?

– Faites le tour. Je le vois. Il y a un lit et j'y vois un cadavre. Mort depuis deux ou trois jours. Je n'arrive pas à voir sa gueule.

– Bien, bien. Autre chose?

Elle attendit. Pas de réponse. Elle posa la main sur le bouton de la porte. Il tourna tout seul.

– Ce n'est pas fermé à clé.

– N'ouvrez pas, Rachel! lui cria Bosch. Je crois… je crois qu'il y a du gaz. Je sens quelque chose en plus du corps. Quelque chose qui n'est pas normal. Une odeur en dessous.

Rachel hésita, mais finit par tourner le bouton entièrement et entrouvrit la porte de quelques centimètres.

Rien ne se produisit.

Rachel tira lentement la porte à elle, en entier. Toujours rien. Des mouches virent la lumière et se ruèrent sur elle en bourdonnant. Rachel les écarta de ses yeux.

– Bosch, cria-t-elle, j'entre dans la pièce.

Elle fit un pas en avant. Encore plus de mouches. Il y en avait partout. L'odeur la frappa de plein fouet. L'envahit, lui retourna l'estomac.

Puis, ses yeux s'ajustant à la pénombre après la lumière du dehors, elle découvrit les photos. Empilées sur des tables et scotchées aux murs et au frigo. Les photos des victimes, vivantes et mortes, en larmes, suppliantes, pitoyables. La table de la cuisine avait été transformée en poste de travail avec un ordinateur portable relié à une imprimante d'un côté et trois piles de photos de l'autre. Rachel s'empara de la première et commença à la feuilleter – à nouveau elle reconnut certains des disparus dont elle avait apporté les photos avec elle. Sauf que cette fois il ne s'agissait pas de scènes de famille, mais de clichés où l'on voyait le tueur et ses victimes. Où l'on voyait, les yeux tournés vers l'objectif, celles-ci le supplier, lui demander pardon, pitié. Tous les clichés, elle le remarqua, étaient pris de haut, le photographe – Backus – se trouvant en surplomb, en position dominante, et faisant le point sur ses victimes qui voulaient vivre et le suppliaient de les épargner.

Elle n'en pouvait plus, elle s'empara de la deuxième pile. Elle comprenait moins de clichés, ceux-ci ayant essentiellement pour sujet une femme en train de marcher dans un centre commercial avec ses deux enfants. Elle les reposa sur la table et s'apprêtait à déplacer l'appareil photo qui maintenait la troisième pile en place lorsque Bosch entra dans la pièce.

– Rachel, dit-il, qu'est-ce que vous faites?

– Ne vous inquiétez pas. Nous avons encore cinq minutes, peut-être dix. On ressort dès qu'on entend les hélicos et on refile le boulot aux techniciens. Je voulais juste voir si…

– Ce n'est pas de coiffer les types du FBI sur le poteau que je vous parle, Rachel. C'est tout ce truc qui ne me dit rien qui vaille… la porte laissée ouverte… il y a quelque chose qui ne va…

Il s'arrêta en apercevant les clichés.

Rachel se retourna vers la table et ôta l'appareil photo de dessus la pile. Et vit une photo d'elle. Il lui fallut un moment pour retrouver l'endroit où Backus l'avait prise.

– Il m'a suivie d'un bout à l'autre de mon voyage!

– Qu'est-ce que vous racontez?

— Ça, là, c'est l'aéroport d'O'Hare. C'est là que j'ai fait escale. Il m'y attendait.

Elle feuilleta rapidement le reste des tirages. Il y en avait six et tous la montraient à divers moments de son périple. Le dernier avait été pris à l'instant où Rachel et son ancienne stagiaire se saluaient devant le tapis roulant de la salle des bagages, Cherie brandissant son panneau portant l'inscription BOB BACKUS.

— Il me surveille, dit-elle.

— Comme il surveillait Terry.

Bosch tendit la main vers le bac de l'imprimante et y prit une photo avec un doigt de chaque main afin de ne pas y laisser d'empreintes. C'était apparemment la dernière que Backus avait imprimée dans cette pièce. On y voyait la façade d'une maison à un étage sans caractéristique particulière. Une commerciale était garée dans l'allée cochère. Debout à côté de la portière du chauffeur, un vieil homme regardait un porte-clés comme s'il y cherchait la clé du véhicule.

Bosch tendit la photo à Rachel.

— Qui est-ce? demanda-t-il.

Rachel l'examina longuement.

— Je ne sais pas.

— La maison?

— Jamais vue.

Bosch reposa précautionneusement le cliché dans le bac de l'imprimante afin que les techniciens l'y trouvent dans sa position d'origine.

Rachel passa derrière lui et longea le couloir qui conduisait à une porte close. Avant de l'atteindre, elle franchit la porte ouverte de la salle de bains. Tout y était impeccable, hormis les mouches mortes qui en couvraient toutes les parois. Dans la baignoire elle vit deux oreillers et une couverture qu'on avait disposés comme si on voulait y dormir. Elle se rappela le profil de Backus et sentit la répulsion monter dans sa poitrine.

Elle ressortit de la salle de bains et gagna la porte close au bout du couloir.

— C'est là que vous avez vu le cadavre? demanda-t-elle à Bosch.

Celui-ci se retourna et la vit s'approcher de la porte.

— Rachel...

Pas question de s'arrêter. Rachel tourna le bouton de la porte et ouvrit. J'entendis un déclic métallique qui n'avait rien à voir avec le bruit d'une serrure. Rachel s'immobilisa, puis se raidit.

– Harry?

Je m'approchai.

– Qu'est-ce qu'il y a?

– Harry!

Elle se tourna vers moi dans l'espace confiné du couloir lambrissé. Je regardai derrière elle et vis le corps étendu sur le lit. Un homme; allongé sur le dos, un chapeau noir de cow-boy posé en biais sur sa tête de façon à lui masquer le visage. Un pistolet dans la main droite. Blessure par balle en haut du poumon gauche.

Des mouches bourdonnaient partout autour de nous. J'entendis un bruit plus fort, comme un sifflement, écartai Rachel d'une poussée et vis la mèche par terre. Chimique, cette mèche, je le sus tout de suite; en fils tressés et trempés dans des produits chimiques qui brûlent dans n'importe quelles conditions et absolument partout, y compris sous l'eau.

La mèche brûlait vite. Il n'y avait plus moyen de l'arrêter. Enroulée par terre sur environ 1,20 mètre, puis elle disparaissait sous le lit. Rachel se pencha en avant et l'attrapa pour la tirer en arrière.

– Non! Ça pourrait faire tout sauter. Il n'y a rien pour... Il faut qu'on dégage d'ici!

– Non. Je ne veux pas perdre cette scène de crime! Il faut...

– Rachel, on n'a pas le temps! Vite! Courez! Partez!

Je la repoussai dans le couloir et me tournai de façon à la bloquer si jamais elle tentait de revenir. Puis je commençai à reculer, les yeux fixés sur la silhouette allongée sur le lit. Lorsque enfin je me dis que Rachel avait renoncé, je me retournai. C'était ce qu'elle attendait, elle me poussa de côté.

– L'ADN! hurla-t-elle. On en a besoin!

Je la regardai entrer dans la pièce et bondir sur le lit. Elle leva la main en l'air et attrapa le chapeau de la victime, faisant ainsi apparaître un visage gris et déformé par la décomposition. Puis elle s'éloigna du lit à reculons et se dirigea vers la porte.

Même à ce moment-là, je ne pus m'empêcher d'admirer son geste et sa présence d'esprit. Le rebord du chapeau devait évidemment contenir des fragments de peau qui nous donneraient l'ADN du cadavre. Elle passa devant moi, le chapeau dans sa main, et se mit à courir vers la porte. Je baissai les yeux, vis l'extrémité de la mèche filer sous le lit en brûlant et commençai à courir derrière Rachel.

— C'est lui? me cria-t-elle par-dessus son épaule.

Je savais ce qu'elle voulait dire. Le cadavre sur le lit était-il celui de l'homme qui était monté à bord du *Following Sea*? Était-ce le cadavre de Bob Backus?

— Je n'en sais rien! Dépêchez-vous! Vite! Vite!

J'arrivai à la porte deux secondes après elle. Elle était déjà sortie et fonçait dans la direction de Titanic Rock. Je l'imitai. J'avais dû faire quatre ou cinq pas lorsque l'explosion déchira l'air dans mon dos. Frappé en plein par l'onde de choc, je fus projeté en avant dans un bruit assourdissant. Je me rappelai le roulé-boulé qu'on enseignait aux bleus et réussis à gagner quelques mètres sur l'explosion.

Puis le temps se défit, ralentit. Je courais, mais l'instant d'après je me retrouvai à quatre pattes, les yeux grands ouverts, à tenter de relever la tête. Puis il y eut comme une éclipse de soleil et je vis la carcasse de la caravane s'élever dix mètres au-dessus de moi. Parois et toiture intactes. Elle parut flotter et même stationner un instant dans les airs. Puis elle s'écrasa quelques mètres plus loin, ses flancs en aluminium aussi tranchants que des rasoirs. On aurait dit le bruit de cinq voitures se carambolant sur l'autoroute.

Je levai les yeux vers le ciel pour voir s'il allait en tomber autre chose, mais tout était fini. Je me retournai vers l'endroit où s'était trouvée la caravane et n'y vis qu'un grand incendie d'où montaient les tourbillons d'une épaisse fumée noire. On ne reconnaissait plus rien de l'emplacement. Tout avait été dévoré par l'explosion et le feu. Le lit et le corps allongé dessus avaient disparu. Backus avait préparé cette sortie à la perfection.

Je me remis debout, mais me sentis mal assuré sur mes jambes, mes tympans réagissant toujours à l'explosion et me faisant perdre l'équilibre. J'avais l'impression d'avancer dans un tunnel où des trains me passaient à toute allure des deux côtés. J'avais envie de me mettre les mains sur les oreilles, mais savais que ça ne servirait à rien. C'était de l'intérieur de moi-même que le vacarme partait en échos.

Rachel ne me précédait que de quelques pas avant l'explosion, mais je ne la voyais plus. J'avançai en titubant dans la fumée et me demandai si elle n'était pas écrasée sous la carcasse de la caravane.

Mais non. Je la trouvai enfin à gauche des débris, étendue dans la poussière et les cailloux. Véritable insigne de la mort, le chapeau noir était retombé à côté d'elle. Je m'approchai aussi vite que je pus.

– Rachel?

Je me mis à quatre pattes et commençai par l'examiner sans la toucher. Elle reposait face contre terre, ses cheveux retombés en avant me cachant encore plus ses yeux. Je les lui écartai doucement de la figure, mon geste me rappelant brusquement ma fille. Puis je vis le sang sur le dos de ma main, me rendis compte que j'étais légèrement blessé et décidai de m'en inquiéter plus tard.

– Rachel?

Je n'arrivais pas à savoir si elle respirait ou pas. Mes sens devaient travailler selon la théorie des dominos. Mon ouïe m'ayant lâché, pour l'instant du moins, les autres ne se coordonnaient plus correctement. Je tapotai la joue de Rachel, tout doucement.

– Allez, Rachel. Réveillez-vous.

Je ne voulais pas la retourner de peur d'aggraver des blessures que je ne pouvais pas voir. Je lui tapotai la joue à nouveau, un peu plus fort cette fois. Puis je lui passai la main dans le dos, dans l'espoir de sentir, comme avec ma fille, sa poitrine se soulever et s'abaisser au rythme de sa respiration.

Rien. Je collai mon oreille sur son dos, tentative dérisoire vu l'état dans lequel je me trouvais. C'était seulement que l'instinct prenait le pas sur la logique. Je me disais déjà que je n'avais pas le choix et que j'allais devoir la retourner sur le dos lorsque je vis les doigts de sa main droite se mettre à trembler, puis se refermer en un poing.

Et soudain, Rachel décolla la tête du sol et grogna. Assez fort pour que je l'entende.

– Rachel… ça va?

– Je… je… il y a des éléments de preuve dans la caravane. Il nous les faut.

– Rachel, il n'y a plus de caravane. Fini, terminé.

Elle lutta pour se retourner, puis se mettre sur son séant. Elle ouvrit grand les yeux en découvrant les décombres fumants de ce qui avait été la caravane. Je vis qu'elle avait les pupilles dilatées.

Commotion cérébrale.

– Qu'est-ce que vous avez fait? me lança-t-elle d'un ton accusateur.

– Ce n'est pas moi, Rachel. Tout était piégé pour que ça saute. Quand vous avez ouvert la porte de la chambre…

– Oh.

Elle tourna la tête à droite et à gauche comme si elle voulait se débarrasser d'un torticolis et vit le chapeau noir de cow-boy par terre à côté d'elle.

– Qu'est-ce que c'est que ça?

– Son chapeau. Vous l'avez pris en partant.

– ADN?

– C'est ce qu'on espère, même si je ne sais pas trop à quoi ça pourra servir.

Elle se retourna vers le châssis de la caravane en feu. Nous en étions trop près. Je sentais la chaleur des flammes, mais n'étais pas certain de vouloir déplacer Rachel.

– Rachel, rallongez-vous, lui dis-je, s'il vous plaît. Vous avez sans doute une commotion cérébrale. Et vous pourriez avoir d'autres blessures.

– Oui, bon. Je crois que c'est une bonne idée.

Elle reposa la tête par terre et regarda le ciel. Je décidai que ce n'était pas une mauvaise position et l'imitai. Ce fut comme d'être à la plage. S'il avait fait nuit, nous aurions pu compter les étoiles.

Avant même de les entendre, je sentis qu'ils approchaient. Une vibration profonde montant dans ma poitrine, je regardai le ciel méridional et vis les deux hélicoptères de l'armée de l'air passer par-dessus Titanic Rock. Je levai faiblement un bras et leur fis signe d'approcher.

34

– Mais qu'est-ce qui s'est passé là-bas, bon sang?

L'agent spécial Randall Alpert avait le visage tendu et presque violet. Il les attendait dans le hangar de Nellis lorsque l'hélicoptère avait atterri. Son instinct politique lui avait dicté de ne pas se rendre sur les lieux. Il devait à tout prix se mettre à distance des retombées d'une explosion qui risquaient de se propager jusqu'à Washington.

Debout dans l'énorme hangar, Rachel Walling et Cherie Dei se préparèrent à l'assaut. Rachel ne répondit pas – pour elle la question d'Alpert n'était que le prélude à une grande tirade. Elle avait encore du coton dans la tête après l'explosion et réagissait lentement.

– Je vous ai posé une question, agent Walling!

– Il avait piégé la caravane, dit Cherie Dei. Il savait qu'elle…

– C'est à elle que j'ai posé ma question, pas à vous, aboya Alpert. J'exige que l'agent Walling me dise très exactement pourquoi elle n'a pas cru bon d'obéir aux ordres et comment on en est arrivés à un bordel pareil.

Rachel leva les paumes des mains en l'air comme pour lui faire comprendre qu'elle n'aurait rien pu faire pour changer quoi que ce soit à ce qui s'était passé dans le désert.

– Nous allions attendre le groupe d'intervention, dit-elle enfin. Comme l'agent Dei l'avait demandé. Nous étions en périphérie de la scène de crime quand on s'est aperçus que ça sentait le cadavre. On s'est tout de suite dit qu'il y avait peut-être quelqu'un de vivant dans la caravane. Quelqu'un de blessé.

– Et comment cette idée a-t-elle bien pu vous venir alors que vous n'aviez senti qu'une odeur de cadavre?

– Bosch avait cru entendre quelque chose.

– Et allez donc! Le coup de la demande d'aide!

– Non, c'est vrai. Ce n'était sans doute que le vent. C'est que ça souffle, là-bas. Les fenêtres étaient ouvertes. C'est peut-être pour ça qu'il a cru entendre quelque chose.

– Et vous? Vous aviez entendu quelque chose?

– Non.

Alpert jeta un coup d'œil à Dei, puis revint sur Rachel. Elle sentit son regard la transpercer, mais il n'était pas question de flancher et elle savait que son histoire tenait le coup – elle l'avait mise au point avec Bosch et Bosch était hors de portée d'Alpert. Si elle n'avait fait que répondre à un appel de ce dernier, elle ne pouvait pas être accusée non plus. Alpert pourrait râler tout ce qu'il savait, rien de plus.

– Vous savez ce qui cloche dans votre histoire? C'est son premier mot: «nous», reprit Alpert. Vous avez dit «nous». Et un «nous», justement, il ne devait pas y en avoir. Vous aviez pour tâche de surveiller Bosch. Pas de vous joindre à son enquête. Pas de monter dans sa voiture pour aller là-haut. Pas d'interroger des témoins ensemble et d'entrer, encore une fois ensemble, dans cette caravane.

– Je comprends bien, mais vu les circonstances j'ai décidé qu'il valait mieux mettre en commun nos connaissances et nos moyens, dans l'intérêt même de l'enquête. Non, franchement, agent Alpert, c'est Bosch qui a trouvé le lieu. Sans lui, on n'aurait rien de ce qu'on a aujourd'hui.

– Ne vous racontez pas d'histoires, agent Walling. Cet endroit, nous y serions arrivés nous aussi.

– Je le sais, mais la rapidité, ça compte. Vous l'avez dit vous-même après le briefing de ce matin. Le directeur allait rencontrer la presse. Je voulais pousser les feux de façon qu'il ait le plus de renseignements possible.

– Ben, vaudrait mieux oublier. Parce que maintenant, on ne sait même plus ce qu'on a. Le directeur a dû repousser la conférence de presse et nous a donné jusqu'à demain midi pour savoir ce qu'on a là-bas.

Cherie Dei s'éclaircit la gorge et prit le risque de mettre son grain de sel dans la conversation.

— Ça ne sera pas possible, dit-elle. Ce qu'on a, c'est un type complètement caramélisé. Ils ont dû prendre des tas de sacs pour sortir ses restes de la caravane. A supposer que ce soit possible, il faudra des semaines pour savoir de qui il s'agit et comment il est mort. Heureusement pour nous, il semble que l'agent Walling ait réussi à avoir un échantillon d'ADN, ce qui pourrait accélérer les choses. Mais on n'a toujours pas de comparaisons possibles. On...

— Dites, vous m'écoutez un peu ?! s'écria Alpert. Ce n'est pas des semaines qu'on a pour réussir, c'est moins de vingt-quatre heures.

Il se détourna, posa ses mains sur ses hanches et prit la pose pour bien montrer le fardeau qui pesait sur les épaules du seul agent capable qui restait sur cette terre.

— Alors il faut remonter là-haut, dit Rachel. Peut-être que dans les débris on retrouvera quelque chose qui...

— Non! hurla Alpert en se retournant vers elles. Ça ne sera pas nécessaire, agent Walling. Vous en avez déjà assez fait.

— Je connais Backus et je connais l'affaire. C'est là-bas que je devrais être.

— Qui y va et qui n'y va pas, c'est à moi de le décider. Vous, je veux que vous rentriez à l'antenne locale et que vous commenciez à coucher tout ce fiasco par écrit. Je veux une liste détaillée de ce que vous avez vu dans cette caravane.

Il attendit de voir si elle allait discuter son ordre. Elle garda le silence et ça eut l'air de lui plaire.

— Bon alors, reprit-il, les médias sont partout, qu'est-ce qu'on leur lâche qui ne leur donne pas toute la boutique et ne coule pas le directeur demain matin ?

Dei haussa les épaules.

— Rien. On leur dit que le directeur parlera de tout ça demain, point final.

— Ça ne marchera pas. Il faut leur donner quelque chose.

— Tout sauf Backus, dit Rachel. Dites-leur que nos agents voulaient parler d'un disparu avec un certain Thomas Walling, mais que celui-ci avait piégé sa caravane et qu'elle a explosé alors que des agents se trouvaient sur les lieux.

Alpert acquiesça d'un signe de tête. Ça lui paraissait bon.

— Et Bosch?

— Moi, je le laisserais en dehors. Y a pas moyen de le contrôler. Il pourrait très bien tout lâcher si un journaliste arrive à le coincer.

— Et le cadavre? On dit que c'est celui de Walling?

— Non, on dit qu'on ne sait pas parce que c'est la vérité: on ne le sait pas. L'identification ne devrait pas tarder, blabla blabla blabla. Ça devrait suffire.

— Sauf que s'ils vont vérifier dans ces bordels, ils comprendront toute l'histoire.

— Non, ils ne comprendront pas. On n'a jamais tout raconté de cette histoire à quiconque.

— A ce propos… où est passé Bosch?

Ce fut Dei qui répondit.

— J'ai pris sa déposition et je l'ai relâché. Aux dernières nouvelles, il était en train de rentrer à Las Vegas en voiture.

— Il va la fermer?

Dei jeta un coup d'œil à Rachel, puis revint sur Alpert.

— Disons qu'il ne va pas chercher à en parler. Et que tant qu'on ne mentionnera pas son nom il ne devrait pas y avoir de raison pour qu'un journaliste se mette à le traquer.

Alpert acquiesça, glissa une main dans une de ses poches et en sortit un portable.

— Dès que nous aurons fini, il va falloir que j'appelle Washington. Bon, et maintenant qu'est-ce que vous disent vos tripes? C'était Backus?

Rachel hésita – elle ne voulait pas répondre la première.

— Au point où nous en sommes, il n'y a aucun moyen de l'affirmer, dit Dei. Si votre question est: faut-il dire au directeur que nous le tenons, ma réponse est non. Le cadavre retrouvé dans la caravane pourrait être celui de n'importe qui. D'une onzième victime, qui sait? Et il se pourrait bien qu'on ne sache jamais de qui il s'agit. C'est peut-être un type qui allait au bordel et que Backus a intercepté.

Alpert se tourna vers Rachel pour qu'elle lui donne son sentiment.

— La mèche, dit-elle.

– Quoi, la mèche?

– Elle était longue. A croire qu'il voulait me faire voir le corps, mais pas que je m'en approche trop. Et que je sorte de là au plus vite.

– Et…?

– Sur le corps il y avait un chapeau noir de cow-boy et je me rappelle qu'il y avait un type avec un chapeau noir de cow-boy dans l'avion que j'ai pris à Rapid City.

– Mais bon sang, c'est du Dakota du Sud que vous partiez! Les mecs portent pas tous des chapeaux de cow-boy dans ces coins-là?

– Sauf qu'il était là, avec moi. Pour moi, tout ça, c'est de la mise en scène. Le billet au bar, la mèche longue, les photos dans la caravane et le chapeau noir. Il voulait que je ressorte de la caravane juste à temps pour dire au monde entier qu'il était mort.

Alpert ne réagit pas. Il baissa les yeux sur le portable qu'il tenait dans ses mains.

– Randall, lança Dei, il y a encore trop de choses que nous ignorons.

Il remit le portable dans sa poche.

– Très bien. Agent Dei? Vous avez votre voiture?

– Oui.

– Ramenez donc l'agent Walling à l'antenne locale.

Elles étaient congédiées, mais il fallut encore qu'il jette un dernier coup d'œil à Rachel avec une ultime grimace.

– N'oubliez pas, agent Walling: à mon bureau à 8 heures.

– C'est entendu, dit-elle.

35

Ce fut Eleanor qui m'ouvrit et cela me surprit. Elle s'effaça pour me laisser entrer.

— Ne me regarde pas comme ça, Harry, dit-elle. Tu as l'impression que je ne suis jamais à la maison, que je travaille tous les soirs et que je la laisse sans arrêt avec Marisol, mais ce n'est pas vrai. En général, je ne travaille que trois ou quatre soirs par semaine et c'est tout.

Je levai les mains en signe de reddition, elle vit le pansement que j'avais autour de la main droite.

— Qu'est-ce qui t'est arrivé?

— Je me suis coupé sur un morceau de métal.

— Quel genre de métal?

— C'est une longue histoire.

— Le truc d'aujourd'hui dans le désert?

J'acquiesçai d'un signe de tête.

— J'aurais dû m'en douter. Ça va t'empêcher de jouer du saxo?

La retraite s'avérant barbante, j'avais commencé à prendre des leçons avec un jazzman lui aussi à la retraite et dont j'avais fait la connaissance au cours d'une enquête. Et un soir que ça se passait bien entre Eleanor et moi, j'avais apporté mon instrument et lui avais joué un air intitulé *Lullaby*[1]. Ça lui avait bien plu.

— Je n'en joue plus de toute façon.

— Comment ça se fait?

---

1. Soit «Berceuse» *(NdT)*.

Je n'eus pas envie de lui dire que mon professeur était mort et que depuis un certain temps il n'y avait plus de musique dans ma vie.

— Mon prof voulait que je passe de l'alto au ténor... bref que j'aille au diable.

Elle sourit et laissa tomber le sujet. Je l'avais suivie à travers la maison, jusqu'à la cuisine où la table était en fait une table de poker avec tapis en feutre... couvert de taches de lait renversé par Maddie. Eleanor y avait disposé six mains cartes en l'air, pour s'entraîner. Elle s'assit et commença à les reprendre.

— Ne te gêne pas pour moi, lui dis-je. Je passais juste voir si je pourrais coucher Maddie. Où est-elle ?

— Marisol lui donne son bain, mais je comptais la coucher moi-même. J'ai travaillé ces trois derniers soirs.

— Bon, bien, pas de problème. Je vais juste lui dire bonsoir. Et bonne nuit. Je dois repartir tout à l'heure.

— Alors, couche-la. J'ai un nouveau livre à lui lire. Il est sur le comptoir.

— Non, Eleanor, je veux que ce soit toi. Je veux juste la voir parce que je ne sais pas quand je rentrerai.

— Tu es encore sur l'affaire ?

— Non, tout ça s'est arrêté aujourd'hui, en quelque sorte.

— Ils ne disaient pas grand-chose à la télé quand j'ai regardé les nouvelles. Qu'est-ce qui se passe ?

— C'est une longue histoire.

Je n'avais pas envie de la raconter encore une fois. Je m'appro-chai du comptoir pour regarder le livre qu'elle avait acheté. Il s'intitulait *Billy's Big Day*[1] et on voyait sur sa couverture un singe occupant la plus haute marche d'un podium de jeux Olympiques. Quelqu'un lui passait la médaille d'or autour du cou. C'était un lion qui avait reçu la médaille d'argent et un éléphant la médaille de bronze.

— Tu vas réintégrer la police ?

J'allais ouvrir le livre, je le reposai sur le comptoir et la regardai.

— Je n'ai pas encore pris ma décision, mais ça m'en a tout l'air.

---

1. Soit « La Grosse Journée de Billy » *(NdT).*

Elle hocha la tête comme si c'était affaire faite.

— Et toi? lui demandai-je. Des idées sur le sujet?

— Non, Harry. Moi, je veux que tu fasses ce que tu veux.

Je me demandai pourquoi il faut toujours qu'il y ait du soupçon et des arrière-pensées dans l'air lorsqu'on vous dit ce que vous voulez entendre. Eleanor voulait-elle vraiment que je fasse ce que je voulais? Ou était-ce sa manière à elle de saper mes projets?

Avant que j'aie pu dire quoi que ce soit, ma fille entra dans la cuisine et se mit au garde-à-vous. Elle portait un pyjama à rayures orange et bleues et avait les cheveux tout mouillés et tirés en arrière.

— Petite fille au rapport, dit-elle.

Eleanor et moi eûmes un grand sourire et lui tendîmes en même temps les bras pour un câlin. Elle alla d'abord vers sa mère et cela ne me gêna pas. Mais ce fut un peu comme de tendre la main à quelqu'un qui ne la voit pas ou l'ignore carrément. Je baissai les bras, quelques instants plus tard Eleanor me sauva.

— Va faire un câlin à Papa, dit-elle.

Maddie vint vers moi et je la soulevai de terre. Elle ne pesait pas plus de vingt kilos. C'est une chose bien merveilleuse que de pouvoir tenir sur un bras tout ce qu'on a de plus cher au monde. Elle posa sa tête mouillée sur ma poitrine et cela ne m'ennuya pas qu'elle me tache ma chemise. Pas une seconde.

— Comment va mon bébé?

— Il va bien. Aujourd'hui j'ai fait ton portrait.

— Vrai? Je peux le voir?

— Descends-moi.

Je la posai par terre, elle fila hors de la cuisine, ses petits pieds nus battant le carrelage tandis qu'elle fonçait vers la salle de jeux. Je regardai Eleanor et souris. Nous connaissions tous les deux le secret. Que nous éprouvions ou n'éprouvions pas ceci ou cela l'un pour l'autre, nous aurions toujours Madeline et cela suffisait peut-être.

Le bruit de ses petits pieds se faisant entendre à nouveau, Maddie revint vite dans la cuisine en tirant comme un cerf-volant un morceau de papier derrière elle. Je le lui pris et l'examinai. On y voyait la silhouette d'un moustachu aux yeux noirs. Il tendait les mains en avant et dans l'une il tenait une arme. De l'autre côté de la feuille elle avait fait un deuxième dessin. Tout en rouges et oranges, ce bonhomme-là avait des sourcils noirs qui faisaient comme un V et indiquaient qu'on avait affaire à un méchant.

Je m'accroupis pour me mettre au niveau de ma fille et regarder le dessin avec elle.

– Ça, là, avec le pistolet, c'est moi? lui demandai-je.

– Oui, parce que t'as été policier.

J'acquiesçai d'un signe de tête. Elle avait dit «policé».

– Et le méchant, qui est-ce?

Elle me montra l'autre silhouette du bout d'un tout petit doigt.

– C'est M. Démon.

Je souris.

– Qui est-ce?

– C'est un batteur. Maman, elle dit que tu te bas avec des démons et lui, c'est le plus grand.

– Je vois.

Je regardai Eleanor par-dessus sa tête et lui souris. Je n'avais plus un grain de colère en moi. J'étais tout bêtement amoureux de ma fille et de sa façon de voir le monde. De la manière dont elle l'appréhendait et y prenait tout au pied de la lettre. Je savais que ça ne durerait pas et savourais tout ce que je pouvais en voir et entendre.

– Je peux garder ce dessin?

– Pourquoi?

– Parce qu'il est beau et que je veux l'avoir toujours avec moi. Il va falloir que je m'en aille un peu et je veux pouvoir le regarder tout le temps. Comme ça tu seras avec moi.

– Où tu vas?

– Je vais retourner dans une ville qu'on appelle la Cité des Anges.

Elle sourit.

– C'est bête. Les anges, on peut pas les voir.

– Je sais. Mais écoute, Maman a un nouveau livre à te lire. Ça parle d'un singe qui s'appelle Billy. Moi, je vais te dire bonne nuit et je reviendrai te voir aussi vite que possible. Ça te va?

– Ça me va, Papa.

Je l'embrassai sur les deux joues et la serrai fort dans mes bras.

Puis je lui déposai un baiser sur le haut du crâne et la laissai partir. Je me relevai en tenant mon dessin et lui tendis le livre qu'Eleanor allait lui lire.

– Marisol? cria Eleanor.

Marisol arriva dans la seconde, comme si elle attendait le signal dans la salle de séjour voisine. Je lui souris tandis qu'elle écoutait ses instructions.

– Vous voulez bien aller mettre Maddie au lit? J'arrive. Je vais juste dire bonsoir à son père.

Je regardai ma fille partir avec sa nounou.

– Je m'excuse, dit Eleanor.

– Pourquoi? Pour le dessin? Ne t'inquiète pas. Je l'adore. Je vais le mettre sur la porte de mon frigo.

– Je ne sais pas d'où elle a sorti ça. Je ne lui ai jamais dit que tu te battais contre des démons. Elle a dû m'entendre dire ça au téléphone ou dans la conversation.

D'une certaine façon, j'aurais préféré savoir qu'elle l'avait dit sans détour à notre fille. Qu'Eleanor puisse parler de moi en ces termes à quelqu'un d'autre – quelqu'un dont elle ne me disait rien – m'agaçait. J'essayai de n'en rien montrer.

– Ce n'est pas grave, repris-je. Il faut voir que quand elle ira à l'école et que ses copains lui diront que leur père est avocat, pompier, médecin ou autre, elle aura un as dans son jeu. Elle pourra leur dire que son papa se bat avec des démons.

Eleanor éclata de rire, mais s'arrêta net en pensant à quelque chose.

– Je me demande bien ce qu'elle dira de sa mère.

Je ne savais pas quoi lui répondre et changeai de sujet.

– J'aime bien que sa vision du monde ne soit pas encombrée de significations plus profondes, lui dis-je en regardant encore une fois le dessin de ma fille. C'est tellement innocent!

– Je sais. Moi aussi, ça me plaît. Mais je comprends que tu n'apprécies pas trop qu'elle t'imagine en train de te battre, et littéralement, avec des démons. Pourquoi ne le lui as-tu pas expliqué?

Je hochai la tête et songeai à une histoire.

– Quand j'étais petit et que ma mère était encore avec moi, il fut un temps où elle avait une voiture. Une Plymouth Belvedere bicolore avec changement de vitesse automatique à boutons. Je crois que c'est son avocat qui lui en avait laissé l'usage. Ça a duré quelques années. Toujours est-il qu'un jour elle a décidé qu'elle voulait prendre des vacances et traverser les États-Unis. On a donc entassé des trucs dans la voiture et on est partis comme ça, tous les deux.

«Et un jour qu'on était quelque part dans le Sud, où, je ne m'en souviens plus, on s'est arrêtés pour prendre de l'essence et il y avait une fontaine d'eau de chaque côté de la station-service. Sur la première il y avait marqué «BLANCS» et sur l'autre «GENS DE COULEUR». Je suis tout de suite allé à celle marquée GENS DE COULEUR parce que je pensais que l'eau y serait colorée. Mais juste avant que j'y arrive, ma mère m'a tiré en arrière et m'a expliqué ce que ça voulait dire.

«Je m'en souviens bien et je regrette un peu qu'elle ne m'ait pas laissé découvrir la couleur de l'eau sans rien me dire.

Ça la fit sourire.

– Quel âge avais-tu?

– Je ne sais plus. Aux environs de huit ans.

Elle se redressa et vint vers moi. Puis elle m'embrassa sur la joue. Je la laissai faire et lui passai vaguement le bras autour de la taille.

– Bonne chance avec tes démons, Harry, me dit-elle.

– Oui.

– Si jamais tu changeais d'avis, je suis ici. Avec elle.

J'acquiesçai d'un hochement de tête.

– C'est elle qui va te faire changer d'avis, Eleanor. Attends un peu et tu verras.

Elle sourit, mais tristement, et me caressa doucement le menton de la main.

– Tu fais attention à bien fermer la porte en partant?

– Comme toujours.

Je la lâchai et la regardai partir vers la cuisine. Puis je baissai les yeux sur le dessin de l'homme qui se battait avec ses démons. Ma fille m'avait mis un grand sourire sur la figure.

36

Avant de monter à ma chambre du Deux X, je m'arrêtai à la réception et dis à M. Gupta, le veilleur de nuit, que j'allais partir. Il m'informa qu'étant donné que je louais à la semaine on m'avait déjà débité ma carte de crédit. Je lui répondis que ça ne me gênait pas, que je partais quand même et que je laisserais ma clé sur la table après avoir débarrassé mes affaires. J'allais le quitter lorsque, après une hésitation, je lui demandai des nouvelles de ma voisine, Jane.

— Oui, elle aussi, elle est partie. Même chose.

— Comment ça «même chose»?

— On lui débite pour une semaine, mais elle reste pas quand même.

— Dites, si ça ne vous gêne pas de me le dire… c'est quoi, son nom en entier? Je l'ai jamais su.

— Jane Davis. Elle plaît?

— Oui, elle était gentille. On parlait au balcon. J'ai pas pu lui dire au revoir. Elle aurait pas laissé une adresse où la joindre?

L'idée le fit sourire. Il avait les gencives bien roses pour un homme au teint aussi foncé.

— Pas adresse, dit-il. Pas celle-là.

Je hochai la tête pour le remercier du renseignement. Puis je quittai la réception, montai les marches et redescendis jusqu'à l'allée couverte qui conduisait à ma chambre.

Il me fallut moins de cinq minutes pour rassembler mes effets personnels. J'avais quelques chemises et des pantalons accrochés à des cintres. Je sortis de la penderie le carton dans lequel j'avais tout apporté et le remplis avec le reste de mes affaires et deux ou trois jouets que j'avais gardés pour Maddie. Buddy Lockridge n'était pas tombé loin en m'appelant «Harry la Valoche». Mais Harry la Cannette aurait été mieux.

Avant de partir, je vérifiai le frigo et m'aperçus qu'il me restait une bouteille de bière. Je la sortis et la décapsulai en me disant qu'une bière pour la route ne me ferait pas de mal. J'avais fait bien pire avant de prendre le volant. Je songeai à me confectionner un autre sandwich au fromage, mais laissai tomber en me rappelant la manie qu'avait Backus d'en avaler toujours un à Quantico. Je passai sur le balcon avec ma bière pour jeter un dernier coup d'œil à mes jets privés de milliardaires. La soirée était fraîche et l'air piquant. Les lumières bleues des pistes les plus éloignées brillaient comme des saphirs.

Les deux jets noirs avaient disparu, emportant dans leurs flancs des gagnants ou des perdants pressés. Le gros Gulfstream, lui, était toujours à sa place, les prises d'air des réacteurs bien préservées de la poussière par des protections rouges. Tout bien calé. Je me demandai ce que ces avions pouvaient bien avoir à faire avec Jane Davis et son séjour au Deux X.

Je regardai le balcon vide de Jane, là, à moins de 1,50 mètre du mien. Le cendrier était toujours sur la rambarde, et toujours rempli de mégots de cigarettes à moitié fumées. On n'avait pas encore fait sa chambre.

Cela me donna une idée. Je regardai autour de moi, puis je baissai les yeux sur le parking. Aucun mouvement d'humains sauf dans Koval Street, où les voitures s'étaient arrêtées au feu rouge. Sécurité ou autre, il n'y avait personne dans le parking. Je me hissai vite sur la rambarde et m'apprêtais à passer sur le balcon d'à côté lorsque j'entendis frapper à ma porte. Je me dépêchai de redescendre de mon perchoir, réintégrai la pièce et allai ouvrir.

C'était Rachel.

– Rachel? Bonjour. Des ennuis?

– Non. Rien que la capture de Backus ne pourrait guérir. Je peux entrer?

– Bien sûr.

Je m'effaçai pour la laisser passer. Elle vit le carton avec mes affaires empilées dedans. Je parlai le premier.

— Comment ça s'est passé à votre retour en ville?

— Eh bien, j'ai eu droit aux méchancetés habituelles du responsable d'antenne.

— Vous ne m'avez pas mis tout sur le dos?

— Si, si, comme prévu. Il a beaucoup râlé et grogné, mais qu'est-ce qu'il peut faire? Ce n'est pas de lui que j'ai envie de parler.

— Et donc?

— Eh bien, pour commencer… vous n'en auriez pas une autre comme celle-là?

C'était de ma bière qu'elle parlait.

— De fait, non. Je finissais celle-là avant de dégager.

— Contente de vous avoir attrapé avant.

— On partage? Je vais chercher des verres.

— Vous ne m'avez pas dit qu'ils ne vous inspiraient pas confiance?

— C'est-à-dire que… je pourrais les laver et…

Elle tendit la main, attrapa la bouteille, en avala une gorgée et me la rendit, les yeux rivés sur les miens. Puis elle se tourna et me montra le carton du doigt.

— Bref, vous partez.

— Oui, je rentre à Los Angeles pour un moment.

— Votre fille ne va pas vous manquer?

— Si, beaucoup.

— Vous reviendrez la voir?

— Aussi souvent que je pourrai.

— C'est gentil. Autre chose?

— Que voulez-vous dire? lui demandai-je alors même que je croyais le savoir.

— Reviendrez-vous ici pour autre chose?

— Non, juste pour ma fille.

Nous restâmes longtemps à nous regarder. Je lui tendis à nouveau la bière, mais, lorsqu'elle s'approcha, ce fut seulement pour moi. Elle m'embrassa sur la bouche, nous nous enlaçâmes aussitôt.

Je sais que ç'avait à voir avec la caravane, avec le fait que nous avions failli mourir ensemble dans le désert, mais nous nous serrâmes très fort l'un contre l'autre et nous dirigeâmes vers le lit. Puis je reposai la bouteille sur la table pour avoir les mains libres et lui arracher ses vêtements comme déjà elle le faisait avec les miens.

Nous tombâmes sur le lit et nous fîmes l'amour comme des rescapés. Ce fut bref, peut-être même brutal, jusqu'à un certain point – et des deux côtés. Mais surtout cela satisfit le besoin premier que l'un comme l'autre nous éprouvions d'opposer la vie à la mort.

Lorsque ce fut fini, nous nous retrouvâmes emmêlés sur les couvertures, elle sur moi, mes poings encore prisonniers de ses cheveux.

Elle se pencha sur la gauche, voulut attraper la bouteille de bière et commença par la renverser, les trois quarts de ce qu'il en restait se répandant sur la table et par terre.

– Adieu mon dépôt de garantie, dis-je.

Il restait juste assez de bière dans la bouteille pour qu'elle en boive une goulée avant de me la passer.

– Ça, c'était pour aujourd'hui, dit-elle tandis que je buvais.

Je lui rendis le reste.

– Que veux-tu dire?

– Après ce qui s'est passé là-bas, il fallait le faire.

– Oui.

– L'amour à la gladiateur. C'est pour ça que je suis descendue ici. Pour t'attraper.

Je souris en repensant à une blague de gladiateur sortie d'un vieux film que j'aimais bien, mais je la gardai pour moi. Elle dut croire que c'étaient ses paroles qui me faisaient sourire. Elle se pencha en avant et posa la tête sur ma poitrine. Je serrai des mèches de ses cheveux dans mes mains, plus doucement cette fois, pour regarder leurs pointes brûlées. Puis j'abaissai ma main dans son dos et le lui caressai en me disant combien il était étrange que nous nous montrions si gentils l'un avec l'autre alors que quelques instants plus tôt nous jouions aux gladiateurs.

– Ça ne t'intéresse sans doute pas d'ouvrir une succursale de ton cabinet de détective privé dans le Dakota du Sud, n'est-ce pas?

Je souris et étouffai un petit rire dans ma poitrine.

– Et dans le Nord? insista-t-elle. Là-bas aussi, je pourrais y retourner.

– Sauf que pour ouvrir une succursale, il faudrait d'abord avoir un siège.

Elle me donna un léger coup de poing sur la poitrine.

– Oui, bon, je ne le pensais pas non plus.

Je remuai mon corps de façon à sortir d'elle. Elle grogna, mais resta sur moi.

– Cela voudrait-il dire que tu veux que je me lève et que je m'en aille?

– Non, Rachel. Pas du tout.

Je regardai par-dessus son épaule et vis que la porte n'était pas fermée à clé. L'espace d'un instant j'imaginai M. Gupta montant voir si j'étais parti et découvrant la bête à deux dos sur le lit de la chambre que j'avais prétendument vidée. Je souris. Ça m'était égal.

Rachel releva la tête pour me regarder.

– Quoi? me demanda-t-elle.

– Rien. On n'a pas fermé la porte à clé. Quelqu'un pourrait entrer.

– C'est toi qui ne l'as pas fermée à clé, Harry. Ici, c'est chez toi.

Je l'embrassai et me rendis compte que je ne lui avais même pas effleuré les lèvres pendant tout le temps que nous avions fait l'amour. Ça aussi, c'était bizarre.

– Tu sais quoi, Bosch? reprit-elle.

– Non, quoi?

– Pour ce qui est de ça, t'es pas mauvais du tout.

Je souris et la remerciai. Les femmes peuvent jouer cette carte quand elles veulent et chaque fois elles obtiennent la même réponse.

– Non, je suis sérieuse, insista-t-elle.

Et pour le souligner, elle m'enfonça les ongles dans la poitrine. D'un bras je la serrai fort contre moi et nous roulâmes l'un sur l'autre. Je songeai que j'avais au moins dix ans de plus qu'elle, mais cela ne m'inquiéta pas. Je l'embrassai à nouveau, me levai, ramassai mes habits par terre et gagnai la porte pour la fermer à clé.

– Je crois qu'il reste une serviette propre, lui lançai-je. Tu peux t'en servir.

Elle tint absolument à ce que je prenne ma douche en premier. Je m'exécutai, puis, pendant qu'elle prenait la sienne, je quittai l'appartement et traversai Koval Street pour aller acheter deux bières dans une supérette. Pas plus de deux: j'allais conduire et ne voulais pas que l'alcool m'oblige à partir plus tard ou à rouler plus lentement. J'étais assis à la petite table lorsque Rachel ressortit de la salle de bains complètement habillée – et tout sourire de voir les deux bouteilles.

— Je savais bien que tu te rendrais utile, dit-elle.

Elle s'assit, nous trinquâmes bouteille contre bouteille.

— A l'amour entre gladiateurs! lança-t-elle.

Nous bûmes et restâmes sans rien dire pendant quelques instants. J'essayais de comprendre ce que cette heure que nous avions passée ensemble signifiait pour moi et pour nous.

— A quoi penses-tu? me demanda-t-elle.

— A la manière dont ça pourrait devenir compliqué.

— Ce n'est pas obligé. Il n'y aura qu'à y aller au fur et à mesure.

J'eus l'impression que ça n'était plus tout à fait la même chose que me demander de m'installer dans le Dakota.

— Bien, bien, dis-je.

— Je ferais mieux d'y aller.

— Où ça?

— A l'antenne locale, j'imagine. Histoire de voir ce qui se trame.

— As-tu une idée de ce qui est arrivé au baril à ordures après l'explosion? J'ai oublié de vérifier.

— Non, pourquoi?

— J'avais jeté un coup d'œil à l'intérieur, juste une minute, et j'ai eu l'impression qu'il y avait brûlé des cartes de crédit, peut-être même des papiers d'identité.

— Des papiers d'identité des victimes?

— C'est probable. Il y avait fait aussi brûler des livres.

— Des livres? Pourquoi, à ton avis?

— Je ne sais pas, mais c'est bizarre. Dans la caravane, il avait des bouquins partout. Il en a brûlé certains, mais pas tous. Moi, je trouve ça étrange.

— Bah, s'il reste quoi que ce soit du baril, les types du labo s'en occuperont. Pourquoi n'en as-tu pas parlé avant? Quand on t'interrogeait?

— Parce que j'avais des sifflements dans la tête et que j'ai dû oublier.

— Perte de mémoire momentanée due à la secousse.

— Je ne suis pas secoué.

— La secousse, l'onde de choc, je voulais dire. As-tu réussi à savoir quel genre de livres c'était?

— Pas vraiment. Je n'en ai pas eu le temps. Mais j'en ai regardé un, le moins brûlé. On aurait dit de la poésie, enfin… je crois.

Elle me regarda, hocha la tête, mais garda le silence.

— Ce que je ne vois pas, c'est pourquoi il a brûlé ces livres. Il se démerde pour faire sauter toute la caravane, mais avant, il prend le temps d'aller brûler des livres dans le baril. Presque comme si…

Je cessai de parler et tentai de mettre de l'ordre dans tout ça.

— Presque comme si quoi, Harry?

— Je ne sais pas. Presque comme s'il voulait être certain de ne rien laisser au hasard. Comme s'il voulait être sûr que ces bouquins soient détruits.

— Tu fais comme si la caravane et les livres, c'était la même chose, mais qui sait? Peut-être a-t-il brûlé ces livres il y a six mois de ça. Rien ne te permet de relier ces deux choses.

J'acquiesçai d'un signe de tête. Elle avait raison, mais il n'empêche: cette incongruité m'agaçait.

— Le livre que j'ai sorti se trouvait au-dessus du tas de cochonneries. Il l'avait donc fait brûler la dernière fois qu'il s'était servi du baril. J'y ai aussi trouvé un reçu. Un reçu à moitié calciné. Mais peut-être qu'on pourra remonter la piste.

— Dès que je rentre, je vérifie, dit-elle. Mais je ne me rappelle pas avoir vu ce baril après l'explosion.

Je haussai les épaules.

— Moi non plus.

Elle se leva et j'en fis autant.

— Ah, encore une chose, dis-je en glissant ma main dans la poche intérieure de ma veste.

J'en ressortis un cliché et le lui tendis.

— J'ai dû le prendre quand j'étais dans la caravane et après, j'ai oublié. Je l'ai retrouvé dans ma poche.

C'était la photo qui était restée dans le bac de l'imprimante. Celle où l'on voyait la maison à un étage avec le vieil homme debout près de la commerciale.

– Génial, ça, Harry! Qu'est-ce que je vais dire pour leur expliquer, hein?

– Je ne sais pas, mais je pensais que t'aurais peut-être envie d'identifier l'endroit ou le bonhomme.

– Ça change quoi maintenant?

– Allons, Rachel, tu sais bien que cette histoire n'est pas finie.

– Non, je ne le sais pas.

Je trouvai agaçant qu'elle ne puisse pas me parler juste après ces moments de profonde intimité que nous avions partagés.

– Bon.

Je ramassai mon carton et pris les vêtements accrochés aux cintres.

– Attends une minute, Harry. Tu ne vas pas en rester là, si? Qu'est-ce que tu veux dire avec ton «cette histoire n'est pas finie»?

– Ce que je veux dire, c'est que nous savons très bien tous les deux que Backus n'était pas dans la caravane. Mais bon, si ça n'intéresse ni toi ni le Bureau, moi, ça ne me gêne pas. Mais ne me prends pas pour un con, Rachel. Pas après ce que nous nous sommes tapé aujourd'hui et ce que nous venons de faire il y a cinq minutes.

Elle se calma.

– Écoute, Harry, dit-elle, ça ne m'appartient plus, d'accord? Pour l'instant, on attend toujours que la police scientifique donne son avis. La position officielle du Bureau ne sera pas connue avant que le directeur ne donne sa conférence de presse.

– La position officielle du Bureau ne m'intéresse pas. C'est à toi que je parlais, à toi.

– Que veux-tu que je te dise, Harry?

– Que tu vas coincer ce type quoi que déclare le directeur demain.

Je me dirigeai vers la porte, elle me suivit. Nous quittâmes l'appartement, Rachel tirant la porte derrière elle.

– Où est ta bagnole? lui demandai-je. Je te raccompagne.

Elle m'indiqua le chemin, nous descendîmes les marches et gagnâmes sa voiture garée près de la réception. Elle ouvrit la portière, puis nous nous tournâmes l'un vers l'autre et nous regardâmes.

– Oui, ce mec, je le veux, dit-elle. Bien plus que tu n'imagines.

– Très bien. Je te fais signe.

– Mais… qu'est-ce que tu vas faire?

– Je ne sais pas. Dès que je le saurai, je t'appelle.

– D'accord. A bientôt, Bosch.

– Au revoir, Rachel.

Elle m'embrassa, puis elle monta dans sa voiture. Je rejoignis la mienne en me glissant entre les deux bâtiments du Deux X pour atteindre l'autre parking. J'étais assez sûr de retrouver Rachel Walling un jour ou l'autre.

37

J'aurais pu éviter la circulation dans le Strip pour quitter la ville, mais je décidai de n'en rien faire. Toutes ces lumières allaient peut-être me mettre un peu de baume au cœur. Je savais que je laissais ma fille derrière moi et que c'était pour réintégrer la police que je rentrais. Ma fille, je la reverrais, bien sûr, mais ne pourrais plus passer autant de temps que je voudrais avec elle. Je m'en allais et c'était pour rejoindre les légions déprimantes des pères du week-end, ceux qui doivent comprimer tout leur amour et tous leurs devoirs dans des tranches de vingt-quatre heures avec leurs enfants. Rien que d'y penser, j'en avais les idées si noires que des millions de kilowatts de lumière n'auraient pu les transpercer. C'était en perdant que je quittais Las Vegas et rien ne me permettait d'en douter.

Dès que j'eus laissé les lumières et les limites de la ville derrière moi, la circulation se fit rare et le ciel de plus en plus noir. J'essayai d'ignorer la déprime induite par ma décision. Pour cela, je travaillai le dossier en conduisant et tentai de comprendre la logique des événements du point de vue de Backus jusqu'à ce que, ayant réduit toute l'histoire à une poudre bien tamisée, il ne me reste plus que quelques questions sans réponse. De fait, je voyais les choses comme le Bureau. C'était après avoir adopté le nom de Tom Walling que Backus s'était installé à Clear et avait commencé à jeter son dévolu sur les clients qu'il ramenait des bordels. Il avait pu opérer en toute impunité pendant des années parce que les victimes qu'il choisissait étaient parfaites. Jusqu'au moment où leur nombre l'avait mis en danger, les enquêteurs de Las Vegas commençant à découvrir des schémas récurrents et dressant enfin une liste de six disparus. Backus devait savoir que ce n'était plus qu'une question de temps avant qu'ils fassent le lien avec Clear. Dès qu'il avait vu le nom de Terry McCaleb dans le journal, il avait dû comprendre que ce temps lui était encore plus compté. Peut-être même avait-il appris que l'ancien du FBI s'était rendu à Las Vegas, voire, qui sait? à Clear. Toutes les réponses ou presque à ces questions avaient disparu avec McCaleb et plus tard avec la caravane qui avait sauté dans le désert.

C'est que les inconnues ne manquaient pas dans cette histoire. Cela dit, vue sous cet angle, une chose devenait évidente: Backus avait fermé boutique. Il avait tout préparé pour que son escapade dans le désert se termine en apothéose – à savoir avec la mort de ses deux *protégés*[1], McCaleb et Rachel, et ce dans un déploiement de maîtrise absolument pathologique et en laissant dans sa caravane un corps tellement brûlé et détruit qu'on ne saurait jamais si lui, le grand patron, était mort ou vivant. Très récemment, Saddam Hussein et Oussama ben Laden avaient eux aussi tiré grand profit de laisser la même question sans réponse. Backus se prenait peut-être pour leur égal.

C'étaient les livres brûlés dans le baril à cochonneries qui me turlupinaient le plus. Que Rachel n'y attache aucune importance particulière parce qu'on ignorait les circonstances dans lesquelles ils avaient brûlé ne m'empêchait pas d'y voir un élément important de l'enquête. Je regrettai de n'avoir pas passé plus de temps à examiner le livre que j'avais sorti du baril. Peut-être aurais-je réussi à l'identifier. Pour moi, ce volume donnait en effet une indication sur une partie du plan élaboré par le Poète que tout le monde ignorait encore.

Je me rappelai la facture à moitié calcinée que j'avais trouvée entre les pages, ouvris mon portable, vérifiai que j'avais un réseau et appelai les renseignements de Las Vegas. Je demandai s'il y avait un numéro pour un magasin qui se serait appelé «Book Car», l'opératrice me répondit que non. J'allais raccrocher lorsqu'elle ajouta qu'il y avait un «Book Caravan» dans Industry

---

1. En français dans le texte *(NdT)*.

Road et me proposa de me mettre en relation avec cette librairie. J'acceptai.

Je songeai que le magasin devait être fermé vu qu'il était presque minuit. J'espérais tomber sur un répondeur, où l'on me dirait de rappeler dans la matinée. Mais non: au bout de deux sonneries, quelqu'un décrocha.

— Vous êtes ouvert?

— Vingt-quatre heures sur vingt-quatre, me répondit-on d'un ton bourru. Que puis-je faire pour vous?

Rien qu'à cet horaire, je m'étais déjà fait une petite idée sur le genre de librairie que ce pouvait être. Je n'en tentai pas moins le coup.

— Vous ne vendez pas des livres de poésie, par hasard?

Le type au ton bourru s'esclaffa.

— Très drôle! dit-il. Il était une fois un mec de Tombouctou. Il était poète et toujours il disait: «Fuck you!»

Il s'esclaffa une deuxième fois et raccrocha. Je refermai mon portable et dus lui reconnaître un certain sens de la rime instantanée.

La piste de Book Caravan me faisait l'effet d'une impasse, mais je me promis de rappeler Rachel dès le lendemain matin pour lui dire que ça vaudrait peut-être le coup de voir s'il n'y avait pas un lien possible avec Backus.

Un panneau vert d'autoroute sortit des ténèbres dans la pleine lumière de mes phares.

ROUTE ZZYZX
1 km 5

Je songeai à quitter l'autoroute et à descendre la route pleine de cahots qui s'enfonçait dans les ténèbres du désert. Je me demandai s'il y avait encore des techniciens de la police scientifique sur les sites d'exhumation. Mais… à quoi aurait-il servi de prendre cette voie hormis à vouloir parler avec des fantômes? La bretelle de sortie arriva, puis s'en fut, laissant les fantômes tranquilles.

Les bières que j'avais bues avec Rachel étaient une erreur. A Victor-ville, je commençai à me sentir fatigué. Trop de cogitations mélangées à de l'alcool. Je décidai d'avaler un café et entrai dans un McDonald's qui restait ouvert tard et dont l'aspect faisait penser à une gare de triage. J'y achetai deux cafés et deux gâteaux au sucre et allai m'asseoir dans une espèce de vieux compartiment de train pour lire le dossier que Terry McCaleb avait ouvert sur le Poète. Je commençais à en connaître par cœur, et jusqu'à leur classement, tous les rapports et conclusions.

Je bus ma première tasse de café san rien trouver et je refermai le dossier. Il me fallait quelque chose de nouveau. Il fallait ou laisser tomber en espérant que le Bureau finisse le boulot ou trouver un autre angle d'attaque.

Je n'ai rien contre le FBI. Pour moi, c'est l'agence de maintien de l'ordre la plus méticuleuse et la plus implacable au monde – et la mieux équipée, bien sûr. C'est dans sa taille et dans les innombrables défauts de communication entre ses unités, services et agents individuels que réside son problème. Il suffit d'une débâcle du type 11 septembre pour que l'univers entier découvre ce que tout le petit monde du maintien de l'ordre, y compris le FBI lui-même, ne sait que trop.

En tant qu'institution, le FBI tient trop à sa réputation et pèse trop lourd en politique et ce, depuis J. Edgar Hoover en personne. Eleanor Wish avait jadis fait la connaissance d'un agent qu'on avait nommé au Q.G. de Washington à l'époque où J. Edgar était le grand patron des lieux. A l'en croire, tout agent se trouvant dans un ascenseur où montait le directeur n'avait pas le droit de parler à ce dernier, même pas pour lui dire bonjour, et devait aussitôt descendre de la cabine de façon que le gros homme puisse être seul pour réfléchir à ses énormes responsabilités. Dieu sait pourquoi, cette histoire m'était restée en mémoire. Sans doute parce qu'elle disait bien l'incroyable arrogance du FBI.

En fin de compte, je n'avais pas envie d'appeler Graciela McCaleb pour lui dire que l'assassin de son mari courait toujours et que c'était le FBI qui allait s'en occuper. Parce que s'en occuper, je voulais toujours le faire, moi. Je le leur devais, à elle et à Terry, et mes dettes, je m'en acquittais toujours.

De retour sur la route, je sentis le sucre et le café me redonner un coup de fouet et me dépêchai de rejoindre la Cité des Anges.

Quand enfin j'atteignis la 10, je trouvai la pluie avec, et toutes les voitures se mirent à rouler au pas. J'allumai la radio et appris sur la station KFWB qu'il avait plu toute la journée et qu'on ne s'attendait pas à ce que ça s'arrête avant la fin de la semaine. Dans un reportage en direct de Topanga, des habitants du canyon disaient poser des sacs de sable devant leurs portes et leurs garages et s'attendre au pire. Les inondations et les glissements de terrain, tels étaient les dangers. Les incendies catastrophiques qui avaient ravagé les collines l'année précédente n'avaient laissé que peu de végétation pour retenir la pluie ou la terre. Tout était en train de dévaler les pentes.

Je compris qu'avec le mauvais temps il me faudrait une heure de plus pour rentrer. Je jetai un coup d'œil à ma montre. J'avais prévu d'être chez moi pour appeler Kiz Rider, mais je décidai qu'il risquait d'être trop tard quand j'y arriverais. J'ouvris mon portable et l'appelai chez elle. Elle décrocha dans la seconde.

— Kiz, c'est moi, Harry. T'es debout?

— Oui, Harry. Je ne peux pas dormir quand il pleut.

— Je sais ce que c'est.

— Alors, qu'y a-t-il de bon aux nouvelles?

— Tout le monde compte ou personne.

— Ce qui veut dire?

— Que j'y vais si t'y vas.

— Oh, allons, Harry! Ne me fais pas ça.

— Tu sais très bien ce que je veux dire. C'est ta planche de salut, Kiz. Nous nous sommes fourvoyés. Tous les deux. Toi et moi savons très bien ce que nous devrions être en train de faire en ce moment. L'heure est venue de s'y remettre, toi et moi.

J'attendis. Elle garda longtemps le silence, puis elle parla enfin.

— Ça va pas mal bouleverser mon bonhomme. Il me tient sur pas mal de choses.

— Si c'est bien l'homme que tu m'as dit, il comprendra. Il pigera. Tu arriveras à lui faire comprendre.

Nouveau silence.

— Bon, O.K., Harry, j'y vais.

— Très bien. Je descends signer les papiers dès demain.

— Très bien, Harry. On se voit demain.

— Tu savais que j'allais appeler, n'est-ce pas?

— Disons que j'ai les formulaires que tu dois remplir sur mon bureau.

— T'as toujours été trop futée pour moi.

— Je ne plaisantais pas quand je t'ai dit qu'on avait besoin de toi. Tout est là. Mais je pensais aussi que tu ne tiendrais pas longtemps tout seul. Je connais des tas de types qui ont rendu l'insigne et ont opté pour le boulot de privé, d'agent immobilier, de vendeur de voitures, d'équipement ménager et même de livres. La majorité d'entre eux y ont trouvé leur compte, mais pas toi, Harry. Et ça, je me suis dit que toi aussi, tu le savais.

Je gardai le silence. Je fixai les ténèbres au-delà du faisceau de mes phares. Elle venait de dire quelque chose qui déclenchait l'avalanche.

— Hé, Harry, t'es toujours là?

— Oui. Écoute, Kiz, tu as bien dit «livres», non? Un type qui a pris sa retraite pour vendre des livres, on en connaît un. Ça serait pas Ed Thomas?

— Si. Je suis passée à Hollywood environ six mois avant qu'il demande sa retraite. Il est parti et a ouvert une librairie à Orange.

— Je sais. Tu y es déjà allée?

— Oui, un jour qu'il avait organisé une signature avec Dean Koontz. J'avais vu l'annonce dans le journal. Koontz est un de mes auteurs préférés et les signatures avec lui, c'est plutôt rare. Alors, je suis descendue. Il y avait la queue jusque sur le trottoir, mais dès qu'il m'a vue, Ed m'a fait passer devant tout le monde, m'a présentée à l'auteur et j'ai eu mon exemplaire signé. En fait, j'étais très gênée.

— C'était quoi?

— Euh… Je crois que c'était *Étranges Détours*.

Cela fit retomber mon enthousiasme. Je croyais faire un bond en avant et trouver un lien, mais…

— Non, en fait, reprit-elle, c'était après. Voilà… c'était *Seule Survivante*… l'histoire du crash de l'avion.

En entendant ce qu'elle était en train de me dire, je compris le quiproquo.

— Non, Kiz. C'était quoi, le nom de la librairie?

– Oh… Book Carnival. Je crois que ça s'appelait déjà comme ça quand il a racheté la boutique. Sans ça, je pense qu'il lui aurait trouvé un autre nom… quelque chose de plus énigmatique, vu que c'est surtout des policiers qu'il vend.

– Kiz, faut que j'y aille. Je te rappelle plus tard.

Je fermai mon portable sans attendre qu'elle me dise au revoir. En passant constamment de la route à l'écran d'affichage de mon appareil, je fis défiler la liste de mes derniers coups de fil et appuyai sur «appel» dès que j'arrivai à Rachel Walling. Elle répondit avant même que ça sonne.

– Rachel, c'est moi, Harry. Désolé de t'appeler si tard, mais c'est important.

– Je suis occupée, me chuchota-t-elle.

– T'es toujours à l'antenne locale?

– Exact.

J'essayai de trouver ce qui pouvait bien la retenir à cet endroit à minuit passé alors que sa journée avait commencé plus que tôt.

– C'est pour le baril à ordures? Le livre brûlé?

– Non, on n'y est pas encore. C'est pour autre chose. Faut que j'y aille.

Elle avait pris un ton lugubre et qu'elle ne m'ait pas appelé par mon prénom me fit comprendre qu'il y avait d'autres agents autour d'elle et que ce qu'elle était en train de faire n'était pas de bon augure.

– Écoute, Rachel, repris-je, j'ai quelque chose et il faut absolument que tu viennes à Los Angeles.

Elle changea de ton. Elle avait dû sentir l'urgence dans ma voix et comprendre que c'était du sérieux.

– Qu'est-ce qu'il y a?

– Je sais ce que va faire le Poète.

38

— Je vais devoir vous rappeler plus tard.

Rachel referma son portable et le glissa dans la poche de son blazer. Les dernières paroles de Bosch résonnaient encore dans son cœur.

— Agent Walling? J'apprécierais assez que vous restiez dans la conversation.

Elle releva la tête et considéra Alpert.

— Je vous demande pardon, dit-elle.

Puis elle regarda derrière lui l'écran de télécommunication où le visage de Brass Doran s'affichait plus grand que nature. Elle souriait.

— Continuez, agent Doran, reprit Alpert.

— En fait, j'ai terminé. C'est tout ce que nous avons pour le moment. Les empreintes nous permettent de confirmer que Robert Backus s'est bien trouvé dans cette caravane. Mais nous ne pouvons pas certifier qu'il y était lorsqu'elle a explosé.

— Et l'ADN?

— L'ADN recueilli, et à grand risque, il faut le souligner, par l'agent Walling et, plus tard, par les techniciens du labo ne pourra nous être utile que si nous avons quelque chose avec quoi le comparer. Que si, précisons-le, nous arrivons Dieu sait comment à trouver une autre source d'ADN lui appartenant. Autrement, nous pourrons nous en servir pour identifier le corps qui se trouvait dans la caravane comme étant celui de quelqu'un d'autre.

— Et ses parents? On ne pourrait pas extraire de l'ADN de leur...

– On est déjà allés voir de ce côté-là. Son père est mort et a été incinéré bien avant qu'on y pense – les connaissances scientifiques n'étaient pas vraiment encore au point à cette époque-là. Quant à sa mère… on n'a jamais réussi à la localiser. Certains pensent même qu'elle a été sa première victime. Elle a disparu il y a quelques années de ça et, comme on dit, sans laisser de traces.

– Ce type a pensé à tout.

– Pour ce qui est de la mère, il s'est probablement agi d'une vengeance: elle l'avait abandonné. Il est quand même difficile de croire qu'il ait fait ça à ce moment-là dans le seul but de nous interdire toute comparaison possible avec son ADN.

– Non, je voulais seulement dire qu'on est authentiquement baisés.

– Je suis désolée, Randall, mais côté scientifique, on ne peut pas aller plus loin.

– Je le sais, agent Doran. Pouvez-vous me dire autre chose? Quelque chose de nouveau?

– Ben, non.

– Génial. Et donc, c'est ce que je vais dire au directeur. Je vais lui dire que nous savons que Backus a effectivement séjourné dans cette caravane et que nous avons les preuves matérielles et les témoins pour le certifier, mais que, pour l'instant, nous ne pouvons pas passer à l'étape suivante et dire qu'il est mort et bon débarras.

– Il n'y aurait pas moyen de le convaincre d'attendre un peu et de nous laisser le temps de tout emballer comme il faut? Pour le bien de l'enquête? demanda Doran.

Rachel faillit éclater de rire. Elle savait parfaitement qu'au Hoover Building de Washington D.C., le bien de l'enquête venait presque toujours après les considérations d'ordre politique.

– J'ai déjà essayé, répondit Alpert, et la réponse est non. L'enjeu est trop gros. Avec l'explosion dans le désert, le secret est déjà éventé. Tant mieux si c'est Backus qui a sauté avec: nous finirons par pouvoir le certifier et tout ira bien. Mais si ce n'est pas lui et qu'il a d'autres petits jeux en tête, le directeur se doit de le déclarer publiquement, sinon les retours de bâton pourraient faire très mal. C'est pour ça qu'il va dire ce que nous savons: oui, Backus s'est trouvé là-bas, oui, c'est lui le suspect pour les meurtres dans le désert, mais il peut être aussi bien mort que vivant. Et ça, il n'y a plus moyen de dissuader le patron de le dire.

Alpert avait cru bon de décocher un sale coup d'œil à Rachel en disant que le secret était éventé, comme si elle était responsable de tout. Elle songea à leur lâcher ce que Bosch venait de lui dire, mais décida de n'en rien faire. Pas tout de suite. Pas avant qu'elle en sache davantage.

— Bon, les enfants, la séance est close, lança brusquement Alpert. Brass, on vous retrouve demain matin sur le grand écran. Agent Walling? Vous pouvez rester ici une minute?

Rachel regarda Brass disparaître de l'écran, puis celui-ci devint noir et la transmission s'acheva. Alpert s'approcha de la table.

— Agent Walling?

— Oui?

— Vous avez fini.

— Je vous demande pardon?

— Votre travail est terminé. Retournez à votre hôtel et faites vos valises.

— Il y a encore beaucoup de choses à faire. Je veux…

— Ce que vous voulez ne m'intéresse pas. Moi, je veux que vous vidiez les lieux. Vous n'avez pas cessé de saper notre travail depuis votre arrivée. Demain matin, je veux vous voir dans le premier avion en partance pour l'endroit d'où vous venez. C'est compris?

— Vous faites une erreur. Je devrais faire partie de…

— L'erreur, c'est vous qui êtes en train de la commettre en discutant mes ordres. Je ne peux pas être plus clair avec vous. Je veux que vous dé-ga-giez. Rendez vos dossiers et filez par le premier avion.

Elle le dévisagea en essayant de lui faire sentir toute la colère qui l'habitait. Il leva une main en l'air comme pour parer un coup.

— Faites attention à ce que vous allez dire, lui lança-t-il. Ça pourrait vous revenir dans le nez.

Elle ravala sa colère et parla d'une voix calme et contrôlée.

— Je ne pars pas, dit-elle.

Il donna l'impression d'avoir les yeux qui lui sortaient de la tête. Il se tourna et fit signe à Dei de quitter la pièce. Puis il se retourna vers Rachel et attendit que la porte ait claqué.

— Vous dites?

— Je vous dis que je ne pars pas. Je vous dis que cette enquête, je la continue. Parce que si jamais vous me collez dans un avion, ce n'est pas dans le Dakota du Sud que j'irai, mais direct au Q.G. de Washington pour y déposer une plainte contre vous au bureau des Responsabilités professionnelles.

— Une plainte pour quoi? Qu'allez-vous déclarer?

— Que vous vous êtes servi de moi comme d'un appât et ce, dès le début, sans mon consentement et à mon insu.

— Vous dites n'importe quoi. Allez-y donc. Allez donc voir le bureau des Responsabilités professionnelles. Ils vous riront au nez et vous renverront dans les Badlands pour dix ans de plus.

— Cherie a fait une erreur et vous aussi. Lorsqu'elle a appelé de Clear, elle m'a demandé pourquoi nous avions pris la voiture de Bosch. Et plus tard, dans le hangar, vous m'avez posé la même question. Vous saviez donc parfaitement que j'étais montée là-haut dans sa voiture. J'ai commencé à y réfléchir et j'ai compris pourquoi. Parce que vous m'aviez collé un émetteur GPS sous ma voiture. Je suis allée voir dessous hier soir et je l'ai trouvé. Matériel standard, il y a même encore l'étiquette avec le code dessus. Bref, la personne qui l'a sorti des magasins a dû laisser son nom dans un registre du FBI.

— Je ne vois vraiment pas de quoi vous parlez.

— Bah, je suis bien sûre que le BRP saura s'en débrouiller. Je serais même assez prête à parier que Cherie leur filera un petit coup de main. Parce que si j'étais à sa place, moi, je n'accrocherais pas ma carrière à votre wagon. Je préférerais dire la vérité. A savoir que vous m'avez fait venir ici comme appât parce que vous pensiez que je ferais sortir Backus de son trou. Je parie même que vous aviez des gens pour me suivre tout du long. Et ça aussi, il y en aura une trace. Et mon téléphone et ma chambre d'hôtel, hein? Eux aussi, vous les avez piégés?

Elle vit son regard changer. Alpert avait plongé en lui-même et ne s'intéressait plus à ses accusations, mais aux conséquences que pourraient avoir une plainte et une enquête sur ses agissements. Elle le vit découvrir le destin qui l'attendait. Un agent qui en piège un autre? Un agent qui se sert de lui comme d'un appât à son insu et dans une partie à hauts risques? Vu le degré de surveillance des médias et le désir forcené du Bureau d'éviter toute controverse, ce qu'il avait fait ne tiendrait pas une seconde. Ce serait lui, et pas elle, qui tomberait. Vite et sans un bruit. Peut-être, mais seulement à condition qu'il ait de la chance, pourrait-il aller travailler avec elle à l'antenne de Rapid City.

— Les Badlands sont vraiment très beaux en été, lui asséna-t-elle avant de se lever et de se diriger vers la porte.

— Agent Walling? lui lança-t-il. Attendez une seconde, voulez-vous?

39

A cause de la pluie et du vent, l'avion de Rachel se posa à Burbank avec une demi-heure de retard. Le mauvais temps ne s'étant pas apaisé de toute la nuit, la ville était recouverte d'un linceul gris. Cette pluie-là était de celles qui paralysent tout. Dans les rues et sur les autoroutes, partout les voitures avançaient au pas. Les voies de circulation n'étaient pas faites pour ça. Ni la ville non plus. Dès l'aube, les caniveaux de déversement des eaux de pluie s'étaient mis à déborder, les conduits d'évacuation à saturer et les infiltrations qui se déversaient dans la Los Angeles River à transformer le canal bétonné qui serpentait à travers la ville jusqu'à la mer en une suite ininterrompue de rapides rugissants. L'eau était noire de charrier les cendres des incendies qui avaient dévasté les collines l'année précédente. Il y avait partout comme une atmosphère de fin du monde. La ville avait commencé par subir l'épreuve du feu et maintenant c'était l'eau. Il y avait des moments où vivre à Los Angeles donnait l'impression de chevaucher avec le diable jusqu'à l'apocalypse. Les gens que j'avais croisés ce matin-là avaient un air de «qu'est-ce qui va encore nous tomber dessus? un tremblement de terre? un razde-marée?». Une douzaine d'années plus tôt, le feu et la pluie avaient été le prélude à des soulèvements tectoniques et sociaux de la plus grande ampleur. Pour moi, personne ne doutait que cela puisse se reproduire. Si nous sommes effectivement condamnés à nous répéter dans nos erreurs et dans nos folies, alors, oui, il est facile d'envisager que la nature agisse selon les mêmes cycles.

C'était à cela que je songeais en attendant Rachel le long du trottoir du terminal. La pluie dégringolait sur le pare-brise, le rendant translucide et flou. Le vent secouait mon 4 × 4 sur sa suspension. Je pensais à ma décision de retourner chez les flics, me demandant ce qu'il y avait derrière tout ça et si je ne refaisais pas une folie ou si, cette fois, j'aurais la chance d'être sauvé.

Avec toute cette pluie, je ne vis pas Rachel avant qu'elle frappe à la vitre côté passager. Puis elle ouvrit le hayon arrière et jeta son sac dans le coffre. Elle portait une parka verte avec le capuchon relevé. Ça devait lui être utile lorsqu'il lui fallait affronter les éléments dans les Dakota, mais là, à Los Angeles, le vêtement semblait trop grand et encombrant sur son dos.

— Vaudrait mieux que ça soit du bon! me lança-t-elle en montant et se laissant retomber toute mouillée sur le siège.

Aucun signe d'affection de sa part – et de la mienne non plus. C'était un des accords que nous avions passés par téléphone. Nous devions agir en professionnels jusqu'à ce que j'aie joué ma dernière carte.

— Pourquoi ça? Tu aurais d'autres possibilités?

— Non. C'est juste qu'hier soir j'ai joué mon va-tout avec Alpert. Je suis à une connerie d'un renvoi permanent dans le Dakota du Sud où, soit dit en passant, il se pourrait bien que le temps soit meilleur qu'ici.

— Eh bien mais… bienvenue à L.A.

— Je croyais qu'on était à Burbank.

— Techniquement, oui.

Une fois sortis de l'aéroport, nous descendîmes jusqu'à la 134 et la prîmes vers l'est jusqu'à la 5. Entre la pluie et la cohue de l'heure de pointe, nous ne fîmes que très lentement le tour de Griffith Park pour filer vers le sud. Je n'étais pas prêt à m'inquiéter pour l'heure, mais je n'en étais plus loin.

Nous roulâmes longtemps sans rien dire, la pluie et la circulation rendant la conduite passablement intense, surtout pour Rachel qui ne pouvait rien faire tandis que j'avais au moins le contrôle du volant. Enfin nous nous mîmes à parler, quand ce n'aurait été que pour évacuer un peu la tension qui régnait dans l'habitacle.

— Alors, tu vas me le dire, ce plan grandiose que tu as concocté?

— Ce n'est pas un plan. Tout juste une intuition.

– Non, Bosch. Tu m'as dit que tu savais ce qu'il allait faire.

Je remarquai que depuis que nous avions fait l'amour sur le lit de mon petit appartement, elle s'était mise à m'appeler par mon nom de famille. Je me demandai si cela faisait partie de nos accords ou s'il s'agissait d'une espèce de terme d'affection à l'envers. On appelle quelqu'un avec qui on a été le plus intime par ce qu'il y a de moins intime dans son nom?

– Bien obligé de te faire venir, Rachel.

– Bon, ben… je suis là. Maintenant, tu me dis.

– Le plan, c'est le Poète qui l'a. Backus.

– Qu'est-ce qu'il va faire?

– Tu te rappelles les bouquins dont je t'ai parlé hier? Les bouquins dans le baril à cochonneries et celui que j'en ai sorti?

– Oui.

– Je crois avoir compris ce que ça signifie.

Je lui dis la facture à moitié brûlée et comment, pour moi, «Book Car» était le début de «Book Carnival», la librairie que dirigeait l'ancien policier à la retraite Ed Thomas, la dernière victime que le Poète avait voulu abattre huit ans plus tôt.

– A cause de ce bouquin dans le baril, tu crois qu'il est ici et va enfin réaliser le meurtre d'Ed, dont nous l'avons frustré il y a huit ans?

– Exactement.

– C'est un rien tiré par les cheveux, tout ça. Je regrette vraiment que tu ne me l'aies pas dit avant de prendre le risque de descendre ici en avion.

– Il n'y a pas de coïncidences, surtout pas dans ce cas-là.

– Bon, d'accord, mais tu me dis tout. Le profil du Poète et son super plan.

– Profiler les crimes étant plutôt le boulot du FBI, je le lui laisse. Mais je vais te dire ce qu'il va faire, à mon avis. Pour moi, le coup de la caravane et de l'explosion était destiné à nous faire croire qu'on était arrivés au bouquet final. Et après, dès que le directeur se sera produit devant les caméras de télé pour dire qu'enfin on le tient, il liquide Ed Thomas. Le symbolisme serait génial. C'est le grand jeu, le dernier «je vous emmerde». Échec et mat, Rachel. Au moment où le FBI se pavane, il se plante sous son nez et bousille le type même que le Bureau se vante d'avoir sauvé le coup d'avant.

– Bon, mais… pourquoi ces livres dans le baril? Comment ça s'insère dans le tableau général?

– Je crois que ce sont des livres qu'il a achetés à Ed. Commande par correspondance, voire achat en personne au magasin. Il n'est pas impossible que les volumes aient été marqués d'une façon ou d'une autre, ce qui aurait permis de remonter la piste jusqu'à la librairie. Il ne voulait pas de ça et les a brûlés. Il ne pouvait pas courir le risque de les voir réchapper à l'explosion.

«D'un autre côté, Ed Thomas étant mort et Backus ayant filé, le FBI tôt ou tard fait le lien avec la librairie et commence à voir depuis combien de temps et avec quel sérieux Backus a préparé son coup. Ce qui montre à tout le monde combien il est génial. Et c'est bien ça qu'il veut, non? C'est toi, la profileuse, dis-moi si je me trompe.

– Non, profileuse, je l'ai été, mais autrefois. Maintenant je ne m'occupe plus que des crimes perpétrés par des Indiens dans les Dakotas.

La circulation commença à s'éclaircir tandis que nous longions le centre-ville, où les flèches des immeubles de la finance disparaissaient dans les vapeurs de l'orage. Pour moi, dès qu'il pleuvait, la ville prenait des airs hantés. Il y avait alors comme une menace qui me déprimait et j'avais toujours l'impression que quelque chose s'était défait dans le monde et que ça allait mal.

– Il n'y a qu'un seul truc qui cloche dans ta théorie, Bosch, reprit-elle.

– Oui, quoi?

– Le directeur va bien donner une conférence de presse aujourd'hui, mais il ne dira pas que nous avons attrapé le Poète. Exactement comme toi, nous ne pensons pas que Backus se trouvait dans la caravane au moment de l'explosion.

– Bon, d'accord, ça, Backus ne le sait pas. Mais il le verra à CNN, comme tout le monde. Et ça ne changera pas son plan. Moi, je dis que c'est aujourd'hui qu'il va liquider Ed… de toute façon. Parce que de toute façon il faut qu'il fasse passer le message. «Je suis meilleur et plus malin que vous.»

Elle hocha la tête et réfléchit longuement à ce que je venais de dire.

– O.K., répondit-elle enfin. Admettons que je marche. On fait quoi ? As-tu appelé Ed Thomas ?

– Je ne sais pas ce qu'on fait et non, je n'ai pas encore appelé Ed Thomas. C'est à son magasin que nous allons. C'est à Orange et il ouvre à 11 heures. J'ai passé un coup de fil et j'ai eu ses heures d'ouverture sur son répondeur.

– Pourquoi aller à son magasin ? Tous les flics que Bob Backus a tués étaient chez eux. Un seul est mort dans sa voiture.

– A cause du bouquin et parce que je ne sais pas encore où habite Ed Thomas. A mon idée, c'est au magasin qu'il va attaquer. Si je me montre et qu'Ed ne se pointe pas à la librairie, on n'aura qu'à chercher où il habite et y aller.

Elle acquiesça d'un signe de tête.

– Il y a eu plusieurs livres écrits sur le Poète. Je les ai lus et tous ont un post-scriptum où l'on dit ce que sont devenus les protagonistes de l'affaire. C'est là que j'ai appris qu'Ed Tomas s'était mis en retraite et avait ouvert une librairie. Je crois même me rappeler qu'on en donnait le nom.

– Et voilà !

Elle jeta un coup d'œil à sa montre.

– Va-t-on y arriver avant qu'il ouvre ?

– Oui. Y a-t-il une heure de fixée pour la conférence de presse du directeur ?

– 15 heures, heure de Washington.

Je regardai l'horloge du tableau de bord. Il était 10 heures du matin. Il nous restait une heure avant qu'Ed Thomas ouvre son magasin – et deux avant la conférence de presse. Si ma théorie était juste, nous allions nous trouver en présence du Poète dans très peu de temps. J'étais prêt, gonflé à bloc. Je sentais l'adrénaline courir dans mes veines. Une vieille habitude me revenant, je lâchai le volant et me palpai la hanche. J'y avais mis un Glock 27 dans son étui. Je n'avais pas le droit de porter une arme et si je devais finir par m'en servir, ça risquait de me coûter cher – peut-être même m'interdire de réintégrer la police.

Mais il y a des moments où les risques auxquels on fait face en appellent d'autres – ceux qu'il faut prendre. Et pour moi, c'était un de ces moments-là qui était arrivé.

40

Avec la pluie qui tombait, il était difficile de surveiller le magasin. Mais mettre les essuie-glaces nous aurait fait repérer. Nous avions donc commencé la planque en essayant de voir à travers le flou de l'eau qui ruisselait sur le verre.

Nous nous étions garés dans le parking d'un mini-centre commercial de Tustin Boulevard, à Orange. De petite taille, la librairie Book Carnival se trouvait entre une boutique de pierres semi-précieuses et ce qui m'avait tout l'air d'un magasin vide. Trois portes plus bas se tenait une armurerie.

Le parking ne comportait qu'une entrée. Avant de nous installer sur le devant, nous étions passés derrière les magasins et avions découvert une porte avec un panneau portant la mention : SONNER POUR LES LIVRAISONS.

Si le monde avait été parfait, nous aurions été quatre à surveiller la librairie, deux devant et deux derrière. Backus pouvait en effet arriver par l'un ou l'autre côté, déguisé en client pour entrer par la porte du magasin ou en livreur pour entrer par-derrière. Mais ce jour-là, le monde n'avait rien de parfait. Il pleuvait et nous n'étions que tous les deux. Nous avions garé la Mercedes à bonne distance de la vitrine du magasin, mais assez près pour voir et pouvoir agir si cela s'avérait nécessaire.

Le comptoir et la caisse enregistreuse se trouvaient juste derrière la vitrine. Cela nous aidait. Peu après qu'il avait ouvert, nous avions vu Ed Thomas prendre place derrière le comptoir. Après quoi il avait posé un tiroir plein de monnaie dans la caisse et passé plusieurs coups de fil. Même avec la pluie et l'eau qui ruisselait sur le pare-brise, nous arrivions à le voir tant qu'il restait à cet endroit-là. C'étaient les profondeurs du magasin derrière lui qui disparaissaient dans le noir. Chaque fois qu'il quittait son poste pour gagner les rayonnages et les tables du fond, nous le perdions de vue et notre sentiment de crainte augmentait.

Chemin faisant, Rachel m'avait raconté comment elle avait découvert l'émetteur GPS sous sa voiture et eu ainsi confirmation que ses collègues l'utilisaient bel et bien comme appât pour attirer Backus. Et voilà que maintenant nous étions là, à surveiller un ancien collègue à moi et, d'une certaine façon, à aussi nous servir de lui comme appât. Cela me mettait mal à l'aise. J'avais envie d'entrer dans le magasin et d'avertir Ed que quelqu'un l'avait dans sa ligne de mire, que peut-être même il ferait mieux de prendre des vacances, de quitter la ville. Mais je n'en faisais rien parce que je savais que si Backus était en train d'observer Thomas et qu'il remarquait le moindre changement de routine, nous risquions de perdre notre seule chance de l'avoir. Rachel et moi étions devenus égoïstes et, le prix à payer pouvant être la vie d'Ed, je savais que j'aurais à faire face à ma culpabilité dans les jours à venir. Tout le problème était de savoir de quelle gravité serait cette culpabilité, selon que les choses tourneraient comme ceci ou comme cela.

Les deux premiers clients furent des femmes. Elles arrivèrent peu après que Thomas eut déverrouillé la porte de devant. Pendant qu'elles feuilletaient des livres dans le magasin, un homme gara sa voiture devant la boutique et entra. Il était trop jeune pour que ce soit Backus, nous ne montâmes pas à l'alerte maximum. Il repartit très vite et sans avoir rien acheté. C'est alors que, les deux femmes ayant quitté le magasin en serrant leurs sacs de livres contre elles, je descendis de la Mercedes et traversai le parking pour gagner l'auvent de l'armurerie.

Rachel et moi avions décidé de ne pas mêler Thomas à notre enquête, mais ce n'était pas ça qui allait m'empêcher d'entrer dans la librairie pour y reconnaître les lieux. Nous avions aussi arrêté que j'aurais une petite histoire à raconter, me rappelant mine de rien au souvenir de mon ancien collègue, et que j'essaierais de savoir s'il ne lui était pas déjà venu à l'idée que quelqu'un le surveillait. Voilà pourquoi, les premiers clients de la journée ayant disparu, je me mis en branle.

Je commençai par entrer dans l'armurerie – c'était le magasin le plus proche de l'endroit où nous nous étions garés et tout individu surveillant le terre-plein aurait pu trouver bizarre que je me gare à un bout du parking pour me rendre tout de suite à la librairie située à l'autre extrémité. Je regardai vaguement les armes scintillantes exposées dans la vitrine et les cibles en papier alignées sur le mur du fond. On y trouvait les silhouettes habituelles, mais aussi des nouveautés du genre Oussama ben Laden et Saddam Hussein. Ce devait être les articles qui se vendaient le mieux.

Lorsque le type assis derrière le comptoir me demanda si j'avais besoin d'aide, je lui répondis que je ne faisais que jeter un coup d'œil et sortis du magasin. Après quoi je rejoignis Book Carnival en prenant soin de bien regarder la vitrine vide du magasin voisin. A travers la vitre lessivée, je vis des caisses avec ce que je pris pour des titres de livres imprimés en travers. Je compris alors que Thomas se servait de ce magasin comme d'une réserve. Il y avait un panneau «À LOUER» sur la devanture, et un numéro de téléphone que j'appris par cœur au cas où cela m'ouvrirait d'autres pistes plus tard.

J'entrai dans la librairie, Ed Thomas était toujours assis derrière le comptoir. Je lui souris, il me renvoya mon sourire en me reconnaissant, mais je vis bien qu'il lui fallait quelques secondes pour me remettre.

– Harry Bosch, dit-il dès que ce fut fait.

– Salut, Ed, comment vas-tu?

Nous nous serrâmes la main, son regard prenant derrière ses lunettes une douceur qui me fit plaisir. J'étais à peu près sûr de ne pas l'avoir revu depuis le dîner de retraite qu'il avait donné quelque six ou sept ans plus tôt à la Sportsman's Lodge, dans la Vallée. Il y avait beaucoup plus de blanc qu'autre chose dans ses cheveux. Il n'en restait pas moins grand et mince, comme dans le souvenir que j'avais gardé de lui. Il avait tendance, lorsqu'il se trouvait sur une scène de crime et devait écrire quelque chose, à tenir son bloc-notes tout près de sa figure. Ses lunettes avaient deux ou trois ordonnances de retard sur sa myopie. Cette posture, les bras haut levés, lui avait valu le surnom de «la Mante religieuse» chez ses collègues des Homicides, je m'en souvins brusquement. Je me rappelai aussi que l'invitation à la fête donnée en l'honneur de son départ à la retraite s'ornait d'une caricature où on le voyait en superman affublé d'un masque, d'une cape et d'un vêtement barré d'un grand «M» en travers de la poitrine.

— Comment va la librairie?

— Bien, Harry. Qu'est-ce qui t'amène ici, loin de la vilaine métropole? J'ai appris que tu avais pris ta retraite il y a deux ou trois ans.

— C'est vrai, lui répondis-je, mais je songe à rempiler.

— Ça te manque?

— Oui, un peu. On verra ce que ça donne.

Il parut surpris et cela me fit comprendre que rien ne lui manquait dans le métier de flic. Ed avait toujours été un grand amateur de livres. Il avait toujours une caisse de livres de poche dans le coffre de sa voiture quand il partait en planque ou était d'écoute électronique. Maintenant il avait sa pension et son magasin. Les horreurs du boulot ne lui manquaient en rien.

— Tu passais dans le quartier?

— En fait non, je viens te voir pour quelque chose de précis. Tu te rappelles mon ancienne associée, Kiz Rider?

— Bien sûr, elle est déjà venue ici.

— Ben justement. Elle m'a donné un coup de main pour des trucs et j'aimerais lui faire un petit cadeau. Et un jour elle m'a dit qu'il n'y avait guère que chez toi qu'on pouvait faire signer un livre par un écrivain du nom de Dean Koontz. Et donc, je me demandais si tu n'en aurais pas un en réserve. J'aimerais bien le lui offrir.

— Il n'est pas impossible qu'il me reste quelque chose à la réserve. Laisse-moi aller voir. Ces bouquins-là filent à toute allure, mais d'habitude j'en ai toujours de rab.

Il me laissa au comptoir et traversa le magasin pour gagner une porte qui semblait donner sur une réserve. Je me dis que c'était là que devait se trouver la porte de derrière. Dès qu'il fut hors de vue, je me penchai par-dessus le comptoir et jetai un coup d'œil aux rayons en dessous. Je découvris un petit écran vidéo divisé en quatre secteurs. Les quatre caméras cachées montraient les alentours de la caisse enregistreuse – avec moi penché sur le comptoir –, une vue panoramique de l'ensemble du magasin, un plan plus serré sur un groupe de rayonnages et la réserve où je m'aperçus que Thomas contemplait un écran pareil au mien.

Je me rendis compte qu'il était en train de me regarder. Je me redressai et tentai de trouver vite une explication à mon geste. Quelques instants plus tard, Thomas revenait vers le comptoir, un livre à la main.

– T'as trouvé ce que tu cherchais, Harry?

– Quoi? Ah, tu veux dire parce que je me suis penché au-dessus du comptoir? Je me demandais si tu avais, enfin tu vois… un système de protection pour derrière. Vu que t'es un ancien flic et tout ça… Tu n'as jamais eu peur qu'il entre quelqu'un qui saurait que tu es là-bas derrière?

– Tu veux dire comme Russ Kuster?

Kuster était un célèbre inspecteur de la division de Hollywood qui avait formé beaucoup de policiers des Homicides. Un soir après le travail, il était entré dans un bar pour attendre la fin de l'heure de pointe et y était tombé sur un type qu'il avait mis en taule bien des années auparavant. Il l'avait finalement reconnu, mais trop tard. Les deux hommes étaient morts dans la fusillade qui les avait opposés.

– Ouais, un truc comme ça.

– Je prends mes précautions, Harry. T'inquiète pas.

Je hochai la tête.

– Content de le savoir. C'est le bouquin?

Il me montra un livre intitulé *The Face*[1]. Je ne savais pas si Kiz l'avait déjà ou pas, mais je décidai de l'acheter.

– Je ne sais pas, dis-je. Il l'a signé?

– Oui, signé et daté.

– Bon, je le prends.

Pendant qu'il enregistrait l'achat, j'essayai de bavarder avec lui mais en allant bien plus loin que les simples papotages.

– J'ai vu que t'avais monté des caméras de surveillance. C'est pas un peu trop pour une librairie?

---

1. Soit «Le Visage» *(NdT)*.

– Ça te surprendra peut-être, mais les gens adorent piquer des livres. J'ai des articles pour collectionneurs là-bas derrière – des volumes qui valent beaucoup d'argent et que je trouve dans des ventes. J'ai une caméra droit dessus et tiens, ce matin même, j'ai chopé un gamin qui essayait de planquer un exemplaire de *Nick's Trip* dans son pantalon. Les premiers Pelecanos ne sont pas faciles à trouver. Ça m'aurait fait perdre aux environs de sept cents dollars.

Cela me parut une somme disproportionnée pour un seul ouvrage. Je n'avais jamais entendu parler de celui-là, mais me dis qu'il devait avoir entre les cinquante et cent ans d'âge, au minimum.

– T'as appelé les flics ?

– Non, je lui ai seulement botté le cul et dit que si jamais il remettait les pieds ici, j'appelais la police.

– T'es un mec sympa, Ed. T'as dû t'adoucir un peu depuis que tu es en retraite. Je ne crois pas que la Mante religieuse aurait laissé ce môme s'en tirer aussi facilement avant.

Je lui tendis deux billets de vingt et il me rendit la monnaie.

– La Mante religieuse, c'était il y a longtemps. Et ma femme ne trouve pas que je me sois beaucoup radouci. Dis bonjour à Kiz de ma part.

– Je n'y manquerai pas. As-tu jamais revu d'autres collègues des Homicides ?

Je n'avais toujours pas envie de partir. Je voulais plus de renseignements et continuai de plaisanter avec lui. Je regardai par-dessus sa tête et repérai deux caméras dans un dôme tout près du plafond, la première braquée sur la caisse, la deuxième prenant tout le magasin en enfilade. Je vis une petite ampoule rouge qui brillait et un fil noir qui sortait de l'appareil pour monter dans le faux plafond. Pendant que Thomas répondait à ma question, je me demandai si Backus n'était pas déjà passé et n'avait pas été filmé.

– Pas vraiment, non, me répondit Thomas. J'ai un peu laissé tomber tout ça. Tu dis que ça te manque, mais pas moi, Harry. Pas du tout.

Je hochai la tête comme si je comprenais, mais ce n'était pas le cas. Thomas avait été un bon flic et un bon inspecteur. Il prenait son travail à cœur. C'était même une des raisons pour lesquelles le

Poète l'avait dans sa ligne de mire. Là, Ed Thomas me faisait l'effet de sacrifier à une idée de pure forme et à laquelle, pour moi, il ne croyait pas.

– C'est bien, dis-je. Hé... ce gamin que t'as viré ce matin, tu l'aurais pas sur bande? J'aimerais bien voir comment il a essayé de te dévaliser.

– Non, j'ai juste l'image en direct. Mes caméras sont parfaitement visibles et j'ai mis une affichette sur la porte. C'est censé décourager, mais y a des gens qui sont cons. Un système avec enregistrement sur bande me coûterait trop cher et serait très chiant à entretenir. C'est juste du direct.

– Je vois.

– Écoute, si jamais Kiz avait déjà ce bouquin, je te le reprends. Je pourrai toujours le revendre.

– Non, c'est cool. Si elle l'a déjà, je le garde et je le lis.

– Harry, c'est quand la dernière fois que tu as lu un livre?

– Y a deux mois de ça, j'en ai lu un sur Art Pepper! lui renvoyai-je, indigné. Il l'avait écrit avec sa femme juste avant de mourir.

– Document?

– Oui, et du vrai.

– Harry, moi, c'est de fiction que je te parle. Quand as-tu lu un roman pour la dernière fois?

Je haussai les épaules. Je ne me rappelais plus.

– C'est ce que je pensais. Si elle n'en veut pas, tu me le rapportes et je le passerai à quelqu'un qui le lira.

– O.K., Ed. Merci.

– Et fais gaffe à tes abattis, Harry.

– C'est entendu. Toi aussi.

Je me dirigeais vers la porte quand tout s'ordonna enfin dans ma tête: ce que Thomas venait de me dire et ce que je savais de l'affaire. Je claquai les doigts, fis semblant de me rappeler brusquement quelque chose et me retournai vers lui.

– Hé... j'ai un ami qui vit au fin fond du Nevada et dit être un de tes clients. Il doit te commander ses bouquins par correspondance. Tu fais bien ça, non?

– Bien sûr. Comment s'appelle-t-il?

– Tom Walling. Il habite au diable, à Clear.

Thomas hocha la tête, mais ne me parut pas très heureux.

– C'est un ami à toi?

Je sentis que j'avais peut-être dit une connerie.

– Enfin, non… Plutôt une connaissance.

– Ben, il me doit du fric.

– Vraiment? Qu'est-ce qui s'est passé?

– C'est une longue histoire. Je lui ai vendu des livres sortis d'une collection dont je m'occupais et, ce coup-là, il m'a payé très vite. Avec un mandat postal et y a pas eu de problème. Ce qui fait que quand il a voulu d'autres livres, je les lui ai envoyés avant qu'il me règle. Grosse erreur. Ça fait déjà trois mois de ça et je n'ai toujours pas vu un centime. Si jamais tu le croises, dis-lui que je veux mon fric.

– Je le lui dirai, Ed. Je ne savais pas que c'était un arnaqueur. Qu'est-ce qu'il t'a acheté?

– Il adore Poe. Je lui avais vendu des volumes de la collection Rodway. Des vieux. C'étaient d'assez belles pièces. Après, il m'en a commandé d'autres dès que j'ai fait rentrer une autre collection. Et ceux-là, il ne me les a pas payés.

Mon cœur s'emballa sérieusement. Ce que Thomas était en train de me dire me confirmait que Backus était vraiment dans le coup. J'eus envie d'arrêter la comédie tout de suite et de lui dire ce qui se passait et pourquoi il était en danger. Mais je me retins. Je devais d'abord en parler avec Rachel pour arrêter un plan qui tienne.

– Je crois avoir vu ces livres chez lui, repris-je. C'était pas de la poésie?

– Essentiellement, oui. Les nouvelles ne l'intéressaient pas vraiment.

– Le nom du collectionneur figurait-il dans ces volumes? Rodman…

– Non, Rodway. Et oui, il y avait son sceau en relief. Ça faisait baisser le prix, mais comme ton ami voulait ces bouquins…

J'acquiesçai d'un signe de tête. Ma théorie se renforçait. De fait, c'était déjà bien plus qu'une simple théorie.

– Harry, me demanda Ed, à quoi tu joues?

Je le regardai.

– Qu'est-ce que tu veux dire?

– Je ne sais pas. Tu poses beaucoup de ques…

Une sonnerie se fit entendre au fond du magasin et l'interrompit au milieu de sa phrase.

– Laisse tomber, reprit-il. C'est encore des bouquins. Faut que j'aille prendre la livraison.

– Oh.

– Je reviens tout de suite.

– C'est ça.

Je le regardai quitter le comptoir et gagner le fond du magasin. Je consultai ma montre. Il était midi. Le directeur du FBI devait être en train de se planter devant les caméras de télé pour parler de l'explosion dans le désert et dire que c'était l'œuvre d'un tueur surnommé le Poète. Se pouvait-il que Backus ait choisi ce moment précis pour frapper Thomas? Ma gorge et ma poitrine se serrèrent comme si l'air était aspiré hors de la pièce. Dès que Thomas eut franchi la porte de derrière pour passer dans la réserve, je revins au comptoir et me penchai par-dessus pour jeter un œil à l'écran de surveillance. Je savais que si jamais il regardait celui de la réserve, Thomas verrait que je n'étais pas parti, mais je comptais qu'il aille droit à la porte.

Sur la portion d'écran dévolue à la réserve, je vis que Thomas approchait son visage de la porte de derrière et regardait par le judas. Apparemment pas troublé par ce qu'il voyait, il se mit en devoir de tirer le verrou pour ouvrir. Je scrutai intensément l'écran bien que l'image soit petite et que je la voie à l'envers.

Thomas s'écarta de la porte pour laisser entrer un homme. Celui-ci était habillé d'une chemise foncée et d'un short assorti. Il portait deux cartons posés l'un sur l'autre. Thomas lui indiqua un plan de travail voisin. L'homme y posa ses cartons, sortit une écritoire électronique de celui du dessus et se tourna vers Thomas pour avoir sa signature.

Rien de douteux dans tout ça. Il s'agissait d'une livraison de routine. Je m'éloignai vite du comptoir et gagnai la porte. Au moment où je l'ouvrais, j'entendis un bruit de carillon électronique, mais ne m'en inquiétai pas. Je mis mon livre signé sous mon imperméable et courus jusqu'à la Mercedes.

– C'était quoi ce truc de se pencher par-dessus le comptoir? me lança Rachel dès que je fus de nouveau assis derrière le volant.

— Il a un écran de surveillance. Il a eu une livraison et je voulais être sûr que c'en était une vraie avant de m'en aller. Il est plus de 3 heures à Washington.

— Je sais. Alors… qu'est-ce que tu as appris? Ou bien… tu ne faisais qu'acheter un livre?

— J'ai appris des tas de choses. Tom Walling est un de ses clients. Ou l'a été, jusqu'au moment où il l'a entubé sur une commande de livres d'Edgar Poe. Une commande par correspondance, comme on le pensait. Ed ne l'a jamais vu. Il lui a juste expédié les bouquins dans le Nevada.

Rachel se redressa d'un coup.

— Tu rigoles?

— Non. Les livres faisaient partie d'une collection que vendait Ed. Ils étaient donc marqués et l'on pouvait remonter la piste. C'est pour ça que Backus les a tous brûlés dans son baril. Il ne pouvait pas prendre le risque de les voir réchapper à l'explosion et que les flics remontent jusqu'à Thomas.

— Pourquoi?

— Parce qu'il est en train de jouer à quelque chose. Il ne peut pas ne pas être en train de piéger Thomas.

Je fis démarrer le moteur.

— Où vas-tu?

— Je passe derrière pour être sûr pour la livraison. En plus que c'est toujours bon de changer de place de temps en temps.

— Ah parce que maintenant, c'est «Surveillance, cours élémentaire» que tu me fais?

Sans même lui répondre, je fis le tour du magasin et vis le camion marron d'UPS garé près de la porte de derrière. Nous passâmes devant, j'en profitai pour jeter un bref coup d'œil à l'intérieur et vis le livreur se battre avec plusieurs caisses qu'il voulait faire remonter dans son camion par une rampe de chargement. Des retours, sans doute. Je continuai ma route sans aucune hésitation.

— C'est du vrai, me dit Rachel.

— Oui.

— Tu ne t'es pas trahi au moins? reprit-elle.

— Non. Il commençait à avoir des soupçons, mais disons que j'ai été sauvé par la sonnette. Pour moi, il faut qu'on le mette au courant, mais je voulais avoir ton avis d'abord.

– Harry, on en a déjà parlé. Si on le met au courant, il risque de changer ses habitudes et de ne pas se conduire comme avant. Ça pourrait le trahir. Si Backus l'a placé sous surveillance, tout changement pourrait lui mettre la puce à l'oreille.

– Sauf que si on n'avertit pas Ed et que ça tourne mal, on…

Je ne finis pas ma phrase. Nous avions déjà étudié la question deux fois, chacun prenant le parti opposé en alternance. C'était à un classique conflit d'intentions que nous avions affaire. Fallait-il assurer la sécurité de Thomas au risque de perdre Backus ou risquer la vie de Thomas pour être sûr de coller au Poète? Tout était une question de moyens en vue d'une fin et, quelle que soit la solution adoptée, ni l'un ni l'autre nous ne pourrions être satisfaits.

– Ça veut donc dire que nous ne pouvons pas nous permettre la moindre erreur.

– Voilà. Et côté renforts?

– Moi aussi, je pense que c'est trop risqué. Plus nous mettons de gens dans le coup, plus nous risquons de dévoiler notre jeu.

J'acquiesçai. Elle avait raison. Je trouvai une place à l'autre bout du parking, mais sans me faire d'illusions. Nous étions en milieu de semaine et il pleuvait – il n'y avait guère de voitures garées et nous étions parfaitement repérables. Je commençai à me dire que nous ne valions peut-être guère mieux que les caméras d'Ed Thomas: nous n'étions que purement dissuasifs. Il n'était pas impossible que Backus nous ait repérés et que ça l'ait forcé à renoncer. Pour l'instant.

– Un client, dit Rachel.

Je regardai de l'autre côté du parking et vis une femme se diriger vers la librairie. J'eus l'impression de la reconnaître, puis je me souvins de l'avoir vue à la Sportsman's Lodge.

– C'est sa femme. Je l'ai rencontrée une fois. Je crois qu'elle s'appelle Pat.

– Elle lui apporte son déjeuner?

– Possible. Ou alors elle travaille à la boutique.

Nous continuâmes de regarder, mais il n'y avait plus signe de Thomas ou de son épouse près de la vitrine. Je commençai à m'inquiéter, sortis mon portable et appelai le magasin en espérant que mon coup de fil les fasse revenir au comptoir de devant, sur lequel était posé le téléphone.

Mais une femme me répondit dans la seconde et il n'y avait toujours personne au comptoir. Je raccrochai à toute vitesse.

– Il doit y avoir un téléphone dans la réserve.

– Qui t'a répondu?

– Sa femme.

– On se balade et on entre?

– Non. Si jamais il regarde, Backus aura vite fait de nous reconnaître. Il ne faut pas qu'il te voie.

– Bon, alors?

– Alors rien. Ils sont probablement en train de manger à la table que j'ai vue dans la réserve. Patience

– J'ai pas envie d'être patiente. Je n'aime vraiment pas être assise sur mon…

Elle s'arrêta en voyant Ed Thomas sortir du magasin par la porte de devant. Il avait enfilé un imperméable et tenait un parapluie et une mallette dans sa main. Il monta dans la voiture à bord de laquelle nous l'avions vu arriver en début de matinée, une Ford Explorer verte. Dans la vitrine je vis sa femme se poser sur un tabouret derrière le comptoir.

– C'est parti.

– Où va-t-il?

– Il va peut-être chercher de quoi manger.

– Pas avec une mallette. On le suit?

Je remis la Mercedes en route.

– Oui.

Nous regardâmes Thomas quitter son emplacement. Il se dirigea vers la sortie et prit à droite dans Tustin Boulevard. Le 4 × 4 étant enfin absorbé par la circulation, je gagnai la sortie à mon tour et le suivis sous la pluie. Puis je ressortis mon portable et appelai la librairie. Ce fut son épouse qui me répondit.

– Bonjour, Ed est-il là?

– Non, il n'est pas là. Vous désirez?

– C'est Pat?

– Oui. Qui êtes-vous?

– Bill Gilbert. Je crois avoir fait votre connaissance à la Sportsman's Lodge y a un moment de ça. J'ai travaillé avec Ed. Je me pré-parais à passer dans le quartier et pensais m'arrêter au magasin pour lui dire bonjour. Il va venir?

– Difficile à dire. Il est parti faire une estimation et qui sait? Ça pourrait lui prendre le reste de la journée. Avec toute cette pluie et la distance à parcourir…

– «Une estimation»? Que voulez-vous dire?

– Il va estimer une collection de livres. Le propriétaire veut la vendre et Ed vient juste de partir voir ce qu'elle vaut. C'est au diable dans la vallée de San Fernando et, d'après ce que je sais, c'est une très grande collection. Il faudra sans doute que je ferme moi-même le magasin ce soir.

– C'est encore la collection Rodway? Il m'en avait touché un mot la dernière fois que nous nous sommes parlé.

– Non, celle-là est à peu près entièrement vendue. Ce type-là s'appelle Charles Turrentine et sa bibliothèque fait plus de six mille volumes.

– Hou là! Mais c'est énorme!

– C'est un collectionneur très connu, mais il doit avoir besoin d'argent parce qu'il a dit à Ed vouloir tout vendre.

– Bizarre. Il passe tout son temps à monter sa collection et après, il la vend en entier?

– Ça s'est déjà vu.

– Bon, Pat, il faut que je vous laisse. Je verrai Ed une autre fois. Dites-lui bonjour de ma part.

– C'est quoi votre nom déjà?

– Tom Gilbert. Au revoir.

Je refermai mon portable.

– Sauf qu'au début de la conversation tu t'appelais Bill Gilbert, me fit remarquer Rachel.

– Ah, zut!

Je lui rapportai la conversation que j'avais eue avec Patricia. Puis j'appelai les renseignements de la région à indicatif 818: il n'y avait pas de numéro pour le dénommé Charles Turrentine. Je demandai à Rachel si elle connaissait quelqu'un de l'antenne de Los Angeles qui pourrait lui trouver l'adresse du bonhomme, voire son numéro de liste rouge.

— Tu n'as personne à qui tu pourrais demander au LAPD? me répondit-elle.

— Je crois m'être fait rembourser tous mes services. En plus de quoi, je suis un outsider. Pas toi.

— Ça reste à voir.

Elle sortit son portable et se mit au travail pendant que je me concentrais sur les feux arrière du 4 × 4, cinquante mètres devant moi, sur la 22. Je savais que Thomas devrait faire un choix dans pas longtemps. Il pouvait obliquer vers le nord par la 5 et traverser le centre de Los Angeles ou continuer tout droit et prendre la 405 vers le nord un peu plus tard. Ces deux itinéraires lui permettaient d'accéder à la Vallée.

Cinq minutes plus tard, Rachel reçut un appel où on lui donnait tous les renseignements qu'elle avait demandés.

— Il habite dans Canoga Park, Valerio Street. Tu sais où ça se trouve?

— Je sais où est Canoga Park. Valerio Street suit toute la Vallée d'est en ouest. On t'a donné le numéro de téléphone?

Elle me répondit en le composant sur son portable. Puis elle porta l'appareil à son oreille et attendit. Et referma son portable trente secondes plus tard.

— Personne. J'ai eu droit au répondeur.

Nous continuâmes de rouler sans rien dire et réfléchîmes à la question.

Thomas dépassa la bretelle de sortie vers la 5 direction nord et poursuivit sa route vers la 405. Je savais que c'était là qu'il prendrait vers le nord et le col de Sepulveda pour redescendre dans la Vallée. Canoga Park s'étendait à l'ouest. Avec le temps qu'il faisait, on en aurait pour une heure de route, au minimum. Et avec de la chance.

— Surtout ne le perds pas de vue, Bosch, me lança très calmement Rachel.

Je savais ce qu'elle voulait me dire: elle aussi elle y croyait, pour elle aussi on y était. C'était bien au Poète que nous conduisait Ed Thomas. J'acquiesçai d'un hochement de tête parce que, chez moi aussi, du plus profond de ma poitrine montait un bourdonnement. Je savais, sans même vraiment le savoir, que nous y étions.

— Ne t'inquiète pas, lui répondis-je. C'est hors de question.

4 1

La pluie commençait à la démoraliser. Implacable, elle tombait sans relâche. Elle ne faisait que dégringoler et dégringoler, qu'inonder le pare-brise sous des torrents d'eau qui avaient raison des essuie-glaces. Tout était flou. Des voitures s'étaient rangées sur le bas-côté. Des éclairs zébraient le ciel à l'ouest, tout là-bas au-dessus du Pacifique. Ils dépassaient accident sur accident et cela ne faisait que la rendre encore plus nerveuse. Si jamais eux aussi en avaient un et perdaient Thomas, ils auraient à porter un énorme fardeau de responsabilité pour ce qui lui arriverait.

Rachel craignait même qu'à seulement lâcher un instant les feux rouges du 4 × 4, Thomas disparaisse à jamais dans l'océan de rouge tremblotant. Bosch parut deviner ce qu'elle pensait.

— Détends-toi, lui dit-il. Je ne vais pas le perdre. Et même si ça arrivait, nous savons où il va.

— Non, nous ne le savons pas, lui renvoya-t-elle. Nous savons seulement où habite Turrentine. Ça ne veut pas forcément dire qu'il garde ses livres chez lui. Six mille bouquins? Comme si on pouvait avoir six mille bouquins chez soi! Il y a quand même des chances qu'il les stocke dans un hangar quelque part.

Rachel regarda Bosch resserrer les mains sur le volant et augmenter sa vitesse de quelques kilomètres pour se rapprocher encore de Thomas.

— T'avais pas pensé à ça, hein? reprit-elle.

— Non, pas vraiment.

— Alors, le perds pas de vue.

– Je t'ai déjà dit que ça risquait pas.

– Je sais. C'est juste que ça m'aide de le dire.

Elle lui montra le pare-brise du doigt.

– Ça arrive souvent?

– Pratiquement jamais, lui répondit-il. Aux nouvelles, ils ont dit qu'on n'avait pas vu ça depuis cent ans. C'est comme si quelque chose ne tournait pas rond, comme si quelque chose s'était détraqué. Il y a toutes les chances pour que les arroyos se déversent dans Malibu. Et qu'il y ait des glissements de terrain à Palisades. Sans parler de la Los Angeles River qui doit déborder. L'année dernière on a eu droit aux incendies, cette année il se pourrait que ce soient les pluies. Que ce soit ceci ou cela, il y a toujours quelque chose. C'est comme s'il fallait toujours passer un examen.

Il alluma la radio pour avoir la météo. Mais Rachel tendit aussitôt la main pour l'éteindre en lui montrant ce qui se passait devant, de l'autre côté du pare-brise.

– C'est là-dessus qu'on se concentre, lui ordonna-t-elle. Je me fous de la météo.

– Tu as raison, dit-il.

– Rapproche-toi. Ça m'est égal que tu lui colles aux fesses. De toute façon, il ne te verra pas dans ce bordel.

– Sauf que si je m'approche je risque de lui rentrer dedans et alors qu'est-ce qu'on lui raconte, hein?

– Ne le perds pas de…

– Ne le perds pas de vue, oui, je sais.

Ils passèrent la demi-heure suivante à rouler sans dire un mot. L'autoroute commença à monter, puis franchit le sommet de la montagne. Au loin, Rachel découvrit une grande structure en pierre. Dans les gris et les noirs de l'orage, on aurait dit une manière de château post-moderne. Bosch l'informa qu'il s'agissait du musée Getty.

En redescendant dans la Vallée, elle vit un clignotant s'allumer à l'arrière du 4 × 4. Trois véhicules derrière, Bosch s'engagea dans la file de sortie.

– Il prend la 101. On y est presque.

– Quoi? Vers Canoga Park?

– C'est ça. Il va prendre vers l'ouest, puis il remontera vers le nord par les rues de surface [1].

Bosch se tut à nouveau pour se concentrer sur sa conduite. Un quart d'heure de poursuite plus tard, le clignotant de l'Explorer se ralluma juste avant que Thomas ne sorte à DeSoto Avenue pour monter vers le nord. Bosch et Rachel lui collèrent au train sur la rampe de sortie, mais cette fois sans la couverture que leur offrait la circulation.

Dans DeSoto Avenue, Thomas se gara presque aussitôt le long du trottoir dans une zone de stationnement interdit, Bosch se trouvant alors dans l'obligation de le dépasser sous peine de trahir la filature.

– Je crois qu'il regarde une carte ou qu'il cherche son chemin, dit Rachel. Il a allumé le plafonnier et a la tête baissée.

– O.K.

Bosch entra dans une station-service, fit le tour des pompes et regagna l'avenue. Il marqua l'arrêt avant d'y entrer et regarda à gauche, vers l'endroit où se trouvait l'Explorer. Puis il attendit, Thomas réinsérant le 4 × 4 dans le flot des voitures une demi-minute plus tard. Bosch le laissa passer en prenant soin de tenir son portable à son oreille de façon à empêcher Thomas de voir son visage si jamais il regardait et arrivait quand même à discerner quelque chose malgré toute la pluie qui tombait. Pour être sûr, Bosch laissa encore passer une voiture avant de réintégrer la circulation.

– Il ne doit plus être très loin, dit Rachel.

– Non.

Mais Thomas traversa encore quelques carrefours avant de prendre à droite, Bosch ralentissant avant de l'imiter.

– Valerio Street, dit Rachel en apercevant le panneau. On y est.

Juste au moment où Bosch entrait dans la voie, Rachel vit les stops du 4 × 4. Thomas s'était immobilisé en plein milieu de la chaussée, trois croisements plus loin. Il était dans un cul-de-sac.

Bosch se gara vite derrière une voiture en stationnement le long du trottoir.

---

1. Il y a tellement de voies surélevées à Los Angeles qu'on parle de voies de surface pour désigner les autres (NdT).

– Il a rallumé son plafonnier, dit Rachel. Je crois qu'il regarde à nouveau la carte.

– La rivière, dit Bosch.

– Quoi?

– Je te l'ai dit! Valerio Street suit toute la Vallée. Mais la Los Angeles River aussi. Il doit chercher un moyen de la traverser. Elle coupe toutes les rues du coin. Il veut sans doute aller de l'autre côté de Valerio Street.

– Je ne vois pas de rivière par ici. Tout ce que je vois, c'est une palissade et du béton.

– La Los Angeles River ne fait pas vraiment penser à une rivière. Techniquement, ce n'est d'ailleurs pas elle qui se trouve ici. C'est probablement l'Aliso ou le surplus de flotte de Brown's Canyon qui file vers la rivière.

Ils attendirent. Thomas ne bougeait toujours pas.

– Autrefois, la rivière débordait chaque fois qu'il y avait un orage comme celui-là et emportait un tiers de la ville sur son passage. On a donc essayé de la contrôler. De la contenir. Quelqu'un a eu l'idée de l'emprisonner dans de la pierre, de l'enfermer dans du béton. C'est ce qui a été fait, toutes les maisons étant censées se trouver à l'abri après ça.

– Ça doit être ce qu'on appelle le progrès.

Bosch acquiesça d'un signe de tête et resserra ses mains sur le volant.

– Ça y est, il bouge.

Thomas tournant à gauche, dès que le 4 × 4 fut hors de vue, Bosch se décolla du trottoir et le suivit. Thomas partit vers le nord, en direction de Saticoy, puis il prit à droite et franchit un pont. Rachel regarda en bas et vit le torrent qui filait entre les berges en béton.

– Hou là! Et moi qui croyais ne voir ça qu'à Rapid City!

Bosch garda le silence. Thomas prit vers le sud par Mason Street, puis revint vers Valerio. Sauf que maintenant, il était passé de l'autre côté du canal bétonné. Enfin il obliqua à droite, dans Valerio Street.

– Il va se retrouver dans un autre cul-de-sac, dit Bosch qui resta dans Mason Street et dépassa Valerio.

Rachel scruta la pluie et s'aperçut que Thomas s'était engagé dans une allée cochère, devant une grande maison à un étage faisant partie d'un ensemble de cinq bâtisses au fond d'un cul-de-sac.

— Il a pris l'allée, dit-elle. Ça y est! Ah, mon Dieu! C'est la maison!

— Quelle maison?

— Celle sur la photo dans la caravane. Backus était tellement sûr de lui qu'il nous en a laissé une photo, nom de Dieu!

Bosch se gara le long du trottoir. Ils étaient hors de vue des maisons de Valerio Street. Rachel se retourna et regarda les fenêtres. Toutes étaient noires.

— Il doit y avoir une panne d'électricité, dit-elle.

— Y a une lampe torche sous ton siège. T'as qu'à la prendre.

Rachel se pencha et l'attrapa.

— Et toi?

— Ça ira. Allons-y.

Rachel commença à ouvrir sa portière, puis elle se retourna vers Bosch. Elle avait envie de dire quelque chose, mais elle hésita.

— Quoi? lui demanda-t-il. Fais attention? T'inquiète pas, je ferai attention.

— En fait, oui, fais vraiment attention. Mais ce que je voulais dire, c'est que j'ai ma deuxième arme dans mon sac. Tu veux…

— Merci, Rachel, mais ce coup-ci j'ai apporté la mienne.

Elle hocha la tête.

— J'aurais dû m'en douter. Et les renforts, on en pense quoi maintenant?

– Tu les appelles si tu veux. Moi, je n'attends pas. J'y vais.

La pluie me fit froid au visage et dans le cou lorsque je descendis de la Mercedes. Je remontai le col de ma veste et repartis vers Valerio Street. Rachel me rejoignit et marcha à côté de moi sans rien dire. En arrivant au coin de la rue, nous nous servîmes du mur d'angle de la propriété pour nous planquer, jeter un coup d'œil dans le cul-de-sac et regarder la maison. Pas trace de Thomas ou de quiconque. Toutes les fenêtres de devant étaient noires. Mais même dans la grisaille ambiante je pus voir que Rachel ne s'était pas trompée. C'était bien la maison dont Backus nous avait laissé la photo.

J'entendais la rivière, mais ne la voyais pas. Les maisons la cachaient, mais sa force furieuse était presque palpable, même à cette distance. Quand il faisait des orages pareils, la ville tout entière y faisait rouler ses eaux sur le béton lisse. La Los Angeles River serpentait dans la Vallée et au pied des montagnes jusqu'au centre-ville – et de là courait vers l'ouest jusqu'à l'océan.

Les trois quarts de l'année, ce n'était qu'un filet d'eau – voire un sujet de plaisanteries municipales. Mais qu'il survienne un orage et le serpent se réveillait avec une vigueur nouvelle. Alors la rivière devenait cloaque dans lequel des millions de litres d'eau se ruaient contre ses épaisses parois de pierre, tonnes d'eau qui fulminaient de ne pouvoir s'échapper, qui fonçaient avec un élan et une force terrifiants. Je me rappelai le gamin qu'elle avait emporté quand j'étais gosse. Je ne le connaissais pas, j'en avais seulement entendu parler. Quatre décennies plus tard j'avais appris son nom, Billy Kinsey. Il jouait au bord de la rivière, il avait glissé, une seconde plus tard il avait disparu. On avait retrouvé son corps coincé dans un viaduc quelque dix-huit kilomètres plus loin.

Ma mère me l'avait dit très tôt et souvent répété: «Quand il pleut...

– ...on reste loin des étranglements.»

– Quoi? murmura Rachel.

– Je pensais à la rivière. Coincée entre ces murs. Dans mon enfance, on appelait ça «les étranglements». Quand il pleut comme ça, l'eau fonce à toute allure. C'est mortel. Quand il pleut, on reste loin des étranglements.

– Mais on va jusqu'à la maison.

– Ça vaut aussi pour toi, Rachel: fais attention. Reste loin des étranglements.

Elle me regarda. Elle avait l'air de comprendre ce que je racontais.

– O.K., Bosch, dit-elle.

– Tu prends par-devant, je passe derrière?

– D'accord.

– Sois prête à tout.

– Toi aussi.

La maison qui nous intéressait se trouvait trois propriétés plus loin. Nous longeâmes rapidement le mur de la première, puis nous coupâmes par l'allée de la deuxième, passâmes devant une façade et arrivâmes à l'endroit où Thomas avait garé sa voiture. Rachel me fit un petit signe de tête, nous nous séparâmes en sortant nos armes à l'unisson. Rachel gagna le devant du bâtiment tandis que je prenais l'allée qui conduisait à l'arrière. La demi-obscurité et le vacarme de la pluie et du chenal proche me couvraient. L'allée était bordée de bougainvilliers trapus qu'on avait laissés pousser sans les élaguer depuis un bon moment. Les fenêtres étaient noires. Quelqu'un aurait pu m'observer derrière une vitre sans que je le sache.

Le jardin de derrière était inondé. Au milieu d'une grande flaque d'eau se dressaient les deux montants en A rouillés d'un portique à deux balançoires sans balançoires. Derrière s'élevait une clôture de 1,80 mètre de haut qui séparait la propriété de la rivière canalisée. Je vis que l'eau affleurait le haut des parois et se ruait tel un torrent fou. Elle déborderait avant que la journée soit finie. Un peu plus en amont, où les goulets d'étranglement étaient moins profonds, elle avait déjà dû passer par-dessus ses bords.

Je reportai mon attention sur la maison. Elle était munie d'une véranda à l'arrière. Il n'y avait pas de gouttières à cet endroit et la pluie tombait en rideaux si épais qu'on ne voyait pas à l'intérieur. Backus se serait-il balancé dans un fauteuil à bascule dans la véranda que je ne l'aurais pas vu. La haie de bougainvilliers se poursuivait jusqu'à la rambarde du perron. Je me baissai pour ne pas être vu et gagnai vite les trois marches du perron. Je les sautai d'un bond et me retrouvai au sec. Mes yeux et mes oreilles mirent un petit moment à s'habituer aux nouvelles conditions et c'est là que je le vis. Il y avait un petit canapé en rotin dans la partie droite de la véranda. Posée dessus, une couverture dessinait la forme reconnaissable entre toutes d'une personne assise, mais penchée sur le bras gauche. Je me baissai encore plus, m'approchai et tendis la main vers un coin de la couverture qui traînait par terre. Et je tirai dessus lentement, pour découvrir la forme humaine.

Il était vieux et donnait l'impression d'être mort depuis au moins vingt-quatre heures. Il commençait à sentir. Il avait les yeux ouverts et exorbités, et sa peau avait la couleur de murs blancs dans la chambre d'un fumeur. Une menotte en plastique lui enserrait le cou – bien trop fort. Charles Turrentine, sans doute – le vieil homme dont Backus avait pris la photo. Le Poète l'avait tué et laissé dans la véranda comme un tas de vieux journaux. Le collectionneur n'avait jamais eu affaire à lui, hormis en servant de moyen à une fin.

Je relevai mon Glock et gagnai la porte. Je voulais avertir Rachel, mais ne pouvais le faire sans révéler ma position et la mettre en danger. J'allais devoir continuer à avancer, à m'enfoncer encore plus dans les ténèbres jusqu'au moment où je me trouverais nez à nez avec elle – ou avec Backus.

La porte était fermée à clé. Je décidai de faire le tour et de rejoindre Rachel en passant par-devant. Mais alors même que je tournais, mes yeux tombèrent à nouveau sur le corps du vieil homme et une idée me vint. Je m'approchai du canapé et palpai le pantalon de la victime. Et fus récompensé en entendant un tinte-ment de clés.

Rachel était cernée. Des piles et des piles de livres recouvraient tous les murs du vestibule. Immobile, son arme dans une main et sa lampe torche dans l'autre, elle jeta un coup d'œil à droite, dans la salle de séjour. Encore des livres. Partout des rayonnages et tous disparaissaient sous les volumes. Des livres, il y en avait jusque sur les tables basses et sur toutes les surfaces horizontales. La maison en avait l'air hantée. Ce n'était plus un lieu de vie, mais un endroit de malheur et de désespoir où les vers grignotaient les mots de tous les auteurs de ces livres.

Rachel tenta de poursuivre son chemin sans s'arrêter aux peurs qui montaient en elle. Une hésitation la prenant, elle songea sérieusement à regagner la porte et à disparaître avant qu'on la voie. Mais alors elle entendit les voix et sut qu'elle devait y aller.

– Où est Charles ?

– Je t'ai dit de t'asseoir !

Les mots lui arrivaient d'une direction inconnue. Le vacarme des trombes d'eau dehors, la fureur de la rivière à deux pas et ces livres empilés, tout concourait à masquer l'origine des sons. Elle entendait bien des voix, mais aurait été incapable de dire d'où elles venaient.

Encore des bruits, encore des voix. Des murmures pour l'essentiel, avec de temps en temps un mot qu'elle reconnaissait, un mot sculpté dans la peur ou la colère.

— Tu croyais…

Elle se pencha en avant et posa sa lampe torche par terre. Elle ne s'en était pas encore servie et ne pouvait plus prendre le risque de le faire maintenant. Elle s'enfonça dans les ténèbres du couloir. Elle jeta un coup d'œil dans les pièces de devant et comprit que les voix lui parvenaient d'un endroit plus éloigné de la maison.

Le couloir conduisait à un vestibule sur lequel donnaient trois portes. En y arrivant, elle entendit les voix de deux hommes et se dit qu'elles venaient sûrement de sa droite.

— Écris-le!

— Je vois rien!

Bruit sec, puis de quelque chose qu'on déchire. Des rideaux qu'on arrache à une fenêtre.

— Et comme ça, tu vois clair? Tu l'écris ou j'y mets un terme tout de suite!

— D'accord, d'accord!

— Exactement comme je te dis. «Une fois, sur le minuit lugubre… »

Rachel comprit aussitôt: elle avait reconnu le premier vers du *Corbeau*. C'était Backus, même si sa voix avait changé. Encore une fois il revenait à ce poème d'Edgar Poe, recréant ainsi le crime dont on l'avait privé il y avait si longtemps. Bosch avait raison.

Elle entra dans la pièce sur sa droite – celle-ci était vide. Une table de billard trônait au milieu, jusqu'au dernier centimètre de son tapis vert croulant sous d'autres piles de livres. Elle comprit: c'était là que Backus avait attiré Ed Thomas parce que le propriétaire de la maison – Charles Turrentine – était un grand collectionneur et que c'était lui que Thomas voudrait voir.

Elle avait commencé à se tourner pour aller jeter un coup d'œil dans la pièce voisine lorsque, avant même de pouvoir faire un pas, elle sentit le canon glacé d'une arme dans son cou.

— Mais bonjour, Rachel! lança-t-il de sa voix modifiée par l'opération. Quelle surprise de te voir ici!

Elle se figea: elle n'avait plus aucune marge de manœuvre. Il connaissait toutes les astuces et tous les angles d'approche. Elle n'avait plus qu'une chance et le savait. Cette chance s'appelait Bosch.

– Bonjour, Bob, dit-elle. Ça fait une paie.

– Ça! Ça t'ennuierait de poser ton arme et de me suivre dans la bibliothèque?

Elle posa son Sig sur une des piles de livres de la table de billard.

– J'avais l'impression que toute la maison en était une, Bob.

Il ne répondit pas. Il lui prit la nuque et lui appuya son arme sur la colonne vertébrale avant de la pousser dans la direction qu'il voulait. Ils quittèrent la pièce et passèrent dans la suivante. Petite, celle-ci était meublée de deux fauteuils en bois à dossier haut placés devant une cheminée. Aucun feu n'y brûlait et Rachel entendit de l'eau tomber dans l'âtre. Des fenêtres disposées de part et d'autre de la cheminée ruisselaient si fort qu'elles en devenaient translucides.

– On a juste assez de sièges, reprit Backus. Comme ça se trouve! Je t'en prie, Rachel, assieds-toi.

Il lui fit faire brutalement le tour du premier fauteuil et l'y assit de force. Puis il la palpa rapidement pour s'assurer qu'elle n'avait pas d'autre arme, recula et laissa tomber quelque chose sur ses genoux. Rachel regarda l'autre fauteuil et y découvrit Ed Thomas. Encore vivant, il avait les poignets attachés aux accoudoirs à l'aide de menottes en plastique, deux menottes supplémentaires mises bout à bout lui maintenant le cou contre le dossier. Le Poète lui avait enfoncé une serviette de table dans la bouche. Ed était écarlate tant il luttait et manquait d'oxygène.

– Bob, dit Rachel, et si tu arrêtais ça? Tu as convaincu tout le monde. Tu n'as pas…

– Passe-toi la menotte au poignet droit et attache-la à l'accoudoir.

– Bob, je t'en prie. Ne…

– Fais-le!

Elle prit son poignet et l'accoudoir du fauteuil dans la menotte, puis elle inséra la patte de cette dernière dans la fermeture de côté.

– Tu serres, mais pas trop, reprit Backus. Je ne veux pas laisser de marques.

Lorsqu'elle eut fini, il lui ordonna de poser son bras libre sur l'autre accoudoir. Il s'approcha d'elle et le lui attrapa pour le maintenir en place en lui passant une autre menotte autour et la fermant. Enfin il recula d'un pas pour admirer son travail.

— Voilà, lança-t-il.

— Bob, dit Rachel, on a beaucoup travaillé ensemble. Pourquoi fais-tu ça?

Il baissa les yeux sur elle et sourit.

— Je ne sais pas. Mais on en parlera plus tard. Il faut d'abord que j'en finisse avec l'inspecteur Thomas. Ça fait trop longtemps que lui et moi attendons ce moment. Et pense un peu! Tu vas pouvoir regarder! C'est une chance qu'on n'a pas tous les jours!

Il se tourna vers Thomas, le rejoignit et lui arracha le bâillon de la bouche. Puis il plongea la main dans sa poche et en sortit un couteau pliant. Il l'ouvrit et d'un geste rapide il trancha la menotte qui maintenait le poignet droit de Thomas à l'accoudoir.

— Bon, inspecteur Thomas, où en étions-nous? C'est bien au troisième vers, n'est-ce pas?

— Je dirais plutôt qu'on est à la fin.

Rachel reconnut la voix de Bosch dans son dos. Elle voulut se retourner pour le voir, mais le dossier de son fauteuil était trop haut.

Mon arme fermement en main, j'essayai de trouver le meilleur moyen de le contrôler.

— Harry, me lança très calmement Rachel, il a un flingue dans la main gauche et un couteau dans la droite. Et il est droitier.

J'assurai ma cible et dis à Backus de poser ses armes. Il obéit sans la moindre hésitation. Cela me fit réfléchir – avait-il décidé de passer au plan de secours un peu trop vite? Y avait-il une troisième arme en jeu? Un autre tueur dans la maison?

— Rachel… Ed… ça va?

— Nous allons bien tous les deux, répondit Rachel. Mets-le hors d'état de nuire, Harry. Il a des menottes en plastique dans sa poche.

— Où est ton arme, Rachel?

– Dans l'autre pièce. Étends-le, Harry.

J'avançai d'un pas, puis m'arrêtai pour regarder Backus. Il avait encore changé d'aspect. Il ne ressemblait plus du tout au type qui s'était fait appeler Shandy. Fini la barbe, fini le chapeau et les cheveux gris. Rasé de près et la boule à zéro, il était complètement différent.

J'avançai encore, puis m'arrêtai à nouveau. Je songeai brusquement à Terry McCaleb, à sa femme, à sa fille et à son fils adoptif. A la mission que nous avions partagée, à ce qui était perdu à jamais. Combien de voyous allaient pouvoir se balader à droite et à gauche sans être inquiétés maintenant qu'on l'avait assassiné? Une fureur égale à celle qui gonflait la rivière monta en moi. Je n'avais aucune envie d'étendre Backus par terre, de lui passer les menottes et de le voir monter dans une voiture de patrouille. Pour qu'il passe une vie entière derrière les barreaux et s'y repaisse de sa célébrité et de la fascination qu'il ne manquerait pas d'exercer sur les foules? Non, ce que je voulais, c'était lui arracher tout ce qu'il avait pris à mon ami et à tous les innocents qu'il avait tués.

– Tu as tué mon ami, lui lançai-je. Et pour ça…

– Non, Harry, non! s'écria Rachel.

– Je vous demande pardon, dit Backus, mais… je suis assez occupé depuis quelque temps. Et qui donc serait cet ami?

– Terry McCaleb. Il faisait aussi partie des vôtres, mais vous…

– De fait, oui, j'avais très envie de m'occuper de lui. C'est vrai qu'il avait tout ce qu'il faut pour me causer bien des ennuis. Mais je…

– Ta gueule, Bob! hurla Rachel. Tu ne lui arrives même pas aux chevilles!… Harry, c'est trop dangereux. Mets-le hors d'état de nuire! Tout de suite!

Je me détachai de ma colère et me concentrai sur l'instant. Terry repartit dans les ténèbres. J'avançai vers Backus en me demandant ce que Rachel voulait dire. «Mets-le hors d'état de nuire»? Voulait-elle que je l'abatte?

J'avançai encore de deux pas.

– A terre! lançai-je à Backus. Loin des armes.

– Pas de problème. (Il se tourna comme s'il voulait s'éloigner de l'endroit où il avait laissé tomber ses armes et choisir un coin où s'allonger.) Ça ne vous gêne pas que… il y a une flaque d'eau ici. C'est la cheminée qui fuit.

Et sans attendre ma réponse il s'approcha de la fenêtre. Aussitôt je compris et sus ce qu'il allait faire.

– Non, Backus, non!

Mais rien ne l'arrêta. Il se cala sur ses pieds et fonça tête la première dans la fenêtre. Son cadre étant affaibli par des années de soleil et de pluie comme ce jour-là, elle céda aussi facilement qu'un accessoire de cinéma à Hollywood. Le bois se fendit et le verre se brisa en mille morceaux tandis que tout son corps passait au travers. Je courus et vis dans la seconde le feu de bouche de son autre flingue – son plan de secours.

Deux détonations rapides, deux balles qui me frôlent en sifflant avant d'aller s'écraser la première au plafond, la deuxième derrière moi. Je m'accroupis derrière le mur et lui renvoyai vite la pareille sans regarder. Puis je me jetai par terre et rampai sous la fenêtre pour passer de l'autre côté et risquer un œil. Il avait disparu. Par terre je découvris un Derringer à deux coups. Sa deuxième arme étant ce petit pistolet caché dans son gilet, il n'avait plus rien – à moins qu'il n'y ait un deuxième plan de secours.

– Le couteau, Harry! lança Rachel dans mon dos. Détache-moi!

J'attrapai le couteau par terre et lui tranchai vite ses liens. Le plastique ne m'opposa aucune résistance. Puis je me tournai vers Thomas et lui mis le couteau dans la main afin qu'il puisse se libérer.

– Navré, Ed, lui dis-je.

Il serait toujours temps de lui faire mes excuses plus tard. Je me retournai vers Rachel, qui était déjà à la fenêtre et regardait dans le noir après avoir ramassé le pistolet de Backus.

– Tu le vois?

Je la rejoignis. A trente mètres de nous sur la gauche, la rivière fonçait dans le noir. Au moment même où je la regardais, un chêne entier fila à sa surface, emporté par le courant. Puis il y eut du mouvement et nous vîmes Backus sortir de l'abri que lui offrait un bougainvillier et commencer à escalader la clôture qui barrait l'accès à la rivière. Il arrivait en haut lorsque Rachel leva son arme et tira à deux reprises. Backus retomba sur la berge en gravillons, juste à côté du chenal. Et se redressa d'un coup et commença à courir. Rachel l'avait raté.

– Il ne peut pas traverser! m'écriai-je. Il est coincé. Il va vers le pont de Saticoy.

Je savais que si jamais il y parvenait, nous le perdrions pour de bon. Une fois de l'autre côté, il disparaîtrait dans les rues à l'ouest du chenal ou dans le quartier des affaires près de DeSoto.

– Je le suis, dit Rachel. File à la voiture et rattrape-le. On le coincera au pont.

– D'accord.

Je me dirigeai vers la porte et m'apprêtai à courir sous la pluie. Je sortis mon portable de ma poche et le jetai à Thomas avant de partir.

– Ed, lui criai-je par-dessus mon épaule. Appelle les flics. Trouve-nous des renforts.

42

Rachel éjecta le chargeur du pistolet de Backus et s'aperçut qu'il était encore plein lorsqu'elle avait tiré sur lui. Elle le remit en place d'un coup sec et gagna la fenêtre.

— Vous voulez que je vous accompagne? demanda Ed Thomas dans son dos.

Elle se retourna. Il venait de se libérer, s'était remis debout et tenait le couteau en l'air, prêt à servir.

— Non, faites ce que vous a dit Harry. Appelez-nous des renforts.

Elle monta sur l'appui de fenêtre et sauta dehors, sous la pluie. Elle dépassa les bougainvilliers en courant, trouva une ouverture et poursuivit son chemin jusqu'à la clôture. Elle glissa le pistolet de Backus dans son holster et franchit la clôture en y déchirant la manche de sa veste. Puis elle se laissa retomber sur la berge en gravillons, à cinquante centimètres de la rivière. Elle y jeta un coup d'œil et s'aperçut que l'eau n'était plus qu'à un mètre du bord. Elle s'écrasait contre le ciment des parois dans un hurlement de mort. Rachel se détourna et regarda plus bas le long de la berge. Elle vit que Backus fuyait en courant, qu'il était déjà à mi-chemin du pont de Saticoy. Elle se releva et se mit à courir à son tour. Elle tira un coup en l'air pour qu'il pense à ce qu'il avait derrière lui, et pas à ce qui pouvait l'attendre au pont.

La Mercedes dérapa et alla cogner dans le trottoir en haut du pont. J'en sortis d'un bond sans même me donner la peine d'arrêter le moteur et courus jusqu'à la rambarde. Je vis bien Rachel courir vers moi le long du chenal, son arme en l'air – mais pas de Backus.

Je revins en arrière et regardai dans tous les sens… toujours rien. Il était impossible qu'il soit arrivé au pont avant moi. Je courus jusqu'au portail qui donnait accès à la berge. Il était fermé, mais je vis que la berge continuait sous le pont. C'était la seule autre possibilité. Je compris alors que Backus se cachait sous le tablier du pont.

Je sautai par-dessus le portail et me laissai retomber sur les gravillons. Et me relevai, l'arme pointée à deux mains sur les ténèbres. Puis je me baissai et m'enfonçai dans le noir.

Le vacarme de l'eau qui dévalait se répandait en échos puissants sous le pont que soutenaient quatre grands piliers en ciment. Backus pouvait se cacher derrière n'importe lequel d'entre eux.

– Backus! lui lançai-je. Si tu veux vivre, tu sors de là! Tout de suite!

Rien. Rien d'autre que le bruit de l'eau. Jusqu'au moment où j'entendis une voix dans le lointain, me retournai et aperçus Rachel. Elle n'était qu'à une centaine de mètres et hurlait, mais ses paroles se perdaient dans le vacarme de l'eau.

Backus se tassa dans les ténèbres en essayant d'oublier ses émotions pour se concentrer sur l'instant. Ce n'était pas la première fois qu'il se trouvait dans ce genre de situation. Il s'en était déjà sorti et s'en sortirait encore. L'important, maintenant, c'était de se concentrer sur l'instant, voilà, de tirer toute sa force des ténèbres.

Il entendit l'appel de son poursuivant. Il se rapprochait. Il avait l'arme, mais Backus avait les ténèbres et les ténèbres avaient toujours été de son côté. Il se tassa contre le béton et se força à disparaître dans les ombres. Il aurait toute la patience qu'il faudrait et n'agirait qu'au bon moment.

Je lâchai des yeux la silhouette de Rachel dans le lointain et me concentrai à nouveau sur la manière d'avancer. Je progressai en restant aussi loin que possible des piliers en béton sans tomber dans le chenal. Je dépassai les deux premiers et me retournai pour jeter un coup d'œil à Rachel. Elle n'était plus qu'à cinquante mètres de moi. Elle se mit à me faire des signes du bras gauche, mais je ne compris pas le geste de tourner quelque chose qu'elle m'adressait.

Enfin je compris mon erreur. J'avais laissé les clés sur le contact. Backus pouvait remonter de l'autre côté du pont et prendre la Mercedes.

Je me mis à courir en espérant arriver à temps pour tirer dans les pneus. Mais je me trompais. Je dépassais le troisième pilier en béton lorsque Backus me sauta brusquement dessus en me donnant un grand coup d'épaule. Je partis en arrière et, Backus sur moi, glissai sur les gravillons jusqu'au bord du chenal.

Déjà il cherchait à m'arracher mon arme à deux mains. Je compris qu'à l'instant où il parviendrait à s'en emparer, tout serait fini : il me tuerait et abattrait Rachel ensuite. Il n'était pas question qu'il me prenne mon arme.

Il me flanqua un coup de coude dans la mâchoire, je sentis mes doigts se desserrer. Je tirai deux coups de feu dans l'espoir de lui trancher un doigt ou de lui transpercer la paume de la main. Il glapit de douleur, mais je sentis qu'il redoublait d'efforts – la douleur et la colère chauffée à blanc.

Son sang dégoulinant dans mes mains, celles-ci devinrent glissantes. J'allais perdre mon arme. Je le sentais. Backus me dominait et avait la force d'une bête. Mon Glock commençait à m'échapper. Je pouvais essayer de tenir encore quelques secondes jusqu'à ce que Rachel me rejoigne, mais c'était dans un piège mortel qu'elle risquait de se jeter.

Je pris la seule solution qui me restait. J'enfonçai les talons dans le gravier et poussai tout mon corps vers le haut. Mes épaules franchirent le rebord en béton. J'enfonçai à nouveau mes talons dans le gravier et recommençai. Cette fois, ce fut suffisant. Backus parut comprendre. Il renonça à m'arracher mon pistolet et tendit le bras en arrière pour se raccrocher au bord. Mais pour lui aussi il était trop tard.

Nous basculâmes ensemble par-dessus le bord et nous enfonçâmes dans l'eau noire.

Rachel les vit tomber à peine quelques mètres devant elle. Elle hurla «Non-on-on!» comme si cela pouvait les arrêter. Elle arriva à l'endroit où ils avaient disparu, regarda et ne vit rien. Elle courut le long du bord et ressortit de dessous le pont. Toujours rien. Elle regarda en aval en espérant les apercevoir dans le courant qui roulait.

Enfin elle vit Bosch remonter à la surface et tourner vivement la tête comme s'il cherchait à se repérer. Il se débattait avec quelque chose qui le tirait sous l'eau – elle finit par comprendre que c'était son imperméable. Il essayait de l'ôter.

Elle parcourut tout le chenal des yeux, mais ne vit pas la tête chauve de Robert Backus. Elle revint sur Bosch alors même que le courant l'éloignait d'elle. Elle vit qu'il la regardait. Il sortit un bras hors de l'eau et lui montra quelque chose. Elle suivit la direction qu'il lui indiquait et découvrit la Mercedes garée sur le pont. Les essuie-glaces marchant encore, elle comprit que les clés étaient toujours sur le contact.

Elle commença à courir.

L'eau était froide, bien plus froide que je pensais. Et lutter avec Backus m'avait affaibli. Je me sentais lourd et avais du mal à garder la tête au-dessus des flots. L'eau semblait vivre et, vivante, m'agripper et me tirer vers le bas.

Mon pistolet avait disparu et je ne voyais plus Backus. J'écartai les bras et tentai de me mettre dans le courant de manière à me laisser porter par les rapides jusqu'à ce que Rachel ait trouvé de l'aide ou que, mes forces me revenant, je puisse enfin repasser à l'action.

Je me rappelai le gamin qui était tombé dans la rivière il y avait bien des années de cela. Pompiers, flics, passants même, tout le monde avait essayé de le sauver en lui tendant qui des tuyaux, qui des échelles, qui des cordes. Mais, tous manquant leur but, il avait fini par disparaître dans les étranglements. Comme tout le monde.

J'essayai de ne pas y penser, de ne pas paniquer. Je tournai les paumes de mes mains vers le bas et eus l'impression d'être mieux à même de garder la tête hors de l'eau. Ce geste eut pour effet d'augmenter ma vitesse dans le courant, mais j'arrivais à ne plus être englouti. Cela me redonna confiance. Je commençai à me dire que j'y arriverais peut-être. Pendant un temps au moins. Tout dépendrait du moment où l'on pourrait me porter secours. Je levai la tête vers le ciel. Pas d'hélicoptères. Pas de pompiers. Toujours aucune aide. Rien que les gris du néant tout là-haut, rien que la pluie qui tombait.

L'opératrice du 911 lui demanda de rester en ligne, mais Rachel ne pouvait pas conduire vite et se sentir en sécurité avec le portable collé à l'oreille. Elle réussit à le laisser tomber sur le siège passager sans se déconnecter. Au stop suivant elle pila si sec que l'appareil fut projeté par terre, hors d'atteinte. Aucune importance. Elle roulait à toute allure. A chaque croisement elle regardait à gauche dans l'espoir de découvrir un autre pont au-dessus du chenal. Enfin elle en vit un, se dépêcha de le rejoindre et immobilisa la Mercedes dessus, en plein milieu de la chaussée. Elle sauta du 4 × 4 et se précipita vers la rambarde.

Pas de Bosch, pas de Backus. Était-elle arrivée avant eux ? Elle traversa la chaussée, un automobiliste klaxonna mais elle s'en moquait et gagna la rambarde opposée.

Longtemps elle scruta les flots bouillonnants et là-bas, dans le lointain, enfin elle aperçut Bosch. Il avait la tête hors de l'eau et tirée en arrière, le visage tourné vers le ciel. Elle paniqua. Était-il toujours vivant ou était-ce son corps, là-bas, qui dérivait dans le courant parce qu'il s'était noyé ? Puis, presque aussi vite que la peur la gagnait, elle le vit tourner la tête d'un coup sec, comme le font les nageurs pour chasser l'eau et s'écarter les cheveux des yeux. Il était encore vivant, là, à peine à cent mètres du pont. Elle le vit se débattre pour se positionner autrement dans le courant. Elle se pencha en avant, regarda, comprit ce qu'il faisait. Il allait essayer de s'accrocher à une des poutrelles du pont. S'il arrivait à en attraper une et à s'y agripper, on pourrait le sortir de l'eau et le sauver.

Elle regagna la voiture en courant, ouvrit le hayon arrière et chercha quelque chose qui pourrait l'aider. Elle vit bien son sac, mais rien d'autre ou presque. Elle le jeta par terre sans s'en soucier et souleva le panneau recouvert de moquette. Un automobiliste coincé derrière la Mercedes commença à klaxonner. Elle ne tourna même pas la tête pour le regarder.

Je m'écrasai si fort sur la pile droite du pont que je perdis le souffle et crus m'être brisé quatre ou cinq côtes. Mais je tins bon. C'était le moment ou jamais, et je le savais. J'y mis tout ce qui me restait de force.

L'eau avait des griffes. Je les sentais dans ses déferlements. Par centaines elles me tiraient, m'agrippaient et tentaient de me rejeter dans le torrent. L'eau remonta dans mon dos, puis devant mon visage. Les bras de part et d'autre de la pile, je tentai de me hisser sur le béton qui glissait, mais dès que je grimpais de quelques centimètres les griffes de l'eau me saisissaient à nouveau et me tiraient vers le bas. J'eus vite fait de comprendre que tenir était la meilleure chose à faire. Tenir et attendre.

En me collant au béton je pensai à ma fille. Je l'entendis me presser de tenir, me dire que tenir, c'était pour elle que je devais le faire. Me dire que quoi que je fasse et où que je sois, elle avait toujours besoin de moi. Je savais, même dans cet instant, qu'il ne s'agissait que d'un fantasme, mais j'y trouvai du réconfort. Et la force de tenir.

Le coffre ne contenait qu'une roue de secours et des outils, rien qui puisse convenir. Puis, là, sous la roue, par les trous de la jante design, elle vit des câbles rouges et noirs. Des câbles de démarrage.

Elle passa les doigts dans les trous et tira un coup sec sur la roue. Grande et lourde, celle-ci était encombrante, mais Rachel ne se découragea pas. Elle la souleva, la sortit de son logement et la jeta sur la chaussée. Puis elle s'empara des câbles et retraversa la route, obligeant ainsi un conducteur à freiner à mort et faire déraper sa voiture.

Arrivée à la rambarde, elle regarda la rivière, mais Bosch n'était nulle part en vue. Elle regarda encore et, cette fois, elle le vit s'agripper à la pile, l'eau remontant dans son dos en même temps qu'elle le tirait vers le bas. Il avait les mains et les doigts en sang. Il la regardait avec sur le visage ce qu'elle prit pour un petit sourire, comme s'il voulait lui dire que tout irait bien.

Sans trop savoir comment elle allait pouvoir le sauver, elle laissa filer un câble par-dessus la rambarde du pont. Trop court, bien trop court.

— Merde!

Elle allait devoir passer par-dessus la rambarde. Une gaine technique courait sur le côté du pont. Qu'elle arrive à s'y tenir et elle pourrait faire descendre les câbles d'un bon mètre de plus. Cela suffirait peut-être.

— Hé, madame! Ça va?

Elle se retourna. Un homme se tenait devant elle, sous un parapluie. Il venait de traverser le pont.

— Quelqu'un est tombé à l'eau. Appelez le 911! Vous avez un portable? Appelez-les!

L'homme sortit un portable de sa poche. Rachel se retourna vers la rambarde et commença à monter dessus.

Rien de bien compliqué jusque-là. L'enjamber et descendre jusqu'à la gaine était nettement plus risqué. Elle se passa les câbles autour du cou et lentement abaissa un pied, puis l'autre, jusqu'à la gaine. Puis elle se laissa glisser vers le bas, une jambe de chaque côté de la gaine, comme si elle enfourchait un cheval.

Elle sut tout de suite que le câble serait assez long pour qu'il l'attrape et commença à le faire descendre vers lui. Il tendit le bras en avant, mais à l'instant même où sa main se refermait dessus, une tache de couleur fila dans l'eau et Bosch fut frappé par quelque chose qui le décrocha de la pile. Mort ou vivant, c'était Backus, Rachel le comprit tout de suite.

Elle n'était pas prête. Dès qu'il se décrocha de la pile, Bosch s'agrippa au câble, mais avec son poids, celui de Backus et la force du courant aidant, Rachel ne put résister. Le câble lui échappa des mains, s'enfonça dans l'eau et fila sous le pont.

— Ils arrivent! Ils arrivent!

Elle se retourna vers l'homme au parapluie penché par-dessus la rambarde.

— Trop tard! lui renvoya-t-elle. Il a disparu!

J'étais affaibli, mais Backus l'était encore plus. Il n'avait plus, je le sentais, la force qu'il m'avait opposée quand nous étions encore sur la berge. Il m'avait, c'est vrai, décroché de la pile du pont, mais seulement parce que je ne l'avais pas vu arriver et, s'il m'était rentré dedans de tout son poids, c'était maintenant comme un homme qui se noie qu'il s'agrippait à moi. Il essayait de tenir, et rien de plus.

Ballottés dans l'eau, nous étions attirés vers le fond. J'essayai d'ouvrir les yeux, mais l'eau était trop noire pour qu'on y voie quoi que ce soit. Je le poussai violemment au fond, passai derrière lui et lui enroulai le câble autour du cou. Encore et encore je tirai dessus jusqu'au moment où il me lâcha pour porter les mains à sa gorge. J'avais les poumons en feu. J'avais besoin d'air. Je pris appui sur Backus pour remonter à la surface. Au moment même où nous nous séparions, il tenta une dernière fois de m'agripper les chevilles, mais je réussis à lui flanquer un coup de pied et à me dégager.

Dans ses derniers instants, ce fut son père que vit Backus. Mort et depuis longtemps incinéré, il semblait être revenu à la vie. Il avait toujours le regard sévère que Backus n'avait jamais oublié. Il avait une main dans le dos, comme s'il lui cachait quelque chose. Et de l'autre il faisait signe à son fils d'avancer. De revenir à la maison.

Backus sourit, puis se mit à rire. De l'eau se rua dans sa bouche et dans ses poumons, mais il ne paniqua pas. Il l'accueillit en lui: il renaîtrait, il le savait. Il renaîtrait et reviendrait. Le mal, il le savait aussi, n'était jamais vaincu. Il ne faisait que passer d'un endroit à un autre, qu'attendre le bon moment.

Je refis surface, avalai de l'air, me retournai dans le courant pour chercher Backus, mais il avait disparu. J'étais à l'abri de ses coups, mais pas de la rivière. Je n'en pouvais plus. Mes bras me semblaient si lourds que j'avais toutes les peines du monde à les ramener à la surface. Encore une fois je songeai au gamin et à la terreur qu'il avait dû éprouver en se découvrant aussi seul face aux griffes de l'eau qui l'assaillaient.

Devant moi, je vis que le chenal rejoignait le cours principal de la rivière. Je n'en étais plus qu'à cinquante mètres et savais qu'à cet endroit celle-ci serait moins profonde, plus large et bien plus violente. Mais, les parois en béton du chenal principal étant en plans inclinés, je savais aussi que j'aurais une chance de m'extraire du courant si j'arrivais à ralentir et à trouver un endroit où j'aurais pied.

Je baissai les yeux et décidai de me rapprocher de la paroi autant que possible sans courir le risque d'être projeté dessus. Et découvris une issue plus immédiate. L'arbre que j'avais vu de la fenêtre de la maison de Turrentine avait échoué quelque cent mètres devant moi. Il avait dû se bloquer sous le pont ou rester coincé dans les hauts-fonds.

En y mettant tout ce qu'il me restait de forces, je commençai à nager dans le courant, gagnai de la vitesse et me dirigeai vers l'arbre. Ce serait mon canot de secours, je le savais. Je pourrais le chevaucher jusqu'au Pacifique si besoin était.

Rachel ne voyait plus la rivière. Les rues l'en éloignant de plus en plus, elle eut tôt fait de la perdre. Plus moyen d'y revenir. Il y avait bien un écran GPS dans la Mercedes, mais elle ne savait pas le faire marcher et doutait fort de pouvoir établir une communication satellite par un temps pareil. Elle se rangea sur le côté de la rue et frappa fort le volant de la paume de la main tant elle était en colère. Elle avait l'impression d'abandonner Harry et se disait que ce serait de sa faute s'il se noyait.

Puis elle entendit l'hélicoptère. Il volait bas et vite. Elle se pencha en avant pour regarder à travers le pare-brise. Pas moyen de voir quoi que ce soit. Elle sortit sous la pluie et tourna et vira dans la rue pour regarder. Elle entendait encore l'hélicoptère, mais ne le voyait plus.

C'étaient les secours, forcément. Qui d'autre aurait pu prendre les airs par un temps pareil? Elle localisa le bruit et remonta d'un bond dans la Mercedes. Elle prit la première à droite et commença à se diriger vers le bruit. Elle avait baissé la vitre pour conduire, l'eau entrait dans l'habitacle, mais elle n'y prêtait aucune attention. Elle écoutait le bruit de l'hélicoptère dans le lointain.

Enfin elle le vit. Il décrivait des cercles devant elle, sur la droite. Elle continua d'avancer, puis, arrivée à Reseda Boulevard, elle prit encore une fois à droite et s'aperçut qu'en fait il y avait deux appareils dans le ciel, l'un au-dessus de l'autre. Tous les deux étaient de couleur rouge, avec des lettres blanches sur le côté. Des lettres qui n'avaient rien à voir avec celles de stations radio ou de chaînes de télévision. Ces lettres-là disaient LAFD – c'étaient les pompiers.

Il y avait un pont devant elle. Des voitures s'y arrêtaient, des gens se précipitant sous la pluie pour gagner la rambarde et rejoindre ceux qui regardaient en bas.

Elle s'arrêta au milieu d'une file et en fit autant. Elle aussi, elle se rua vers la rambarde, juste à temps pour assister au sauvetage. Pris dans un harnais de couleur jaune, Bosch se faisait hélitreuiller depuis un arbre coincé dans les hauts-fonds, à l'endroit où la rivière atteignait cinquante mètres de large.

Alors même que l'hélicoptère l'emportait dans les airs, Bosch baissa les yeux sur les eaux en furie. Quelques instants plus tard, l'arbre se dégagea et commença à rouler dans les cascades. Il prit de la vitesse et passa sous le pont, ses branches s'écrasant sur les pylônes de soutènement qui les arrachèrent.

Rachel regarda les sauveteurs hisser Bosch dans l'hélicoptère. Elle attendit qu'il soit sain et sauf à l'intérieur et que l'appareil ait commencé à s'éloigner pour regarder ailleurs. Et seulement parce que des passants sur le pont se mirent à crier en montrant quelque chose en aval. Alors elle regarda elle aussi et vit de quoi il s'agissait: il y avait un autre homme dans l'eau. Mais pour celui-là, il n'y aurait pas de sauvetage. Il flottait le visage tourné vers le fond du torrent, les bras ballants et le corps ramolli. Des câbles rouges et noirs s'étaient emmêlés autour de son cou. Son crâne rasé ressemblait au ballon qu'un enfant aurait perdu dans le courant.

Le deuxième hélico suivait la course du cadavre, attendant qu'il se cale sur un obstacle comme l'arbre l'avait fait auparavant: on ne prendrait le risque de l'extraire de l'eau qu'à ce moment-là. Cette fois, rien ne pressait.

Le courant se renforçant pour filer entre les pylônes du pont, la progression sans accrocs du cadavre fut troublée et le corps se retourna dans l'eau. Juste avant qu'il passe sous le pont, Rachel aperçut le visage de Backus. Il avait les yeux ouverts sous le vernis glacé de l'eau. Elle eut l'impression qu'il la regardait en face, puis il glissa sous l'arche.

Il y a bien des années de ça, j'avais été blessé dans un tunnel, à l'époque où je servais au Vietnam. J'en avais été retiré par mes camarades et aussitôt mis dans un hélicoptère qui m'avait ramené au camp de base. Je me souviens qu'au moment où l'appareil s'était élevé dans les airs et m'avait éloigné du danger, j'avais éprouvé un soulagement tel qu'il avait, et de loin, occulté toutes mes douleurs et mon impression d'épuisement.

C'était le même sentiment qui me venait. Tout cela n'était, comme on dit, que du déjà-vu. J'avais réussi. Je m'en sortais vivant. J'étais hors de danger. Je souris lorsque, son casque de sécurité sur la tête, le pompier m'enroula dans une couverture.

– On vous emmène au CHU de Californie du Sud pour examens, hurla-t-il par-dessus les grondements du rotor et de la pluie. Arrivée prévue dans dix minutes.

Puis il me fit signe que tout allait bien, je le lui renvoyai et remarquai que j'avais les doigts d'un blanc qui tirait sur le bleu et que ce n'était pas seulement de froid que je tremblais.

– Je suis désolé pour votre ami! me cria encore le pompier.

Je vis qu'il regardait par le panneau inférieur en verre de la porte coulissante qu'il venait de refermer. Je me penchai par-dessus et aperçus Backus qui flottait dans l'eau. Le visage tourné vers le ciel, il dérivait languissamment dans le courant.

– Pas moi, répondis-je, mais pas assez fort pour qu'on m'entende.

Je me renversai en arrière sur le strapontin où l'on m'avait installé. Puis je fermai les yeux et adressai un hochement de tête à l'image qui me venait – celle de mon commanditaire, celle d'un Terry McCaleb qui souriait, debout à l'arrière de son bateau.

4 3

Les cieux s'éclaircissant quelques jours plus tard, toute la ville commença à sécher et ressortir de ses cachettes. Il y avait eu des glissements de terrain à Malibu et Topanga. L'autoroute de la côte était réduite à deux voies et, semblait-il, pour un bon bout de temps encore. Dans le bas des Hollywood Hills, des rues avaient été inondées. Une maison de Fareholm Drive s'était libérée de ses fondations et avait dérivé sur la chaussée, laissant sans abri une vieille star du cinéma. La tempête avait fait deux morts – un golfeur qui, Dieu sait pourquoi, avait décidé de faire quelques trous entre deux montées de l'orage et avait été frappé par la foudre au moment où il s'essayait à un swing arrière, et Robert Backus, le serial killer en fuite. Le Poète est mort, proclamaient les unes des journaux et les speakers de la télé. On avait repêché son corps au barrage de Sepulveda. Cause de la mort: noyade.

Les mers ayant fini par se calmer elles aussi, je pris un ferry du matin pour aller voir Graciela McCaleb à Catalina. Je louai une voiturette de golf pour monter chez elle. Ce fut elle qui m'ouvrit et me reçut avec toute sa famille. Je fis la connaissance de Raymond, son fils adoptif, et de Cielo, la fillette dont Terry m'avait tant parlé. Voir sa fille me fit sentir l'absence de la mienne et me rappela la vulnérabilité qui serait la mienne dans ma nouvelle vie.

La maison étant pleine de caisses, Graciela m'expliqua que la tempête avait repoussé leur retour sur le continent. Dès le lendemain tous leurs biens seraient descendus dans une barge qui les emporterait jusqu'au port, où un camion de déménagement les attendrait. Tout cela était cher et compliqué, mais elle n'avait pas de regrets. Elle voulait quitter l'île et oublier les souvenirs qui s'y rattachaient.

Nous gagnâmes une table dans la véranda afin de pouvoir parler sans que les enfants nous entendent. L'endroit était agréable et permettait de découvrir tout le port d'Avalon. Il était difficile de croire qu'elle ait envie de partir. J'aperçus le *Following Sea* en dessous et remarquai qu'il y avait quelqu'un à la poupe et qu'une des écoutilles était ouverte.

– C'est Buddy là-bas en bas? demandai-je.

– Oui. Il s'apprête à appareiller. Le FBI a ramené le bateau hier sans prévenir. Je leur aurais dit de le ramener à Cabrillo. Maintenant, c'est Buddy qui doit s'y coller.

– Qu'est-ce qu'il va en faire?

– Il va reprendre l'affaire. Il va organiser les excursions en mer de là-bas et me paiera la location du bateau.

Je hochai la tête. Le plan me semblait convenable.

– Le vendre ne rapporterait pas grand-chose, reprit Graciela. Et… je ne sais pas… avec tout le travail que Terry y a mis. Je me sentirais mal de le vendre à un inconnu.

– Je comprends.

– Vous savez… vous pourriez peut-être revenir avec lui au lieu d'attendre le ferry. Si vous voulez… Si vous n'en avez pas assez de Buddy…

– Non, non, Buddy ne me pose pas de problèmes. Je l'aime bien.

Nous restâmes longtemps assis sans rien dire. Je ne sentais pas la nécessité de lui expliquer quoi que ce soit sur l'affaire. Nous nous étions entretenus au téléphone (je voulais tout lui dire avant que les médias s'emparent de la nouvelle) et l'histoire avait fait la une de toute la presse écrite et télévisée. Elle en connaissait tous les détails, petits et grands. Il ne restait plus grand-chose à en dire, mais j'avais éprouvé le besoin d'aller la voir une dernière fois. C'était par elle que tout avait commencé, je me disais que tout devait s'achever avec elle.

– Je vous remercie de ce que vous avez fait, me dit-elle. Ça va?

– Ça va, oui. Quelques égratignures et des bleus par-ci, par-là à cause de la rivière. Ç'a été une drôle de chevauchée.

Je souris. Mes seules blessures visibles se réduisaient à quelques écorchures aux mains et à une éraflure au-dessus du coude gauche.

— Mais je vous remercie d'avoir fait appel à moi. Je suis content que vous m'ayez donné cette chance. C'est pour ça que je suis venu, pour vous dire merci et bonne chance pour tout.

La porte coulissante s'ouvrit et la fillette sortit de la maison avec un livre.

— Maman, tu veux pas me lire ça?

— Je suis en train de parler avec M. Bosch. Dans un petit moment, d'accord?

— Non, je veux que tu me le lises maintenant.

Pour elle, cela semblait être une question de vie ou de mort. Elle avait le visage tout plissé et paraissait sur le point de fondre en larmes.

— Ne vous en faites pas, dis-je à Graciela. Ma fille est comme ça, elle aussi. Lisez-lui l'histoire.

— C'est son livre préféré. Terry le lui lisait pratiquement tous les soirs.

Elle fit monter sa fille sur ses genoux et lui prit le livre pour le lire. Je m'aperçus que c'était le même que celui qu'Eleanor venait d'acheter à ma fille: *Billy's Big Day*. Avec le singe qui recevait la médaille d'or sur la couverture. L'exemplaire de Cielo était tout écorné d'avoir été lu et relu. Jusqu'à la couverture qui s'était déchirée en deux endroits et qu'on avait rafistolée avec du Scotch.

Graciela ouvrit le volume et commença à lire.

— «Un beau jour d'été les jeux Olympiques des animaux de cirque s'ouvrirent sous le grand chapiteau de Ringlingville. Tous les animaux de cirque avaient eu droit à un jour de congé et reçu la permission de se mesurer dans toutes les épreuves prévues.»

Je remarquai que Graciela avait changé de voix et qu'elle lisait l'histoire en y mettant de l'excitation et comme du plaisir anticipé.

— «Tous les animaux se mirent en rangs sous le panneau d'affichage, devant le bureau de M. Farnsworth. On avait inscrit la liste des épreuves au tableau. Il y avait des courses de vitesse, des courses de relais et bien d'autres concours. Les gros animaux s'étaient massés devant le panneau et empêchaient les autres de voir. Alors un petit singe se glissa entre les pattes d'un éléphant et grimpa le long de la trompe du pachyderme pour voir la liste. Il s'appelait Billy Bing et sourit tout grand quand enfin il la vit. Il y avait une course qui s'appelait le "cent mètres" et il savait qu'il était très bon à la course…»

Je n'entendis pas le reste de l'histoire. Je me levai, gagnai la rambarde et regardai le port. Mais là non plus je ne vis rien. J'avais l'esprit trop occupé pour percevoir le monde extérieur. J'étais envahi d'émotions et d'idées. Je venais soudain de comprendre que William Bing, le nom que Terry McCaleb avait gribouillé sur le rabat de son dossier, était celui d'un singe. Et là, brusquement, je sus aussi que l'histoire n'était pas finie, tant s'en fallait.

44

Rachel passa me voir plus tard dans la journée. Je venais juste de rentrer de Parker Center après m'être débarrassé de la paperasserie avec Kiz Rider et j'écoutais un message qu'Ed Thomas m'avait laissé. Il m'y remerciait de lui avoir sauvé la vie, alors que c'était plutôt moi qui lui devais des excuses pour ne pas l'avoir averti à temps. Je me sentais coupable de ne pas l'avoir fait et pensais appeler la librairie lorsque Rachel avait frappé à la porte. Je l'avais invitée à entrer et nous étions passés sur la terrasse de derrière.

— Ho là! La vue est superbe! s'écria-t-elle.

— Oui, j'aime assez.

Je lui indiquai un point sur la gauche — la toute petite portion de rivière que je pouvais voir derrière les studios d'enregistrement de la Warner.

— La voilà, la très puissante Los Angeles River.

Elle plissa les paupières, la chercha des yeux et la trouva enfin.

— Les «étranglements», dit-elle. Elle m'a l'air plutôt faiblarde maintenant.

— Elle se repose. Dès la prochaine tempête, elle reviendra en force.

— Comment te sens-tu, Harry?

— Bien. Mieux. J'ai beaucoup dormi. Je suis un peu étonné que tu sois toujours en ville.

— C'est-à-dire que… j'ai pris quelques jours. En fait, je visite des appartements.

— Vraiment?

Je m'adossai à la rambarde pour pouvoir la regarder.

— Je suis assez sûre que cette histoire va me permettre de sortir du Dakota du Sud. Je ne sais pas où ils vont m'affecter, mais je vais demander Los Angeles. Enfin… c'était ce que je voulais faire jusqu'au moment où j'ai vu les prix que vont chercher certains de ces appartements. A Rapid City, je ne paie que cinq cent cinquante dollars par moi pour quelque chose de vraiment bien et de parfaitement sûr.

— Pour cinq cent cinquante dollars, je peux te trouver quelque chose, mais je ne sais pas trop si l'endroit te plairait. Sans compter que tu devrais aussi apprendre une autre langue.

— Non, merci. Je m'en occupe. Mais… et toi, hein?

— Je reviens de Parker Center. J'ai fait ma demande. Je reprends du service.

— Et donc… c'est fini pour nous, c'est ça? J'ai entendu dire que le FBI et le LAPD ne se parlaient pas.

— C'est vrai qu'il y a un mur entre les deux. Mais ça s'est déjà vu qu'il tombe, de temps en temps. Tu me crois si tu veux, mais j'ai quelques amis au Bureau.

— Je te crois, Harry.

Je remarquai qu'elle s'était remise à m'appeler par mon prénom. Je me demandai si cela signifiait que notre relation avait pris fin.

— Bon, dis-je, quand as-tu su pour Terry?

— Que veux-tu dire? Su quoi?

— Ce que je veux dire? Quand as-tu su que ce n'était pas Backus qui l'avait tué? Quand as-tu su qu'il s'était suicidé?

Elle posa les deux mains sur la rambarde et regarda l'arroyo plus bas – mais sans vraiment regarder quoi que ce soit dans la Vallée.

— Qu'est-ce que tu racontes? me lança-t-elle.

— Je sais qui est William Bing, Rachel. C'est un petit singe dans le livre préféré de sa fille.

— Et alors? Qu'est-ce que ça voudrait dire?

— Ça voudrait dire que Terry s'était fait admettre à l'hôpital de Las Vegas sous un faux nom. Il avait quelque chose, Rachel. Ici. (Je lui montrai le milieu de ma poitrine.) Peut-être qu'il enquêtait sur l'affaire, mais peut-être pas aussi. Mais il savait qu'il avait quelque chose et c'est pour ça qu'il s'est rendu à cet hôpital pour vérifier et sans que personne le sache. Il ne voulait pas que sa femme et ses enfants l'apprennent. Ils lui ont fait passer des examens et lui ont annoncé la mauvaise nouvelle. Son deuxième cœur prenait le même chemin que le premier. Cardio… myo… machin-chouette. De fait, il avait commencé à mourir. Il avait besoin d'un autre cœur ou c'était la fin.

Elle hocha la tête comme pour me dire que j'étais idiot.

– Je ne sais pas comment tu peux penser savoir tout ça, mais tu ne peux certainement pas me…

– Écoute, je sais ce que je sais. Et ce que je sais, c'est qu'il avait épuisé son assurance médicale et qu'en se mettant sur les rangs pour un deuxième cœur, il perdrait absolument tout: la maison, le bateau, tout. Tout pour avoir un autre cœur.

Je marquai une pause, puis je repris d'une voix plus douce et plus calme.

– Et ça, Rachel, il n'en voulait pas. Et il ne voulait pas non plus que sa famille le voie dépérir et mourir aux frais de la princesse. Et il n'aimait pas l'idée que quelqu'un d'autre doive mourir pour qu'il puisse continuer à vivre. Ça aussi, il l'avait déjà vécu.

Je m'arrêtai pour voir si elle allait encore protester et tenter de me dissuader. Cette fois elle garda le silence.

– Il ne lui restait plus que sa pension et son assurance vie. Et il voulait que ce soit sa famille qui les ait. C'est donc lui qui a changé ses gélules. J'ai retrouvé le reçu d'une boutique de produits diététiques sous le siège de sa voiture. Je les ai appelés ce matin pour voir s'ils vendaient du cartilage de requin en poudre. La réponse est oui.

«Il a donc changé ses médicaments et a continué à les prendre en se disant que, tant qu'il ferait mine de les avaler, il n'y aurait pas lieu de procéder à une autopsie après sa mort et que tout irait bien.

– Sauf que ça n'a pas marché, n'est-ce pas?

– Non, mais il avait un plan de secours. C'est pour ça qu'il a attendu la grande expédition de pêche. Il voulait mourir sur son bateau, dans des eaux fédérales. Son espoir étant que s'il y mourait, ses amis du Bureau s'occuperaient de tout pour lui.

«Le seul problème là-dedans, c'est qu'il ne pensait pas au Poète. Qu'il ne se doutait pas que sa femme viendrait me voir et que quelques lignes gribouillées dans un dossier déclencheraient toute cette histoire.

Je hochai la tête.

– J'aurais dû m'en douter. Remplacer des pilules n'était pas dans le style de Backus. Trop compliqué. En général, les trucs compliqués sont en interne.

– Et les menaces contre sa famille? Qu'il ait su qu'elles venaient de Backus ou pas ne changeait rien au fait qu'il savait qu'on menaçait ses proches. Il avait des photos... quelqu'un les suivait. D'après toi, il aurait disparu en laissant les siens sans protection? Ce n'est pas le Terry McCaleb que je connaissais.

– Peut-être croyait-il mettre fin à ces risques. C'était lui que visaient les menaces contre sa famille. En disparaissant, il y mettait fin.

Elle hocha la tête, son geste ne me confirmant rien pour autant.

– Il n'y a pas à dire, Harry, reprit-elle: la façon dont tu relies tous ces faits est intéressante et je te l'accorde. Mais qu'est-ce qui te fait croire que nous puissions en être sûrs et que moi, je le sais?

– Oh! Pour savoir, tu sais! Et d'un, la manière dont tu as écarté mes questions sur William Bing. Mais il y a aussi ce que tu as fait dans la maison l'autre jour. Quand je tenais Backus en joue et qu'il allait dire quelque chose sur Terry, tu l'as interrompu et tu l'as empêché de parler. Et moi, je crois bien que c'était parce qu'il allait dire qu'il ne l'avait pas tué.

– Et allez donc! Un assassin qui nie avoir tué une de ses victimes? Comme si ça ne se voyait pas tous les jours!

Ses sarcasmes me parurent bien défensifs.

– Sauf que cette fois-ci ç'aurait été vraiment inhabituel. Il ne se cachait plus. Il était complètement à découvert et aurait accepté l'honneur de l'avoir tué si ç'avait été le cas. Et ça, tu le savais et c'est pour ça que tu lui as coupé la parole. Tu savais qu'il allait nier.

Elle s'écarta de la rambarde et se tint devant moi.

– Bon, d'accord, Harry. Tu crois avoir tout pigé. Au milieu de tous ces meurtres, tu es sûr et certain d'avoir trouvé un triste petit suicide. Mais qu'est-ce que tu vas faire de tout ça, hein? Tu vas aller l'annoncer au monde entier? Le seul résultat serait d'empêcher sa famille de toucher l'argent. C'est ça que tu veux? Tu veux ta part de récompense pour avoir alerté les autorités?

Je me détournai d'elle et m'appuyai à la rambarde.

– Non, ce n'est pas ça que je veux. C'est seulement que je n'aime pas beaucoup qu'on me mente.

– Ah, je vois! Ce n'est pas vraiment de Terry qu'on parle! C'est de toi et moi, n'est-ce pas?

– Je ne sais pas de quoi on parle, Rachel.

– Eh bien, tu n'auras qu'à me faire signe quand t'auras pigé, d'accord?

Sur quoi, elle s'approcha brusquement de moi et m'embrassa fort sur la joue.

– Au revoir, Bosch. Peut-être qu'on se reverra quand mon transfert sera effectif.

Je ne me retournai pas pour la voir partir. Je l'écoutai traverser ma terrasse, puis le plancher en érable de ma maison, d'un pas colérique. La porte de devant, je l'entendis, claqua d'une manière si définitive que l'écho m'en transperça entièrement. La balle qui roule, encore une fois.

45

Les coudes sur la rambarde, je restai longtemps debout sur ma terrasse après son départ. Qu'elle accepte un transfert à Los Angeles ou pas, pour moi, nous ne nous reverrions plus jamais. J'éprouvais un sentiment de vide. J'avais l'impression qu'on m'avait privé de quelque chose de bon avant même que je puisse vraiment savoir à quel point ça pourrait l'être.

J'essayai de chasser Rachel de mon esprit pendant un instant. Je regardai la ville dans le lointain et la trouvai belle. Les pluies avaient délavé le ciel et je pouvais voir jusqu'aux collines de San Gabriel, jusqu'aux sommets enneigés derrière elles. L'air paraissait aussi pur et propre que celui qu'avaient dû respirer les Indiens et les *padres* il y avait bien des années de cela. Enfin je voyais ce qu'ils avaient trouvé à ces lieux. Ce jour-là était de ceux sur lesquels on se sent capable de bâtir un avenir.

REMERCIEMENTS

L'auteur tient à remercier tous ceux et toutes celles qui l'ont aidé à écrire ce livre. Ce sont Michael Pietsch, Jane Wood, Pamela Marshall, Perdita Burlingame, Jane Davis, Terry Hansen, Terrill Lee Lankford, Ed Thomas, Frederike Leffelaar et la documentaliste Carolyn Chriss. M'ont été aussi d'une aide précieuse Philip Spitzer, Joel Gotler, Shannon Byrne, John Houghton, Mario Pulice, Mary Capps, Ken Delavigne, Patricia et George Companioni, ainsi que toute l'équipe de Little, Brown and Company, et que le Time Warner Book Group.

Deux ouvrages m'ont été fort utiles: *Zzyzx, History of an Oasis* d'Anne Q. Duffield-Stoll et *Rio L.A.: Tales from the Los Angeles River* de Patt Morrison, avec des photos de Mark Lamonica.

Je tiens à remercier tout spécialement l'inspecteur Tim Marcia, du Los Angeles Police Department, et l'agent spécial du FBI Gayle Jacobs, de l'antenne de Las Vegas.

DU MÊME AUTEUR

Les Égouts de Los Angeles
Prix Calibre 38, 1993
Seuil, 1993, nouvelle édition, 2000
et « Points », n° P19

La Glace noire
Seuil, 1995
et « Points », n° P269

La Blonde en béton
Prix Calibre 38, 1996
Seuil, 1996
et « Points », n° P390

Le Poète
Prix Mystère, 1998
Seuil, 1997
et « Points », n° P534

Le Cadavre dans la Rolls
Seuil, 1998
et « Points », n° P646

Créance de sang
Grand Prix de littérature policière, 1999
Seuil, 1999
et « Points », n° P835

Le Dernier Coyote
Seuil, 1999
et « Points », n° P781

La lune était noire
Seuil, 2000
et « Points », n° P876

L'Envol des anges
Seuil, 2000
et « Points », n° P989

L'Oiseau des ténèbres
Seuil, 2001
et « Points », n° P1042

Wonderland Avenue
Seuil, 2002
et « Points », n° P1088

Darling Lilly
Seuil, 2003
et « Points », n° P1229

Lumière morte
Seuil, 2003

RÉALISATION : PAO ÉDITIONS DU SEUIL
IMPRESSION : S. N. FIRMIN-DIDOT AU MESNIL-SUR-L'ESTRÉE
DÉPÔT LÉGAL : JUIN 2004. N° 58827-2 (68976)
IMPRIMÉ EN FRANCE

DANS LA MÊME COLLECTION

Brigitte Aubert
Les Quatre Fils du Dr March
La Rose de fer
La Mort des bois
Requiem caraïbe
Transfixions
La Mort des neiges
Funérarium

Lawrence Block
La Balade entre les tombes
Le diable t'attend
Tous les hommes morts
Tuons et créons c'est l'heure
Le Blues du libraire
Même les scélérats
La Spinoza Connection
Au cœur de la mort
Ils y passeront tous
Le Bogart de la cambriole
L'Amour du métier
Les Péchés des pères
La Longue Nuit du sans-sommeil
Les Lettres mauves
Trompe la mort
Cendrillon mon amour
Lendemains de terreur

C. J. Box
Détonations rapprochées

Jean-Denis Bruet-Ferreol
Les Visages de Dieu

Jan Burke
En plein vol

Leonard Chang
Pour rien, ou presque
Brûlé

Sarah Cohen-Scali
Les Doigts blancs

Michael Connelly
Les Égouts de Los Angeles
La Glace noire
La Blonde en béton
Le Poète
Le Cadavre dans la Rolls
Créance de sang
Le Dernier Coyote
La lune était noire
L'Envol des anges
L'Oiseau des ténèbres
Wonderland Avenue
Darling Lilly
Lumière morte

Robert Crais
L'Ange traqué
Casting pour l'enfer
Meurtre à la sauce cajun

Eno Daven
L'Énigme du pavillon aux grues

David Laing Dawson
La Villa des ombres
Minuit passé, une enquête du Dr Snow

Ed Dee
Des morts à la criée
L'Ange du Bronx
Pas d'erreur sur la personne

Bradley Denton
Blackburn

William Olivier Desmond
L'Encombrant

Robert Ferrigno
Pas un pour sauver l'autre

Stephen W. Frey
Offre Publique d'Assassinat
Opération vautour

Sue Grafton
K... comme killer
L... comme lequel?
M... comme machination
N... comme nausée
O... comme oubli
P... comme péril
Q... comme querelle

George Dawes Green
La Saint-Valentin de l'homme des cavernes

Dan Greenburg
Le Prochain sur la liste

Denise Hamilton
La Filière du jasmin
Par peur du scandale

Jack Hitt
Meurtre à cinq mains

Anthony Hyde
China Lake

David Ignatius
Nom de code: SIRO

Thierry Jonquet
Mon vieux

Faye Kellerman
Les Os de Jupiter
Premières Armes

Jonathan Kellerman
La Clinique
La Sourde
Billy Straight
Le Monstre
Dr la Mort
Chair et Sang
Le Rameau brisé

Philip Kerr
Une enquête philosophique

Paul Levine
L'Héritage empoisonné
Cadavres incompatibles
Trésors sanglants

Elsa Lewin
Le Parapluie jaune

Herbert Lieberman
Nécropolis
Le Tueur et son ombre
La Fille aux yeux de Botticelli
Le Concierge
Le Vagabond de Holmby Park

Michael Malone
Enquête sous la neige
Juges et Assassins

Henning Mankell
Le Guerrier solitaire
La Cinquième Femme
Les Morts de la Saint-Jean
La Muraille invisible